would you LOVE ME

나랑 연애하자

초판 1쇄 찍은 날 | 2016년 8월 22일
초판 1쇄 펴낸 날 | 2016년 8월 29일

지은이 | 설여정
펴낸이 | 예경원

편집 | 유경화 · 안유진

펴낸곳 | 예원북스
등록번호 | 제396-2012-000132호
등록일자 | 2012. 7. 25
YRN | 제1-0156호

주소 | 경기도 고양시 일산동구 호수로 646-24 위너스21 Ⅱ 206A호 (우) 10401
전화 | 031-819-9431 팩스 | 031-817-9432
http://cafe.naver.com/yewonromance
E-mail | yewonbooks@naver.com

ISBN 979-11-5845-197-4 03810

설여정 장편 소설

나랑 연애하자
would you LOVE ME

YEWONBOOKS ROMANCE STORY

LOVE ME

LOVE ME

C · O · N · T · E · N · T · S

LOVE ME

프롤로그 · 7 | 1 · 23 | 2 · 56 | 3 · 89
4 · 118 | 5 · 149 | 6 · 180 | 7 · 213
8 · 247 | 9 · 280 | 10 · 308 | 11 · 340
에필로그 · 369 | 외전 · 381

LOVE ME

LOVE ME

LOVE ME

LOVE ME

프롤로그

3월은 봄이라 부르기엔 아직 이르다. 오늘처럼 걷잡을 수 없는 꽃샘바람이 휘몰아치는 날은 더더욱 그렇다. 서울 서부 지방 검찰 청사 안으로 들어서던 주리는 미간을 찌푸렸다. 바깥의 찬 공기와 관공서 특유의 쿰쿰한 내음이 한데 뒤섞여 묘한 거부감을 불러일으켰다.

주리는 신분을 확인하는 검색대로 가기 전, 걸음을 멈추고 칼바람에 흐트러진 옷매무새와 머리카락을 대충 정리했다. 작고 갸름한 얼굴, 또렷한 윤곽의 이목구비, 턱선에 겨우 닿을 정도의 보브 단발머리 스타일을 한 주리에게로 지나가던 사람들의 시선이 멈췄다가 멀어졌다.

주리는 그런 사람들의 흘깃대는 시선이 부담스럽고 불쾌했지만 무심하게 대응했다. 다시는 부딪힐 일 없는 사람들이었으니까. 지갑에서 신분증을 꺼내고 손목시계로 시간을 확인했다. 인터뷰를 하기로 한 약속 시간 10분 전이었다.

검색대를 지나친 주리는 엘리베이터를 타고 서둘러 9층으로 올라갔다. 엘리베이터 양옆으로 이어진 긴 복도가 보였다. 주리는 두리번거리지도 않고 바로 오른쪽으로 돌아 경쾌한 구두 소리를 내며 목적지를 향해 갔다. 그곳은 주리에게 익숙한 장소는 아니었지만 사전 조사를 통해 안순진 검사의 사무실 위치 정도는 파악하고 있었다.

똑똑.

형사 4부에 배속된 안순진 검사의 사무실 앞에 다다른 주리는 얼굴로 흘러내린 머리카락을 옆으로 쓸며 노크를 했다.

"네, 들어오세요."

사무실 안에서 여직원의 목소리가 들려오자 주리는 문을 열고 사무실 안으로 들어갔다.

"커리어에서 온 송주리 기잡니다."

안 검사의 사무실은 생각보다 협소했다. 모든 것이 완벽한, 검사로서 성공 가도를 달리고 있는 안순진이란 남자와는 어울리지 않는 너무나 소박한 사무실의 규모에 주리는 미간을 모았다. 주리가 미간을 찌푸린 데에는 또 다른 이유도 있었다. 여직원의 눈길에서 묘한 적의를 발견했기 때문이었다.

"아, 네. 이쪽으로 오세요."

떨떠름한 표정으로 여직원이 자리에서 일어났다. 코끝을 찌르는 향수 냄새에 주리의 미간은 좀 더 일그러졌다. 안내를 받고 말고 할 것도 없을 만큼 검사의 방은 코앞에 있었지만 여직원은 굳이 안내를 자청하고 나섰다.

똑똑.

하얀 이를 드러내 웃으며 안 검사의 방을 향해 걸어간 여직원은 손목에 아주 나긋한 스냅을 가해 노크를 했다. 경쾌한 노크 소리가 났지만 안에서는 아무 대답이 없었다.

"우리 안 검사님은 무언가에 집중하시면 이러셔요."

여러 번 같은 동작으로 노크를 하던 여직원이 뒤를 돌아다보며 활짝 웃었다. 여직원의 그런 행동은 무언가를 과시하려는 의도가 다분했다. 주리는 하도 어이가 없어 팔짱을 앞으로 끼고 표정을 굳혔다.

"그냥 들어가서 말씀드리시는 게 낫겠어요."

"네. 안 그래도 그러려고 했어요."

여직원은 교태가 좔좔 흐르는 걸음걸이로 검사실로 통하는 문을 살며시 열고 들어갔다. 그리고는 뒤돌아서서 보란 듯이 문을 콩 닫는다. 굳이 저럴 필요가 있을까?

"검사님, 잡지사에서 송주리 기자님이 인터뷰하러 오셨어요."

으음, 잔뜩 콧소리를 섞은 여직원의 목소리가 방문 틈으로 새어 나왔다. 절로 오싹해진 주리는 어깨를 부르르 떨었다.

"네, 안으로 들어오시라고 해주세요. 그리고 박 사무장님 오시면 저한테 알려주시고요."

안쪽에서 중저음의 나직한 톤의 목소리도 들려왔다. 울림통이 좋은, 참 느낌 있는 매력적인 목소리다.

"인터뷰 다 마치면요?"

"중간에라도 알려주세요."

"중간에 알려달라는 걸 보면 급한 건인가 봐요."

"성애자 씨, 기자님 기다리십니다."

"네에."

여직원이 입술을 삐죽이며 문을 열고 나왔다. 그사이 주리는 여직원의 이름에 품 하고 터진 웃음을 수습했다. 성애자 씨는 꽤나 자신이 모시고 있는 검사님을 좋아하는 눈치였다.

"들어오시래요."

부러움이 잔뜩 묻어나는 여직원의 눈총을 받으며 주리는 안 검사의 방으로 들어갔다.

"기다리고 있었습니다. 안순진입니다."

인사를 건네는 안 검사를 바라보는 주리의 눈썹이 미세하게 움찔댔다. 이미 인터뷰에 앞서 사전 조사를 했기에 그의 외모가 출중하다는 것은 알고 있던 사실이다.

하지만 잠깐 시선을 돌려 주리에게 인사를 건넨 안순진의 눈매는 강렬한 인상을 주기에 충분했다. 게다가 일에 집중하고 있었던 듯 대충 걷어 올린 셔츠 소매 사이로 드러난 팔뚝에 툭 불거져 여러 갈래로 나뉜 힘줄은 남자의 향기를 풀풀 풍기고 있었다.

"안녕하세요, 커리어의 송주립니다. 바쁘신데 시간 내주셔서 감사합니다."

잠시 안 검사가 서류 정리를 하는 동안 기다리고 서 있던 주리는 명함을 건네며 인사를 했다. 그리고 안 검사가 권하는 대로 책상 앞에 놓인 의자에 자리를 잡고 앉았다.

가방에서 취재 수첩을 꺼낸 주리는 고개를 들었다. 무표정한 얼굴을 한 안 검사의 눈길이 스윽 자신을 훑는 게 느껴졌다. 괜스레 압도당하는 기분이 들자 주리는 슬쩍 시선을 돌렸다. 산더미처럼 쌓인 서류들이 눈에 들어왔다.

"어린 시절부터 검사가 되고 싶으셨나요?"

과도한 업무량에 시달리게 될 거란 걸 알았다면 검사가 되고 싶었을까? 빤한 질문으로 인터뷰를 시작하며 주리는 머릿속으로 이런 질문을 떠올렸다.

"종일 답답한 사무실에 갇혀 산더미 같은 서류와 씨름해야 한다는 것을 알았다면 검사가 되진 않았을 겁니다."

다소 느슨해진 입매를 한 순진의 대답에 주리는 고개를 갸웃했다. 조금 전 머릿속으로 떠올린 질문을 그에게 던졌던 건가? 잠시 헷갈렸다. 분명 수첩에 적힌 빤한 질문을 했다. 하지만 돌아온 그의 답은 머릿속으로 던진 질문에 대한 대답이다. 주리는 묘한 기분에 사로잡혀 입술 안쪽의 여린 살을 깨물었다.

검사로서의 성공 스토리를 인터뷰의 컨셉으로 잡았는데 검사가 된 것을 후회하기라도 한다는 걸까. 주리는 빠르게 수첩에 적힌 질문들을 훑어보았다. 주리의 얼굴에 난감한 기색이 번졌다. 임기응변에 능숙하던 사람이 맞나 싶다. 오늘따라 왜 이렇게 인터뷰 초반부터 긴장을 하고 있는 것인지 모를 일이었다.

"성준이와는 어린 시절부터 친구였다고 들었습니다."

"네? 아, 네."

순식간에 주객이 전도된 느낌에 주리는 미간을 좁혔다. 원래 인터뷰를 당하는 사람들은 대부분 긴장한 상태였기에 그걸 풀어주는 역할을 해야 하는 게 주리의 몫이었다. 그래야만 정형화된 빤한 스토리가 아닌 예상 밖의 이야기까지 이끌어낼 수 있었다. 그런데 지금 그런 역할을 안 검사가 주도하려고 했다.

대체 누가 누구를 인터뷰하고 있는 거람.

"우린 좀 더 빨리 만날 수도 있었겠네요."

"네?"

안 검사의 눈매도 느슨해져 있었다. 친구의 친구에게 드러내는 호감치고는 뭔가 다른 의도가 있어 보였다. 주객이 전도된 것도 모자라 아까 느꼈던 긴장감과는 또 다른 울림이 주리의 심장에 동요를 일으켰다.

주리의 친구, 박성준 검사와 안순진 검사는 연수원 동기였다. 주리가 안 검사를 인터뷰하기로 한 것은 요즘 신문지상에 자주 오르내리는 핫한 인물, 안 검사에 대한 가십거리를 얻기 위해서였다. 안순진이 맡은 굵직한 조세사건과는 별개로 그의 출중한 외모가 대중들의 이목을 사로잡았던 것이다.

그런데 안 검사는 본인의 이야기를 해줄 생각은 않고 잿밥에 관심이 있는 사람처럼 굴고 있었다. 주리는 입술을 꽉 다물고 눈에 힘을 주어 그를 응시했다.

잡설은 그만두고 제대로 일이나 합시다!

"어린 시절의 꿈부터 말씀해 주시겠어요?"

어린 시절부터의 꿈, 학창 시절은 어땠는지, 꿈을 이루기 위해 어떤 노력들을 했는지 등등을 물었다. 안순진 검사는 사전 조사 때부터 예상한 대로 성공 가도를 달리기에 최적화된 인물이었다. 부유한 집안에서 태어나 자랐으며 머리도 좋아 1등을 한 번도 놓친 적도 없었고 사시조차도 단번에 패스했단다.

그런 이야기를 늘어놓는 안 검사의 표정은 겸손과는 거리가 멀었다. 뭐, 성공 가도를 달리고 있으니 그럴 만도 하지. 이해가 되면서도 뭔가 인성이 후져 보였다. 좋게 보자면 자신만만한 태도였겠지만 주리는 아까부터 자신에게 닿는 그의 시선이 신경을 긁고 있었던 탓에 절로 그에 대한 반감이 솟구치는 것은 어쩔 수가 없었다.

"그러시군요. 그럼 연수원 성적도 수석이었겠네요."

"네, 그렇습니다. 송 기자님. 이런 이야기는 사전 조사를 하셔서 잘 알고 있으실 텐데 우리 시간을 좀 더 유익하게 쓰는 건 어떻습니까?"

사적인 감정을 배제한 채 최대한 예의를 갖춰 인터뷰를 진행하던 주리는 안 검사의 인터뷰 태도가 점점 거슬렸다.

유익하게?

실은, 사전 조사를 하며 주리는 아버지 송 변호사와 안순진 검사가 최근 패소한 사건에 대한 이야기를 나눴었다. 전관예우 의혹이 불거졌던 사건이다. 아버지는 정황상 그런 의혹이 불거진 것일 뿐 법이 개정되지 않는 한 검찰이 패소를 할 수밖에 없다고 했다.

객관적인 정황에도 불구하고 지금 제 눈앞에 앉아 있는, 잡지에서 금방 튀어나온 듯한 외모에 자신만만한 표정을 한 안 검사를 바라보고 있노라니 솔직히 그가 비리를 저지르고도 남을 인물 같다는 생각을 떨칠 수가 없었다.

"그렇다면 승률도 당연 100퍼센트여야 하는 거 아닌가요?"

주리는 호전적인 눈빛으로 안 검사를 쏘아보았다.

"한순간에 제가 무능한 검사가 된 것 같은 기분이 들게 하는군요. 100퍼센트는 아니지만 연수원 동기 중에 승률은 가장 높습니다."

그의 여유로운 표정과 대답에 주리는 더 발끈하고 말았다.

"전관예우에 대한 생각을 말씀해 주시겠어요."

"사전적 의미야 아실 테고, 법조계의 관행으로 행해지는 전관예우를 바라보는 제 견해를 알고 싶은 겁니까?"

순간, 순진의 표정이 묘해졌다. 여유로운 웃음이 사라진 그의 입매가 처음 그와 시선을 마주했을 때로 돌아가 있었다. 아마도 제 눈에 담긴 적의를 느낀 탓이리라.

"네."

"그건 이 인터뷰의 취지와 별로 상관이 없어 보이는데, 개인적인 질문입니까?"

주리는 아랫입술을 안으로 말아 깨물었다. 잘못을 저지르고도 잘못인 줄 모르는 인간에 대한 혐오 플러스, 그녀를 향한 사적인 관심을 숨기지 않는 그의 눈빛에 대한 반감 때문에 던진 질문이었다. 이러다가는 인터뷰를 망치고 사무실로 돌아가 편집장에게 깨질 것이다.

"개인적인 질문이 아닙니다. 법조인으로서 가져야 할 덕목을 갖춘 안 검사님의 매력을 부각시키기 위한 의돕니다."

주리는 아슬아슬하게 적당한 대답을 만들어냈다.

개뿔! 매력을 부각시키겠다니.

임기응변으로 제가 뱉은 말에 주리는 심사가 뒤틀렸다.

"그렇다면 좀 더 인터뷰가 진행된 이후에 해도 되는 질문 같습니다."

"네. 그럼 다시 질문을 드리죠."

안 검사는 교묘하게 빠져나가는 수법이 아주 능숙하게 몸에 배인 사람이다. 그렇게 단정 지을 수밖에 없잖은가. 코웃음이 났다.

"기분 나쁘셨습니까?"

"네?"

"코웃음을 칠 정도로 제가 무례하게 굴지는 않았습니다."

"코웃음이요?"

"훗, 시치미를 떼실 생각이시라면 그냥 넘어가죠."

순간 주리의 얼굴이 붉어졌다. 부끄러워서가 아니라 간신히 꾹꾹 눌러 담았던 감정이 폭발하려 들었기 때문이다. 검사의 눈초리로 돌아간 그는 비리 검사 주제에 누가 검사 아니랄까 봐, 자신을 피의자 대하듯 표정 하나 놓치지 않고 관찰하고 있었다.

그러고 보니 검사의 책상 앞에 놓인 자신이 앉아 있는 의자는 피의자를 위한 것이리라. 그는 무언가 뒤가 구린 사람이 확실했다. 그렇지 않고서야 전관예우에 대해 들먹이자마자 안면을 바꾸고 검사로서의 촉을 세울 이유가 무어란 말인가.

"최근 기소하신 재판 두 건 모두 패소하셨죠? 전직 인천 지검 판사 출신, 장은수 변호사와 전직 부산 지검 판사 출신, 현인배 변호사에게 말이에요."

"인터뷰를 위한 사전 조사라고 하기엔 과하군요."

"한 분은 안 검사님의 대학 시절 은사님이셨고, 다른 한 분은 연수원 수료 후, 안 검사님의 모델링이 되신 분이죠."

"무슨 의도로 그런 질문을 하십니까?"

"스스로가 조직의 생리에 순응해 전관예우를 벌였다고 생각하지 않으세요?"

"그분들은 제 스승이 맞습니다. 하지만 송 기자님의 억측에는 사과를 요구합니다."

"명예훼손, 허위사실 유포. 뭐 이런 걸로 고소하겠다는 말씀이신가요?"

"전관예우의 제대로 된 사전적 의미를 알고 계신 게 맞나요?"

"두 분 다 퇴직 후 맡은 첫 소송이 안 검사님에게 배당되었고 안 검사님은 존경하는 선배에 대한 예(禮)를 다하신 거 아닌가요?"

순간, 순진의 눈에서 섬광이 일었다. 아마도 본인에게 제기된 의혹에 대해 자유로울 수 없었을 것이다. 하지만 곧 분노로 일그러졌던 눈매가 여유로움을 되찾았다. 순식간에 일어난 그의 표정 변화였으나 너무나 강렬해 주리의 팔에 소름이 돋을 지경이었다.

"하, 본인의 직업을 혹시 사회부 기자로 착각하시는 건 아닙니까?"

"뭐라고요?"

순진의 어투는 주리가 기자 축에도 못 끼는 잡지사 기자라는 소리였다. 자존심에 금이 간 주리는 입술을 비틀어 올리며 언성을 높였다.

"훗, 그럼 인터뷰의 목적과 상관없는 질문을 하시는 의도가 뭡니까?"

"잡지 기사라고 해서 처덕처덕 미화된 이야기만 실리는 게 아니에요."

"전관예우 사건에 연루된 것에 대한 제 인간적인 고뇌와 아픔 내지는 뭐, 심경 고백 같은 걸 원하시는 겁니까? 그렇다면 접근이 틀렸습니다."

"가십거리나 얻을 목적이면 납작 엎드리기라도 하라는 건가요?"

함부로 무시하는 듯한 순진의 말에 주리는 어이가 없어 냉소를 머금었다.

"그럴 리가요. 자꾸 송 기자님이 본분을 망각하시는 것 같아 상기시켜 드린 겁니다. 대체 제가 전관예우를 하려고 일부러 패소를 선택했다고 생각하시는 근거가 뭡니까?"

"……."

근거 따위는 없었다. 그리고 처음부터 그를 비리 검사로 낙인찍을 생각도 없었다. 그가 인터뷰 내내 재수 없는 태도로 일관했대도 말이다. 그가 최소한 자신을 자극하는 눈빛을 보내지만 않았어도 말이다.

왜 이렇게 심장이 덜컹거리는지 도무지 이유를 알 수 없었다. 그와 벌이는 신랄한 대화 탓만은 아닌 듯했다. 자꾸만 신경을 건드리는 그의 묘한 분위기에 뾰족해진 상태라 그의 말대로 본분을 망각하고 말았다.

"근거도 없이 그런 말을 하는 건 기자님이 잘 아시는 것처럼 허위사실 유포와 명예훼손죄에 해당됩니다."

"저도 발뺌을 하면 그만이죠. 안 검사님처럼."

"송 기자님, 아마추어처럼 왜 이러십니까?"

안 검사의 눈길이 자신의 가슴에 닿는 것을 본 주리는 인상을 확 구겼다. 순간 분노한 주리는 그를 노려보았다.

"예의를 갖추세요!"

"이거 말하는 겁니다. 오해하는 게 주특기이신 모양입니다."

그가 손가락으로 정확하게 오른쪽 가슴 윗부분을 가리켰다. 아, 잊고 있었다. 핀 형태의 재킷에 꽂아둔 녹음기를. 평소엔 인터뷰를 시작하며 상대방의 동의를 구하곤 했다. 그런 기본적인 룰까지 잊고 있었다니. 주리는 미간을 좁히고 입술을 깨물었다.

"녹음을 하시려면 사전에 제게 동의를 구하셨어야 하는 것도 아시죠? 그건 기자로서의 기본적 예의가 아닙니까?"

날카로운 눈매를 유지하며 주리를 몰아붙이던 안 검사의 눈빛이 묘한 빛을 띠기 시작했다.

"몹시 당황하면 그렇게 입술을 질겅거리십니까? 그 입술은 무슨 죄입니까?"

비웃음이 담긴 안 검사의 말에 주리의 가슴이 들썩일 정도로 호흡이 거칠어지기 시작했다.

"이쯤에서 인터뷰는 그만두죠."

"저는 기자로서의 촉을 세워 의구심이 드는 부분에 대해 질문을 했을 뿐입니다. 절대 단정 지어 검사님이 전관예우를 저질렀다고 말하지 않았어요."

"하하하하, 다시 한 번 물어볼까요? 송 기자님이 사회부 기잡니까? 그리고 기자가 무속인도 아니고 촉이라니요. 이거 보세요, 송 기자님. 그러니까 기자 나부랭이라는 소리를 듣는 겁니다."

"뭐라구요? 기자 나부랭이요?"

더 이상 수습이고 뭐고 생각할 것도 없게 만드는 인신공격에 주리의 눈동자가 새빨갛게 달아올랐다.

"제 말이 틀렸습니까? 만약 송 기자님이 정확한 근거를 들고 왔다면 전 양심 고백이라도 하고 싶어졌을 겁니다. 그렇게 허술하게 추측만 가지고 섣불리 접근하시면 모든 기자분들을 욕 먹이는 겁니다. 감정적으로 일을 처리하는 건 우리 같은 직업을 가진 사람들에겐 아주 경계해야 하는 겁니다. 그건! 인터뷰를 하고 칼럼을 쓰는 분에게도 요구되는 것이죠. 제 말이 틀렸습니까?"

안 검사의 촌철살인에 주리는 입술을 깨물었다. 머릿속이 온통 하얗게 변하는 것 같았다. 결국 그가 말한 의미는 너 따위 가십거리나 쓰는 기자 주제에 사회부 기자 흉내는 그만두라는 소리가 아닌가.

"제가 조사해 본 바에 의하면 그건 명백한 조세회피가 맞아요. 조세피난처인 제3국에 역외회사를 세워 법인세까지 탈세한 케이스잖아요."

순진의 검은 눈동자가 위험하리만큼 빛을 뿜어냈다. 의도치 않은 공격에 단단히 방어태세를 갖추는 듯 보였다. 곧 그의 입을 통해 싸늘하고 분명한 어조의 변론이 이어졌다.

"위법을 따질 수가 없는 케이스였습니다. 세법을 저만큼 아십니까? 탈세인지 절세인지는 법을 적용하기 애매한 것이 많아요. 법이 개정되기 전까지 두 사건의 케이스는 누가 판단해도 위법이 아닌 경우입니다."

"하! 우습네요. 법이 개정된대도 소급과세도 받지 않으려고 원고 일부 승소 판결까지 받으셨더군요. 그렇게 파렴치한 범죄를 저질러 놓고도 스스로 기소할 자격이 있다고 생각하세요?"

먼저 인신공격을 했으니 이젠 안순진이 눈에 핏발을 세울 차례였다.

"흐음, 그렇게 생각하면 날 고소해요."

눈을 부릅뜨고 말하던 그의 표정이 여유로워졌다. 명백한 물증도 확증도 없으니 네까짓 게 할 수 있는 게 없다, 라는 거만한 그의 태도에 주리의 이마에 핏발이 섰다.

"난 그분들에게 패소의 대가로 어떠한 뇌물을 증여받은 사실이 없고 퇴직 후에도 후배들에게 전관예우를 구걸할 의지도 없습니다."

"그건 안 검사님의 주장일 뿐이잖아요. 사과 상자를 받았는지의 여부는 알 길이 없잖아요?"

"훗, 믿고 안 믿고는 송 기자님 자유입니다. 다시 한 번 말하지만 저는 전관예우 때문에 패소한 것이 아닙니다. 조세회피 정황이 발견되었기에 기소를 했고 그분들은 조세회피가 아니라는 정확한 근거자료와 소명자료를 제출하셨습니다. 제자로서 일부러 져드린 게 아니란 말입니다."

"여러 차례 강한 부정을 하는 건 좀 이상하단 생각이 드네요. 그만큼 뒤에 무언가를 숨기고 계시는 게 있는 거 아닌가요?"

"후우, 불쾌합니다. 언제까지 말꼬리를 잡고 늘어지실 겁니까? 제가 그렇게 한가해 보입니까?"

더 이상의 대화는 하고 싶지 않다는 듯 자세를 고쳐 앉은 안 검사가 안경을 쓰고 서류철을 펼쳤다.

똑똑.

노크 소리에 이어 문이 열리고 호기심 어린 눈을 한 여직원이 고개를 쏙 내밀었다.

"무슨 일입니까? 아, 박 사무장님이 오셨나요?"

아무런 감정도 담기지 않은 목소리로 여직원에게 묻는 순진 때문에 주리는 몹시 당황스러웠다. 아직도 감정이 정리되지 않은 채 큰 숨소리를 내는 자신에 비해 그는 아주 평온해 보였다. 마치 그의 바로 앞에 앉아 있는 자신의 존재감은 제로 같았다.

"저…… 잡지사에서 포토그래퍼가 오셨는데요."

순진이 대꾸를 하기도 전에 포토그래퍼, 가인석이 검사실로 들어섰다. 걱정스런 가인석의 시선이 주리에게 닿았다. 그리고 곧 안 검사에게로 그의 서늘한 시선이 박혔다.

그런 가인석을 마주 보는 안 검사의 시선에도 냉기가 흘렀다. 여직원은 심상치 않은 분위기에 압도된 듯 서둘러 문을 닫았다. 잠시 안 검사의 사무실에 묘한 정적이 이어졌다.

두 사람에게서 시선을 거둬들인 순진이 일에 집중하는 모양새를 가인석은 양해를 구하지도 않고 재빨리 사진을 찍었다. 주리는 숨 막히는 정적 속에서 서류 넘기는 소리와 플래시가 터지고 충전

되는 소리를 들으며 어찌할 바를 잊었다.

가인석에게 뭐라 설명할 수도, 사진을 찍지 마랄 수도 없었다. 그나마 다행인 것은 인석이 사진을 찍는 동안 순진이 그대로 내버려 두고 있다는 거다.

"더 필요한 질문이 남았습니까? 제가 보기엔 지금까지 인터뷰한 내용으로도 충분히 지면을 채울 수 있을 것 같습니다만."

여전히 서류에서 시선을 떼지 않고 말하는 그의 태도에서 단호함이 묻어났다. 이쯤에서 인터뷰를 마무리하고 기사는 실어도 좋다는 말을 하는 듯했다. 아마도 성준과의 친분 때문에 마지못해 하는 허락일 터였다.

환하게 웃는 안 검사의 사진 한 장은 필수였으나 지금 같은 상황에서는 기사를 싣게 해주는 것만도 감지덕지일 수밖에 없었다. 자존심이 엄청 상했지만 편집장에게 이런 사실을 고스란히 전하면 좋은 소리를 못 듣는 건 불 보듯 뻔했다.

"인터뷰에 응해주셔서 감사합니다."

하는 수 없이 주리는 자리에서 일어나 가인석과 눈빛을 교환하고 검사실을 나갔다.

"후우우우."

서류에서 눈을 뗀 순진은 주리가 사라진 방문으로 시선을 옮기며 넥타이를 느슨하게 풀어냈다. 그런 그의 미간이 점점 좁아들고 있었다.

1

"한관우?"

동명이인일 거야.

얼마 전 기소했던 AJ그룹 조세회피 의혹사건의 담당 변호사가 바뀌었다는 통지문을 읽고 있던 안순진의 눈썹이 위로 치켜 올라갔다가 제자리로 돌아왔다. 뭔가 석연치 않았다.

"사무장님. 이 사건 담당 변호사가……."

"네. 검사님이 생각하시는 그분 맞습니다. 한 달 전 광주 지검장으로 퇴임하신."

순진은 미간을 좁혔다. 김 사무장의 대답을 듣는 순간 3개월 전, 날 선 눈빛을 보내며 신랄하게 퍼붓던 송주리의 얼굴이 떠올랐던 것이다. 전관예우 의혹이 불거진 사건에 대해 자신이 아무리

떳떳하다 해도 세간의 입방아는 잔혹하기까지 했다.

무시로 일관하는 방법밖에 없다고 판단했고 어떠한 대응도 하지 않았다. 잡지사 인터뷰를 승낙했던 것도 동료 검사며 친구인 성준의 부탁 때문이었다. 인터뷰를 진행했던 송주리는 성준의 오랜 친구라고 했다.

하!

3개월이나 지났지만 인터뷰하던 그날을 떠올리면 하도 어처구니가 없어 이렇게 실소가 터지고 만다. 송주리가 기자치고는 드물게 생긴 미인이었고 성준의 친구라 친근감을 드러냈을 뿐이었다. 게다가 그녀가 처음 인터뷰를 진행하는 사람처럼 긴장하는 듯 보여 긴장을 풀어주려 했던 거다.

그런데 마치 추파를 던지는 사람 취급이라니. 그것도 모자라 전관예우를 들먹이기까지. 성준의 친구가 아니었다면 그 정도 선에서 그치지 않았을 것이다. 제대로 뭉개주어도 시원찮았다.

"왜요? 무슨 문제라도 있습니까?"

사무장이 보내는 의아한 시선에 잠시 딴생각을 하던 순진은 어색한 웃음을 지었다.

"아, 아닙니다."

순진은 몸을 돌려 집무실로 들어갔다. 자리에 앉아 서류를 펼쳐 들었지만 자꾸만 찜찜한 기분이 들어 통 일에 집중할 수가 없었다.

송 기자와의 인터뷰 이후, 전관예우 의심을 받은 두 건의 소송들을 되짚어 살펴보았다. 혹시라도 놓친 부분이 있었던 게 아니었을까. 조금이라도 양심에 거리낄 것은 없었나. 꼼꼼하게 살폈지만 주리에게 해명한 그대로였다.

"부장검사님께 다녀올게요."

한참이 지나도 개운하지 않았던 순진은 사무장에게 그렇게 말하고 부장검사실로 향했다. 강세준 부장검사는 순진이 서부 지검에 근무하게 되면서 처음 뵈었지만 강직하다고 소문이 나 있기도 했고 순진도 그를 믿을 만한 분이라 여겼다.

순진은 강 부장검사라면 명쾌하게 의문을 풀어줄 거란 판단이 섰다. 그리고 혹시라도 생길 수 있는 잡음을 애초부터 만들지 않는 것이 옳다고 생각했다.

"AJ 사건의 담당 검사를 교체해 주십시오."

"그 사건은 이미 자네가 조사를 충분히 끝냈지 않았나? 이제 와서 이러는 이유가 뭔가?"

평소와 다름없는 무표정한 얼굴이던 강 부장검사의 시선에서 날카로운 느낌이 전해졌다. 그가 날을 세울 이유가 있기라도 한 것인가? 순진은 자신이 석연치 않게 생각하고 있는 부분에 대해 강 부장검사에게 묻기 시작했다.

"왜 이 사건을 제게 배정하셨습니까?"

"무슨 말이 하고 싶은 건가?"

"검찰에서 기소할 때에는 분명 의심스러운 정황이 있기 때문이고 승소가 목적이지 않습니까? 그런데 저는 비슷한 기소 건에서 두 번 다 패소했습니다. 여론을 잠재우려는 목적으로 기소를 한 것 같은 느낌을 지울 수가 없어서 그렇습니다."

"검찰이 언론 플레이에 놀아나는 집단이라는 건가! 기자 나부랭이들이 떠드는 소리 같은 건 들을 필요 없다고 당부했던 것으로 기억하네."

"전직 인천 지검 판사 출신, 장은수 변호사. 전직 부산 지검 판사 출신, 현인배 변호사. 그리고 전직 광주 지검장 출신, 한관우 변호사. 뭔가 이상하다는 생각 들지 않습니까?"

조금 더 강도가 강해진 부장검사의 거친 눈빛이 그에게로 날아들었지만 순진은 물러서지 않았다. 한 치의 의혹이 있다면 그걸 밝히는 것이 검사로서의 신념을 다하는 것이기에.

"그게 뭐 어쨌다는 거지? 그래서 자네가 뇌물을 받기라도 했나? 아니면 나중에 자네도 전관예우를 받고 싶어서 전관예우를 해주기라도 했어!"

"그건 아니지만…… 우연의 일치라고 하기엔 전관예우의 냄새가 풍기잖습니까."

"이름처럼 안 순진한 줄 알았더니 이름처럼 순진한 소리를 하는군."

묘한 미소를 피워 물은 강 부장검사의 작게 중얼거리는 소리가 순진의 귀에 똑똑히 박혀들었다.

"무슨 의미입니까?"

"아닐세. 하던 대로 하란 말이네."

아연실색을 하게 만드는 강 부장검사의 태도에 순진은 이를 꽉 물었다. 그의 얼굴 양옆 관자놀이가 툭 불거졌다. 하던 대로 하라니. 그건 분명 전관예우를 다하라는 말처럼 들렸다.

"절대 전관예우 건이 아니라는 말씀으로 알아듣겠습니다."

"편할 대로 생각하게."

"그럼 시간이 걸리더라도 이 사건에 대해 좀 더 면밀한 분석을 해봐야겠습니다."

"무슨 말인가?"

"현재까지의 분석으로는 Treaty shopping이 확실해 보입니다. 최근 상대국과의 조사공조가 가능하도록 하는 조세조약이 체결된다고 하니 기소유예를 시켰다가 좀 더 면밀하게 조사한 후 기소를 다시 하겠습니다."

아마도 조세조약 체결 전에 서둘러 기소하고 무죄를 받으려는 속셈이리라. 순진은 자신의 소신껏 일하겠다는 경고성 발언을 서슴지 않았다.

입술을 굳게 붙이고 있는 강 부장검사의 한쪽 입꼬리가 미세하게 씰룩였다. 무언가 감정을 억누르는 기분이 들었지만 순진은 무시했다. 할 말을 다 했기에 자리에서 일어나 가볍게 목례를 하고 방을 나오려는 차였다.

"여론은 어떻게 할 생각인데? 무능한 정부를 질타하는 목소리는 어떻게 잠재울 거지?"

"검찰이 관여할 문제는 아니라고 봅니다."

방 문고리에 손을 얹었던 순진이 뒤돌아서서 대답했다. 검찰은 죄를 지은 자들의 죄를 조사해 법에 입각한 합당한 형벌을 주라고 소를 제기하는 기관이잖은가. 정부의 무능함은 어제오늘의 문제도 아니고 그건 검찰에서 해결할 수 없는 것이다.

"참, 자네 고지식한 구석이 있구만. 알았네. 알아서 하게."

어이없어하는 웃음을 짓는 강 부장검사의 표정에 비위가 상하고 기분이 언짢았지만 순진은 더 이상의 대꾸 없이 부장검사실을 나왔다. 복도로 나온 순진은 넥타이를 신경질적인 동작으로 풀어냈다.

믿었던 조직에 대한 배신감으로 온몸에 불길이 화르륵 번지는 것만 같았다. 자꾸만 귓가에 이름처럼 순진한 말을 한다는 강 부장검사의 조롱 섞인 목소리가 맴돌았다.

신념을 가지고 일한 대가가 고작 이런 거였나 싶다. 보이는 것이 전부가 아니었다. 상대방이 보여주고자 하는 모습 이면의 속내는 더러 저렇게 추악한 것이 들어 있을 수 있었다.

아니, 어쩌면 자신이 상대의 보고 싶은 모습만 취해서 보았는지도 모를 일이다. 바로잡을 수 있는 기회가 아주 없는 것이 아니란 것에 집중해야 한다. 그런 생각에 다다른 순진의 눈에 전의가 타올랐다.

아무리 순진이 전의를 불태운다 하더라도 거대한 검찰 조직 앞에서 순진은 아무런 힘도 가질 수가 없는 일개 검사에 지나지 않았다. 강 부장검사와의 독대 후, 법원에 바로 기소유예를 신청했다.

하지만 며칠 만에 기소유예 반송과 더불어 담당 검사 교체가 이뤄졌다. 이에 무조건적인 복종을 강요하는 집단에 맞서 순진은 검찰 내사과로 진정을 했지만 그 역시도 혐의 없음으로 판정이 났다.

순진은 분함을 견딜 수가 없었다. 며칠 동안 뜬눈으로 밤을 지새운 끝에 그는 검사직을 그만두기로 했다. 그동안 한 해 2,000여 건이나 되는 사건들을 처리하는 원동력이 되었던 정의가 존재하지 않는 조직의 배신은 그로 하여금 더 이상의 미련도 없게 만들었다. 주변 사람들의 만류가 있었지만 그를 말릴 수는 없었다.

"일찍도 전화했네."

성준을 나무라는 뉘앙스를 풍기는 말과 달리 순진의 표정은 웃고 있었다. 순진이 사표를 던지고 검사직을 그만둔 지 일주일이 지났을 무렵 성준에게서 술 한잔하자는 연락이 왔다.

어마어마하게 배당된 사건들을 처리하는 것만으로도 24시간이 모자란 고된 성준의 일상을 모르는 바가 아니다. 순진도 몇 주 전까지 검사였으니까. 게다가 성준은 결혼을 앞두고 있는 예비 신랑이었다.

"괜찮은 거냐?"

걱정스런 눈빛을 한 성준이 조심스럽게 순진의 얼굴을 살폈다. 순진과 성준은 연수원 동기로 만나 친구가 되었다. 뿌리가 깊은 친구는 아니었지만 같은 길을 걷고 있었고 통하는 구석이 많아 제법 가깝고 막역한 사이가 되었다.

"괜찮고 말고 할 것도 없어. 미련 없으니까."

"하여간. 대체 그 자신감은 어디서 만들어지는 거냐?"

"무슨 말이야?"

"엘리트 코스 밟으며 단 한 번도 실패를 경험하지 않은 네게 어찌 보면 이번 일은 첫 번째 좌절인 셈이잖아. 그런데 어떻게 이렇게 멀쩡한 얼굴을 하고 있을 수 있어."

이번 일은 순진을 무너뜨리고도 남을 만한 것일 수도 있었다. 그럼에도 불구하고 순진에게서는 평소와 다른 점을 찾아낼 수 없었다. 성준은 고개를 절레절레 흔들 수밖에 없었다.

"좌절? 이게 왜 좌절이야. 내가 버린 거다. 그 대단함으로 똘똘 뭉친 조직 나부랭이를."

"뭐?"

순진의 말이 하도 어이없는 허세로 여겨져 성준은 입을 크게 벌렸다.

"파리 들어가."

순진이 피식 웃으며 성준의 입안으로 올리브를 던졌다.

"뭐 하는 거야!"

올리브가 테이블로 떨어졌다. 성준이 눈살을 찌푸리며 입 주변을 손바닥으로 쓱 닦다가 피식 웃었다. 코 빠뜨리고 앉아 푸념을 늘어놓는 순진이 아니라 다행이었다. 만약 이런 상황에 놓여 있었다면 성준은 순진처럼 저렇게 이겨낼 수 없을 거란 생각이 들었다. 그런 면에서 순진은 남자인 성준이 보기에도 멋진 놈이다.

"자식! 멋진 놈!"

"훗, 설레게 왜 이러냐?"

순진이 빙글거리는 웃음을 입가에 머금는다.

"뭐! 으윽, 소름 돋아. 근데 어쩌냐? 한발 늦었다. 난 이미 임자 있는 몸이거든."

"변태 새끼. 지가 먼저 해놓고 나한테 뒤집어씌우고 있어."

"하하하하."

순진이 눈을 흘기자 성준은 고개마저 완전히 젖히고 시원스레 웃었다.

"그렇게 좋냐?"

"뭐가?"

"뭐긴 뭐야. 결혼 말이지."

"뜬금없긴. 야, 인마 네 이야기나 좀 더 하자. 그래서 넌 앞으로 어쩔 셈이야?"

"뭘 어째. 지금은 아무 생각 없다."

가볍게 말하는 순진의 눈빛이 진지하게 바뀌고 있었다. 아무리 순진이 긍정적 에너지가 넘치는 성격을 가지고는 있지만 가볍지만은 않은 진지한 구석도 있었다.

"내가 검사를 그만두고 나온 건 조직의 생리에 부응할 수도, 그렇다고 들이받을 수도 없는 현실이 너무 답답해서야. 내가 믿었던 정의에 제대로 뒤통수 맞은 기분이랄까? 아무리 생각해도 내가 대체 뭘 하고 살아온 건지 모르겠다. 코에 걸면 코걸이 귀에 걸면 귀걸이가 되는 법을 대단한 정의인 양 자부심을 가지고 일하다니."

"왜 안 그렇겠냐."

성준은 답답함에 한참이나 비워지지 않았던 잔을 들어 올려 한 번에 넘겼다.

"나, 실은 널 좀 비웃었었다."

"고백하는 거냐?"

순진의 조금 무거운 눈빛이 성준에게로 향하자 성준이 농담을 던진다. 눈살을 찌푸리고 있는 순진의 어깨를 성준이 툭툭 쳤다.

"알고 있었다."

"그런데도 날 친구라고 네 곁에 두었던 거냐?"

성준은 검사로 일하며 음란채팅 사이트에 직접 접속하는 방식으로 꾸준히 탈선의 현장에 놓여 있는 아이들을 선도하는 일을 해왔다. 그런 성준이 음란채팅 사이트에 접속하고 있는 모습을 볼때마다 만류도 하고 좀 더 고차원적인 방법을 찾아야 한다고 성토를 했었던 순진이다.

"견해의 차이라고 생각했으니까. 너는 너대로 정의를 찾아가고 나는 내 방식으로 정의를 찾아가는 거 아니었을까?"

"후우, 모르겠다. 그놈의 정의가 대체 뭔지."

"내 생각은 그래. 세상의 정의는 거대한 조직의 수장들에 의해서 유지되는 게 아니라 의로운 일에 대한 신념을 가진 자들에 의해서 지켜지는 거라고. 그런 사람들이 많아질수록 조금씩 세상이 좋게 변하고 나중에는 좀 더 나은 세상이 올 거란 희망을 가질 수 있는 거 아닐까? 그게 정의인 거지."

"그런다고 쓰레기 같은 인간들이 세상에서 사라질까?"

"사라지기야 하겠냐? 하지만 적어도 활개를 치지는 못하겠지."

"모르겠다."

성준의 무지갯빛 사고를 좀처럼 받아들일 수 없는 순진은 어깨를 으쓱했다.

"그래도 배운 게 도둑질이라고 법조계를 떠나지 않을 거잖아."

"당장은 그저 쉬고 싶을 뿐이야. 인생의 전환점을 맞이한 것이나 다름없으니 충분히 생각하고 결정할 거다. 남을지 떠날지는."

"그럼 송 변호사님을 한 번 만나보는 건 어때?"

"네 멘토가 되어주셨다는 그분?"

"어. 무작정 생각만 한다고 정리가 되는 것도 아니고 어차피 변호사로 개업을 하기 전까지는 시간이 있으니까 그분 곁에서 좋은 영향을 받는 것도 나쁘지 않을 것 같다."

성준의 제안에 순진은 고개를 끄덕였다. 반듯한 친구에게 반듯한 사고를 심어준 멘토, 송 변호사라면 지금 자신이 처한 상황에서 무언가 답답함을 풀 수 있는 열쇠를 제공해 줄 수도 있을지도 모른다.

"그래. 실은 어머니께서 걱정이 이만저만 아니시다. 젊은 놈이 종일 집구석에서 뒹굴거린다고. 내 꼴 보기 싫어서 당장 고향으로 내려가야겠다고 성화다."

"어머니께서 얼마나 걱정이 많으시겠냐. 그러니까 내 말대로 해. 음……."

"왜?"

무언가 할 말이 있는 듯 뜸을 들이던 성준이 씨익 웃자 순진은 미간을 찌푸리며 물었다.

"아니야. 내가 수일 내로 송 변호사님 만나뵙고 말씀드려 놓을게."

"언니!"

마당에서 잡초를 뽑고 있던 주리는 반가움이 잔뜩 묻어나는 목소리로 대문 안으로 들어서는 성희를 불러 세웠다. 성희는 동생, 성준의 결혼식 날이라 그런지 옅은 화장을 하고 있었다. 옅은 화장만으로도 단번에 마흔을 넘긴 나이를 잊게 할 만큼 성희의 고운 얼굴은 마치 방부제를 머금은 것 같았다.

"오늘 너무 신경 쓰신 거 아니에요? 그 정도면 민폐 하객이다."

"안 하던 화장 좀 했다고 놀리기야?"

"후후, 정말 예뻐요. 아무리 생각해도 언니는 김밥집 아줌마로 쓰기에는 너무 아까워요."

키도 크고 날씬한 성희는 조금만 꾸며도 스타일리쉬하게 변신하곤 했다. 광장시장에서 김밥 장사를 하기 전, 그녀는 꽤 잘나가던 메이크업 아티스트였다. 아마도 그녀가 평범한 가정에서 자랐다면 지금쯤은 대륙을 주름잡고 있을지도 모를 일이다.

"후후후, 아빠는?"

성희의 눈길이 활짝 열려 있는 거실 안쪽을 더듬고 있었다. 1층이라고 하기엔 애매한 높이에 있는 집 안은 외부에서 쉽게 들여다볼 수 있는 구조가 아니었다.

"청소 중이세요."

"그래? 얼른 들어가서 도와드려야겠다."

살짝 얼굴이 붉어진 성희가 계단을 올라 서둘러 안으로 들어갔다.

이곳은 최근까지도 어려운 일에 처한 사람들의 임시 피난처인 쉼터 역할을 했었다. 현재는 홍은동과 도봉산에 마련된 쉼터가 체

계적인 시스템이 갖춰진 터라 특별한 경우를 제외하고는 단출하게 주리와 준태 부녀만 살고 있었다.

주리가 성희를 알게 된 것은 성희가 열여덟 나이에 7살 어린 동생, 성준과 함께 이 집에 머무르면서부터다. 그 당시 7살이었던 주리는 나이 차이가 많이 나는 성희를 이모라 불렀었다. 그런데 성준과 친해지며 자연스레 언니라 부르게 됐다.

그녀의 뒷모습을 바라보는 주리의 입매가 일자로 굳어졌다. 성희, 아버지 두 사람의 마음을 알고 있는 탓이다. 성희를 알고 지낸 세월이 벌써 27년이나 되었다. 주리에게 때론 엄마의 빈자리를 채워주었고 때론 친구가 되어주었던 성희다. 어디 그뿐인가. 한결같이 아버지 곁에 머무르며 든든한 지지자가 되어주었다.

실제로 가족은 아니었지만 성희는 주리에게 가족 이상의 의미가 있는 사람이었다. 그러니 성희가 진짜 가족이 되어도 무방했지만 아버지는 성희를 여자로 보지 않았다.

엄마의 가출로 성립된 이혼 이후, 혼자 된 아버지는 마치 일과 결혼한 사람 같았다. 주리는 어려운 이들을 위한 삶을 실천하고 있는 아버지가 때로는 성직자 같다고 생각하곤 했다.

직업은 변호사지만 쉼터 운영에 더 힘을 쏟고 어려운 이들을 위한 법률적인 것에 대한 무료 상담과 무료 변론에 이르기까지 타인에게 오롯이 바쳐진 삶을 살고 계시니 주리가 그를 성직자 같다고 여기는 건 어쩌면 당연한 거였다.

"외롭지 않으신 건가?"

부모님이 20살 동갑 때 결혼했으니까 정확하게 스물여섯에 혼자 된 아버지다. 우와! 정말 젊은 나이잖아? 아버지가 이혼한 나이를 떠올리면 새삼스레 놀라곤 한다. 아버지가 원래 아버지로 태어난 것도 아닌데 왜 이런 생각을 이제야 하게 되는지 모르겠다.

그만큼 아버지가 너무 완벽한 사람으로 여겨지기 때문일 것이다. 하지만 아무리 완벽하더라도 아버지도 평범한 남자이고 싶은 순간이 있지 않을까 의문이 들곤 한다.

"연애라도 좀 하시지."

슬쩍 고개를 돌려 집 안을 살피던 주리는 어깨를 으쓱했다. 연애라는 단어를 뱉고 보니 조금 우습다는 생각이 들었다. 연애를 한다는 게 사람을 행복하게 만드는 것인지 경험한 바가 없기 때문이다. 그저 주변 사람들을 통한 간접경험으로 연애를 하면 행복한 건가 보다 정도의 느낌이었다.

그런 생각들을 하던 주리는 미간을 찌푸렸다. 불쑥 머릿속을 비집고 잊고 지내던 엄마의 얼굴이 떠올랐던 것이다. 사춘기 무렵 마지막으로 본 엄마의 얼굴은 행복해 보였다. 의로운 남편도 어린 딸도 버리고 집을 나간 사람으로서 그렇게 행복한 미소를 짓는 엄마를 이해할 수 없었다. 엄마보단 아버지가 더 행복할 자격이 있었다.

"주리 언니!"

밝은 목소리에 주리는 고개를 돌렸다. 은영의 화사한 미소는 절로 입가를 늘이게 만들었다. 하지만 은영의 뒤를 따라 들어온 성준을 본 주리의 입술 끝은 아래로 곤두박질쳤다.

"야! 박성준! 너도 잡초 좀 뽑아!"

주리는 인상을 찌푸리는 것도 모자라 성준에게 한소리 했다. 요즘 아버지가 일이 많아 통 신경을 쓰지 못하는 사이 마당에는 잡초가 즐비했다. 그런데 굳이 이곳에서 결혼식을 한다는 성준 때문에 이른 아침부터 마당의 잡초를 뽑고 있었으니 화가 나는 게 당연하다.

"미리 와서 결혼식 준비는 해야 하는 거 아니냐고. 나도 어제까지 마감 때문에 잠도 제대로 못 잤다고."

"우리도 바빴어. 이거 다 날라다 놓고 와서 내가 할 테니까 넌 들어가라."

성준이 양손 가득 들고 들어온 쇼핑백들을 거실로 가져가며 대꾸했다.

"언니, 저도 할게요."

"어머! 그런 옷을 입고? 게다가 은영 씨는 신부잖아."

주리는 얼른 인상을 펴고 함박웃음을 지었다. 성준과 은영, 그들은 주리의 집 마당에서 치러질 개념 결혼식의 주인공이었다. 성준과는 거의 30년 지기 친구였고 은영은 안 지 얼마 되지 않았다. 성준도 저처럼 독신주의자인 줄 알았던 주리는 그가 결혼한다는 게 통 믿겨지지 않았다.

"에이, 괜찮아요. 저도 할게요."

은영이 서글서글한 성격이란 건 알았지만 신부에게 이런 일을 시킬 수는 없었다.

"아이, 거의 다 했어! 성준이 일 부려먹을까 봐 이러는 거지?"

시스루 원피스를 입은 고운 신부가 마당에 쪼그리고 앉자 주리는 눈을 흘겼다.

"아니에요."

정말 아니라는 듯 은영이 눈을 크게 뜨고 손사래를 쳤다.

"다 했다니까."

그만두지 않으면 진짜로 은영은 잡초 뽑는 일을 할 기세였다. 주리는 얼른 은영의 손을 잡아 일으켰다. 은영의 소탈함이 성준으로 하여금 결혼을 결심하게 만든 것 같았다. 절로 미소가 지어지게 만드는 사람이었다.

"뭐가 그렇게 많아?"

바쁘게 짐을 옮기는 성준을 도와주려고 대문 앞으로 나갔다. 차 트렁크를 들여다본 주리는 눈을 크게 떴다. 하객 20인분의 식사라고는 하지만 음식의 양이 웬만한 뷔페를 옮겨온 것처럼 많았다.

"누나가 준비하느라 고생 좀 했지."

"출장 뷔페를 부르지. 언니도 장사하느라 바쁜데."

"아이들이랑 저랑 가게 보고 언니는 일주일 내내 음식 준비만 했어요. 제가 말렸는데도 소용없었어요."

"하긴 언니가 음식 준비하면서 무척 행복했을 거야."

성준의 이야기를 나눌 때면 안타까움을 보이던 성희였다. 아마도 제가 결혼한다고 하면 아버지도 성희처럼 기뻐할 터였다. 하지만 아버지를 기쁘게 하기 위해 결혼을 할 수는 없잖은가. 주리는 어깨를 으쓱했다.

허례허식을 뺀 의미 있는 개념 결혼식을 하기로 한 성준과 은영 커플의 의도대로 화려한 꽃장식이나 결혼식을 연상시킬 만한 러블리한 분위기는 전혀 찾아볼 수 없었다.

그들은 결혼에 드는 비용을 모두 기부할 예정이었다. 서로 아끼고 배려하며 사랑하기 위해 함께 살기로 한 건데 굳이 화려한 결혼식을 할 이유도 없단다.

그런 까닭에 하객으로 초대된 이들의 옷차림조차도 편안해 보였다. 심지어는 결혼의 당사자인 성준도 하얀 셔츠에 회색 슬랙스를 입었고 신부인 은영조차도 웨딩드레스가 아닌 길이가 짧은 흰 원피스 차림이다.

정확하게 정오가 되었을 때 마당에서는 성준과 은영의 결혼식이 시작됐다. 마당에는 삼삼오오 하객들이 서 있었고 성준과 은영의 거실 현관으로 이어지는 계단 위에 올라섰다.

기존의 결혼식 절차를 모두 생략한 채 마당에 모인 하객들 앞에서 성준과 은영은 서로를 마주 보고 섰다. 그리고 자신들이 서로를 얼마나 사랑하고 있는지를 말하기 시작했다.

"은영이는 엉뚱해서 저를 놀라게 하지만 그것도 제겐 매력적으로 느껴집니다."

"성준 오빠는 너무 고지식해서 답답할 때도 있지만 그것도 제겐 매력적입니다. 다 이해할 수 있어요."

"디스냐? 사랑 고백이냐?"

"하하하하. 제대로 콩깍지가 씌웠구나. 그렇게 콩깍지가 씌워야지 결혼하는 거야."

뜨거운 시선으로 서로를 응시하며, 그럼에도 불구하고 서로를 사랑하고 있다는 표현을 솔직 담백하게 하는 그들에게 하객들은 웃으며 한마디씩 던졌다. 한동안 이런 식의 고백과 덕담이 이어졌다.

"나, 서은영과 나, 박성준은 이제부터 부부가 되어 예쁘고 행복하게 잘살겠습니다."

두 손을 맞잡고 마주 선 신랑과 신부가 결혼 선언을 한 후, 서로를 가볍게 포옹하는 것으로 결혼식은 끝났다. 하객들은 함박웃음을 머금고 그들을 향해 축복 어린 박수를 보내주었다.

성희와 준태 옆에 서 있던 주리도 그들에게 응원의 박수를 보냈다. 결혼식마저도 검소하게 치를 만큼 같은 방향을 바라볼 줄 아는 그들이라면 끝까지 자신들의 사랑을 잘 가꿔 나가지 않을까.

행복한 웃음을 짓는 신랑 신부를 바라보는 주리의 시선에는 막연한 기대감만 감돌뿐이었다. 결혼에 대한 동경이나 부러움 따위는 없었다. 가보지 않은 길, 실제로 경험하지 않은 것에 대해서는 철저하게 무감각한 주리였다.

"저 두 사람 참 잘 어울리지. 앞으로 잘살 거야."

주리가 고개를 돌려 그렇게 말하고 있는 성희를 보았다. 성희의 눈가가 촉촉하게 젖어 있었다. 주리는 가만히 고개를 끄덕였다.

"딸! 부럽지!"

성희 옆에 나란히 서 있던 준태의 말에 주리는 심드렁한 표정을 지으며 고개를 저었다.

"너도 얼른 짝을 만나야지. 아버지 걱정이 태산이야."

성희가 준태를 거들고 나섰다.

"아니, 왜 불똥이 나한테까지 튀지? 여기 짝 없는 사람이 나 말고도 두 사람이나 더 있는데 말이에요. 이래 봬도 전 위아래 구분은 확실히 한다고요. 두 분이 짝을 찾으면 저도 결혼할게요."

"에이, 그런 말이 어디 있어."

말도 안 되는 조건이라며 성희와 준태가 펄쩍 뛰자 주리는 딴청을 피우듯 고개를 돌렸다. 그사이 성준이 그들에게 다가왔다. 은영은 친정 식구들에게 둘러싸여 덕담을 듣고 있었다.

"누나, 이제 식사해야지."

"그래."

성희는 결혼한 성준이 대견스럽다는 듯 한번 그를 포옹하고는 집 안으로 손님들을 이끌고 들어갔다. 그들을 뒤따라 들어가는 성준의 팔을 잡아당긴 주리가 눈을 흘겼다.

"너 때문에 한 소리 들었어. 어쩔 거야?"

"어른들 걱정하시는 거야 당연한 거 아냐? 한 귀로 듣고 한 귀로 잘 흘리면서 오늘따라 왜 이러실까."

"네가 이렇게 날 배신할 줄 몰랐다!"

"배신이라니? 난 너처럼 독신주의는 아니었어."

맞다. 성준은 독신주의라기보다는 온전히 자신을 이해하고 지지해 줄 수 있는 사람을 기다려 왔다. 은영이 바로 그런 사람이라는 거다.

"네, 네."

볼멘소리를 하던 주리는 건성건성 답했다.

"아무리 간소하게 해도 그렇지 네 친구들도 안 부른 건 너무

하다."

하객들은 은영의 가족과 그녀의 친구 몇 명, 성희가 돌봐주던 아이들이 전부였다. 간소하게 한다며 친구도 부르지 않은 건 너무하다 싶었다. 그래도 결혼은 축제가 아니던가.

"다들 시간이 안 맞아서. 이따가 우리 집에서 모이기로 했어."

신혼여행도 가지 않고 결혼식 당일에 바로 집들이를 하겠다는 그들은 대체 어느 별에서 온 건지 모를 일이었다. 하지만 이렇게 모든 면에서 서로를 충족시켜 줄 수 있는 관계라면 어쩌면 사랑은 해볼 만한 가치가 있는 일인지도 모르겠다.

Rrrrrrr.

"어, 순진아."

순진? 설마 안순진?

성준의 휴대폰이 울리고 전화를 받은 성준의 입에서 불쑥 순진이란 이름이 튀어나오자 주리는 불편한 심기를 드러내며 잔뜩 인상을 찌푸렸다. 아직도 인터뷰 때를 떠올리면 머리카락마저 곤두섰다. 무례하기 짝이 없는 눈매와 함부로 놀리던 입술, 베어버릴 기세로 뻗은 날카로운 콧날, 단단한 턱선까지. 순진은 주리의 머릿속에 각인되어져 있었다.

"벌써 두 바퀴나 돌았다고? 그럼 집 앞으로 다시 와. 내가 주차할 곳 알려줄게."

"너, 설마 안순진도 부른 거야?"

말이 곱게 나갈 리 없었다. 아무리 성준의 결혼식이라지만 순진을 하객으로 부르다니. 인터뷰 때 있었던 일을 알고 있으면서 말이다.

"불편해도 참아라. 순진이는 내 결혼식 하객 신분이다."

"여기가 어디라고 나타나!"

주리는 불쾌한 기분을 숨기지 않은 채 계속 이죽거렸다.

"순진이는 여기가 네 집이라는 거 몰라. 그리고 인터뷰 때 무례했던 건 순진이가 아니고 너야."

"잡지사 기자 나부랭이라고 말하는 놈한테 예의를 지킬 수는 없지."

"너 지금 억지 부리는 거지? 전관예우를 들먹인 건 너잖아."

성준이 잔뜩 이맛살을 찌푸려 사나운 눈초리를 한 주리의 이마를 손가락으로 살짝 튕기고 밖으로 나갔다.

"쳇!"

반듯하기로 둘째가라면 서운할 성준이 어떻게 순진을 친구로 여기는지는 좀처럼 납득할 수가 없었다. 반듯하고 겸손한 성준과는 전혀 다른 부류인 잘난 척 대마왕에 거만하고 재수 없는 자식을 다시 마주치고 싶은 생각은 눈곱만큼도 없었다.

"신랑 맞아?"

조수석에 오르는 성준을 향해 순진은 어이없어하는 표정을 지었다. 왜 아니겠는가. 하객 초대 없이 치르는 검사의 검소한 결혼식이라니. 순진은 이런 경우를 지금까지 전혀 듣도 보도 못했다. 게다가 성준은 방금 결혼식을 마친 신랑의 복장이라고 하기엔 너무나 평범한 일상복 차림이었다.

"은영이가 원하기도 했고, 나도 번잡한 건 싫어서."

입매를 늘이며 웃고 있는 성준의 표정만큼은 이 세상 누구보다 행복해 보였다.

"어쨌든 축하한다."

성준과 은영이 검찰청 엘리베이터 앞에서 서로에게 보내던 눈빛을 떠올리며 순진은 싱긋 웃었다. 여자친구냐고 묻는 말에 성준이 펄쩍 뛰며 그런 사이가 아니라고, 일로 엮인 사람이라고 강조하더니만 몇 달 만에 결혼이라니.

두 사람의 인연은 독특하게 시작되었다. 은영이 심리학과 졸업 논문을 준비하는 과정에서 성준에게 도움을 구하러 성희의 김밥집에 왔다가 성준이 음란채팅 사이트에 접속한 것을 보고 그를 음란검사로 오해했다고 한다.

정의감과 호기심이 왕성했던 은영은 반듯하다고 소문난 음란검사 성준을 응징하기 위해 접근했다가 실제로는 반듯한 성준의 매력에 푹 빠져들 수밖에 없었다. 우여곡절 끝에 오해도 풀고 서로의 마음을 확인한 두 사람이 결혼하는 걸 보면 확실히 세상에는 인연이란 게 존재하는 모양이다. 순진이 아는 한 성준은 연애 한번 해본 적 없었다.

"부럽진 않고?"

성준의 물음에 순진은 피식 웃었다.

"지난번에 어머니 뵀을 때 많이 걱정하시더라. 네가 도통 연애도 안 하는 눈치라고. 그러면서 뭐라고 물으셨는지 네가 알면 기절할걸."

"뭔데?"

"네가 혹시 남자를 좋아하냐고 하시더라."

"헉!"

순진은 하도 기가 차 말문이 막혔다.

"야, 인마. 네 어머니 말씀이 지나친 게 아니지. 여자 여럿 홀리게 생겨서는."

대놓고 순진에게 관심을 보이는 여자는 그의 주변에 널려 있었지만 전혀 그의 흥미를 자극하진 못했다. 어머니가 걱정하시는 것처럼 남자를 사랑하기에 그런 건 아니었다. 연애도 해볼 만큼 해보았다. 하지만 삼십대 중반에 이르고 보니 모든 연애에 결혼이 전제가 되곤 했다.

"평생을 함께하고 싶을 만큼의 여자를 찾는 것이 어디 그렇게 쉬운 일이냐? 그렇다고 여러 여자 울리고 살 수는 없지."

"하긴 그렇다. 부모님은 이사 잘하셨냐? 더 도와드려야 하는 건 아냐? 이렇게 올 거 없대도."

"네 결혼식인데 어떻게 안 와봐. 하하, 실은 어머니 잔소리에 몸살 앓다가 왔다."

신문이나 뉴스를 장식할 거라 믿어 의심치 않았던 대단한 아들이 하루아침에 백수가 되어 있는 꼴을 망연자실한 눈으로 바라보던 순진의 부모님은 결국 귀향을 결정하셨다.

의사였던 순진의 부모님은 작년에 은퇴를 하신 후부터 친척이라고는 달랑 이모 한 분만 남아 있는 두 분의 고향에서 여생을 편안하게 마무리하고 싶어하셨는데, 그게 조금 앞당겨졌을 뿐이다.

"자세한 내막을 모르시니 실망이 크셨겠지."

"하하하하. 부모님 실망 안 시키겠다고 양심을 버릴 수는 없잖아? 그렇다고 미주알고주알 다 알려 드릴 수도 없는 거고."

"그래. 속 깊은 네가 버텨야지 별수 없는 것 같다. 얼른 네 길을 찾아가면 돼."

"개념 결혼식이면 축의금도 받지 않는 거냐?"

"아니. 축의금 받아. 넌 부자니까 많이 내라. 네 이름으로 기부할 거니까."

"뭐? 참 너희 부부는."

어이없어 고개를 젓게 만든다. 이 녀석은. 아무리 친구지만 존경의 눈빛을 보내지 않을 수 없게 한다.

"저기다."

성준이 손가락으로 가리킨 곳에 공영주차장이 있었다. 주차장에 차를 세운 순진은 성준과 싱거운 농담을 주고받으며 비탈길을 올라 송 변호사의 집으로 갔다.

송 변호사의 집은 눈에 띌 정도로 낡아 있었지만 빨간 벽돌로 지어진 집을 온통 감싸고 있는 담쟁이덩굴 때문인지 운치도 있고 아늑해 보였다. 찌는 듯한 햇살이 내리꽂히는 한낮임에도 불구하고 담쟁이덩굴 사이로 간간이 드러난 빨간 벽돌마저도 싱그럽고 시원하게 여겨질 정도다.

성준의 안내로 융단처럼 보기 좋게 잔디가 깔린 마당을 가로질러 현관으로 가는 계단을 오른 순진은 신발을 벗기 전 그에게로 쏠리는 시선을 향해 가벼운 미소를 머금고 고개를 숙여 인사를 했다. 이내 사람들의 시선은 제자리로 돌아갔을 거라 여기며 고개를 들던 순진은 자신을 향해 꽂히는 서늘한 시선에 잠시 멈칫했다.

송주리?

주리는 눈이 마주치자마자 이내 고개를 돌렸다. 찰나의 눈 맞춤에서 경멸이 다분하게 느껴졌다. 순간 그의 입가에 묘한 미소가 떠올랐다.

경멸이라…….

주리의 감정 섞인 눈초리에 기분이 나빠야 정상이건만 묘하게도 심장을 툭 건드리는 무언가가 느껴졌다. 정확하게 말하면 그녀의 눈빛은 도전의식을 불러일으키게 한다. 그래서 그녀의 무시에도 불구하고 일부러 비어 있는 그녀 앞자리에 가서 앉았다.

"오랜만입니다."

알은척을 하며 인사를 건네는데도 주리는 불편한 기색을 숨기지 않았다. 그리고 인사를 받아줄 생각도 없는 듯 밥그릇까지 들고 자리에서 일어났다. 하지만 빈자리가 없는 것을 확인한 그녀는 다시 제자리에 앉았다.

순진은 그런 주리에게 눈을 맞추고 싱긋 웃어 보였다. 조금 전보다 훨씬 냉기가 도는 시선이 단박에 날아왔다. 알 수 없는 만족감이 가슴으로 퍼지며 짙은 웃음이 입가로 번졌다.

내가 이런 악취미를 가졌나?

순진은 피식 웃으며 은영에게로 시선을 가져갔다.

"제수씨 신혼여행은 어디로 가십니까?"

"안 갈 건데요."

"네?"

"모르셨어요? 우리 신혼집이 파라다이스인데 어딜 가요?"

은영의 말에 익히 그녀의 성격을 알고 있던 듯 하객들 모두 웃음을 터뜨렸다.

"친구들은 시간이 맞지 않아서 저녁때 집으로 초대했거든."

"집들이를 결혼식 당일에 한다는 거냐?"

성준의 말에 순진은 기가 막혀 고개를 저었다.

"다음 주부터 내가 재판이 있고 너무 바빠서 통 시간이 안 나. 신혼여행은 뒤로 미뤘다. 결혼식에 못 온 친구들도 있고 음식도 넉넉하게 있으니 내친김에 집들이를 오늘 하기로 한 거고. 주리 너도 같이 가자."

송주리, 송준태. 순진은 주리와 준태의 얼굴을 오가며 살폈다. 두 사람이 오묘하게 닮아 있었다. 설마? 순진의 시선이 성준에게로 향하며 미간을 좁혔다. 왜 미리 말 안 했냐? 슬쩍 성준이 시선을 피했다.

"하여간 너희 부부는 정말 연구대상이라니까. 난 사양할래."

성준에게 거절 의사를 밝히는 주리와 순진의 눈이 마주쳤다. 마치 너 때문에 성준이네 집들이에 가기 싫다, 라고 말하는 듯한 쌩한 시선이 순진에게 머물러 있었다.

무척이나 달갑지 않다는 표정에 순진의 입매 한쪽이 슬며시 들렸다. 그녀가 싸움을 걸어오는 것만 같았다. 그녀의 호전적인 눈빛이 흥미롭게 여겨졌다.

순진의 입매가 점점 옆으로 늘어지자 주리의 눈은 더 불쾌하다는 빛을 띠어갔지만 앙칼진 시선을 거둬들이지 않았다. 그럴수록 더 느긋하게 그녀를 바라보는 순진이었다.

식사를 마친 후, 하객 대부분은 집으로 돌아갔다. 그들의 가족이나 다름없는 성희가 돌봐주던 아이들은 설거지를 자처하며 남았고 성준과 은영은 은영의 친정 식구들을 배웅하기 위해 고속터미널로 갔다.

아이들이 설거지를 하는 동안 성희를 도와 남은 음식들을 정리하던 주리는 거실에서 아버지와 이야기를 나누는 순진을 힐금댔다. 성준의 집들이 장소로 가기로 한 그가 성희와 아이들을 기다리는 중이란 걸 알았지만 그와 한 장소에 있다는 게 기분 나빴다.

자연스럽게 결을 이뤄 이마로 흘러내린 머리가 바람에 살랑거렸다. 매끄럽게 잘빠진 얼굴과 몸의 근육을 고스란히 드러내는 탄성이 느껴지는 흰색 헨리넥 셔츠, 까만 슬랙스 차림의 그를 노골적으로 훑어 내리던 주리의 입술 한쪽이 표가 날 정도로 위로 올라갔다.

인터뷰 때는 바늘 하나 들어갈 자리도 없을 것 같은 분위기를 자아내더니 오늘 순진의 모습은 부드럽고 여유 있어 보였다. 카멜레온처럼 느껴질 만큼 그때의 그와 지금의 그는 완전히 다른 사람 같았다. 외양만 그런 게 아니라 표정 또한 확연히 달랐다. 거만한 눈초리는 찾아볼 수 없다. 예의를 갖춘 반듯한 표정이다.

조금 전 자신을 바라보던 그의 시선을 떠올린 주리는 입술을 비틀어 올렸다. 무언지 모르게 신경을 긁는 그가 싫었다. 무례하고 오만 방자한 데다 능글거리기까지. 주리가 몹시도 싫어하는 조건을 완벽하게 갖춘 남자였다. 그런 그와 한 공간에서 같은 공기를 마시고 숨 쉬는 것조차 불쾌한 것은 당연한 거였다.

"무슨 꿍꿍이래."

은영과 함께 결혼하게 되었다고 준태에게 인사를 하러 왔던 성준에게서 순진이 검사를 그만두고 나온 일에 대해 들어 알고는 있었지만 주리는 그에 대한 반감을 거두지 않았다.

순진이 대화를 나누는 상대에 따라 인격을 바꾸는 표리부동한 인물임에 틀림없고, 저런 인물은 경계해야 한다고 인터뷰 때 느꼈던 본능적인 감각이 끊임없이 주리를 일깨우고 있었다. 그런 탓에 그를 바라보는 주리의 시선은 곱지 않았다.

"꿍꿍이?"

일일이 반찬들을 여러 개의 통에 나누어 담던 성희가 주리의 중얼거리는 소리를 듣고 알은척을 했다.

"언니, 성준이는 어떻게 저런 인간과 친구가 됐어요?"

설거지하는 물소리가 났지만 주리는 목소리를 낮춰가며 물었다.

"왜?"

부정적인 느낌이 드는 주리의 물음에 성희가 의아한 눈으로 주리를 보았다.

"주리 언니, 순진 오빠 멋지지 않아요? 남자친구만 없으면 내가 찜했을 텐데."

설거지를 하던 아이들 중 하나가 주리와 성희 사이의 대화에 툭 끼어들었다.

"멋지긴."

주리의 눈초리가 쎄한 빛을 냈다.

"뇌도 스마트하죠. 키 크고 얼굴 잘생겼죠. 부자죠. 뭐 하나 부족한 게 없는데 안 멋져요?"

"인성이 글렀잖아. 인성이."

"에에? 그건 아니다. 성준 오빠 친구들은 다 인성 좋은데. 유유상종 몰라요?"

"하하, 넌 순진이를 어떻게 알아? 무슨 안 좋은 면을 봤기에 그런 소리를 해?"

두 사람의 시선이 주리에게 쏠리자 주리는 어깨를 으쓱했다. 반박할 거리는 많았지만 이미 순진에게 점수를 후하게 주고 있는 사람들에게 이러쿵저러쿵 말해봐야 입만 아픈 법이다. 그리고 당사자를 앞에 두고 설전을 벌이기에 좋은 타이밍도 아니었다.

"하아암."

적당히 둘러댈 말이 생각나지 않아 주리는 눈을 감고 억지 하품을 했다.

"일찍 일어나 피곤한 모양이다. 올라가서 쉬어, 나머지 정리는 우리가 해놓고 갈게."

"아니에요. 다 했는데요 뭐. 언니 가는 거 보고 쉴게요."

"그래. 얘들아 서두르자."

"네."

성희의 서두르자는 말에 아이들이 분주하게 움직이기 시작했다. 주리도 나눠진 반찬들의 뚜껑을 서둘러 닫았다. 순진을 빨리 자신의 공간에서 밀어내기 위해.

"아아함."

주리는 기지개를 켜며 2층 계단을 내려왔다. 손님들이 모두 돌아가고 낮잠을 자고 내려오는 중이었다. 시끌벅적하던 집 안이 조용하기만 했다. 거실 소파에는 아버지가 책장을 넘기고 있었다. 한가롭고 평화로운 여름밤이다. 주리는 가볍게 미소를 피워 물었다.

이곳이 쉼터로 운영되는 동안 주리는 이런 평화로움을 누려본 적이 없다. 평범한 일상조차도 허락되지 않을 만큼 집은 늘 답답하고 무거운 공간이었다. 왜 아니겠는가. 상처받은 영혼들로 가득했던 집은 집다운 기능을 상실할 수밖에 없었으니까.

"저녁 드셔야죠."

주리는 주방으로 가 냉장고를 열었다. 깔끔한 성격답게 성희는 냉장고 청소까지 마치고 돌아갔다.

"당분간 반찬 걱정은 안 해도 되겠구나."

함께 상을 차리며 준태가 빙긋 미소를 지었다. 가부장적인 아버지가 아닌 탓에 준태는 집안일을 주도적으로 하는 편이었으나 반찬은 늘 주리 부녀의 숙제일 수밖에 없었다.

"쉼터가 분리되고 제일 아쉬운 건 요 반찬이죠. 그래도 전 지금이 좋아요."

"사람들로 북적이다 이렇게 단둘만 있으니까 집이 절간 같지 않니?"

절간 같다. 고즈넉하고 아늑하고 조용하다. 그저 평범한 일상을
누릴 수 있다는 것만으로도 숨을 쉬는 것 같다. 그런데 아버지는
아닌 모양이다.

"훗, 아버지도 그 사람들과 분리된 생활이 필요해요. 저 역시 그
렇고요."

쉼터에 머무는 사람들을 쉼터 식구라 불렀어도 그들은 가족이
아니었다. 아버지가 의로운 일도 좋고 남을 돕는 것도 좋다. 쉼터
에 머무는 그들이 측은하고 연민도 느낀다.

하지만 고개를 돌리는 곳마다 집 안 곳곳에는 마음에 병이 든
사람이 있었고 주리는 그런 그들을 바라보는 게 점점 힘들어졌다.
개인적으로 좋은 일이 있어도 맘껏 기뻐할 수가 없었고, 힘든 일
이 있어도 맘껏 투정부릴 수도 없었다.

한계점에 다다랐을 무렵 주리는 독립해 나가겠다고 아버지에게
선언할 수밖에 없었다. 그리고 솔직한 자신의 입장을 아버지에게
털어놓았다. 평범한 가정을 갖고 싶었다고.

아마도 그때 아버지가 쉼터를 분리하겠다고 결정하지 않았다
면, 자신을 이해해 주지 않고 독립하든지 말든지 알아서 하라고
했다면 무척 상처받았을 것이다. 어쩌면 서른이 훌쩍 넘기고도 부
모로부터 버림을 받았다고 악을 썼는지도 모른다.

"죄송해요. 아버지의 일을 지지하고 존경하지만 뭐든 적당히
하셨으면 좋겠어요."

"죄송하긴. 내가 네게 너무 무심했던 거지. 진즉 네가 털어놓았

으면 더 빨리 좋은 방법을 간구했을 거다. 하하, 솔직하게 말하면 나도 너랑 이렇게 단둘만 있는 게 나쁘지만은 않다. 네 말대로 가끔 휴식이 필요하단 생각은 늘 했으니까."

아버지의 말이 진심이란 걸 안다. 아버지에게 모든 걸 털어놓았을 때, 아버지의 표정을 잊을 수가 없다. 미안함과 애틋함이 한데 뒤섞인 복잡한 표정을.

"노파심에서 묻는 거다만 정말 결혼에는 관심이 없는 거냐?"

그날처럼 아버지의 눈빛에 걱정이 배어나왔다.

"각자 살아가는 방법이 있는 거죠. 아버지도 그러셨잖아요. 세상 살아가는 방법에 정답은 없다고."

"그래도…… 나는 네가 좋은 사람 만나 평범하게 살아주었으면 좋겠다."

주리는 희미하게 웃으며 어깨를 으쓱했다. 사랑에 대해 알 만큼 안다. 존경하는 아버지조차 사랑을 끝까지 지키지 못했고 쉼터에 온 많은 사람들도 한때 사랑해서 일궜던 가정을 끝내 지키지 못하고 파국으로 치달았다.

그렇다면 사랑이란 건 온전히 지키기 힘든 것이 아닐까? 누군가를 좋아하고 연애를 하고 사랑이 깊어져 결혼하는 과정을 굳이 해야 하나? 속박하지도 속박되지도 않고 자유롭게 홀로 행복하게 사는 것이 현명한 것이라는 생각을 떨칠 수가 없다.

"참! 안순진은 왜 다시 온다는 거예요?"

안순진이 집을 나서며 다시 찾아뵙겠다는 말을 아버지에게 했던 게 생각난 주리는 얼른 화제를 돌렸다.

"상의할 것이 있다는구나. 자세한 건 나중에 말하기로 했는데 아마도 변호사 개업 때문이지 싶구나."

"잘난 척은 그렇게 하더니만 불러주는 로펌도 없나 보죠?"

"넌 왜 안 군에게 그렇게 뾰족한 거냐?"

"제가 뭘요."

"식사 내내도 그렇고 내가 안 군과 이야기를 할 때도 그렇고, 사람을 그렇게 삐딱하게 대하는 건 아니다 싶게 네가 심하게 굴었잖니."

준태의 의아한 시선에 주리는 입술을 삐죽 내밀고 인터뷰하던 날 순진의 태도에 대해 신랄한 비판을 했다.

"그러니까 그런 인간 가까이 둘 생각 하지 마세요. 모르긴 해도 그 얼굴 속에 수십 개의 가면을 감추고 있는지도 몰라요. 성준이와는 질적으로 다르다고요."

주리는 밥 알갱이가 순진이라도 되는 양 꼭꼭 깨물었다. 그러느라 준태가 글쎄, 하는 표정을 짓는 것을 보지 못했다.

2

딩동.

성준의 결혼식이 있고 딱 일주일 만이다. 저녁 9시, 송 변호사의 집 앞에 도착한 순진은 늦은 시간이었지만 흔쾌히 방문을 허락해 준 송 변호사 덕분에 망설이지 않고 초인종을 눌렀다. 곧 대문이 열렸다.

마당으로 들어선 순진은 아늑하고 푸근한 분위기에 미소를 지었다. 그때도 왠지 모르게 편안한 기분이 들었는데 어둠이 깔린 마당을 어슴푸레 밝히고 있는 동그란 등, 그 아래 놓인 하얀 2인용 벤치 의자를 보니 더욱더 마음이 편안했다.

"마당에 있게."

활짝 열린 거실 창으로 송 변호사의 온화한 목소리가 새어 나왔다. 순진은 마음이 이끄는 대로 벤치에 자리를 잡고 앉아 송 변호사를 기다렸다. 잠시 뒤, 송 변호사가 아이스티 두 잔을 들고 정원으로 나왔다.

"늦은 시간에 폐를 끼쳐 죄송합니다."

순진은 얼른 자리에서 일어나 송 변호사에게 깍듯이 허리를 굽혀 인사를 했다. 그리고 그가 건넨 유리잔을 받아 들었다. 순진은 송준태가 직업이 변호사이긴 하나 어려운 이들을 위한 쉼터 운영에 더 열심인 의로운 분이며, 성준에게는 아버지 같고 멘토 같은 분이란 이야기를 종종 들어왔다.

"괜찮네. 앉게나."

격의 없는 표정을 한 송 변호사가 벤치에 앉아 순진에게도 앉을 것을 권했다. 순진은 조금 몸을 틀어 송 변호사를 바라보며 앉았다. 남자 둘이 앉았는데도 조금은 편안한 거리를 유지할 만큼 벤치 의자의 사이즈는 넉넉했다.

순진의 고개가 집 안으로 향했다. 혹시나 주리가 집 안에 있기에 그가 자신을 마당에 있게 한 것인지가 궁금했다. 하지만 집 안에서는 어떠한 인기척도 들리지 않았다.

"집에는 아무도 없네. 편하게 말해도 되네."

"성준에게서 선생님 이야기를 많이 들었습니다."

"그런가? 나는 자네 이야기를 성준이 말고도 다른 경로로도 전해 들었네."

"송 기자가 말하던가요?"

"하하, 물론 주리에게서도 들었지."

"좋게 말하지 않았을 것 같습니다만."

경멸, 불쾌함, 무시, 냉기, 달갑지 않아하는 주리의 호전적이던 눈빛을 떠올린 순진은 주리가 자신에 대해 좋게 말했을 리 없다고 여겼다.

"그래서 걱정이 되나? 내가 자네를 못마땅하게 여길까 봐?"

"선입견을 가지고 보시면 제 이야기를 편하게 할 수 없는 거 아닙니까."

"그거야 주리가 보는 시각이고 내가 자네를 보는 시각은 다르네. 법조계에서 자넨 유명한 인물이잖은가. 한 번의 시도로 사법고시 최고 득점 합격, 연수원 성적 1위, 기소하는 건마다 치밀한 조사로 승소를 이끌어내는 인재 중의 인재. 그밖에도 자네 앞에 붙은 수식어가 많더군."

순진이 연수원 수료 후, 바로 서울 지검 검사로 발탁되었고 검찰청 수뇌부들의 관심 서열 1위가 됐으니 법조계에 몸담고 있는 송 변호사가 그에 대한 소문을 듣기란 어렵지 않았다.

"과찬이십니다."

"겸손도 겸비한 겐가? 빈말인 겐가?"

잠시 우쭐하는 표정을 짓던 순진은 피식 웃었다. 짧은 순간 지켜보고도 자신을 파악해 내는 송 변호사의 눈썰미에 어쩐지 허심탄회하게 자신의 이야기를 할 수 있을 것 같았다.

"선생님께서 바로 보셨습니다."

"흐음. 대충 짐작이 가네만 자네가 날 찾아온 이유에 대해 한번 들어볼까?"

"보통의 사람들이 가는 길을 따라 앞만 보고 달렸습니다. 그런데 선생님, 34년을 쉼 없이 달리다가 멈춰 섰는데 왜 그렇게 앞만 보고 달린 것인지 모르겠습니다. 도무지 허탈한 기분을 털어버리지 못하겠습니다."

순진은 유리컵을 옆에 내려놓고 허리를 숙여 무릎에 두 팔을 의지하고 손바닥을 모아 깍지를 꼈다. 그리고 시선은 바닥을 향한 채 그의 상황을 털어놓기 시작했다.

"자네는 왜 검사가 되었나? 어린 시절부터의 꿈이었던 겐가?"

순진이 검사직을 그만두고 나온 것까지 듣고 난 송 변호사가 넌지시 그에게 물었다.

"성적이 좋았습니다. 엘리트 코스를 밟았고 의대나 법대를 놓고 선택해야 할 때 의사가 되는 것은 싫어서 법대를 갔습니다. 그리고 순서를 밟듯 사법고시를 봤고 제 성격상 변호사보다는 검사가 되는 것이 맞는다고 여겨 검사가 됐습니다."

"별다른 고민 없이 교과서적으로 이상적인 검사가 되었겠군. 그런 탓에 이번 일로 실망감이 큰 것이겠지. 믿었던 이상과 현실의 괴리감 같은 거 아닐까?"

"맞습니다. 믿었던 조직의 배신감이 컸습니다. 그들과 나는 다르다는 양심의 소리가 미련 없이 검사직을 그만두게 했습니다."

"그럼 더 이상 회의감을 가질 필요가 있을까?"

"네?"

"자네가 가진 양심의 소리에 귀를 기울여 보면 답을 얻을 수 있을 텐데. 그들과 자네가 다르다고 했지? 이제부터 그들과 자네가 무엇이 다른지를 찾으면 되네. 자네처럼 이상에 대한 양심을 가진 법조인들이 제대로 활동할 수 있는 분위기를 자네가 만들어보란 말일세."

"어떻게……."

"이보게. 내가 밥까지 만들어 자네 입에 떠먹여 주어야 하나?"

슬쩍 눈을 치켜뜨는 송 변호사의 얼굴을 의아하게 바라보던 순진은 환하게 웃기 시작했다.

"그럼 선생님 곁에서 답을 찾을 수 있게 해주십시오."

"나는 오는 사람 막지 않고 가는 사람도 잡지 않네."

순진의 어깨를 꽉 잡으며 미소를 짓던 송 변호사가 잠시 생각에 잠겼다가 입을 열었다.

"노파심에서 하는 소리네만 자네가 그동안 담당했던 파트가 세법과 관련된 거였지? 당장 개업을 한대도 자네 능력 정도면 금방 자리를 잡을 수 있을 텐데 내 곁에 있겠다는 건가?"

"득과 실을 따지고 일자리가 필요해 선생님을 찾아뵌 것이 아닙니다. 그런 걱정은 마십시오."

"하하. 지하실에 책상이 하나 있는데 언제 옮겨놓을까?"

송 변호사가 웃으며 고개를 끄덕였다.

"지금 당장 할까요?"

"지금은 너무 늦었지. 내일 오후까지는 내가 좀 바빠. 내일 5시쯤 오겠나?"

"네! 선생님."

"흐음, 그런데 우리 주리 말일세……."

환하게 웃음을 짓던 송 변호사가 짐짓 걱정스런 표정을 지었다.

"자네에게 꽤 반감을 가지고 있더군. 그 녀석이 자네를 불편하게 만들 수도 있네."

"아마도 제가 전관예우를 저질렀다고 편견을 가졌던 것 같습니다. 그리고…… 인터뷰 때, 제가 주리 씨에게 공격적인 말을 하긴 했습니다. 그 부분에 대해서는 사과하고 풀도록 하겠습니다."

가십거리나 다루는 기자 나부랭이라고 함부로 말한 것은 사실이었다. 전관예우 의혹에 대해 목에 가시가 걸린 듯 불편했을 당시 주리가 그걸 건드리자 저도 모르게 날카롭게 주리를 자극했던 건 인정할 수밖에 없었다. 그러니 그 부분에 대해서는 사과하는 게 도리지 싶었다.

"그러게."

잠시 걱정스런 표정을 짓던 준태의 표정이 밝아졌다.

"이 책상은 뭐예요? 파트너 변호사를 들이시게요?"

퇴근하고 집에 들어온 주리는 거실 한쪽에 놓인 책상과 의자를 발견하고 의아한 눈으로 준태를 돌아보았다.

"순진 군 책상이다."

거실 소파에 앉아 책을 보고 있는 송 변호사가 고개도 들지 않고 대수롭지 않은 투로 대답하자 주리는 미간을 잔뜩 찌푸린 채 원성부터 터뜨렸다.

"아빠! 제가 그런 사람 가까이 두지 마시라고 말씀드렸는데 이러시기예요?"

"서로의 입장에서 보자면 이해 못할 건 없다고 본다."

아버지의 말은 객관적으로 생각해 보라는 거였다.

"그런 사람하고 한 공간에 있기 정말 싫단 말이에요."

주리는 그래도 혹시라도 당신의 딸을 배려해 주지 않을까 하는 기대감을 가진 게 잘못이었나 싶었다.

"어찌 보면 네가 더 편협한 사고를 가진 것 같구나."

준태는 여전히 책에서 시선을 떼지 않고 있었다. 그건 전혀 주리의 편을 들어줄 생각이 없다는 입장을 분명히 하는 것과 같았다. 때문에 주리는 더 뾰족해지고 말았다.

"제가 편협하다고요?"

준태가 주리에게 저런 말을 할 때는 지금부터 나누게 될 대화가 부녀간에 나누는 일반적인 것과는 그 성질이 다른 것이란 걸 의미했다. 그는 객관적인 논지를 가지고 계속 주리를 담금질할 터였다.

주리는 선택을 해야 했다. 입을 다물고 피할 것인지 아니면 제 주장을 관철시키기 위해 의견을 피력할 것인지를. 주리는 후자를 선택했다. 그만큼 안순진이란 놈의 존재가 못마땅했다.

"불편하게 생각하는 사람과 한 공간에 있기 싫은 마음이 왜 편협하다고 하시는 거예요?"

"너도 순진이도 서로 불편한 마음을 갖는 게 당연하다. 하지만 넌 너무 네 입장에서만 생각하고 있잖니? 순진이는 네게 사과한다더라. 그러니 네가 편협해 보이는 거 아니겠냐."

"하!"

주리는 아버지가 전하는 순진의 말에 어이가 없어 코웃음을 쳤다.

"대화를 나눌수록 참 괜찮은 젊은이더구나."

"괜찮긴 뭐가 괜찮아요."

"네가 그렇게 감정적으로 순진이에 대해 말하는 다른 이유라도 있는 거냐?"

"……그냥 재수 없어요."

주리의 대답에 한동안 입을 다물고 있던 그의 입가에 엷은 미소가 지어졌다.

"왜요? 저도 알아요. 제가 몹시 감정적으로 굴고 있다는 거. 하지만 가끔은 제 편이 되어주시면 안 되는 거예요?"

준태의 눈동자가 주리를 응시하고 있었지만 그의 머릿속으로는 주리의 엄마, 수미를 떠올리고 있었다. 마치 주리는 준태의 기억 속에서 빠져나온 수미처럼 말하고 있었던 것이다. 외모는 할머니를, 성격은 엄마를 빼다 박은 주리 때문에.

"그렇게 미워하다 정들면 어쩌려고?"

준태의 말에 주리가 정색하며 얼굴을 잔뜩 찌푸렸다.

"말도 안 돼요! 됐어요. 아버지랑 무슨 말을 하겠어요. 분명 안순진이 아버지한테 도움을 청했겠죠. 임대료는 얼마나 낸대요? 설마 공짜로 와 있겠다는 건 아니죠?"

"여기서 그 이야기가 왜 나오지? 그건 내가 알아서 할 일이다."

"뻔뻔하게 공짜로 있겠다고 했군요. 거봐요. 하나를 보면 열을 아는 거죠."

"순진이가 당장 개업을 하는 것도 아닌데 수입이 없는 사람한테 그렇게 야박하게 하는 건 아니다."

"국내로 3대밖에 수입이 안 된 차를 소유하고 있는 놈이에요. 그렇게 부자면서 공짜로 있겠다는 게 더 야박하죠."

"오늘은 자전거를 타고 왔던데?"

"웃겨! 아빠는 너무 사람을 쉽게 믿는 게 탈이에요. 지난번에도 도와달라고 매달리는 사람 거절 못했다가 홀랑 사기당하셨잖아요. 양의 탈을 뒤집어쓴 나쁜 놈들이 세상에는 널렸단 말이에요. 그놈도 그런 부류 중의 하나일지 모른다고요."

"그렇게 함부로 사람을 의심하면 못 써. 근거 없는 소리라는 거 네가 더 잘 알 테니 이쯤에서 그만하자꾸나. 네 말이 맞는 거라면 차차 그 녀석의 인성이 드러나겠지. 그러니 당분간 두고 보는 게 답이겠지?"

"말씀 잘하셨어요. 두고 보면 알겠죠."

주리는 불같은 성격을 가지고 있어 하나의 생각에 빠지면 다른 것은 전혀 고려해 볼 생각조차 하지 않았다. 그런 탓에 살가운 부녀지간에 가끔 이렇게 신랄한 대화가 오고 갈 수밖에 없었다. 딸과의 설전을 마친 준태는 눈을 부릅뜨고 서 있는 주리를 향해 온화한 눈빛을 보냈다.

"저녁은 먹었니?"

"아니요. 저 책상에 꽂혀서 배고픈 것도 잊고 있었네."

주리는 순진의 책상을 향해 찌릿 날카로운 시선을 보내고 주방으로 갔다.

"순진이가 제법 요리도 하더구나. 네가 저녁에 들어온다니까 네 몫까지 만들어놓고 갔어."

어제 약속한 대로 오후 5시에 준태의 집으로 온 순진은 책상을 옮겨놓고 자장면을 시켜먹자는 준태의 말에 눈을 반짝이며 주방으로 들어갔다. 그리고는 신 김치를 썰어 조물조물 무치더니 새싹채소를 곁들여 예쁘게 밥 위에 얹은 비빔밥을 뚝딱 만들었다. 냉장고에 있는 것들로 간단하게 만들어낸 것치고는 꽤 맛이 훌륭했다.

"이까짓 게 요리라고요?"

주리는 입술을 비죽거리며 밥을 대충 비볐다. 그리고 크게 한 숟가락 떠 입안에 넣었다. 입안 가득 퍼지는 고소한 들기름의 맛이 시큼한 김치의 맛을 잡아주었고 씹을수록 향긋한 새싹채소와 재료들이 한데 어우러져 절로 눈을 크게 뜨게 만들었다. 요리라고 볼 수 없는 음식임에 틀림없었지만 간이 예술이었다.

"맛있지?"

단번에 주리의 표정을 읽어낸 준태가 빙그레 웃음을 지었다.

"뭐, 그럭저럭 먹을 만하네요."

"다 먹고 설거지 부탁하마. 고무장갑이 없으면 설거지는 못 한다더구나."

"하!"

며칠 전 고무장갑이 뚫어져 버렸던 것을 떠올린 주리는 미간을 확 구겼다.

"남자가 고무장갑 없다고 설거지도 못한대요?"

"대신 맛난 저녁을 책임져 줬잖니."

"피이."

갑자기 입맛이 뚝 달아난 것 같은 표정을 짓던 주리는 숟가락으로 밥을 팍팍 비벼 다시 한입 가득 입에 넣고 우물거렸다. 곧 그녀의 눈썹이 움찔거리는 것이 보였다. 역시나 꽤 맛있어하는 눈치였다.

"잘됐네. 이제부터 우리 집 밥은 안순진 담당이에요. 임대료 대신 그거라도 하라고 하세요."

"그래. 그렇게 어우러져 지내보자."

순진이 준태의 집으로 출근하기 시작한 지 한 달이 지났다. 그동안 준태는 별다른 조언 없이 순진을 지켜만 보았다. 순진은 꽤 규칙적인 데가 있었다. 정확히 8시 30분이 되면 자전거를 타고 출근한 그는 환하게 웃으며 인사를 하고 바로 주방으로 가 커피를 내렸다.

땀으로 흠뻑 젖은 몸을 씻고 오는 동안 커피가 다 내려지면 그는 거실 한쪽에 있는 책상에 앉아 커피를 마시며 여러 종류의 신문을 빠른 속도로 읽었다. 그런 다음에는 창밖의 정원을 내다보며 생각에 잠기곤 했다. 그렇게 한참 시간을 보낸 후, 판례집을 보았다.

"변호사 개업을 하려면 전문분야를 먼저 정해야겠지? 그래서 판례를 보고 있는 건가?"

책상 앞에 앉아 있는 순진에게 다가간 준태가 넌지시 물었다.

"전문 분야를 정하려고 판례집을 보는 건 아닙니다."

"독서 삼아 보는 겐가? 소일거리로?"

"그건 아니고…… 가끔 선생님이 자리를 비우실 때 찾아오시는 분들에게 상담을 하다 보니 모르는 게 많더라고요. 그래서 공부 중입니다."

임상의학과 마찬가지로 법도 다뤄본 분야에 대해서만 제대로 상담할 수 있었다. 송 변호사를 찾아오는 딱한 사정을 가진 일반인들과 관련된 민법 분야는 잘 모르고 있기에 순진은 요즘 민법 분야의 판례를 열심히 보고 있었다. 순진은 보고 있던 판례집을 덮으며 자리에서 일어나 기지개를 크게 켰다. 그리고 창가로 다가가 마당을 내다보았다.

"선생님, 점점 더 이 집이 맘에 듭니다."

"그런가? 자네, 생각보다 소박한 취향을 가진 것 같군. 자네 정도면 충분히 고층빌딩이 즐비한 곳, 멋진 전망을 가진 사무실에서 일하는 게 가능할 텐데. 무료하진 않은가 보네."

처음 출퇴근할 때만 해도 조금 긴장한 듯 보였던 순진은 요즈음 많이 느슨해지고 여유로워 보였다. 그런 느낌은 옷차림의 변화에서부터 드러나 보였다. 스타일리쉬하던 복장은 어느새 편안한 차림으로 바뀌어 있었고 깔끔하게 올백으로 빗어 넘겼던 머리도 자연스럽게 흐트러져 있었다.

"무료하다니요? 상담을 하다 보니 법의 문턱이 턱없이 높다는 걸 알게 됐어요. 일반인들이 알기 쉽게 법률 용어들을 풀이해 보고 싶다는 생각이 듭니다."

"하하하하, 기득권을 가진 법조인들이 들으면 경악을 할 텐데."

"뭐 상관없습니다. 전 제 나름대로 답을 찾고 있는 중입니다."

순진이 어깨를 으쓱하자 준태는 그의 어깨를 툭툭 쳐주며 격려했다.

"선생님, 저기 작은방은 용도가 뭡니까?"

송 변호사의 집무실이 있는 집의 1층은 서재를 겸한 안방과 집무실을 겸한 거실, 부엌, 화장실 그리고 작은방이 딸려 있었다.

"그냥 비어 있네."

쉼터를 겸할 때에는 주리가 썼던 방이었다. 하지만 쉼터를 따로 마련하고부터는 2층을 주리가 쓰고 있어 비워놓고 있었다.

"그럼 저 방을 제가 써도 됩니까?"

"이곳에 들어와 살겠다는 건가? 집도 가까운데?"

순진의 집이 있는 평창동과 홍은동은 지척이었다. 그래서 그는 자전거로 출퇴근할 수 있었던 거였다.

"그런 게 아니고. 자전거로 출퇴근하다 보니 옷도 갈아입어야 하고 이것저것 필요한 것들을 가져다 놓았으면 좋겠습니다."

"그러게. 어차피 비어 있는 방이니까. 참! 임대료는 어떻게 할 생각인가?"

"안 받으신다고 할까 봐 말씀을 못 드렸어요. 얼마나 드리면 될까요?"

그렇잖아도 마음에 걸렸던 순진은 머리를 긁적였다.

"안 받긴! 나는 주는 대로 다 받네."

"수입이 생기면 많이 내겠습니다."

"껄껄. 농담일세. 요즘 자네가 내 대신 상담도 하고 있잖은가. 내가 자네 덕분에 한결 일이 수월해졌네."

준태가 집을 비울 때마다 순진은 무료상담을 받기 위해 찾아온 사람들이 헛걸음하는 법이 없도록 성심껏 상담을 해주곤 했다. 모르는 분야에 대해서는 잘 메모를 해두었다가 송 변호사에게 전해 주기도 했다. 가르쳐 주지 않아도 자신의 일을 찾아서 하는 순진이 준태는 점점 마음에 들었다. 오래 겪어보진 않았지만 볼수록 탐나는 젊은이였다.

"아앗."

어젯밤 기획 시리즈 준비로 야근을 했던 주리는 반차를 냈다. 느지막이 일어나 출근 준비를 마치고 1층으로 내려오니 안방 문은 활짝 열려 있었다. 인기척이 느껴지지 않는 걸로 보아 아버지는 아침 일찍 외출을 하신 모양이었다.

우유라도 한 잔 마시고 나가려고 주방 쪽으로 발걸음을 옮기던 주리는 벌컥 문이 열리는 소리가 나는 쪽으로 고개를 돌리기 무섭게 외마디 비명을 질렀다.

"지금 뭐 하자는 거예요!"

눈을 동그랗게 뜨고 순진을 바라보던 주리의 얼굴이 순식간에 확 구겨졌다. 아침부터 수건 하나로 달랑 거시기만 가린 채로 서 있는 남자를 본 것만 해도 심장이 내려앉는 기분인데 그 남자가 안순진이란 사실에 화가 머리끝까지 솟구쳐 올랐다.

순진의 책상이 거실에 놓여 있었어도 한 달이 넘도록 그를 마주치는 일이 없어 그의 존재를 잊고 있었다. 이런 상황이 몹시 불쾌한 주리는 시선을 돌리지도 않은 채 매서운 눈으로 그를 노려보았다.

"아, 그게. 선생님은 외출하셨고 집에 아무도……."

줄줄 변명을 늘어놓던 순진이 입가에 슬며시 미소를 피워 물었다.

웃어? 지금 웃음이 나와!

주리는 더 신랄하게 그를 쏘아보았다.

"혹시 즐기고 있는 건 아닌가?"

거시기만 가리고 있던 순진은 자신의 몸을 슬쩍 내려다보며 말했다. 분명 벌거벗은 사내의 몸이었다. 그런데도 주리가 그를 태연하게 쳐다보고 있었다. 당황해서 그런 걸 알았지만 장난기가 발동한 순진은 주리에게 한 발 다가섰다. 와악 소리를 지르며 주리가 도망갈 거란 예상을 하며.

그제야 남자의 나신을 보고 있음을 깨달은 주리는 입술을 깨물었다. 하지만 피해야 하는 쪽은, 더군다나 당황스러워해야 하는 것도 자신이 아니었다. 그리고 은근히 저를 놀리는 그의 수작에 더욱 화가 치밀었다. 성추행범으로 신고를 해도 모자랄 상황이었다.

"즐길 거리가 되기는 하고?"

그래! 바바리맨 같은 널 흥분의 도가니로 안내하면 내가 너무 억울하잖아!

무조건 그에게 이겨보겠다 작정한 주리는 눈을 게슴츠레 뜨고 천천히 고개를 내려 시선으로 그의 몸을 더듬었다. 그러던 주리는 마른침이 목으로 넘어가는 것은 억지로 참아냈지만 심장이 쿵쿵 거리기 시작한 것은 막을 수가 없었다. 곧 이 싸움에서 질 것만 같았다.

하지만 곧 주리의 얼굴에 승리의 미소가 지어졌다. 간신히 포커 페이스를 유지한 덕분에 순진이 후다닥 작은 방으로 뛰어 들어갔 기 때문이었다.

흥! 누구한테 까불어!

통쾌한 기분도 잠시 주리는 다리에 힘이 풀려 버려 간신히 신발 을 꿰고 우유를 마시려고 했던 것도 잊은 채 줄행랑치듯 그대로 집을 벗어났다.

굴러들어 온 돌이 박힌 돌을 **빼낸다더니**!

퇴근을 하고 대문 앞에 선 주리는 잠시 멈칫했다. 여기는 분명 편안하게 드나들던 자신의 집이었다. 물론 아버지의 소유이긴 하 나 아직 주리가 출가를 하지 않았으니 엄연한 그녀의 집이기도 했 다. 그런데 어디서 개코같은 자식이 비집고 들어와 편안하게 여기 던 공간을 순식간에 불편한 곳으로 바꿔놓고 있었다.

가능하면 안순진과 마주치고 싶지 않았다. 그렇다고 일부러 피 하자는 건 아니었는데 운이 좋았다고 해야 할까? 적어도 오늘 아 침 출근 준비를 마치기 전까지는 그와 마주치는 일은 없었다. 이 러다가는 정말 제 발로 집을 나가고 싶을 것만 같았다.

그럴 수는 없지! 여긴 내 집이야. 나가야 되는 사람은 따로 있다고!

주리는 입술에 힘을 잔뜩 주고 주먹까지 꽉 말아 쥐고는 대문을 힘차게 밀고 안으로 들어갔다. 저녁 8시가 다 되어가고 있었다. 설마 아직까지 순진이 집으로 돌아가지 않았을 리 없다며 스스로를 다독였다. 하지만 마당에 들어선 주리는 눈살을 찌푸리고 말았다.

종일 그의 벗은 몸이 시도 때도 없이 머릿속을 빙빙 떠다녔다. 어디 그뿐인가. 즐길 거리도 없는 몸이라고 핀잔을 주긴 했지만 순진의 몸은 훌륭하고 착하기 그지없었다. 그의 몸에 자리 잡고 있는 자잘한 근육들은 가슴을 설레게 하기에 충분했다. 하! 게다가 그의 엉덩이는 정말 끝내준다.

"검사가 말이야. 일은 안 하고 몸만 만들고 다녔어. 쳇! 국민이 낸 피 같은 세금을 쪽쪽 빨아서 엉뚱한 일에 다 쓴다니까!"

결국 주리는 입술을 이죽이며 불만이 가득 담긴 말을 뱉고 나서야 좀 마음이 풀리는 것 같았다. 가능하면 그가 집에 없기를 바랐다. 집에서만큼은 편안하게 머리를 쉬게 하고 싶었다. 고개를 비죽 내밀어 거실 안쪽을 살피는 스스로가 참 마음에 들지 않았다. 허리를 쭉 편 주리는 독기가 오른 표정을 지으며 집 안으로 들어갔다.

"딸! 왔어?"

홈 바 형태로 된 식탁에 자리를 잡고 앉은 준태가 반갑게 주리를 맞아주었다. 그리고 싱크대 앞에 검은 앞치마를 두른 순진이 커다란 스푼과 젓가락을 들고 빤히 쳐다보며 눈인사를 해왔다.

하얀 셔츠에 까만 앞치마를 두른 그는 마치 요즘 텔레비전을 장악하고 있는 요리 프로그램의 쉐프 같았다. 비주얼 하나는 어디나무랄 구석이 없었다. 그런 모습이 자꾸만 주리의 신경을 긁었다.

속 빈 강정 따위!

내면을 중요시하는 주리였지만 자꾸만 시선을 끌어당기는 순진 때문에 난감해졌다. 도무지 제 속에서 일고 있는 감정들이 이해가 되지 않았다.

"저도 집에서는 쉬고 싶어요. 퇴근 시간도 없는 거예요?"

주리의 입에서 불만 섞인 목소리가 터져 나왔다.

"임대료 대신 밥 당번 하라고 한 건 주리 씨가 아닙니까?"

임대료를 왜 못 내? 웃겨! 꼬박꼬박 월급 받고 몸만 만든 주제에. 월급 받았던 거 다 토해내게 할까 보다!

욱하고 성질이 치민 주리의 못마땅한 시선이 순진에게 꽂혔다. 아침나절 샤워를 마친 후 스타일링을 하지 않았는지 그의 앞머리는 보기 좋게 이마를 덮고 있었다. 맞바람이 쳐서 시원한 집이긴 했지만 한여름 가스레인지가 뿜어내는 열기를 감당할 정도는 아니었다.

땀에 젖은 머리카락이 얼굴에 들러붙어 있는 모습이 은근히 매력적으로 보였다. 스타일링을 해서 완전히 이마를 드러냈을 때와는 또 다른 분위기가 느껴졌다. 주리의 시선이 조금 누그러지려 할 찰나 순진이 고개를 돌려 주리를 빤히 응시해 왔다.

"거의 다 됐어요. 손 씻고 와요."

"옷부터 갈아입고 나서요."

아침에 있었던 일을 완전 모르는 척하며 태연하게 구는 그가 얄미웠지만 아버지 앞에서 떠벌릴 일도 아니었고 그가 한 말이 딴죽을 걸 만한 것도 아니었기에 주리는 바로 2층으로 올라갔다.

옷장 안에서 박스 티셔츠를 찾으려니 짜증이 몰려왔다. 그가 있거나 말거나 평소대로 편안하게 있을 작정으로 평소에 입는 옷을 입고 아래층으로 내려갔다.

"흠흠."

주리의 편안한 복장에 준태는 헛기침을 했다. 주리는 옆선까지 트임이 있는 짧은 숏팬츠에 가슴이 깊이 파인 슬리브리스 티셔츠를 입고 있었다. 시집갈 나이가 차고도 넘친 딸이 남자 손님 앞에서 입고 나타나기에는 너무 노출이 심하다는 생각이 들었던 준태는 미간을 모으고 고갯짓으로 주의를 주었다.

하지만 주리는 전혀 개의치 않는 표정을 지을 뿐이었다. 다행히 순진은 콩나물밥을 그릇에 담고 있어 주리의 차림새를 보지 못했다.

"좀 점잖은 걸로 입을 수 없니?"

눈치를 주는데도 모르는 척하는 딸을 향해 준태가 한마디 했다.

"왜요? 그러게 에어컨 좀 사자니까요. 종일 틀어놓지 않고 잠깐씩만 쓰면 전기세도 많이 안 나와요. 남 돕고 사는 것도 좋지만 조금씩은 자신을 위해 투자할 수도 있잖아요."

아버지의 삶을 존중하고 지지하고 있지만 때로는 과하다고 여길 때가 있었다. 난방을 적게 해 추울 때는 두툼한 옷을 껴입고 담요까지 뒤집어쓰면 해결이 되었지만 이렇게 찌는 듯한 열대야가 계속되고 있는 여름에는 벗고 있을 수밖에 없는 게 당연했다.

부녀의 대화에 순진이 뒤를 돌아다보았다. 주리가 입고 있는 슬리브리스 티셔츠의 V자 네크라인이 꽤 깊게 파여 그녀의 가슴골이 살짝 드러나 보였다. 순진은 짐짓 못 본 척하며 뒤돌아서서 식사 준비를 했다.

"오늘따라 아버지 이상하시네요. 이런 차림을 했다고 노골적인 시선을 보내는 남자들이 더 문제가 있다고 하셨잖아요."

주리는 식탁이 아닌 소파에 느긋하게 자리를 잡고 앉으며 말했다.

"그래도 손님이 있는데 좀 예의를 지키면 좋겠구나."

"선생님, 괜찮습니다. 저를 신경 쓰시는 거라면 개의치 마십시오."

괜찮다고?

만약 보통의 손님이 있는 거였다면 주리도 이렇게 입지는 않는다. 주리는 그가 불편함을 느껴주길 바랐다. 하지만 그는 여유로운 시선으로 제 가슴 언저리를 훑고 있었다.

갑자기 몸에서 거미가 기어 다니는 것 같아 기분이 나빴다. 하지만 이제 와서 옷을 갈아입는다는 것은 더 기분 나쁜 일이 된다. 의도치 않게 제 꾀에 빠져 버린 것 같았다. 지금은 아주 여유롭게 대처를 해야 한다.

"식탁으로 와라."

순진이 개의치 말라고 했으나 준태는 여전히 신경이 쓰일 수밖에 없었다. 느긋한 자세로 소파에 몸을 묻고 앉은 주리의 모습이 민망해 보였다. 허옇게 드러난 다리라도 가리게 할 요량으로 주리가 식탁에 앉았으면 했다.

"나란히 셋이서 앉아 먹는 건 좀 그렇잖아요. 저는 여기서 먹을래요."

반항할 때는 나이를 가늠할 수 없는 딸이었다. 준태는 한숨을 내쉬며 의자에서 일어났다. 그리고 주리 앞에 자리를 잡고 앉았다. 가능하면 순진의 시선으로부터 딸을 보호하고자 하는 아버지의 심정이었다.

"자네는 주리 옆에 앉게."

"네."

낮은 소파 테이블 덕분에 몸을 굽히고 밥을 떠먹을 때마다 주리의 가슴골이 더욱 적나라하게 드러나는 걸 본 준태는 가슴을 쓸어내리며 머리를 가로저었다.

"검사보다는 요리사 쪽이 적성에 맞는 거 아니에요?"

"맛있다고 말하는 겁니까?"

"맛있어요."

딴죽을 걸 줄 알았는데 의외로 주리에게서 담백한 대답이 돌아오자 순진은 히죽 웃었다.

"앞으로도 쭉 저녁 당번을 해주면 좋겠네요."

"가끔이라면 모를까 그건 곤란합니다. 요즘 송 변호사님의 무료상담을 돕고 있습니다."

맛있게 콩나물밥을 먹던 주리는 입술을 비죽 내밀었다. 그가 무료상담을 한다고 한들 달리 보이지 않는 것을 어쩌랴.

"뭐, 그러시든가. 참! 고무장갑 사왔어요."

집에 들어오기 전 약이 올라 순진을 곤란하게 할 거리를 찾다가 지난번 그가 고무장갑이 없다며 설거지를 하지 않고 갔던 게 생각났다.

고무장갑이 없다고 설거지를 안 하겠다고 했지? 이제 고무장갑을 사왔으니 별수 없이 네가 해야 할 거야.

의기양양하게 말하는 주리의 입가에 회심의 미소가 지어졌다.

"어어, 저녁 준비를 내가 다 했는데 설거지까지 하라는 건 좀 심한 거 아닙니까?"

"저녁 당번이란 건 설거지까지 포함한 거예요."

"누가 정한 법입니까?"

"누구긴요, 제가 정했죠."

"내가 왜 주리 씨 법을 따라야 하죠? 안 그렇습니까? 선생님."

"맞네. 여긴 내 집이니까 내가 법을 정해야지."

순진이 준태에게 묻자 쿵짝이 잘 맞는 콤비처럼 두 사람은 한편이 됐다. 그것이 주리의 심기를 건드렸다.

"여긴 내 집이기도 해요."

반항에 대한 아버지의 소심한 응징이란 걸 모르지 않았다. 주리는 원망이 담긴 눈길로 아버지에게 항변하기 시작했다.

"아니지. 넌 손님이나 마찬가지야. 언제고 떠날 수 있는."

"아버지. 또 말씀드려요? 저는 평생 혼자 살 거라고요. 절대 결혼 같은 거 할 생각 없어요."

"인생은 호언장담할 수 없는 일투성이지. 언제든 마음이 바뀔 수도 있는 거고. 짚신도 짝이 있는 법이고 늙어 죽도록 기자로 살진 않을 거잖니?"

"아버지도 짝을 못 찾으시면서 제짝이 있다고 믿는 건 아니시죠?"

순진은 숟가락질을 멈췄다. 다분히 흥미로운 대화를 주고받고 있는 부녀를 호기심이 어린 시선으로 응시했다. 보통의 부녀지간 대화와는 달라 보였다. 주리의 말이 조금은 되바라져 보이기도 했다. 하지만 송 변호사의 표정은 전혀 흔들리거나 노여워 보이지 않았다.

"내가 언제 결혼 같은 거는 하지 않겠다고 하든? 논지를 벗어나지 마라. 여긴 내 집이라는 걸 인정해. 그리고 내 집에서는 내가 법을 정한다. 그게 싫으면 언제든 독립해도 좋다."

"후우. 네, 네."

주리가 패배를 선언하고 다시 숟가락질을 하자 아무 일도 없었던 듯 준태도 식사를 하기 시작했다. 결국 저녁 설거지는 주리의 몫이 되었다. 툴툴거리며 설거지를 할 줄 알았던 주리는 음악을 틀어놓고 엉덩이를 슬쩍슬쩍 흔들기까지 했다.

식사를 마치고 안방으로 들어간 준태 덕분에 시선이 자유로워진 순진은 슬며시 주리의 뒷모습을 훔쳐보았다. 그가 음란한 남자라 그런 것은 아니었다. 자꾸만 시선을 끌어당기는 매력적인 몸매에 자연스럽게 반응하는 것뿐이었다.

동그란 어깨, 곧게 뻗은 척추 라인이 느껴지는 반듯한 등, 잘록

한 허리를 훑던 그의 시선이 탄력 있어 보이는 그녀의 엉덩이로 향하고 있을 때였다.

"네 양심에 찔리는 짓을 하면 어떻게 되는 줄 알아?"

갑작스런 주리의 말에 순진은 재빨리 시선을 거둬들였다.

뭐, 이 여자는 뒤통수에도 눈이 달렸나?

"내가 자라는 동안 수도 없이 아버지에게 들었던 말이에요. 부메랑처럼 되돌아온 죄책감에 시달리죠. 그래서 양심에 찔리는 짓을 하면 밤새 잠을 못 이뤄요. 댁은 그런 짓을 해도 밥 잘 먹고 잠도 잘 자죠?"

딱히 대답을 요구하는 것도 아니고 제게 경고한다는 것을 알기에 순진은 히죽 웃으며 어깨를 으쓱했다.

"이름만 순진한 사람이란 거 다 알아요. 나한테, 혹은 울 아버지한테 수작 같은 거 부리다 걸리면 가만두지 않을 거예요. 내가 호신술 하나는 끝내주거든요."

끊임없이 적대감을 내비치는 주리의 일관성 있는 태도에 순진은 느긋한 미소를 피워 물었다. 순간, 설거지를 마친 주리가 허리에 둘렀던 순진의 앞치마를 그의 가슴팍에 힘주어 넘겨주었다.

"윽."

갑작스런 주리의 공격에 무방비 상태로 급소를 가격당한 순진은 가슴을 움켜쥐고 짧은 비명을 내뱉었다. 동시에 헛웃음도 터졌다. 어이없다는 기분보다 재미있다는 기분에 가깝다. 그런 순진의 기분을 읽은 것인지 주리가 눈을 부라리기 시작했다.

"송주리!"

안방에서 나오던 준태가 경고의 뜻으로 성을 붙여 주리를 불렀다.

"둘 다 이리로 와 앉아."

시선을 내리깐 주리는 얌전히 소파에 앉았다. 순진도 가슴을 문지르며 주리 옆에 앉았다.

"송주리. 사과해라."

단호한 준태의 말에 주리는 입술을 앙다물고 억울하다는 표정을 지어 보였다.

"내가 충분히 설명해 주었을 텐데. 그리고 지켜보자고도 했고."

"하지만 제 생각은 변함없어요."

"네가 그렇게 생각하는 것까지 막지 않는다. 하지만 폭력은 나빠. 내가 말한 폭력은 네 이죽거림까지 포함한 거다. 사람의 혀가 때론 날카로운 칼날보다 훨씬 큰 상처를 주기도 한다는 거 명심하라고 했지! 얼른 사과해."

준태의 표정과 말투는 단호하기 그지없었다.

"폭력이라니요. 앞치마를 돌려준 것뿐이에요."

"양심에 찔리는 짓을 하면 어떻게 되는 줄 알아?"

근엄한 표정을 유지한 채 준태가 말하자 주리는 얼굴을 찌푸리며 입술을 깨물었다.

"미안해요."

"괜찮습니다."

순진은 사과를 받는 게 이렇게 불편한 일인 줄 미처 몰랐다.

"나도 미안하네."

순진을 향해 준태가 온화한 미소를 지어 보이며 진심으로 사과했다. 주리가 입으로만 사과하고 있음을 아는 까닭이었다.

"선생님까지 왜 그러십니까. 전 정말 괜찮습니다."

한번에 상대에게 가졌던 선입견이 풀릴 거라고 기대하지 않았지만 온몸으로 순진을 거부하는 주리를 지켜보는 준태의 마음은 복잡했다. 지나치게 순진에 대해 과한 불쾌감을 드러내는 이유가 있지 싶었다. 하지만 좀 더 주리를 지켜보는 게 좋겠다고 생각했다.

"수고했네. 이만 가보게."

준태의 말에 순진은 자리에서 일어났다.

"네. 그럼 편히 주무세요. 주리 씨도 편히 쉬고요."

너라면 편히 쉬겠니? 쌀쌀맞은 주리의 표정은 그렇게 말하고 있는 것 같았다. 순진은 준태에게 가볍게 목례를 하고 마당으로 나왔다. 마당 한쪽에 세워둔 자전거에 오르며 주리의 방이 있는 2층을 올려다보았다. 무슨 의도가 있었던 것은 아니었다. 자연스럽게 고개가 돌아갔을 뿐이다.

"헉!"

주리가 2층 테라스로 나와 팔짱을 끼고 본격적으로 적대감을 내비쳤다. 그 시선이 어찌나 쎄한지 그녀의 시선이 닿은 곳마다 찌릿한 기분이 들 정도였다.

순진은 미소를 지어 보이며 주리를 향해 다정하게 손을 흔들었다. 아무래도 그녀에게는 이렇게 하는 것이 통할 것 같았다. 돌아오는 건 잡아먹을 듯한 표정뿐이었지만 여전히 귀엽게만 느껴지는 데는 도리가 없었다.

"하하하하."

주리에게 진지해질 수 없는 스스로를 탓하며 순진은 크게 웃고 말았다. 그는 자전거를 끌고 대문 밖으로 나갔다. 펄쩍펄쩍 뛰고 있을 그녀의 모습이 눈에 선했다. 바람을 가르며 자전거 페달을 밟는 그의 웃음소리는 점점 더 크게 울려 퍼졌다.

뭐, 저런 또라이 자식이 다 있어!

대놓고 적대감을 보였건만 아무 소득도 얻지 못한 주리는 테라스에 서서 그가 점으로 사라질 때까지 신랄하게 노려보았다.

어흑! 아, 기분 더러워!

"어머! 선생님."

밤 열한 시 즈음 장사를 마치고 가게를 정리하던 성희는 갑작스런 준태의 방문에 반가움을 숨기지 못한 채 수줍은 미소를 지었다. 그리고 머리와 옷매무새를 만졌다. 늘 편안한 셔츠에 레깅스를 즐겨 입는 그녀였지만 그 앞에만 서면 모든 게 신경이 쓰였다.

"잘 지냈지?"

온화한 표정으로 인사를 건네는 그는 50초반의 나이인데도 목소리나 외모상으로는 전혀 나이가 느껴지지 않았다. 그가 몹시 어려운 사람임에도 불구하고 자꾸만 마음이 가는 것을 어쩌지 못하는 성희였다.

"그럼요."

살짝 붉어진 얼굴로 성희가 대답했다. 26살의 청년 송준태 변호사를 처음 만나던 날을 성희는 잊을 수가 없었다. 인생의 터닝 포인트가 되었기 때문이다. 그는 성희의 법적 처벌을 면하게 해주었고 몇 달이나 월세를 밀려 집에서도 쫓겨나게 된 성희 남매에게 방을 내주었다. 그 일을 계기로 송 변호사의 집은 쉼터로 운영된 거였다.

"늦은 시간인 걸 알지만 좀 상의 할 일이 있어서 일부러 이 시간에 왔어. 피곤할 텐데 미안해."

"아유, 선생님. 그런 말씀하시면 저 엄청 섭섭해요."

성희는 눈가에 곱게 주름을 만들어내 웃으며 눈을 흘겼다. 그를 보는 것이 그녀에게는 어떠한 피로 회복제보다 더 효과적이었다. 지쳐 있던 그녀의 눈동자에 생기가 번졌다.

"홍은동에 있는 쉼터에 문제가 생겼어."

성희는 묻는 대신 그의 앞에 시원한 매실 주스를 내려놓고 궁금한 시선을 보냈다.

"요즘 쉼터로 들어오는 기부금이 많이 줄었어. 경기가 좋지 않으니 당연한 결과겠지. 도봉산 쪽의 쉼터는 가게 운영 수익이 있어서 잘 돌아가는데 홍은동 쪽은 기부금만으로 운영되고 있잖아."

"네에……. 혹시, 수정 언니가 그만둔다고 해요?"

며칠 전 홍은동 쉼터장을 맡고 있는 수정을 만났을 때 그녀가 넌지시 했던 말을 떠올린 성희는 걱정스런 표정을 지었다.

"음."

준태는 무거운 얼굴로 짧게 대답했다.

"쉼터 운영자는 아무래도 봉사 정신으로 일해야 하는 거니까……. 얼마 전에 수정 언니 만났어요. 남편이 회사를 그만둬서 돈을 벌어야 한다더라고요. 제대로 월급만 맞춰주면 일을 계속하고 싶다고 했는데……. 그게 힘든 거죠?"

"그렇지."

"어떡해요. 쉼터 운영자가 자꾸 바뀌면 쉼터에 머물고 있는 사람들 마음도 편치 않을 텐데."

"그래서 말인데. 성희 네가 홍은동 쉼터를 좀 맡아주면 좋겠어."

"네? 제가요?"

갑작스런 준태의 제안에 성희는 눈을 동그랗게 떴다.

"응. 지금 데리고 있는 아이들과 함께 쉼터로 들어와. 당분간은 힘들겠지만 쉼터 운영하는 게 네 꿈이라고 했으니까 이참에 한번 시작해 보는 게 어때."

"그래도 그렇게 큰 쉼터 운영을 제가 어떻게 해요. 경험도 없는데."

"경험이 없긴. 사회복지사 자격증도 땄고 어려운 아이들 데리고 있으면서 성공적으로 사회에 나갈 수 있도록 조력자 역할도 충분히 해냈잖아. 누구보다 더 잘해낼 수 있을 거야. 쉼터 운영에 대한 전반적인 사항들은 내가 도울 테니까 걱정할 거 없고."

"제가 정말 잘해낼 수 있을까요?"

"오랫동안 준비했잖아. 지금까지 스스로를 위한 시간도 갖지 않고 이렇게 고생하고 산 건 네 꿈을 이루려는 의지가 있어서 가능했다고 생각해. 쉼터를 운영해 보니 믿고 맡길 만한 사람을 만나기가 쉽지 않아."

"제가 믿을 만한 사람이라는 거죠?"

성희의 물음에 준태는 강하게 고개를 끄덕였다.

"그럼 할게요. 선생님이 많이 도와주셔야 해요."

그의 믿음에 보답하듯 성희는 더 이상 망설이지 않고 그의 제안을 수락했다.

"고맙다."

그제야 준태의 표정이 밝아졌다. 그런 그를 바라보는 성희의 얼굴은 더 환한 빛을 띠었다.

"김밥집은 부동산에 내놔야겠네요."

"음…… 이건 내 생각인데, 이곳도 쉼터 운영을 위해 계속 유지를 하는 게 좋을 것 같아. 어차피 쉼터 식구들이 조금 마음의 안정을 찾으면 우선적으로 찾는 게 안정적인 일자리잖아. 그런 일자리를 찾기 전까지 돈을 벌 수 있는 공간이 마련되면 더 좋지 않을까? 그리고 홍은동 센터 운영에 필요한 자금도 충당할 수 있고."

"도봉산 쉼터처럼 그렇게 운영해 보자는 거죠?"

"응. 아무래도 자생적인 능력이 있으면 훨씬 쉼터 운영에 도움이 되거든. 대신 네가 여기저기 신경 쓸 게 많아 힘들 거야."

준태는 미안한 표정을 지었다.

"에이, 선생님도. 또 그런 표정 지으시면 저 화낼 거예요."

준태가 아니었다면 지금의 성희는 없었다. 18살 겨울, 부모님이 사고로 돌아가시고 7살 성준과 앞으로 살아갈 일이 막막했을 때 성희는 잘못된 선택을 했었다.

학교도 다녀야 했고 어린 동생도 책임져야 했던 그녀는 쉽게 돈을 벌 수 있다는 달콤한 유혹에 빠져 음란채팅 사이트에 가입했다. 일을 시작하던 날, 서러움에 북받쳐 성희는 얼마나 울었는지 모른다. 하지만 당장 어린 동생을 돌보며 할 수 있는 일은 그것밖에 없었다.

"그때 제가 선생님을 만나지 않았다면 저랑 성준이는 어떻게 됐을지 몰라요. 우리가 이만큼 사람답게 살아갈 수 있는 건 선생님 덕분이에요."

점점 노출의 강도를 높이지 않으면 돈을 입금시켜 줄 수 없다던 사이트 운영자는 급기야 인터넷에 성희의 신상을 공개하겠다는 협박까지 해왔다. 무섭고 두려웠다. 하지만 용기를 내야 살 수 있다고 믿었다. 그 길로 경찰서를 찾아가 그녀를 협박한 사람들을 신고했지만 불법 사이트에 가입해서 활동했던 성희도 범죄 사실이 있기에 법의 심판을 피할 수 없었다. 막막했던 그녀에게 도움의 손길을 내민 변호사가 바로 준태였다.

"내게도 삶의 길을 찾게 된 계기가 됐는데 뭐."

"그래도…… 저희들 때문에 주리가 엄마를 잃게 된 계기가 되기도 했잖아요."

아이러니하게도 성희 남매에게 살길을 열어준 일이 준태의 이혼으로 이어졌다.

"무슨! 아직도 그런 생각을 하는 거라면 이제라도 생각을 바꿔. 우리 부부 사이의 문제일 뿐이야."

준태가 극구 그런 게 아니라고 말했지만 성희는 아직도 그 문제에 대해 자유롭지 못했다. 부부 사이의 일을 일일이 알 수는 없지만 표면적으로 무료 변론과 쉼터 운영이 주리의 엄마, 수미를 견딜 수 없게 만들었던 건 사실이다.

"가정을 지키지 못한 건 내 책임이야. 수미가 이해해 줄 거라고만 여겼지 난 아무것도 동의를 구하지 않았어. 내가 많이 이기적이었어. 지금 네게도 이기적인 제안을 하고 있는 건 아닌지 솔직히 걱정이 돼."

잠시 두 사람 사이에 정적이 이어졌다. 시선을 회피하고 있는 준태의 얼굴을 가만히 응시하던 성희가 먼저 입을 열었다.

"쉼터 운영은 제가 원하는 일이라는 거 잘 아시잖아요. 편하게 살려면야 방법은 많아요. 얼마 전에 한복집 언니가 돈 많은 할아버지한테 시집가라던데요. 돈 실컷 쓰고 살게 해준다나?"

성희는 가만히 그의 표정을 살폈다. 준태의 얼굴에 불편한 기색이 돌았다. 그를 편하게 해주려던 말이 오히려 그를 불편하게 하고 있다는 사실에 당황한 성희가 재빨리 말을 이었다.

"그런데 제가 어떻게 했게요? 싫다고 단칼에 거절했어요. 선생님 덕분에 이렇게 살고 있는 거예요. 아주 제대로. 아주 보람되고 행복하게 살고 있다고요."

성희는 준태를 향해 환하게 웃어 보였다.

"돈 많은 사장님도 아니고 이젠 할아버지 이야기까지 듣고……저 많이 늙었나 봐요."

성희가 씁쓸한 미소를 지어 보였다. 준태에게 품었던 감사함과 존경의 마음은 점점 그 이상의 것으로 발전되어 있었다. 긴 세월이 지나도록 마음으로만 품고 있는 감정이 가끔씩은 애달팠다.

"에이, 한복집 아주머니가 너무했네!"

"그죠! 너무했죠? 아무리 재취 자리라도 그렇지!"

"맞아! 아직도 아가씨 같은 사람한테 말이야!"

"에이, 아가씨는 너무했다. 꽃중년이라고 하면 말이 되지만."

성희는 준태의 표현이 싫지 않아 곱게 눈을 흘겼다.

"세부적인 일들을 의논하려면 당분간 자주 봐야겠네."

"저야 좋죠! 언제든 환영이에요."

성희는 당분간이 아니라 쭉 준태를 자주 보고 싶은 욕심에 눈을 빛냈다.

"월요일 시장통 쉬는 날 선생님 댁으로 갈게요."

"쉬는 날 쉬지도 못하고 피곤해서 어떡해."

"주리도 보고 좋지요. 선생님 집은 제 친정 같은 곳이에요. 마음이 편하면 몸 힘든 거야 아무것도 아니죠."

쉼터를 운영할 생각에 벌써부터 마음이 들뜬 성희의 목소리가 깃털처럼 가볍게 가게 안에 퍼졌다.

3

문화재를 주제로 한 탐방 기사를 쓰기 위해 지방으로 출장 갔던 주리는 돌연 기획이 취소되는 바람에 예정보다 일주일 앞당겨 돌아왔다. 게다가 회사에서 미뤘던 휴가를 가라는 지시도 받았다. 집으로 향하는 주리의 발걸음은 무거웠다.

월, 월.

난데없는 개 짖는 소리가 났다. 대문에 손을 댔던 주리는 소스라치게 놀라 뒤로 크게 한 발 물러섰다. 짖는 소리로 보아 작은 강아지는 아닌 듯했다. 온몸에서 소름이 돋는 것도 모자라 잔털까지 들고 일어나 두려움을 호소했다. 서둘러 주리가 집에서 멀찌감치 떨어지자 개 짖는 소리는 그제야 멈췄다.

"아이, 씨!"

개 짖는 소리가 멈추고 나서야 겨우 불만 섞인 목소리가 주리의 입 밖으로 튀어나왔다. 얼마나 놀라고 긴장했던지 주리는 등줄기에서 강한 한기를 느꼈다. 식은땀이 제대로 흐르고 있었다.

강단 있는 주리에게도 두려운 것이 몇 가지 있었다. 그 대상 중 하나는 개였다. 남들은 귀엽다고 쓰다듬고, 물고 빠는 강아지조차도 두려워 가까이 다가가지 못했다. 주리는 서둘러 휴대폰을 꺼내 들었다. 아버지에게 전화를 했지만 연결되지 않았다. 주리는 잔뜩 미간을 찌푸린 채 발만 동동 굴렀다.

"하아아."

커다란 캐리어를 발끝으로 툭툭 차며 긴 한숨을 쉬던 주리는 다시 송 변호사에게 전화를 했다.

[딸! 오늘은 어디?]

거의 포기 상태에 이르렀을 때 다정한 송 변호사의 목소리가 뜨거운 휴대 전화기에서 흘러나왔다.

"어디세요? 집에 안 계세요?"

주리는 잔뜩 골이 난 목소리로 뾰족하게 물었다.

[내가 말 안 했나? 무료 법률 상담 때문에 대구에 가는 중이야.]

"집에서 개 짖는 소리가 나요. 어떻게 된 거예요?"

[집에 왔니? 보름도 넘게 걸린다더니?]

아버지의 목소리에서 난감함이 느껴졌다. 그렇다는 건 정말 집 마당에 개가 있다는 거였다.

[순진이가 부탁을 해서…… 너도 마침 출장을 갔고.]

"안순진 개가 우리 집 마당에 있다는 거예요?"

[훈련이 잘된 개라 위험하진 않아.]

"훈련이 잘됐든 안 됐든 그게 중요해요? 내가 얼마나 개를 무서워하는 줄 아시면서!"

[내가 순진이한테 전화하마.]

"당장 치우라고 하세요!"

[그래, 그래.]

통화를 끝낸 주리의 눈에는 서운함이 가득했다. 다른 사람도 아니고 제가 얼마나 개를 무서워하는지 잘 아는 아버지가 어떻게 집 안에 개를 들이는 것을 허락할 수 있는가. 주리는 이를 꽉 깨물며 대문을 노려보았다. 얼마 시간이 지나지 않아 대문이 열리고 순진이 나와 두리번거렸다.

"곱게 봐지지가 않는다니까!"

주리는 한 소리를 내뱉고 재빨리 캐리어를 끌고 순진을 잔뜩 성난 눈으로 노려보며 걸음을 옮겼다. 순진에게 욕이라도 한 바가지 퍼부어줄 요량이었다. 하지만 주리는 몇 걸음 가지 못해 그 자리에서 얼어붙고 말았다. 삽시간에 그녀의 얼굴이 백지장처럼 하얘졌다. 황금물결을 일으키며 순진 옆을 맴도는 커다란 골든 리트리버 때문이었다.

"앉아!"

동공을 크게 키운 채 파랗게 질린 표정으로 서 있는 주리를 보고 순진은 꼬리를 흔들며 그의 다리에 머리를 부비는 순정을 향해 명령했다. 순정은 주인의 명령에 바로 복종하며 바닥에 엉덩이를 붙이고 얌전히 앉았다.

"무서워요? 왜?"

도무지 이해하지 못하겠다는 표정을 한 순진이 얄미웠다.

"무…… 무…… 무섭긴 뭐가 무서워요. 그냥 싫은 거예요!"

주리는 개를 한 번 쳐다보고 안간힘을 다해 태연한 척하려 했지만 떨리는 주리의 음성은 얼마나 겁에 질려 있는지 고스란히 보여 주고 있었다.

"훗. 무서우면 무섭다고 할 것이지."

그렇게 중얼거린 순진이 개의 목덜미를 잡고 주리를 빤히 쳐다보았다. 주리는 떨어지지 않는 발걸음을 옮겼다. 자꾸만 개가 달려들 것만 같아 계속 경계의 시선을 늦추지 않았다.

"엄마야!"

주리는 대문 안으로 들어가자마자 캐리어를 팽개친 채 집 안으로 뛰어들어 갔다.

"휴우."

겨우 숨을 고르고 나서야 주리는 캐리어를 마당에 팽개친 채 꽁무니가 빠지게 집 안으로 들어온 것을 깨달았다. 순진에게 약한 꼴을 보여준 것 같아 은근히 화가 났다.

그까짓 개 한 마리 때문에!

주리는 못마땅한 표정으로 거실 창을 통해 마당을 내려다보았다. 순진이 개의 눈높이에 맞춰 앉아 목덜미를 쓰다듬어 주는 것이 보였다. 다정한 손길이 좋은지 개의 표정은 웃고 있는 것 같았다.

"엄마야."

개와 눈이 딱 마주치자 주리는 얼른 바닥에 주저앉았다. 순진에게 나약한 모습을 보이는 게 죽기보다 싫었지만 본능적으로 개가 두려운 건 어쩔 수가 없는 노릇이었다.

"아니, 뭐가 무섭다고."

순진은 주리의 행동에 자꾸만 웃음이 나왔다. 어떻게 개를 두려워하는지 모를 일이었다. 더군다나 이렇게 순하고 귀여운 녀석을 말이다.

송 변호사에게 주리가 개를 두려워한다는 말을 들었을 때만 해도 믿지 않았다. 늘 당당한 눈빛을 쏘아대는 그녀에게 두려운 것이 있을 리가 없다고 여겼다. 그런데 주리는 정말 개를 두려워하고 있었다.

"어렸을 때, 개한테 물린 적 있습니까?"

"쓸데없는 소리 하지 말고 캐리어나 가져와요."

그녀의 당당한 목소리만 마당을 휘젓고 있었다. 허세 가득한 그녀의 음성에 순진의 얼굴로 장난기 가득한 웃음기가 번져 갔다.

"내가 왜 그런 짓을 합니까? 필요한 사람이 직접 가져가야지."

"그럼 개 데리고 나가요!"

발끈한 주리의 목소리가 귓전을 때렸지만 순진은 계속 순정의 목덜미를 쓰다듬으며 빙긋 웃었다.

"싫어요. 집 주인인 송 변호사님께 이 집에서 순정이를 데리고 있어도 된다는 허락받았습니다."

"그거야 내가 집을 당분간 비웠으니까 허락을 하신 거잖아요. 당장 개 데리고 나가라고요!"

"무섭다고 솔직하게 말하면 생각해 보겠습니다."

"무서운 게 아니고 싫다니까요!"

주리가 절대 개를 무서워하는 건 아니라는 것을 강조하고 있었다. 이미 다 들켰는데. 순진은 피식 웃으며 거실 쪽의 창을 보았다. 고집을 피우는 주리가 마치 어린애 같기도 하고 귀여운 소녀 같기도 했다.

내다보지도 못하고 소리만 지르는 거였어?

장난기가 발동한 순진은 그녀의 캐리어를 들고 집 안으로 들어갔다.

"정말 싫기만 한 겁니까? 녀석이랑 친해지면 생각이 바뀔 겁니다."

"무조건 싫어요! 개털 알레르기가 심해요. 됐어요? 아아악!"

거실로 들어온 순진을 향해 화를 내던 주리는 그의 뒤에 꼬리를 흔들고 서 있는 개를 발견하고 비명을 질렀다. 그녀의 얼굴이 공포에 휩싸인 걸 본 후에야 순진은 제 장난이 너무 심했다는 것을 깨달았다.

컹! 컹!

주리가 비명을 지르자 놀랐는지 순정도 주리를 향해 짖어댔다. 순진은 얼른 순정을 마당으로 데리고 나갔다.

"괜찮아."

순정은 순진에게 있어 여동생 같은 존재였다. 임신한 순정을 혼자 집에 둘 수 없어 부모님이 귀향하실 때 여수로 데려갔지만, 녀석은 매일 순진을 기다렸고 틈만 나면 도로로 뛰쳐나가는 통에 어쩔 수 없이 서울로 다시 데려올 수밖에 없었다.

그동안은 출퇴근하며 순정을 돌봐왔는데 출산 예정이 가까워지자 혼자 둘 수 없어 송 변호사에게 양해를 구하고 이곳으로 데려왔다. 평소에 짖지 않던 순한 녀석이 출산을 앞두고 있어 예민해진 데다 갑작스럽게 이곳으로 데리고 온 탓에 경계가 심해진 것 같았다.

으르렁거리는 순정의 목덜미를 쓰다듬어 진정을 시키면서도 순진은 거실에 있는 주리가 걱정됐다. 강단 있는 표정만 지어 보이던 그녀에게도 저렇게 여린 구석이 있을 줄이야. 한참 만에야 겨우 진정한 순정을 산실로 마련해 놓은 지하실에 데려다 놓은 순진은 거실로 들어갔다. 주리는 2층으로 간 것인지 모습이 보이지 않았다.

"괜찮은 겁니까?"

순진은 2층을 향해 큰 소리로 물었다. 하지만 2층에서는 아무런 대꾸도 들리지 않았다. 마치 아무도 없는 것처럼 조용하기만 했다. 한동안 2층 계단 앞을 서성이던 순진은 어깨를 으쓱하고 책상 앞에 앉았다. 아무래도 주리는 단단히 화가 난 모양이었다. 대거리조차 하기 싫다는 반응 같았다.

순진은 책상 위에 펼쳐 놓은 판례집에 눈길을 두었지만 괜스레 2층에 있는 주리에게 신경이 쓰여 도통 집중을 할 수가 없었다. 주리가 저렇게까지 개를 두려워할 줄은 몰랐다. 알았다면 순정을 이곳으로 데리고 오는 일은 없었을 것이다. 그렇다고 곧 출산을 앞둔 순정을 다시 집으로 데리고 가는 것도 어려웠다.

"뭐 어떻게든 되겠지."

순진은 어깨를 으쓱하고 다시 판례집으로 눈을 돌렸다.

"엄마?"

진한 화장을 한 엄마가 여전히 낯설다. 얼마 만에 보는 엄마 얼굴일까. 그리운 엄마를 만났음에도 달려가 안길 수가 없다. 반기지 않는 듯한 표정을 한 엄마였으니까. 이상했다. 왜 제가 9살 꼬마가 되어 있는 걸까.

어린 주리의 눈으로 엄마 품에 폭 안긴 강아지가 클로즈업됐다. 소름이 돋았다. 아주 작고 귀여운 강아지인데도 몸에서 식은땀이 나도록 무섭다. 피하고만 싶었다. 섬광이 비춰지고 마치 영화처럼 장면이 바뀌어 낯선 방에는 강아지와 주리 단둘만 남아 있다.

주리는 강아지를 질투 어린 눈으로 노려보고 있다. 강아지도 주리를 향해 맹렬하게 짖어댄다. 마치 엄마를 사이에 두고 강아지와 제가 암투를 벌이는 것 같은 기분이 들었다. 주리가 더 이상 참지 못하고 손을 치켜들었다. 순간 포악한 표정을 지은 강아지가 달려들었다.

"아악!"

소스라치게 놀란 주리는 비명을 지르며 잠에서 깨어났다. 창문도 열어두지 않은 상태로 잠이 들었던 탓에 방 안의 공기가 후덥지근했다. 그럼에도 땀으로 흥건해진 온몸으로 한기가 느껴지듯 소름이 돋았다.

의식적으로 기억 속에 가둬두었던 9살 무렵의 아픈 경험이 고스란히 꿈으로 나타났다. 어느 날 흔적조차 없이 자취를 감춰 버린 엄마와 2년 만의 재회였다. 하지만 품으로 달려들지도 못할 만큼 엄마는 낯설고 서먹했다. 엄마의 품에 꼭 안긴 강아지에 대한 질투심이 폭발할 만큼 그날의 기억은 주리에게 고스란히 상처로 남아 있었다.

개에 대한 트라우마를 갖게 된 것은 그때였다. 그날 이후 주리는 엄마에 대한 마음의 문을 닫아버렸다. 엄마가 자신을 버렸다고 단정 지었으며 엄마를 마음에서 내려놓았다. 가끔 엄마로부터 연락이 왔지만 마뜩찮게 여겼다. 서로의 간극을 좁히지 못한 모녀 사이는 남보다 못한 존재처럼 살고 있다.

정신을 차리고 침대 주변을 더듬거려 찾아낸 휴대폰으로 시간을 확인했다. 새벽 2시 28분이었다. 침대 아래로 발을 내딛던 주리의 미간이 확 찌푸려졌다. 낮에 있었던 일이 떠올랐던 것이다. 그래서 꾸고 싶지도 않은 꿈까지 꾸었다고 생각하니 머리에서 스팀이 확 올라왔다.

아까 개를 피해 2층으로 올라오자마자 안도감이 밀려왔고, 어젯밤 늦게까지 문화재 탐방 기획이 취소된 줄 모르고 칼럼을 쓰느라 무리한 것까지 겹쳐 침대에 쓰러지자마자 바로 잠이 들었던 모양이다. 덕분에 제대로 순진의 깐족거림에 대거리조차 하지 못했다.

"집에 갔겠지? 내일 오기만 해봐라!"

두 눈에 잔뜩 힘을 주고 콧김까지 내뿜던 주리는 배에서 나는 꼬르륵 소리에 배를 문지르며 뭐라도 먹기 위해 아래층으로 내려갔다. 밤이면 늘 켜두는 거실 미등이 꺼져 있고 거실은 캄캄했다.

휴대폰 불빛에 의지해 아래층으로 내려온 주리는 닫혀 있는 안방 문을 보고 고개를 갸웃했다. 아버지는 한겨울에도 안방 문은 닫고 주무신 적이 없었기에 이상했다.

"아빠?"

삐거덕 소리를 내는 안방 문을 열고 들어가며 아버지를 불렀지만 대답이 없다. 은은한 달빛이 새어들고 있는 창가의 침대는 비어 있었다. 누웠던 흔적도 없는 것을 보면 아버지는 대구에서 집으로 돌아오지 못한 모양이었다. 서둘러 휴대폰을 확인하자 아버지의 부재중 통화가 여러 번 찍혀 있었다.

"무슨 무료 법률 상담을 지방까지 다니시고 그래. 지방에는 변호사가 없대?"

주리는 아버지를 지지하면서도 당신 몸 생각도 않고 너무 열심이신 것이 걱정돼 투덜거렸다.

끼잉, 낑.

부엌의 불을 켜려고 전원 스위치에 손을 가져가던 주리는 낯선 소리에 움직임을 멈추고 귀를 기울였다. 아주 미약하게 들리고 있는 소리는 고통을 참는 짐승의 나지막한 신음 소리 같았다. 불현듯 낮의 개 소동을 떠올린 주리는 눈을 크게 떴다. 온몸에 소름이 돋았다.

"뭐야! 혼자 간 거야!"

주리는 소리를 지르지도 못하고 얼굴을 잔뜩 구기며 입술 사이로 볼멘소리를 내뱉었다. 그리고 시선을 재빨리 현관문으로 가져갔다. 다행히 현관문은 굳게 닫혀 있었다.

"안순진! 내일 오기만 해봐. 죽었어!"

주리는 일단 현관문이 닫혀 있어 개가 집 안으로 들어올 일이 없다는 데 안도하며 부엌의 불을 켰다. 그리고 개에 대한 공포감을 없애기 위해 일부러 쿵쿵 발소리를 내며 냉장고로 다가가 벌컥 냉장고 문을 열어젖혔다.

"우와!"

주리의 눈이 커다래지며 감탄사가 튀어나왔다. 쉼터가 분리된 이후, 그녀의 집 냉장고에는 인스턴트 음식만 즐비했었다. 가끔 성희 언니가 다녀가면 이런 비주얼의 냉장고를 구경할 수 있었다.

"우리 집에 이런 그릇들이 있었나?"

가지런하게 놓인 투명 그릇들이 어쩐지 낯설었다. 아무래도 안순진이 마법을 부린 모양이었다. 그랬다. 이 정도면 마법이라고 표현해도 전혀 과하지 않았다.

"제법이네. 이런 건 마음에 들어."

안순진이 집에 드나들며 모든 것이 나쁘기만 한 것은 아니었다.

"그러게 재능을 살려 요리나 할 것이지!"

그렇게 중얼거리던 주리의 머릿속에 소리를 버럭 지르며 잘난 척하는 쉐프의 모습이 그려지자 눈살을 찌푸렸다.

"하긴 뭘 해도 재수 없었을 거야."

주리는 입으로는 고약한 소리를 했지만 눈으로는 반찬 그릇들을 기분 좋게 훑어 내렸다.

"뭘 먹을까?"

즐거운 고민을 하던 주리의 눈길이 커다란 접시에 놓여 있는 잘 말린 김밥에서 멈췄다. 랩으로 야무지게 싸여 있는 김밥을 보자 주리는 침을 꿀꺽 삼켰다.

지난번 안순진표 김밥을 먹어봤던 것을 혀가 용케도 그 맛을 기

억해 냈다. 신 김치를 들기름으로 조물조물 무쳐 계란 지단으로
감싼 속밖에 없는 안순진표 김밥은 꽤나 맛있었다. 고민을 할 것
도 없이 주리는 얼른 김밥 접시를 꺼냈다.

"저녁 메뉴가 김밥이었나 보네. 좀 깨우지."

자다가도 벌떡 일어날 만큼 맛있다고 절대로 말하진 않겠지만
못 이기는 척 일어났을지도 모른다. 주리는 랩을 벗겨 김밥을 입
으로 가져갔다. 아쉽게도 차가운 김밥은 원래 안순진표 김밥의 맛
을 내지는 못했다. 그래도 주리는 우걱우걱 김밥을 씹었다. 배가
고팠고 맛은 덜했지만 그럭저럭 먹을 만했다.

"차가워서 맛이 없을 텐데."

예기치 못한 순진의 목소리에 놀란 주리는 덜 씹은 김밥을 목으
로 급하게 넘기며 뒤를 돌아보았다.

"……딸꾹! 딸꾹!"

동공을 커다랗게 키운 주리는 딸꾹질을 하며 온몸으로 왜 이 시
간에 안순진이 여기에 있는 것인지 물었다. 그런 그녀를 바라보던
순진이 다가오기 시작했다.

"다가…… 딸꾹! 딸꾹!"

주리는 본능적으로 뒷걸음질 치며 순진에게 다가오지 말라고
허공에 손짓을 했다. 하지만 점점 그가 가까이 다가오고 있었다.
눈가에 눈웃음까지 매달고. 주리의 등에 냉장고가 닿았다. 더 이
상 물러설 곳이 없자 주리는 눈을 질끈 감고 고개를 옆으로 돌렸
다.

"뭘 그렇게 놀라고 그럽니까. 내가 치한입니까?"

순진은 어이없다는 표정을 지으며 주리의 턱을 손으로 잡아 앞으로 돌려 시선을 맞췄다. 딸꾹질도 멈춘 채 동공마저 커다랗게 확장된 주리의 눈동자를 뚫어지게 바라보던 순진이 피식 웃었다. 그리고는 주리의 어깨를 툭 옆으로 밀쳤다. 후다닥 소리를 내며 주리가 냉장고 옆으로 도망치듯 비켜섰다.

"나는 얼마 전까지 죄를 지은 사람들을 단죄해 주길 청하는 검사였습니다. 대체 뭘 기대하는 겁니까?"

태연하게 냉장고 문을 열고 생수통을 꺼내 주리의 코앞에 내밀어 보였다.

"하! 딸꾹! 검사도 검 딸꾹! 사 나름이죠! 딸꾹!"

순진은 딸꾹질을 하면서도 끝까지 대거리를 하는 주리가 귀엽기만 했다. 독이 잔뜩 오른 눈빛과는 다르게 부어오른 주리의 눈두덩이 그녀의 인상을 부드럽게 만들고 있었다. 2층으로 올라간 후, 지금까지 잠이 들었던 모양이었다.

"물이나 마셔요."

순진은 제 입가에 스멀스멀 터져 나오려는 미소를 감추며 퉁명스럽게 말하고 물을 컵에 따라 주리에게 내밀었다. 주리가 물을 마시면서도 연신 곁눈질로 저를 노려보았지만 전혀 불쾌하지가 않았다.

참 모를 일이었다. 이쯤 되면 짜증이 나야 정상이다. 이유가 불분명한 그녀의 태도를 바로잡기 위해 따지고 들어야 맞는다. 그런데 그냥 두고 보고 있는 스스로가 이해가 되지 않는다.

"설마, 뭘 기대했던 겁니까?"

순진은 은근슬쩍 주리를 골려주는 말을 던졌다. 또 발끈하겠지? 하는 기대감이 생긴다.

"기대라니요! 기가 막혀서!"

아니나 다를까 입술을 이죽이며 말하는 주리의 눈에서 불길이 솟는 것이 느껴졌다.

"아니면 말고. 나도 딱히 뭘 할 생각은 전혀 없었는데, 혹시라도 기대에 부응을 하지 못한 거라면 지금이라도 해줄 생각이 있는데."

"이봐요! 대체 무슨 수작이에요. 은근슬쩍 반말에 추행까지 할 작정이에요!"

주리의 눈초리가 파르르 떨리는 것이 보였다. 어깨를 으쓱한 순진은 아무렇지도 않게 주리를 쳐다보기만 했다. 태연함을 가장하고 있지만 순진이 아무렇지도 않은 것은 아니다.

어느새 그의 시선이 주리의 입술에 닿아 있었다. 도톰한 입술이 꽤나 섹시해 보였다. 기분이 묘했다. 다른 사람들과 함께 있을 때는 느끼지 못했던 감정이 단둘뿐인 상황에서 수면 위로 고개를 내밀 듯 삐죽 튀어나오는 느낌이랄까. 어쨌든 아슬아슬한 경계가 무너지는 기분에 사로잡힌 순진은 묘한 미소를 피워 물었다.

"입술에 붙은 김이나 떼요."

그녀의 입술에 김 따위는 붙어 있지 않았다. 순진은 묘한 분위기를 환기시키기 위해 그렇게 말했을 뿐이다. 주리가 얼굴을 찌푸리며 손바닥으로 거칠게 입술을 부벼댔다. 가만히 그녀를 바라보고만 있다가는 그녀의 손바닥이고 싶은 충동적인 감정에 휩싸일 것 같았다.

순진은 냉장고에서 한 손으로 계란 두 개를 꺼낸 후, 숙련된 요리사처럼 달걀을 한 손으로 그릇에 깨 재빨리 풀어 달걀 물을 만들었다. 달구어진 프라이팬에 기름을 살짝 둘러 달걀 물을 붓자 조용하던 부엌에 맛있는 소리와 고소한 냄새가 퍼졌다.

"아! 계란말이 김밥 이렇게 하는 거구나."

슬쩍 곁눈질로 쳐다보니 주리는 대단한 발견이라도 한 듯 눈을 동그랗게 뜨고 김밥을 노릇노릇 익어가고 있는 달걀 지단 위에 얹어 말고 있는 것을 지켜보고 있었다.

조금 전까지의 사나운 표정이 사라진 주리의 얼굴에 순진의 눈길이 한동안 머물렀다. 고슴도치처럼 가시만 세우는 사람인 줄 알았던 주리가 이런 표정을 지을 수 있다는 게 신기하기만 했다.

"계란말이도 안 해봤어요?"

순진은 노란 달걀옷을 입은 김밥을 도마 위에 올리며 물었다.

"또, 또 잘난 척하신다."

기분이 상한 얼굴을 한 주리의 말에 순진은 픽 소리를 내며 웃었다.

"잘난 척이 아니라 난 잘났어요. 뭐든 마음만 먹으면 다 잘합니다."

"그 정도면 병원에 가봐야 하는 거 아닌가요?"

"내가 환자 수준이란 말입니까?"

"환자죠."

"또, 또 단정 지어 말하신다."

힐긋 노려보던 주리가 피식하고 웃음을 터뜨렸다.

"뭐 하자는 거예요?"

"눈에는 눈, 이에는 이?"

"그건 내 삶의 모토인데. 안순진 씨도 그래요?"

눈을 동그랗게 뜬 주리가 순진을 응시하자 순진은 어깨를 으쓱해 보였다.

"우리가 사적인 것을 물을 만큼 가까운 사입니까?"

"가까운 사이는 아니죠."

"원래 그렇게 싫고 좋고가 분명한 사람이군요. 주리 씨는."

"맞아요."

"그럼 내가 하도 잘난 척해서 인터뷰 후반에 성질이 났던 겁니까?"

"그렇기도 했고……."

댁이 나한테 사심을 드러내는 게 싫었다, 주리는 이렇게 말하려다 멈칫했다.

"그렇기도 했고……. 또 다른 이유는?"

"……."

"그럼, 내가 잘난 척 안 하면 주리 씨가 날 달리 봐줄 건가요?"

진지하게 묻는 순진의 시선에 주리를 몹시 당황했다. 뭔가 지금도 그의 페이스에 말려든 기분이 들었다. 그러고 보니 그와 대화를 나누는 동안 불쾌한 기분은 말끔히 사라지고 없었다.

눈엣가시처럼 여겨지던 남자가 조금씩 달리 보인다. 어떻게 대답을 해야 할지 모르겠다. 조금 전부터 심장박동도 조금씩 빨라지고 있었다. 주리는 시선을 다른 곳으로 돌리고 대답을 주저했다.

"대답 안 해줄 겁니까?"

"달리 보고 말고 할 게 있어야죠."

"주리 씨 매력 있네요."

"매력이요? 내가요?"

"거짓말을 하면 얼굴에 다 쓰이는 매력?"

"뭐예요!"

스스로가 속내를 숨기지 못한다는 것을 알고 있는지 주리는 발끈한 표정을 지으며 입술을 으르렁거리듯 달싹였다. 그 바람에 입술 안쪽의 복숭앗빛 연한 살이 드러나 보였다. 분명 유혹적인 것과는 거리가 먼, 엽기적인 표정인데도 순진은 저도 모르게 꿀꺽 침을 삼켜야 했다. 순진은 고개를 돌리고 도마 위의 김밥을 썰었다.

"이거나 먹어요."

주리는 슬쩍 순진에게 눈을 흘기고는 김밥 하나를 집어 입안에 넣고 오물거렸다. 정말 맛있다. 그의 말대로 잘난 척이 아니라 진짜 잘난 사람인 걸까. 그런 걸 재수 없다 여긴 걸까. 화학조미료 같은 거짓 재료가 아닌 순수한 재료 본연의 맛을 살릴 줄 아는 사람이라면 꿍꿍이가 있거나 무책임한 사람은 아닐지도 모른다는 생각이 들었다.

"참! 개가 아파요?"

맛있는 김밥을 입에 넣고 행복한 표정을 짓던 주리는 조금 전 들었던 개의 신음 소리를 떠올리며 물었다. 어딘지 고통스러워하는 것 같은 소리였기에 걱정됐다.

"네?"

"지금은 조용한데 조금 전까지 끄응 소리를 냈어요."

"순정이가 말입니까?"

"풉. 개 이름이 순정이에요?"

주리의 반응에 순진은 미간을 좁히며 고개를 끄덕였다.

"네, 댁의 개 동생이 끄응 소리를 냈어요."

"엇! 새끼를 낳고 있으면 어쩌지?"

순진은 화들짝 놀라며 부리나케 현관 쪽으로 뛰어갔다.

"새끼요? 캑캑!"

개도 무서운데. 세상에…… 출산이라니!

주리는 너무 놀라 제대로 사레가 들려 버렸다. 쏜살같이 현관문을 열고 사라진 순진이 분명 출산이라고 했으니 지금 제집 마당에서 개가 산고를 겪고 있다는 소리였다. 갑자기 입맛이 뚝 떨어지는 기분이었다. 달걀옷을 입어 환골탈태한 김밥의 자태조차도 그녀의 떨어진 식욕을 돌려놓지는 못했다.

"후우."

주리는 한숨을 푹 쉬고 김밥 접시에 랩을 씌우기 위해 의자에서 일어났다.

"주리 씨, 나 좀 도와줘요!"

다급하게 뛰어들어 온 순진이 다짜고짜 도움을 청했다.

"뭘요?"

주리는 화들짝 놀라며 뒤로 물러섰다. 안 그러면 순진이 그녀의 손을 잡아끌고 개가 출산하고 있는 현장으로 끌고 갈 기세였기 때문이었다. 주리는 순진의 간절한 눈길을 피해 눈을 내리깔며 고개를 내저었다.

"순정이가 처음 출산하는 거라 도움이 필요해요."

"개가 무서워…… 요."

겁에 질린 주리의 목소리는 떨리고 있었다.

"압니다. 하지만 내가 장담하는데 순정이가 절대로 주리 씨를 물거나 해를 끼치진 않을 테니 걱정 말고 도와줘요."

"하지만…… 아무리 순한 개라도 출산하고 있는데 낯선 냄새가 나는 나를 경계하지 않겠어요? 예민해져 있을 테니 언제고 달려들어 나를 물 수도 있죠."

주리는 개가 무섭고 싫었지만 언젠가 애완견의 모든 것이라는 취재를 하며 개에 대해 조사를 한 적이 있어 그 정도의 상식은 있었다.

"절대 그렇게 놔두지 않을 테니 나를 믿고 도와줘요."

안순진 너를 믿으라고?

출산 현장으로 끌려갈까 봐 노심초사하며 계속 고개를 가로젓기만 하던 주리의 눈빛이 흔들리기 시작했다.

"주리 씨에게 내가 그렇게 믿을 만한 사람이 못 되는 거 잘 압니다. 하지만 절대 주리 씨를 위험에 처하게 하진 않을 거란 걸 믿어줘요. 만약 그렇지 못한 상황이 발생하면 주저 없이 내가 이 집에서 나가겠습니다."

이 순간, 왜 그의 말에서 진심이 느껴지는 걸까. 선입견을 가지고 그를 바라볼 때는 전혀 느껴지지도 보이지도 않던 것이 왜 하필 지금 느껴지는 것인지. 마음의 눈으로 사람을 본다는 건 때때로 감수해야 하는 상황을 만들곤 한다.

"약속 꼭 지켜요."

"그럼요! 각서라도 쓰고 싶지만 지금 급하니까 얼른 갑시다."

순진이 주리의 손을 덥석 잡아 이끌었다.

"따라갈 거예요. 이거 놔요."

주리는 그의 손을 뿌리치며 앞장서서 현관을 나섰다. 잠깐 손을 잡혔을 뿐인데도 뜨거운 느낌이 자꾸만 신경을 건드렸다. 뭔지 모르게 바싹 침이 마른다고나 할까? 아마도 개 곁에 가려니 더 그런 거겠지. 지하실 입구까지 제 발로 걸어온 주리는 미간을 잔뜩 찌푸리며 몸을 부르르 떨었다.

순진에게 손을 잡히는 바람에 얼떨결에 여기까지 오긴 했지만 지하실 문 앞에 서자 두려움이 엄습했다. 괜찮다고 아무리 스스로를 달래도 개에 대한 트라우마는 그녀가 지하실로 들어가는 것을 허락하지 않았다.

"거봐요. 지하실에 들어갈 때까지만이라도 손잡아줄게요."

"혼자서도 들어갈 수 있어요."

순진이 손을 잡아준다는 말에 정신이 번쩍 든 주리는 양손을 뒤로 감추며 오기를 부렸다.

"그래요. 그럼. 절대 소리를 지르면 안 됩니다. 강아지가 태어나면 주리 씨에게 건네줄 테니까 마른 수건으로 강아지를 잘 닦아줘요. 출산은 30분에서 한 시간 간격으로 이뤄지니까 힘들 거예요."

"내게서 낯선 냄새가 날 텐데……. 개가 으르렁거리면 난 바로 나올 거예요."

"낯설어하지 않을 테니 걱정 말아요."

주리는 간신히 용기를 내어 지하실 문에 손을 가져갔다. 바로 들어가지 않으면 또 그에게 손을 잡힐 것 같았다. 주저하듯 문을 열고 지하실로 들어간 주리는 입술을 비틀며 순진을 돌아다보았다.

그녀가 출장 가기 전에 벗어놓았던 낡고 솔기에 구멍 난 싸구려 티셔츠를 비롯한 그녀의 냄새가 물씬 풍기는 방석 위에 개가 웅크리고 있었기 때문이었다. 잠시 몸을 일으키고 코를 킁킁거리며 입술 주변을 들썩이던 개는 익숙한 냄새 덕분인지 곧 반응을 멈추고 자리에 누웠다.

"이 집 사람들 냄새에 친숙해지게 하려면 방법이 없었습니다. 송 변호사님이 내주신 거니까 너무 불쾌해하지 마요."

순진은 얼른 주리의 시선을 피해 산고를 겪고 있는 순정의 곁으로 다가가 앉았다. 초산이라 꽤 힘들어하는 순정은 네 다리를 뻗은 채 가쁜 숨을 헐떡이고만 있었다. 순진은 순정을 쓰다듬으며 힘을 내라고 기운을 북돋아주었다. 그가 한참 동안 마사지를 하자 고통스런 신음을 내뱉던 순정은 있는 힘을 다해 강아지를 제 몸 밖으로 밀어냈다.

"잘했어. 조금만 더 힘내자."

순진은 자상한 목소리로 순정을 격려하며 막 태어난 강아지를 순정에게 보여주고 문 앞에 서 있는 주리에게 수건으로 감싼 강아지를 건네주었다. 그리고 제 새끼가 걱정돼 몸을 일으키려는 순정을 쓰다듬어 진정시키며 후출산을 도왔다. 얼마의 시간이 지나고 태반을 밀어낸 순정은 가쁜 숨을 몰아쉬며 널브러졌다.

"굿 잡!"

순진은 엄마가 된 순정을 자랑스러운 눈빛으로 바라보며 열심히 순정을 독려했다.

"잘하고 있군요. 그래 그렇게 물기 하나 남지 않을 때까지 닦아 줘요."

주리가 눈을 감은 채 인상을 잔뜩 찌푸리고 꼬물거리는 강아지를 엉거주춤한 자세로 들고 수건으로 닦아주는 것을 본 순진은 큭 웃음이 터졌지만 소리를 내어 웃지는 않았다. 주리에게 그의 말이 들리기나 할까. 그가 지하실을 나서는데도 주리는 한결같은 자세로 강아지를 수건으로 문지르기만 할뿐이었다.

끼이잉. 끼잉.

"괜찮습니까? 이리 줘요."

주리를 두고 지하실을 나가는 게 걱정돼 빨리 일처리를 하고 돌아오니 배가 고픈 강아지는 벌써 어미젖을 찾으며 낑낑거렸고 주리는 어쩔 줄 몰라 하며 이를 악문 채 사색이 되어 있었다.

"배가 고파서 그러는 겁니다."

"혼자 두고 가면 어떡해요!"

주리가 소리를 지르지도 못하고 낮게 순진을 질타했다. 그래도 지진이 난 것처럼 흔들리던 주리의 동공은 아까보다 훨씬 안정되어 있었다. 순진은 강아지를 순정의 젖꼭지 가까이로 가져갔다. 맹렬하게 어미젖을 빠는 강아지의 본능적인 행동에 미소가 절로 지어졌다.

"참, 신기해요. 누가 가르쳐 준 것도 아닌데 어떻게 저게 먹을 거란 것을 알까요."

소곤거리는 주리의 목소리에 순진은 뒤를 돌아다보았다. 잔뜩 겁에 질려 지하실 입구에 서 있던 주리의 얼굴은 상기되어 있었다. 갓 태어난 강아지가 스스로 어미젖을 찾아 물고 빠는 것에 경이로워하는 것 같았다.

"이젠 괜찮은 겁니까?"

"죽을 만큼 무섭진 않네요. 근데 언제까지 이러고 있어야 해요?"

"초음파했을 때 뱃속의 새끼가 셋이라고 했으니 두 마리가 더 나와야 끝납니다."

주리가 난감한 표정을 지으며 입을 벌렸다. 곧 그녀의 입에서 불만 섞인 말이 터져 나올 터였다.

끄으으응.

널브러져 있던 순정이 산통을 호소하듯 울부짖자 두 사람의 대화는 끊겼다. 그리고 얼마 지나지 않아 두 번째 강아지가 세상 밖으로 모습을 드러냈다. 이런 상황은 마지막 강아지가 태어날 때까지 반복됐다.

축 늘어진 순정을 쓰다듬던 순진은 이번에도 주리가 잘해내고 있는지 살펴보기 위해 고개를 돌렸다. 완전히 우거지상을 하고 강아지를 닦고 있는 주리의 표정은 혼자 보기에 아까울 지경이었다. 그래도 세 마리의 강아지를 보살피며 조금은 무서움증이 극복된 것인지 이번에는 눈을 부릅뜨고 어미 개처럼 살뜰하게 강아지를 구석구석 닦아주고 있었다.

"탈감작 치료 받는다 여기면서 해봐요."

"탈감작이요?"

"트라우마가 있는 상황에 노출되어 자극을 조금씩 받다 보면 자극에 무뎌져 트라우마를 극복할 수 있답니다. 이번 경험이 주리 씨의 개에 대한 트라우마를 극복할 수 있는 계기가 되면 좋겠습니다."

그의 눈에서 또 진심이 느껴지자 주리의 동공이 살짝 흔들렸다. 어쩌면 그의 말대로 개를 무서워하는 트라우마에서 벗어날 수 있게 될 것 같은 믿음이 샘솟았다.

주리는 주저하면서도 제 손아귀에서 꿈틀거리고 있는 강아지를 살며시 품에 안아보았다. 갓 태어난 새끼들은 모두 예쁘다더니 사실이었다. 이렇게 귀엽고 앙증맞은 아가가 위협을 가할 리 없다는 확신이 들었다. 정말 거짓말처럼 두려움이 사라지며 품 안의 녀석이 제대로 보이기 시작했다.

"아이 귀여워. 눈도 못 떴네. 이 녀석도 어미젖을 찾나 봐요."

앓는 소리를 내며 품으로 파고드는 녀석을 꼭 안은 주리의 얼굴에 순한 미소가 아로새겨졌다. 한참 안고 있던 강아지를 순진에게 건네는 주리의 얼굴에는 아쉬움이 가득했다.

"영광인 줄 알아라! 내 품에 처음 안긴 걸."

"그놈 이름을 영광이라고 해야겠군요."

"남자예요?"

순진은 고개를 가로저었다.

"피, 저렇게 귀여운 녀석한테는 더 예쁜 이름이 필요해요."

"맘대로 지어봐요."

한 가지에 집중하면 다른 것을 잊어버리곤 하는 주리는 지금 자신이 트라우마 상황에 놓여 있다는 것도 완전히 잊은 채 눈알을 굴리며 예쁜 이름 찾기에 여념이 없었다.

"지었습니까?"

한참 시간이 지나도 주리의 대답은 들리지 않았다. 그저 강아지들이 맹렬히 어미젖을 빠는 소리만 들려올 뿐이었다. 순진이 뒤를 돌아보니 지하실 입구에서 절대 한 발자국도 옮길 것 같지 않던 주리는 어느새 서너 발자국 정도 거리를 좁힌 채 강아지들 가까이로 다가와 있었다.

"이거 은근 어렵네요. 지금 당장 이름이 필요한 건 아니잖아요. 생각해 볼래요."

"그래요. 이제 다 끝났는데?"

출산이 끝나면 후다닥 지하실을 떠날 줄 알았던 주리가 움직일 줄을 몰랐다. 아무래도 그녀가 트라우마를 극복하며 출산을 도운 거라 강아지들에게 특별한 감정을 느끼고 있는 모양이었다. 주리의 표정이 그렇게 말하고 있었다.

"순정이가 편히 쉬게 우리는 나가죠."

다 끝났다는 말에도 미동도 보이지 않는 주리를 향해 엷은 미소를 지어 보인 순진은 자리에서 일어났다. 그를 따라 지하실을 나서는 주리의 고개는 여전히 강아지들 쪽을 향해 있었다.

똑똑!

다급한 노크 소리에 순진은 눈을 번쩍 떴다. 거의 뜬눈으로 밤을 지샌 데다 방의 낯선 느낌에 잠깐 멍해졌던 순진은 곧 정신을 차리고 침대를 벗어나 방문을 열었다. 방문 앞에 서 있는 주리의 얼굴에 걱정이 가득해 보였다.

"왜요?"

"아까부터 강아지들이 죽는 소리를 해요."

아닌 게 아니라 강아지들의 깨갱거리는 울음소리가 점점 커지고 있었다.

"언제부터 이럽니까?"

순진은 현관 쪽으로 다급하게 발걸음을 옮기며 뒤따라오는 주리에게 물었다.

"조금 전부터요? 나도 잠결에 들은 거라 정확하게는 모르겠어요."

서둘러 지하실 문을 열고 들어서니 순정이 기다렸다는 듯 마당으로 뛰쳐나가 버렸고 지하실 안에서는 강아지들이 죽는 소리를 하며 울고 있었다.

순진이 순정을 진정시키는 사이 주리는 지하실 안으로 들어가 강아지들을 살폈다. 강아지들은 연신 끙끙거리는 소리와 깨갱 소리를 반복적으로 내며 온몸으로 어미를 찾았다.

"아무래도 첫 출산이라 순정이가 스트레스를 많이 받았나 봅니다."

순진이 순정을 억지로 끌고 오다시피 해 강아지 곁으로 왔지만 어찌 된 일인지 순정은 제 새끼를 품으려 하지 않았다.

"어떡해요. 배가 고픈 모양인데."

순정을 피해 멀찍이 서 있던 주리가 강아지들을 안쓰럽게 바라보았다.

"혹시 몰라 젖병과 분유를 준비해 두긴 했는데……."

순진은 급한 대로 강아지들을 수건에 잘 감싸 안아 들었다. 그런데도 순정은 별다른 반응을 보이지 않았다. 그러더니 제 새끼들을 외면한 채 다시 마당으로 나가 버렸다.

"뭐야? 저 녀석 지금 제 새끼 안 키우겠다는 거예요!"

순정이 움직이자 순진의 뒤에 찰싹 들러붙어 있던 주리가 인상을 순식간에 일그러뜨리며 화를 냈다. 세상에서 가장 나쁜 건 제 책임을 다하지 않는 것이라는 생각을 가진 주리의 눈에 순정의 행동은 격분을 사기에 충분했다.

"첫 출산을 하면 개들이 그러기도 해요. 우선 강아지들 데리고 들어가죠."

그런데도 순진은 순정을 두둔하며 현관으로 걸음을 옮겼다. 순진이 젖병에 분유를 타는 동안 주리는 겨울에 뒤집어쓰는 포근한 담요를 가지고 나와 강아지들을 감싸주었다. 바들바들 떨어대는 녀석들이 안쓰럽기만 했다.

"젖병을 하나만 샀어요?"

"혹시 몰라 준비한 거라……."

"이리 줘요. 우리 쭈부터 먹이게."

제일 늦게 태어나 몸집이 작고 제 엄마를 쏙 빼다 박은 황금빛 털을 뒤집어쓴 녀석을 안아 올린 주리가 순진에게서 젖병을 낚아챘다.

"어구구, 배고팠쪄요."

젖병을 입에 가져가자마자 다급하게 빠는 강아지를 바라보며 주리는 어린 아기를 어르는 표정을 하고 있었다.

혀 짧은 소리도 낼 줄 알아?

전혀 애교와는 거리가 먼 줄 알았던 주리의 귀여운 목소리에 순진은 심장이 녹는 것 같았다. 함께 있는 시간이 늘어나니 알지 못했던 모습을 하나씩 알게 되는 것 같다. 거짓말을 할 줄 모르는 솔직한 매력에 의외의 애교가 더해졌다. 이상하다. 자꾸만 이 여자에게 끌리는 것이.

"훗."

"왜요?"

순진의 웃음소리에 바로 주리가 눈을 치켜뜨자 순진은 어깨를 으쓱했다. 지금은 발끈하는 주리와 농담을 주고받을 상황이 아니었다. 젖을 찾아 헤매는 두 마리의 강아지들의 측은한 울음소리 때문이었다.

"배부르면 곧 조용해질 겁니다."

"우릴 두고 어딜 가려고요?"

점퍼를 들고 순진이 현관으로 걸어가자 주리가 그를 불러 세웠다.

"무슨 이상 없나 순정이 데리고 병원에 갑니다."

서둘러 나가는 순진을 물끄러미 바라보던 주리는 강아지들에게로 시선을 옮겼다. 강아지들이 측은했다. 같은 처지를 이해하는 건 어쩌면 당연한 건지도 모르겠다. 엄마에게서 외면당한 심정이 얼마나 서글프고 서러울까. 시무룩한 표정을 짓던 주리는 미간을 찌푸렸다.

"아무래도 너희들한테 코 뀐 것 같아. 힝!"

깨갱, 깨갱.

"아유, 알았어! 맘마 줄게에에에!"

정신없이 울어대는 강아지들의 등살에 주리는 배가 빵빵하게
차오른 쭈를 내려놓고 다른 강아지들에게 차례로 우유를 타 먹였
다. 배가 터지는 게 아닌가 걱정될 정도로 우유를 먹은 강아지들
은 순진의 말대로 얌전해졌다. 가끔 끙끙 앓는 소리를 내긴 했지
만 담요 안에서 서로의 살을 부비며 새근새근 잠든 강아지들의 모
습이 너무 귀여워 보였다.

"어구구, 예뻐라."

강아지들을 한참 동안 내려다보던 주리는 자신도 모르게 내뱉
은 혀 짧은 소리에 눈을 여러 번 깜박였다. 스스로가 이런 소리를
낼 수 있다니. 그러고 보니 아까 순진이 이런 모습을 보고 웃었던
것도 무리는 아니었다. 잠시 난감한 표정을 짓던 주리는 새근새근
잠든 강아지들에게 눈길이 멈추자 아무 생각도 나지 않았다. 그저
평화로운 순간에 젖어들 뿐이었다.

"욘석들. 그렇게 울더니."

흐뭇한 표정을 짓던 주리는 강아지들 옆에 나란히 누워 어미가
새끼를 품어주는 것처럼 강아지를 끌어당겨 품에 끌어안았다. 귀
엽고 앙증맞은 강아지의 정수리를 손가락으로 쓸어내렸다. 보드
랍고 기분 좋은 감촉이 손끝을 통해 가슴으로 전해졌다. 점점 더
마음이 느슨해지며 스르륵 눈이 감겨왔다.

4

꿍꿍, 깨개갱.

강아지들의 울음소리에 화들짝 놀란 주리는 몸을 벌떡 일으켜 앉았다. 그녀의 옆에 몸을 엎드린 순진이 하얀 강아지 두 마리에게 동시에 젖병을 물리고 있었다.

"잘 잤습니까?"

"우리 쭈는요?"

눈을 뜨자마자 쭈부터 챙기는 주리를 향해 순진이 고갯짓으로 젖병을 가리켰다. 주리는 살짝 순진에게 눈을 흘기고는 쭈에게 젖병을 물렸다.

"저놈 이름이 쭙니까? 그럼 이놈들은요?"

"몰라요. 알아서 지으세요."

"태어나자마자 불공평한 대우를 받는 이놈들이 가엾군요. 주리 씨 원래 그런 사람입니까? 꽤 공정한 사람인 줄 알았는데."

순진의 말에 주리는 느리게 눈을 깜박였다.

"난 공정한 사람이에요. 안순진 씨가 쭈 이름만 지으라는 줄 알았던 거죠."

"주리 씨가 언제부터 고분고분 내 말을 들었습니까?"

검사 출신이다 이거지!

검사를 그만두었어도 취조를 하는 듯한 그의 말투는 여전했다. 확실히 잘난 사람은 맞는 거 같았다. 논지를 가지고 상대방이 반박하지 못하도록 하는 능력을 가졌다.

그렇다고 박박 우기며 말도 안 되는 이유들을 가져다 붙인들 그를 이길 수 있는 게 아니기에 주리는 입술을 꾹 다물었다. 힘을 가진 놈, 목소리만 큰 놈들이 이기는 세상의 논리를 몸서리치게 싫어하면서 그런 짓을 할 수는 없었다.

"더운데 이불은!"

작은방에 놓여 있던 이불이 제게 덮여 있는 것을 본 주리는 눈살을 찌푸리며 툴툴거렸다. 심기가 불편해진 까닭에 그의 작은 배려가 전혀 고맙지 않았다. 그럼에도 불구하고 웅크리고 잠들었을 제게 이불을 덮어준 그의 행동이 배려로 느껴진다. 어째 순진과 친해진 것만 같은 기분이 이상했다.

"혹시……."

주리는 순진에게 미심쩍은 눈초리를 보냈다. 원래 예민한 성격이라 잠귀가 밝은 편이었다. 그런데 순진이 병원에서 돌아와 이불을 덮어주는 것도 모른 채 잠이 들었었다. 제가 잠든 사이 혹시라도 그가 음흉한 짓을 한 거라면?

"혹시 뭐요? 침 흘리며 무방비 상태로 잠든 여자에게 내가 무슨 짓이라도 했을까 봐?"

대체 이놈의 얼굴은 마음을 그대로 보여주는 투명 거울쯤 되나 보다. 그런 게 아니라면 순진이 어떻게 이렇게 정확하게 토씨 하나 다르지 않게 되물을 수 있는가.

"내가 언제 침을 흘리고 잤다고요!"

주리는 자유로운 한 손을 입가에 가져가 문지르며 순진을 노려보았다. 장난기 가득한 눈을 한 그는 묘한 웃음을 지으며 키득거리고 있었다. 점점 더 주리의 표정이 험악해져 갔다.

"침은 안 흘렸어요. 그리고 잠든 모습을 조금 쳐다본 거 말고는 이상한 짓도 하지 않았으니 안심해요."

순진이 동물병원에서 돌아왔을 때, 주리는 강아지들 옆에서 잠들어 있었다. 폭신해 보이는 담요를 강아지들에게 양보한 채 마룻바닥에 웅크리고 잠든 그녀를 본 순진은 순간적으로 그녀를 안아 들어 방으로 옮길 뻔했다.

하지만 그렇게 했다가는 어떤 결과가 벌어졌겠는가. 아마도 주리는 그를 치한과 동급으로 취급했을 것이다. 9월 초라 아직은 더웠다. 굳이 이불이 필요하지 않은 날씨지만 찬 마룻바닥에 오래 누워 있으면 한기가 들 것 같았다. 그래서 순진은 방에서 얇은 이불을 가져다 주리에게 조심스레 덮어주었다. 이불을 덮어주자 주리의 입가에 번진 미소는 한참 동안 그녀에게서 눈을 뗄 수가 없게 만들었다.

잠결에 지은 표정이라 그런지 순수해 보이기까지 했다. 시원스레 넘겨 질끈 묶은 머리 덕분에 드러난 보기 좋게 솟은 동그란 이마, 그 아래 가지런한 결을 이룬 눈썹, 감은 두 눈 위로 미세하게 흔들리는 풍성한 속눈썹, 동그란 이마 아래로 오뚝하게 솟은 콧날을 천천히 감상한 그의 눈은 한참 동안 주리의 작고 도톰한 입술에 머물러 있었다.

그녀가 그의 여자였다면 한입에 삼키고 말았을 매력적인 입술에. 아마도 그 순간, 주리가 미간을 찌푸리고 누워 있는 방향을 틀지 않았다면 그의 남성적인 본능은 충동을 이기지 못해 매력적인 입술을 훔치고 말았을지도 모른다.

"정말이에요?"

순진은 눈의 크기를 조금 키웠다가 제자리로 돌리며 미소를 지었다.

"양심에 찔리는 짓을 하면 어떻게 되는지 알죠?"

"난 밤에 늘 잘 잡니다. 됐습니까?"

"안순진 씨는 양심에 찔려도 잘 거잖아요."

"나도 양심에 찔리면 잘 못 잡니다."

순진이 뜨악한 표정을 짓자 그제야 안심이 됐는지 주리의 시선이 강아지들에게로 향했다.

"순정이는요?"

"마당에 있습니다."

"제 새끼들 안 찾아요?"

"수의사 말이 당분간은 혼자 있도록 하는 게 좋겠다는군요. 순정이가 어린 나이에 출산을 경험한 터라 스트레스가 심해 제 새끼를 외면하는 것일 수도 있답니다. 시간이 지나면 차차 나아질 수도 있다니 지켜봐야죠."

여전히 순정을 두둔하는 그의 말에 주리는 입술을 깨물었다. 자꾸만 엄마가 떠올랐던 것이다. 20살 어린 나이에 주리를 출산한 엄마는 7년 만에 주리를 버리고 그녀 자신의 삶을 선택했다. 엄마도 스트레스가 심했던 걸까? 아무리 그래도 이해할 수 없었다. 어떻게 어린 자식을 외면할 수 있는가!

"무책임한 소리네요. 시간이 지나면 차차 나아진다고요? 강아지들한테 물어봤어요? 시간이 지나 엄마가 품어주니까 괜찮다는 대답을 했대요? 그걸 듣기라도 했다는 거예요!"

점점 언성을 높여 묻는 주리에게로 의아한 눈빛을 한 순진의 시선이 닿았다. 순진은 이게 그렇게 그녀가 발끈해서 소리를 지를 일은 아니지 싶었다. 개를 키우다 보면 종종 있는 일이라 순진은 별스럽게 여기지 않았다.

하지만 주리의 반응은 좀 심각해 보였다. 무언가 사연이라도 있는 걸까? 의아함이 점점 짙어진 눈동자가 주리의 눈을 파고들었다. 맑은 눈동자가 점점 초점을 잃어가며 이리저리 흔들리고 있었다.

"아무리 어려도 엄마잖아요. 모성 본능이 있는 엄마…… 니까 자식을 외면하면 안 되는 거잖아요."

"무책임한 건 사실입니다. 저 녀석 나중에 엄청 후회할 겁니다.

우리가 순정이 새끼 몽땅 돌려주지 말고 키울까요? 너도 좀 애타봐라! 이렇게?"

흔들리던 주리의 동공이 올곧이 그를 향했다. 생각지도 못한 그의 반응에 잠시 이성을 잃고 엄마에 대한 원망을 쏟아내던 주리는 정신이 들었다. 뭘 알아채기라도 한 걸까? 제 편을 들어주는 듯한 그의 말에 묘하게 위로를 받은 느낌이다.

"왜 우리예요? 난 못 해요. 얼떨결에 출산에, 우유 먹이는 걸 돕긴 했지만 더는 안 할 거예요."

우리라는 단어로 어쩐지 그와 하나로 묶이는 기분이 들었다. 불쾌하지 않다는 느낌에 혼란스러워진 주리는 미간을 찌푸렸다.

"그럼 그러시든가."

탐색하는 듯한 시선을 보내던 순진이 고개를 돌려 무심하게 말을 던진다. 그 또한 왜 배려처럼 여겨지는 걸까. 도무지 알 수 없는 감정들이 뒤엉키는 것 같아 주리는 미간을 좁혔다.

"참! 출근 안 합니까?"

"일찍도 물어보시네요."

"아까는 경황이 없어서 그랬죠."

"휴가예요."

"순정이가 타이밍 하나는 딱 맞춘 것 같군요."

"무슨 말이에요? 나더러 휴가 내내 개 엄마 노릇하라는 건……
아니죠?"

설마? 하던 주리의 표정이 말을 맺을 때는 확신으로 변했다.

"안 됩니까?"

"분명히 싫다고 했고 그러라고 했던 건 안순진 씨예요. 그리고 집에 안 가요?"

"못 가요. 강아지들을 돌볼 사람이 없어서."

"그럼 안순진 씨가 집으로 돌아가 강아지들을 돌보면 되잖아요."

"그것도 곤란합니다. 송 변호사님께서 어제 전화하셨어요. 출장이 길어질 것 같으니 상담을 부탁한다고 하셨어요."

"아버지가요?"

딸 혼자 있는 집에 남자와 함께 있으라는 아버지가 도통 이해가 되지 않았다. 늘어진 티셔츠를 입고 가슴골을 보여준다고 타박하던 아버지다. 뒤집어 생각하면 그만큼 순진을 신뢰한다는 의미기도 했다.

이게 말이 돼? 그래도 내가 딸인데…….

"대구에 계신 지인이 곧 쉼터를 여신대요. 그것에 관련된 전반적인 일들을 처리하느라 시일이 좀 걸리실 모양이던데요."

난감해진 주리는 얼굴을 잔뜩 찌푸렸다. 아버지의 사정이 어찌 됐든, 다 큰 성인 남녀가 한집에 있게 되었다. 그런 사실 하나만으로도 숨이 막혔다. 하지만 그는 전혀 개의치 않는 표정이다.

"출퇴근하는 거죠?"

설마 한집에서 잔다고 하진 않겠지. 작은 희망을 담은 눈동자가 순진의 입술로 향했다. 얇지만 또렷한 입술 라인이 조금씩 벌어지며 주리의 희망을 거둬갔다.

"차를 팔아서……."

"말도 안 돼. 안순진 씨 부자잖아요."

"내가 부자가 아니라 부모님께서 부잡니다. 지금은 부모님께서 모든 지원을 끊으신 상태라 뭐든 아껴야 삽니다."

주리는 입을 벌리고 어이없다는 표정을 지을 수밖에 없었다.

"내려와요!"

아래층에서 이제 더 이상 낯설지 않은 순진의 목소리가 계단을 기어오르고 있었다. 순정의 출산을 도운 밤사이 그와 무척이나 친해진 느낌을 지울 수가 없다.

"훗."

순진의 집에 개를 돌볼 사람이 없다는 것. 그래서 당분간은 순진이 이곳에 머무르며 개를 돌보아야 한다는 것에 어쩔 수 없이 수긍해 주는 대신 조건을 내세웠다. 삼시 세끼 밥을 책임지고 설거지도, 아래층 청소도 해야 한다며. 그가 거절할 거란 주리의 예상은 일순간 무너졌다. 생각조차 해보지도 않고 바로 순진이 흔쾌히 조건을 수락했던 것이다.

어쩐지 자꾸만 찜찜한 기분이 드는 것은 어쩔 수가 없었다. 지금껏 알지 못했던 그의 모습을 발견하는 게 영 탐탁지 않았다. 분명 어제까지만 해도 그는 대박 불쾌한 존재였다. 지금도 불편하긴 마찬가지인데 그게 뭔가 미묘한 차이가 있었다.

굳이 설명을 하자면…… 싫어서 한 공간에 함께 있기 싫은 게 아니라 문득문득 느껴지는 묘한 기분이 어색하고 불편하달까.

하지만 방문을 열고 아래층으로 통하는 계단 앞에 선 주리는 코끝을 자극하는 매콤한 냄새에 조금 전까지의 찜찜한 기분이 저만큼 달아나는 걸 인정해야 했다.

절로 식욕을 자극하는 냄새 때문이었다. '쿠당탕' 소리를 내며 아래층으로 내려가고 싶어질 정도다. 그렇지만 본능에 굴복할 수 없었다. 최대한 마지못해 밥을 먹으러 내려가는 시늉 정도는 해야 그가 불편함을 느껴 빨리 집으로 돌아가고 싶어질지도 모른다.

"빨리 내려와요! 안 내려오면 혼자 다 먹어치울 겁니다."

때마침 순진이 재촉하는 소리가 계단을 타고 올라왔다. 입가에 만족스런 미소를 띠며 천천히 계단을 내려가던 주리는 계단 중간, 방향이 꺾이는 곳에서 흠칫 놀라 멈춰 섰다.

아무도 없을 줄 알았던 계단 입구에 순진이 앞으로 팔을 모아 팔짱을 끼고 몸을 기댄 채 그녀를 올려다보고 서 있었다. 그녀의 입가에는 여전히 만족스런 미소가 머물러 있을 때였다. 싱글거리며 웃는 순진을 향해 주리는 미소를 지우고 입술을 비죽 내밀어 보였다.

"좀 전에 표정 다 봤습니다."

모르는 척 좀 해주면 어디가 덧나?

주리는 짓궂게 웃는 순진을 힐긋 노려보았다. 그리고는 아무 대꾸도 하지 않은 채 그대로 순진을 휙 지나쳐 부엌으로 갔다.

저렇게 커다란 사각 접시는 어디에서 찾아낸 걸까?

주리는 겨우 끼니를 때우는 정도의 식사가 익숙해 집에 저런 접시가 있는 줄도 몰랐다. 접시에 알맞게 담긴 좌르르 윤기가 도는 하얀 밥 위를 반쯤 덮고 있는 것은 붉은 빛깔의 낙지볶음이었다.

여백이 많은 접시 위에 장식되어 있는 로즈마리 잎은 순진이 마당에서 따온 모양이었다. 붉은빛과 초록빛의 보색 배치가 어우러져 음식이 훨씬 먹음직스러워 보였다.

"센스 있네요."

후각적으로, 시각적으로도 칭찬하지 않을 수 없었다. 게다가 그의 음식 솜씨는 오기를 부리며 무시할 수 없게 만든다. 그것을 아는 주리의 입에서는 이미 군침이 돌고 있었다.

"기분이 좋지 않을 때는 매콤한 걸 먹는 게 최고죠."

마치 주리가 기분이 좋지 않아 보여 위로하기 위해 만들었다는 듯 툭 던진 그의 말에 주리는 괜스레 마음이 설레었다. 순진이 노란 콩나물 냉국에 어슷하게 얇게 채 썬 오이와 홍고추를 띄워 주리 앞으로 가져왔다.

"색감이 참 예쁘다."

그녀는 숟가락으로 맛있는 소리가 나도록 낙지볶음이 얹어진 밥을 비벼 한입 가득 채워 넣었다. 씹을수록 점차 입안 가득 퍼지는 기분 좋은 매운 맛에 그녀의 입가에는 행복한 미소가 번졌다.

"요리는 어디서 배웠어요?"

"맛있습니까?"

"네. 요리에 재능 있어 보여요."

"하하, 난 뭐든 잘합니다."

"하여간. 칭찬을 할 수가 없다니까."

주리가 새초롬한 표정으로 고개를 저었다.

"요리는 아버지에게서 배웠습니다."

"어머, 아버지가 요리사예요?"

"훗, 아니요. 지금은 은퇴하셨지만 의사였죠."

순진의 대답에 주리는 눈을 동그랗게 떴다.

"아버지가 요리에 관심이 많으셨어요. 휴일이면 늘 주방에서 사셨거든요. 당신 요리하실 때는 꼭 저를 조수로 쓰셨죠. 덕분에 웬만한 음식은 먹어보면 금방 만들 수 있습니다."

순진의 설명에 주리의 눈이 좀 더 커다래졌다. 가정적인 아버지 밑에서 자연스럽게 익힌 요리 솜씨라니 놀라울 따름이다. 평소 같으면 그의 말이 잘난 척하는 소리로 들렸을 테지만 그에 대한 호감도가 급상승했다.

"아버님이 요리에 일가견이 있으신가 봐요. 데코레이션도 아버지에게 배우신 거 맞죠?"

"음식은 맛도 중요하지만 눈으로도 즐기는 거라고 누누이 말씀하시곤 하셨어요."

"네에."

주리는 고개를 끄덕이며 순진 부자의 주방을 상상해 보았다. 무언가 평범한 가정의 행복한 분위기가 절로 연상되었다. 더불어 주리에게도 행복한 감정이 전이되듯 그녀의 얼굴에 부드러운 미소가 피어올랐다. 행복한 가족 속에 섞여든 상상을 하던 주리의 얼굴이 조금 붉게 상기됐다.

몰래 한 상상에 괜스레 부끄러워진 주리는 밥을 먹는 것에 집중하는 척하며 레시피에 대해 물었다. 순진은 기분 좋은 미소를 지으며 낙지 볶음밥을 맛있게 만드는 레시피를 주리에게 알려주었다.

"스으읍, 하아."

게 눈 감추듯 낙지 볶음밥 한 접시를 뚝딱 비워낸 주리는 입안에 퍼져 있는 매운 맛의 여운을 즐기며 입안으로 길게 숨을 빨아들였다 뱉어냈다. 새하얗던 주리의 얼굴은 보기 좋을 만큼 발갛게 달아올라 있었다.

"많이 매웠습니까?"

순진이 주리에게 물 잔을 스윽 밀어주며 물었다.

"아니요. 적당히 기분 좋을 만큼 매웠어요."

무심한 듯한 그의 행동에 담긴 배려를 읽은 주리는 한 손으로 물 잔을 들어 올리며 다른 한 손으로는 엄지손가락을 치켜 올려 칭찬을 아끼지 않았다.

"내가 기분 나쁠 줄 알고 매운 음식을 해주었다는 거죠?"

"기분 나빴습니까? 내가 기분이 나빠서 만든 건데."

전혀 몰랐다는 듯 어깨를 들썩이며 그가 정색했다. 그 바람에 주리는 피식 웃음이 나왔다.

"안순진 씨가 원하는 대로 됐는데 왜 기분이 나빠요. 어쨌든 잘 먹었어요. 설거지까지 하기로 한 건 잊지 않았죠?"

"잊기는요."

순진이 입술을 과하게 내밀며 눈살까지 찌푸리자 주리는 피식 웃다가 표정을 굳혔다. 장난스런 그의 행동에 자신도 모르게 무장 해제가 되어버린 게 당황스러웠다. 그러고 보니 식사 시간 내내 그와의 분위기도 부드러웠던 것 같다. 자꾸만 그와의 거리가 좁혀지는 것 같은 느낌에 영 적응할 수가 없다.

그런 기분을 들키고 싶지 않은 주리는 자리에서 일어났다. 잠깐 의아한 표정을 짓던 순진도 일어나 식탁 위의 접시를 포개 싱크대 쪽으로 간다. 2층으로 쏙 올라가 버리면 속마음을 들키는 것일지도 모른다는 생각이 들자 주리는 2층으로 도망치는 대신 꼬물꼬물 잠들어 있는 강아지들에게 갔다.

참 이상했다. 꼬물거리는 강아지들을 보고 있으면 아무 생각도 나지 않는다. 방금 전까지 느껴지던 혼란스런 감정들이 한순간 저만치 밀려나 버린다. 괜스레 입가에 흐뭇한 미소가 번진다. 보고만 있어도 속을 꽉 채우는 무언가가 가슴을 한없이 뭉클하게 만든다.

쭈의 이름도 지어주었으니 공평하게 다른 아이들의 이름을 지어주어야겠다고 마음먹은 주리는 눈을 반짝였다.

"얘가 쭈니까…… 얘는 꾸라고 할까? 그럼 얘는…….."

된소리가 나는 이름을 떠올리던 주리는 고개를 갸웃하다가 픽, 하고 웃었다.

"너는 꾸. 그리고 너는 미. 큭큭큭, 쭈. 꾸. 미."

크기가 작은 순서대로 강아지들의 콧등을 손가락으로 살살 누르며 이름을 불러보았다. 주리는 자기가 지은 강아지들의 이름이 마음에 쏙 들었다. 쭈는 황금색, 꾸와 미는 크림색이다. 지금이야 크기가 달라 구분하기 쉽겠지만 나중을 위해 크림색 강아지, 꾸와 미의 특징을 살폈다.

나중이라고?

환하게 웃고 있던 주리의 표정이 굳어졌다. 얼토당토않은 생각이었다. 곧 순진이 집으로 돌아간다면 강아지들도 데리고 갈 터였다. 그러면 강아지들을 다시는 만날 일이 없다.

그립고, 보고 싶고, 다른 일을 하다가도 문득문득 생각나 멍하니 강아지들을 떠올리겠지?

그리워도, 보고 싶어도, 볼 수 없다는 건 상처였다. 정이 든다는 거, 좋아한다는 거, 애착을 갖는다는 건 위험한 감정이었다. 상처받기 싫다.

코끝은 왜 이렇게 매운 거야!

입안의 매운 기는 이미 사라지고 없는데 마치 고춧가루가 코에 들어간 것처럼 콧속이 따끔거렸다. 아무리 예쁘고 귀여워도 강아지들에게 정을 주지 말아야겠다. 아픈 건 싫으니까. 상처받는 건 싫으니까.

하지만 그런 마음과는 달리 강아지들에게서 눈이 떼어지지 않았다. 이미 쭈, 꾸, 미에게 흠뻑 정이 든 모양이었다. 역시 마음은 자기 뜻대로 움직여 주지 않는 독립된 개체인가 보다. 그러니 더욱 마음을 다잡고 경계를 해야 하는 거다. 미간을 좁힌 주리는 억지로 강아지들에게서 시선을 떼 창밖으로 가져갔다.

쏴아아아.

맑았던 하늘에 순식간 먹구름이 몰려오더니 어둑해졌다. 그리고 금세 빗줄기가 쏟아졌다. 주리는 가뜩이나 심란한데 비까지 내리자 잔뜩 얼굴을 찌푸렸다.

그녀는 비 오는 날을 몹시 싫어했다. 주리는 어린 시절 이렇게 갑작스럽게 소나기가 내리면 비를 맞고 집까지 오곤 했는데, 차가운 빗방울이 온몸을 찔러대는 것 같았다. 학교까지 우산을 들고 마중 나온 엄마들 중에 주리의 엄마는 없었다.

커피나 한 잔 마셔야겠다 생각하는 순간 주리의 코끝으로 엷은 커피 향이 퍼졌다. 고개를 돌리니 순진이 커피 머신으로 커피를 내리고 있었다. 곧 커피를 마실 수 있겠구나. 주리는 고개를 창가로 돌리고 순진이 커피를 가져다줄 때까지 기다렸다.

"날이 후덥지근하더니 소나기가 오려고 그랬나 봅니다."

그렇게 말하는 순진의 손에는 머그잔이 들려 있었다. 주리는 당연히 제 커피라고 여겼고 그에게 손을 내밀었다. 순진이 잠깐 눈을 맞추더니 입매를 늘였다. 그리고 곧 머그잔을 그의 입으로 가져가 커피를 홀짝였다. 주리는 뻘쭘해진 손을 얼른 내리고 인상을 확 구겼다.

"치사하게 혼자 마시기예요?"

순진이 아무런 대꾸도 하지 않은 채 어깨를 으쓱하더니 손가락으로 주방 쪽을 가리켰다. 주리의 시선이 그의 손가락이 가리킨 쪽으로 향했다. 커피 머신 앞에 머그컵이 덩그러니 놓여 있었다. 직접 따라다 먹으라는 의미다. 벌떡 일어난 주리가 쿵쿵 소리를 내며 커피를 가지러 주방으로 걸어갔다.

"내가 점심도 준비했고 설거지도 했습니다. 주리 씨 커피 심부름까지 해야 한다는 건 구두 조건에 없었습니다."

"이게 무슨 커피 심부름이에요. 커피 한 잔 따라다 주는 게 뭐 그리 어려운 일이라고."

"따라다 주는 거야 뭐 어려운 일은 아니지만, 내가 주리 씨 커피 취향도 모르는데 내 맘대로 가져다주면 타박할 거 아닙니까. 넉넉히 만들어놓으면 주리 씨가 알아서 먹으면 되는 걸 뭘 그리 발끈하고 그래요."

그렇게 말한 순진은 몸을 돌려 거실 유리창 앞으로 걸어가며 피식 웃었다. 원래 그의 손에 들려 있는 커피는 주리의 몫이었다. 주리를 위해 매운 요리를 준비했고 그걸 주리가 행복하게 먹는 것을 보자 기분이 좋았다. 요리하는 것을 좋아하는 사람들은 알 것이다. 자신이 만든 요리를 맛있게 먹어주는 이가 있을 때 훨씬 요리가 즐겁다는 사실을.

주리가 엄지손가락까지 치켜올리며 칭찬을 해주자 기분이 좋았던 탓에 식사 시간 내내 편하게 주리에게 장난을 쳤다. 가볍게 그녀가 넘겨줄 줄 알았다. 실제로도 그랬다. 낙지볶음은 주리를 위해 만든 게 아니라는 말을 했는데도 그녀는 발끈하지 않았다. 오히려 웃기까지 했다. 그런데 갑자기 식사를 마친 주리가 표정을 굳히더니 자리에서 일어났다.

잠깐 의아했지만 왜 그러는지 묻는다고 해서 순순히 대답할 주리가 아니었다. 설거지를 하면서 주리를 살폈다. 주리가 강아지들과 노는 것이 보였다.

순간 헛웃음이 났다. 괜스레 그녀의 미세한 표정 변화 하나하나에 민감한 반응을 보이다니. 비단, 아무도 없는 집에 주리와 단둘뿐이기에 신경이 쓰이는 건 아닌 듯했다. 아무래도 주리가 관심 대상인가 보다.

설거지를 마치니 하늘이 꾸물거리기 시작했다. 무언가를 생각하는 듯한 주리의 표정도 하늘처럼 흐려져 있었다. 그녀의 우울한 기분을 달래주어야 할 것 같아 커피를 내렸다. 그런데 그녀가 커피를 건네받으려 한 순간 예기치 않은 장난기가 튀어나와 그녀를 놀려주었다.

주리가 발끈해서는 화를 내는데 왜 마음이 편해지는 것인지. 아마도 시무룩해진 그녀의 표정을 보는 게 마음이 편치 않았던 모양이다. 주리가 무엇을 좋아하는지 아직은 잘 모르기에 그녀의 기분을 환기시켜 주는 방법은 이것밖에 없었다.

"한참 쏟아질 것 같습니다."

순진은 주리에게 무심하게 말을 걸었다. 단단히 삐쳤는지 주리는 대답대신 우두둑 얼음 씹히는 소리만 냈다. 열 받은 걸 아이스 아메리카노로 식히고 있는 모양이었다. 자꾸만 순진의 입가로 엷은 미소가 지어졌다.

"비가 오니 좋은데요."

시원하게 쏟아지는 빗줄기를 바라보며 순진이 중얼거렸다. 실은 비가 와서 좋은 게 아니라 주리와 함께 있는 게 좋았다.

"좋긴 뭐가 좋아요."

뾰로통한 목소리에 순진은 뒤를 돌아다보았다. 표정도 쌀쌀맞다. 그게 또 왜 이렇게 귀엽고 사랑스러운지.

"난 비 오는 날이 싫어요. 아주아주 싫어요."

"왜요?"

"그냥 싫어요."

"그냥 싫은 게 어디 있습니까?"

"여기 있습니다."

"내 말투를 따라 하는 겁니까?"

"네, 따라 하는 겁니다."

"큭큭."

"뭐가 좋아서 웃어요."

핀잔을 주는 주리도 좋다. 정말 이 정도면 환자가 아닐까.

"그냥 좋아요."

"그냥 좋은 게 어딨어요?"

"여기 있어요."

"뭐, 이번에도 눈에는 눈, 이에는 이?"

"난 소심한 복수 좋아합니다."

"이봐요. 복수는 내가 해야죠. 열 받은 건 난데."

"하하하."

싱거운 말들임에도 자꾸만 유쾌해지는 기분을 어쩌지 못하던 순진은 큰 소리로 웃어젖혔다. 주리도 삐죽 입술을 내밀더니 피식 따라 웃었다.

"대체 비 오는 날이 왜 싫습니까?"

"궁금한 건 못 참는 성격이에요?"

"그런 건 아닙니다."

"그럼 집요한 성격인가요?"

"때로는?"

"우리가 사적인 질문을 할 사이가 되었다고 생각해요?"

"처음 만났을 때보다는 우리 사이가 훨씬 부드러워졌다고 보는데요."

순진의 말에 주리가 어깨를 으쓱해 보였다. 그리고는 도톰한 입술을 벌리며 말하기 시작했다.

"홍은동 쉼터가 생기기 전까지 여긴 쉼터로 사용됐어요."

"그건 성준에게 대충 들어 알고 있습니다."

"쉼터에 머무는 사람들은 대체로 아픈 사연을 가지고 있죠. 그들은 특히 비가 오는 날이면 더 우울해하곤 했어요."

"그랬겠군요. 마음이 울적한데 비까지 오면 기분이 더 안 좋아졌겠군요."

"울적한 것과는 다른 감정이에요. 서글프고 서러움에 가깝죠."

"그럼 쉼터 사람들에게 감정이 주리 씨에게 전이되어 비 오는 날이 싫었던 겁니까?"

"네."

"아닌 거 같습니다."

"맞거든요."

"아니거든요."

"후후후, 정말 집요하구나. 검사 그만두었어도 검사로서의 기질을 못 버리는 거군요."

또 표정으로 순진에게 비를 싫어하는 다른 이유가 있다고 말했던 모양이다. 그에게 예리하다고 사실대로 말하면 정말 비를 싫어하는 이유에 대해 말해야 한다. 주리는 자꾸만 경계심을 허물어뜨리는 그가 어쩐지 두려웠다.

"집요한 걸로 치면 주리 씨가 우위에 있지 않습니까? 싫은 건 죽어도 싫다! 고집스럽잖아요."

하고많은 예 중에서 왜 그런 걸 예로 들어서는. 순진은 말을 뱉어놓고도 아차 싶어 콧등에 잔뜩 주름을 만들었다. 잠깐 힐긋 째려보던 주리가 고개를 흔들었다.

"집요한 거랑 고집스러운 거랑은 근본적으로 달라요. 내가 고집스럽긴 해도 집요한 성격은 아니에요. 그리고 쉼터에서 집요한 미치광이 남편을 욕하는 소리를 하도 들어서 난 집요한 거 별로 안 좋아해요."

"그럼 내가 집요한 미치광이 같다는 말입니까?"

주리가 대답 대신 피식 웃었다. 주리가 그렇다고 대답하는 것보다 그런 표정을 짓는 것이 순진은 썩 기분이 좋지 않았다. 집요한 미치광이라니. 순진은 그저 주리에 대해 알고 싶어서 그런 것뿐이었다.

"왜요? 기분 나빠요?"

"집착하는 정신병과 관심을 구분 못합니까?"

"나한테 관심 있어요?"

대체 왜? 그녀의 표정이 이렇게 묻고 있었다. 순진은 알아맞혀 보라는 듯 입가에 씩 웃음을 피워 물었다. 점점 주리의 눈이 조금씩 커다래졌다. 발끈하든 부끄러워하든 그녀가 보이는 반응은 무조건 그를 만족시켜 줄 터였다.

딩동, 딩동.

초인종 소리가 들렸다. 주리가 재빨리 인터폰 쪽으로 걸어갔다.

"누구세요?"

"송 변호사님을 찾아왔는데요."

"네, 들어오세요."

주리가 대문의 자동 열림 장치 버튼을 누르고 돌아서니 순진이 거실 창 너머로 밖을 살피고 있었다. 하마터면 묘한 분위기에 놓일 뻔했던 주리는 때마침 손님이 온 게 다행스러웠다.

"상담하러 오신 분인가 봐요. 아버지 대신 상담할 거죠?"

"넵!"

끼잉, 끼잉.

"어! 쭈꾸미도 깼네."

"쭈꾸미요?"

"쟤들 이름이에요. 배고픈가 보네요. 내가 애들 챙길 테니 일 보세요."

주리는 강아지들이 놓여 있는 담요를 질질 끌고 주방 쪽으로 이동했다. 그사이 상담을 받으러 온 손님이 현관문을 열고 집 안에 들어섰다. 순진은 거실 소파로 손님을 안내하고 상담용으로 쓰는 이면지를 가지고 와 손님 앞에 앉았다.

"차 드시겠습니까?"

"아니요, 시원한 물 한 잔 주세요."

주방 쪽에서 쭈, 꾸, 미의 분유를 타던 주리가 물을 준비하려 하자 순진이 손사래를 쳤다. 아버지와 있을 때면 으레 차 준비를 해 왔기에 괜찮은데도 순진이 굳이 주방으로 와 손님이 드실 물을 준비했다. 주리는 분유를 타서 쭈와 꾸에게는 손으로, 미에게는 다리로 우유병을 받쳐 동시에 우유를 먹였다.

"이런 방법이 있었군요."

귓가에 속삭이는 소리에 화들짝 놀란 주리는 잔뜩 얼굴을 찌푸리고 그를 올려다보았다. 강아지들에게 우유를 먹이느라 주리가 할 수 있는 건 그를 노려보는 것밖에 도리가 없었다. 순진이 피식 웃었다.

주리는 물을 쟁반에 받쳐 들고 거실로 걸어가는 순진의 뒤통수를 못마땅한 시선으로 쳐다보았다. 순진이 손님 앞에 물을 내려놓고 주리 쪽을 향해 자리를 잡고 앉았다.

순진이 손님에게 시선을 가져갔는데 주리는 묘하게도 그가 자신과 눈을 맞추는 것 같은 기분이 들었다. 괜스레 가슴이 두근거렸다. 집착과 관심을 구분 못하느냔 순진의 말이 자꾸만 귓가를 간질였다.

관심은 무슨! 놀려먹는 재미에 푹 빠진 거겠지.

아버지가 그랬다. 그녀가 하도 별거 아닌 거에도 파르르 반응을 보이니까 그게 재미있어 사람들이 자꾸 장난을 치는 거라고. 주리는 괜스레 그가 던진 말 하나에 의미를 부여하는 자신이 한심해 고개를 절레절레 흔들었다.

곧 상담이 시작되었다. 상담을 하러 온 사람의 말을 가만히 들어보니 만약 아버지가 계셨어도 딱히 상담해 줄 수도 없는 의료사고에 관한 거였다. 순진도 주로 세법과 관련된 사건에 특화된 검사였으니 저렇게 메모만 하는 것이리라.

주리는 시사프로그램이나 신문을 통해 심심찮게 보았던 의료사고에 관련된 소송을 떠올렸다. 의료 과실이 의심되더라도 그걸 입증하는 일은 쉽지 않다고 했다. 전문가 집단 이기주의 때문에 똘똘 뭉친 의사들이 비협조적으로 나오는 건 다반사였고 법적인 지식만으로는 소송을 진행할 수 없는 변호사들의 한계도 있단다.

게다가 우선은 돈이 되지 않고 긴 싸움이 예상되기에 변호사들은 사건 의뢰가 들어오더라도 기피하기 일쑤라고도 했다.

상담을 하러 온 피해자의 아버지가 구구절절 자신의 딱한 사정을 늘어놓는 것을 들으며 주리는 입안이 씁쓸했다. 강아지들에게 우유를 다 먹인 주리는 냉장고에서 과일을 꺼내 깎기 시작했다.

"우선 상심이 크시겠습니다."

가만히 피해자의 말을 경청하고만 있던 순진이 내뱉은 첫마디에 주리는 과일을 깎던 손길을 잠깐 멈칫했다. 따뜻한 말 한마디로 피해자 가족의 마음부터 살펴주는 그의 태도가 놀라웠다. 당연히 순진이 도움을 줄 수 없다며 사무적으로 나올 줄 알았던 것이다.

"지금 아드님은 그 병원 중환자실에 있는 겁니까?"

"아니요. 그 병원을 믿을 수가 있어야지요. 다른 병원으로 옮겼어요."

노구의 신사가 떨리는 목소리로 대답했다.

"그러시군요. 진료기록은 확보하셨나요?"

"네. 여기 있습니다."

어쩌려고 저러는지 모를 일이었다. 진료기록을 본들 그가 알아볼 수나 있을까. 의료 전문 지식이 없으면 진료기록지의 글은 암호나 마찬가지라고 하던데. 무슨 허센지 싶었다. 아마도 아버지에게 전달할 목적인가 보다. 그렇게 생각하며 주리는 과일을 마저 깎았다.

"의료 기록상으로는 과다출혈을 입증할 수 없겠는데요."

순간 주리의 눈이 휘둥그레졌다. 그런 주리의 입도 점점 벌어졌다. 순진이 진료 기록상의 용어를 이면지에 빠르게 옮겨 쓰며 거기에 적힌 내용이 무엇을 의미하고 있는지를 풀어주었다.

"여기 어디에도 수술 중 과다출혈로 인한 수혈을 받은 기록이 없습니다. 여기 적힌 양으로는 수술에 필요한 정도의 수혈을 받은 것으로만 보입니다."

"분명 내가 똑똑히 들었어요. 왜 이렇게 수술 시간이 오래 걸리는가 간호사에게 물었더니 출혈이 심해 그걸 수습하느라 늦어지고 있다고."

"증인 확보가 관건인 것 같습니다만."

"어디요! 그런 말 한 적 없다고 발뺌부터 하는 사람들이 증인을 서주겠습니까. 소송의뢰를 맡아주겠다는 곳도 없고 또 맡아주겠다는 데는 너무 많은 수임료를 요구하더군요. 수술비에 중환자실 병원비에……."

노구의 어깨가 크게 흔들렸다. 피해자의 아버지는 더는 감당할 수 없는 절망을 고스란히 드러내 보이고 있었다. 그 앞에 앉아 있는 순진의 표정이 묵직해졌다. 그런 두 사람을 지켜보는 주리의 표정도 숙연해졌다.

"이 경우 소송보다는 의료분쟁위원회의 중재를 권하고 싶습니다."

"중재요? 말도 안 됩니다. 우리 아들은 저들의 잘못으로 사경을 헤매고 있는데 돈 몇 푼 받고 끝내야 된다는 겁니까?"

"선생님 흥분을 가라앉히십시오. 그놈들을 처벌받게 하고 싶은 선생님의 심정을 충분히 이해합니다. 저 또한 소송을 진행해 그들이 잘못했다는 걸 밝히고 처벌을 받는 게 마땅하다고 생각합니다."

"그렇게 생각하시면서 어떻게 제게 중재를 권하십니까! 우린 그놈들 싹 다 죽여 버리고 싶어요!"

"네. 그러실 겁니다. 하지만 선생님 제 이야기를 좀 들어보십시오. 당장 선생님 가족들이 처한 상황부터 말씀드리겠습니다. 지금까지 병원비로 청구된 금액이 상당해 보입니다. 하지만 선생님은 그걸 감당하실 수 없고 아드님의 처와 자녀들이 살아갈 길이 막막하잖습니까."

"⋯⋯."

"의료소송의 경우 짧게는 2년에, 길게는 8년이 걸립니다. 가해자 측 병원에서는 가능한 한 수단과 방법을 안 가리고 시간을 끌겁니다. 그런 기간을 감당하기란 현실적으로 불가능합니다. 아드님은 안타깝지만 선생님께서는 남아 있는 가족도 고려해 보셔야 합니다."

한참 동안 아무 말도 하지 않던 노구의 신사가 억장이 무너지는지 주먹으로 가슴을 치며 울음을 삼켰다.

"이런 조언밖에 드리지 못해 송구합니다."

피해자 가족의 마음을 함께 느끼듯 순진의 목소리가 잔뜩 잠겨 있었다. 주리도 다 깎은 과일 접시를 차마 그들에게 가져가지 못한 채 숨을 고르며 앉아만 있었다.

한참 동안 고통스런 울음을 삼키던 피해자 아버지는 순진의 현실적인 조언에 어느 정도 수긍을 하는 듯 의료 중재 절차를 의논

하기 시작했다. 순진은 어려운 법률적 용어들을 알기 쉬운 말로 바꿔가며 복잡한 절차를 설명해 주었다. 재차 같은 걸 묻는 상담자에게 짜증스런 표정도 보이지 않고 차근차근 설명하는 어조에서 상담자를 배려하는 순진의 인간적인 면모가 엿보였다.

결국 피해자 아버지가 상담을 마치고 갈 때까지 주리는 그들에게 과일 한 조각도 대접하지 못했다. 일단 피해자 가족의 사정이 너무 딱해 마음이 아팠고 진지하게 상담을 하는 순진을 방해할 수 없었던 것이다.

"왜 안 가지고 왔어요?"

과일을 왜 주지 않았느냐고 묻는 그의 어조가 진지했다.

"아무것도 도와줄 수 없는 게 미안해서요."

"그냥 와서 지금처럼 온기 가득한 눈빛으로 한 번 바라봐 주지 그랬어요."

"온기요?"

"네. 지금의 주리 씨 눈빛에서 온기가 느껴집니다. 피해자 가족들은 그런 진심 어린 위로의 눈빛에 힘을 얻죠."

시선을 마주 응시해 오는 순진의 눈에 갇혀 있는 주리의 눈동자가 크기를 키워갔다. 의외의 발견이랄까.

그랬다. 인터뷰 때, 자신을 향해 호감을 비추는 그에게 반감이 들었고 빈정거리듯 퍼붓는 기자 나부랭이라는 말에 자존심이 몹시 상했었다. 그를 다시 만났을 때 반감과 적대감으로 칭칭 무장하고 그를 대면했다. 대놓고 싫다는 티를 팍팍 내리라 다짐했었다. 하지만 단 며칠 만에 순진은 주리의 다짐을 무너뜨리고 있었다.

"비 오는 날 우울해지는 게 당연하네요. 왜 주리 씨가 비 오는 날이 싫다고 하는지 말하지 않아도 조금은 알 것 같습니다."

점점…….

"아까 그분의 고통이 고스란히 여기로 전달되더군요."

순진이 심장을 손바닥으로 툭툭 친다. 주리의 눈동자가 조금 더 크기를 키웠다.

이 남자…….

"그래서 더 소송을 해야 한다고 주장할 뻔했습니다. 하지만 이런 경우 누군가는 현실적인 조언을 해주는 사람이 있어야죠. 남겨진 이들까지 함께 불행하라고 할 수는 없잖아요."

이렇게…….

"악역을 자청하느라 정말 진땀 뺐습니다."

멋있어도 되는 걸까.

그에 대한 느낌에 주리의 입술이 탄성을 자아낼 때처럼 벌어졌다. 그에 대한 감정이 호감으로 돌아선 것을 안 순간이었다. 놀랍고 혼란스러운 동시에 심장이 몹시 두근거리기 시작했다.

"쭈꾸미 어머니?"

"푸후후후."

허를 찌르는 그의 장난기 가득한 눈빛과 자신을 부르는 호칭에 주리는 웃음을 터뜨렸다. 어떡하지? 이젠 그의 이런 농담까지 좋으니.

"내가 왜 쭈꾸미 엄마예요. 순정이가 엄마지."

주리는 싫지 않은 느낌으로 순진에게 눈을 흘겼다.

"아까 보니까 주리 씨 세쌍둥이는 너끈히 키우겠던데요."

"닥치면 다 해요. 잡지사 기자 나부랭이라 그것도 못할 줄 알아요?"

"어디 가서 기자 나부랭이라는 말 듣지 말라는 의미로 한 말이었어요. 내가 주리 씨를 그렇게 생각한 건 아니었습니다. 그때의 상황이 딱 그런 말 나오기 좋았잖아요."

"후한 점수 좀 주려고 했는데 변명하는 거예요?"

쏘아붙이는 것처럼 말했지만 주리의 표정은 전혀 날카롭지 않았다. 핀잔을 주는 표정도 아니었다.

"내가 심한 말을 한 건 맞지만, 사과를 하면 진짜로 내가 그렇게 생각한 것이 되잖아요."

"믿어요. 내가 오해했던 거네요."

순진의 말이 진심이란 걸 주리는 흔쾌히 받아들였다. 아마도 조금 전 상담하던 그의 모습을 보지 않았다면 아무리 그에게 감정적으로 끌린다고 해도 끝까지 인정하지 않았을 것이다.

"아, 김샌다."

"김샌다고요?"

"톡톡 튀는 짜릿한 맛이 좋은데."

주리는 미간을 좁혔다.

"아무래도 난 탄산이 가득 든 걸 좋아하나 봅니다."

"뜬금없이 무슨 말이에요. 사이다 마시고 싶은 거예요?"

순진이 대화하다 말고 뜬금없이 음료수의 취향을 말하는 건가 싶어 주리는 입술을 비틀었다.

"하하하하. 역시 사이다가 최고죠!"

주리가 눈까지 흘기자 순진은 몸서리를 치며 크게 웃어젖혔다.

"어후, 더워."

주리는 침대에서 몸을 벌떡 일으키며 손으로 부채를 만들어 연신 얼굴에 부채질을 해댔다. 9월로 접어들고부터는 아침저녁으로 그다지 덥지 않았다. 아까 일찍 일어나 창문을 활짝 열어두어 제법 시원한 바람도 불어오고 있었다.

그런데 침대에 누워 순진을 생각하던 주리는 자꾸만 심장이 두근거리며 얼굴까지 상기되어 버리자 더 이상 참지 못하고 얼굴에 부채질을 해대고 있는 거였다.

처음 순진을 만난 날부터 어젯밤까지의 일들은 영화처럼 만들어져 그녀의 머릿속에서 밤새도록 재생되고 또 재생되어졌다. 잠을 설쳤음에도 정신이 각성된 상태였기에 아침 일찍 눈이 떠졌다.

"후우우우."

숨을 길게 내쉬어도 두근거리는 심장이 좀처럼 가라앉지 않았다. 주리는 침대에서 내려와 욕실로 걸어갔다. 시원하게 샤워라도 하면 정신도 맑아지고 상기됐던 얼굴도 멀쩡해질 것 같았다. 욕실에 들어선 주리는 얼른 옷을 벗어 던졌다.

개운하게 샤워를 마친 주리는 젖은 머리를 대충 말리고 무난한 스타일의 흰 박스 티셔츠와 무릎 바로 위의 적당한 길이의 헐렁한 반바지를 입고 아래층으로 내려가기 시작했다.

"오빠아. 어우, 그새 근육 만든 거 좀 봐."

코맹맹이 소리가 잔뜩 섞인 여자의 목소리가 아래층에서 들려오자 주리는 걸음을 멈추고 제자리에 섰다.

"어딜 만져."

"어우우, 단단한데."

"야!"

아래층 두 사람의 대화에 주리의 심장이 벌러덩거리기 시작했다. 대충 미루어 짐작해 보건대 여자가 순진의 몸을 더듬고 있는 상황인 듯했다. 순진이 거절을 하는 건가 싶어 내심 안도의 숨을 내쉴 찰나였다.

그들의 웃음소리가 나고, 두 사람이 본격적인 몸싸움을 벌이는 소리가 들려왔다. 분명 순진도 웃으며 그녀에게 동조해 주고 있었다. 동공을 커다랗게 키운 주리는 몸을 돌려 조심스럽게 두어 계단쯤 올라갔다.

순간 화가 치밀었다. 여긴 엄연히 그녀의 집이었다. 더군다나 그녀가 2층에 있는 상황이었다. 순진이 그걸 잊었을 리 없다. 그런데 그들은 아랑곳하지 않고 아침 댓바람부터 낯 뜨거운 애정 행각을 벌이고 있는 거였다.

내 저것들을!

머리끝까지 화가 난 주리는 일부러 그들이 들으라고 쿵쿵 소리를 내며 계단을 내려갔다.

"어라, 복근도 만든 거야? 오오, 끝내주는데."

"야, 야, 간지러워."

주리가 계단 중간쯤 내려왔지만 두 사람의 모습은 보이지 않았다. 등받이가 높은 소파 뒤에서 어이없는 소리만 들려왔다. 주리는 계단을 좀 더 쿵쾅거리는 소리를 내며 내려갔다.

불쑥 여자의 머리가 소파 뒤에서 나타났다. 남자들이 보면 섹시하달 정도로 흐트러진 긴 머리겠지만 주리의 눈에는 완전히 미친년 머리로 산발한 것 같은 여자의 머리다.

"어머, 누가 계셨네."

여자가 흐트러진 머리를 가다듬으며 태연하게 몸을 일으켰다. 곧이어 순진의 머리도 소파 뒤에서 불쑥 나타났다. 여자의 빨간 입술이 번져 있었다. 그사이 진도도 엄청 뺀 모양이다. 말을 섞는 것도 싫어 그들을 무시한 채 주리는 주방 쪽으로 걸음을 옮겼다.

"이제 넌 가라."

"아이, 오빠는. 섭섭하게."

등 뒤로 들려오는 그들의 대화에 주리는 이를 부드득 갈았다.

볼일도 다 보기 전에 가라는 게 섭섭하단 소리야!

가기 싫다는 여자를 순진이 억지로 끌고 나가며 실랑이를 벌이는 소리가 들렸다. 주리는 눈을 꽉 감고 주먹을 부들부들 떨었다.

안순진! 개자식.

순진이 애인까지 있으면서 추파를 던진 거였다. 그것도 모르고 밤새도록 가슴 설레었던 걸 생각하니 부아가 치밀어 참을 수가 없다. 어제 순진과 보냈던 시간들이 빠르게 머릿속을 스쳤다. 순진이 보내던 진지한 눈빛과 말을 떠올리니 더더욱 이가 부드득 갈렸다.

5

훈풍이 불어오는 주리의 눈동자가 자꾸만 순진의 잠을 방해했다. 아니, 그보다 이 집에 주리와 단둘뿐이라는 게 묘하게 그를 흥분시키고 자극시켰다.

싫은 티를 팍팍 내던 주리의 태도가 며칠 사이 달라져 있었다. 가끔 시선을 내리깔고 부끄러운 듯 미소를 짓는 여성스러워 보이는 주리 때문에 심장이 녹는 것 같았다. 까칠할 때와는 또 다른 매력이 느껴졌다.

주리의 색다른 매력을 하나씩 알아가는 꿀재미에 빠지다 보니 도통 잠이 오지 않았다. 장난질에 발끈하는 주리를 떠올리면 히죽 웃음을 지었다가 그 도톰한 입술을 떠올리면 맛보고 싶은 욕망이 불끈 솟아올라 그걸 달래려 달밤에 푸쉬업까지 해야 했을 정도다.

딩동.

벨 소리에 잠에서 깨어 시계를 보니 오전 9시 40분이다. 밤새 주리 생각에 잠을 설친 데다 새벽에 두 번 강아지들 우유 먹이느라 깨기까지 해 순진은 거의 잠을 못 잔 상태였다. 아까 아침 일찍 강아지들 우유를 먹이고 정신없이 쓰러진 기억이 났다. 거실로 나오니 늦잠을 자는 것인지 주리의 모습은 보이지 않았다.

"누구세요?"

순진은 부스스한 눈을 비비며 인터폰 수화기를 들었다.

—오빠, 나. 예원이.

"어?"

—예원이라고. 얼른 문 열어봐.

아침부터 초인종을 누른 이는 순진의 이종사촌 여동생 예원이었다. 순진은 눈을 번쩍 뜨고 다급하게 달려나가 대문을 열어주었다. 아침부터 그를 찾아온 것을 보면 예원에게 무슨 급한 일이 생긴 거라 생각했던 것이다. 그만큼 그녀의 목소리도 다급했다.

"잘 지냈어?"

하지만 막상 대문이 열리고 마당 안으로 쏙 들어선 예원은 밝은 미소까지 머금고 반갑게 인사를 해왔다. 뭔가 속은 기분이 든 순진은 콧등을 찌푸렸다. 예원은 초등학교 2학년 아들을 둔 애 엄마라는 사실이 믿기지 않을 정도로 결혼 전 모습을 유지하고 있었다. 밝은 갈색으로 염색한 머리는 구불구불 보기 좋게 어깨 아래까지 흘러내렸고 맑고 투명한 피부 또한 여전했다. 특히 호기심을 매단 커다란 눈동자가 압권이다.

"밥은?"

"아직. 근데 넌 왜 온 거냐?"

"왜 오긴. 변호사님한테 상담 좀 받으러 왔지."

"무슨 일이기에 변호사를 찾아?"

"아유, 우리 찬이 때문에. 근데 이러고 마당에서 이야기해야 해?"

예원이 툴툴거리며 손으로 얼굴에 그늘을 만들더니 집을 휘둘러보았다. 찬이 때문에 왔다는 건 거짓말일 터였다. 분명 예원은 부모님께서 보낸 염탐꾼으로서 온 것이다. 대충 상대하고 돌려보내려고 했는데 아침부터 태양이 마당으로 부서져 내리고 있어 그마저도 여의치가 않았다.

"들어가자."

순진은 하는 수 없이 예원을 데리고 거실로 갔다. 탐색을 하듯 예원은 연신 고개를 이쪽저쪽으로 돌리며 집 안을 살폈다.

"찬이가 왜?"

"앉으란 말도 없냐."

예원이 순진에게 눈을 흘기고는 소파에 앉았다.

"뭘 새삼스럽게. 앉으면 되지."

순진은 예원 옆에 털썩 앉으며 귀찮다는 티를 냈다.

"차도 한 잔 줘야지."

"아직 세수도 안 했어."

예원이 작정하고 왔다는 게 눈에 보여 순진은 콧등에 주름을 만들며 그녀를 퉁명스럽게 대했다. 예원은 이모의 외동딸이다. 여수

151

에 사시는 이모 내외는 맞벌이를 하셨고 어린 예원은 10살 무렵부터 서울 순진의 집에서 함께 살았다. 어린 시절부터 허물없이 남매처럼 자란 사이였다.

"세수하고 와. 내가 커피 내릴게."

"야, 여긴 우리 집도 아닌데 너."

순진은 일어서는 예원의 손목을 잡아 도로 앉혔다.

"뭐 어때. 오빠 집이나 마찬가지고만. 송 변호사님은 어디 가셨나 봐."

"어머니가 전화하셨어?"

예원의 입에서 송 변호사가 나오는 건 그녀에게 이미 사전 정보가 있다는 거였다.

"응. 대충 얘기 들었어. 그래도 내가 오빠의 하나밖에 없는 동생인데, 이모랑 이모부를 대신해 송 변호사님께 인사도 드릴 겸, 오빠가 잘 있나 보러 온 거지."

역시 찬이 때문이 아니고 염탐이 목적이란 거지.

"잘 지내고 있는 거 봤으면 가라."

"개업은 했어?"

"아직."

"언제 할 건데? 오빠 정도면 대형 로펌에도 갈 수 있지 않아?"

"관심 없다."

"아니, 오빠가 왜 이렇게 허접한 곳에 이러고 있는지 통 알 수가 없네."

예원이 눈을 게슴츠레 뜨고 순진의 뇌까지 탐색하려 들었다.

"허접하지 않아. 네 삶의 방식과 다르다고 그렇게 비하해서 말하지 마라."

"내 말은 번듯한 사무실을 놓아두고 왜 이런 일반 가정집에서 이러고 있는 거냐고. 혹시……."

좀 더 눈을 가늘게 뜨고 예원이 얼굴을 코앞까지 들이밀었다.

"혹시 뭐!"

순진은 예원의 이마를 툭 밀쳤다.

"송 변호사님한테 오빠를 혹하게 하는 딸이라도 있는 거 아냐?"

"좋은 말로 할 때 그만하고 가라."

시답잖은 소리를 한다는 투로 순진이 입술을 일그러뜨리자 예원은 어깨를 으쓱했다.

"다 농담이고. 실은 우리 찬이 때문에 온 거 맞아."

"푸우우우."

집요하기로 치면 둘째가라면 서러운 예원이다. 그러니 뭔가 소득 없이는 돌아가지 않겠다는 거다. 입바람을 일으킨 순진이 소파에 기대 가슴팍에 팔을 올려 팔짱을 끼자 예원이 씩 웃으며 말을 이었다.

"우리 찬이가 학교에서 친구랑 싸웠나 봐. 찬이한테 들어보니까 그 녀석이 잘못했더만. 우리 찬이가 날 닮았으면 녀석 약을 올려주면 되는데 찬이가 지 아빠를 닮았잖아."

"요점만!"

"으유우."

아들 이야기에 신이 나서 또 옆길로 새면 찬이에 관한 별의별

이야기를 해댈 예원이었다. 순진이 단호하게 그녀의 말을 자르자 예원이 삐친 표정을 지었지만 순진은 그런 예원이 너무 성가셔 무시로 일관했다.

"알았어. 어쨌든 찬이가 그 녀석을 밀쳤는데 그 녀석이 손에 뭘 들고 있었대. 자였나? 연필이었나?"

"또, 또."

"하여간, 그 녀석이 넘어지면서 옆에 있던 여자애 얼굴을 손에 들고 있던 거로 할퀴었대. 찬이가 그런 거도 아니고 그 녀석이 그랬는데 여자애네 엄마가 길길이 날뛰면서 나한테 치료비랑 정신적 피해 보상을 하라잖아."

어이가 없다는 표정을 지으며 잔뜩 흥분해서 열을 내는 예원을 보니 딱했다.

"애들이 싸울 수도 있는 거고. 두 애 다 잘못이 있으니까 반반씩 물어주면 되겠네."

"그러려고 했지. 내가 뭐 그렇게 경우 없는 사람은 아닌 거 알지?"

"그럼 됐지 뭐가 문제야?"

"근데, 그 녀석 엄마가 찬이가 밀어서 그렇게 된 거니까 나더러 자기 아들 정신적 피해 보상도 해주고 여자애 치료비랑 피해 보상도 하래. 그게 말이 돼!"

예원이 어깨까지 들썩이는 걸 보면 아직도 분이 가시지 않은 모양이었다.

"그 녀석도 다쳤어?"

"다치긴. 찬이가 그러는데 슬쩍 밀었대."

"그건 찬이 말이고. 주변에 있는 애들은 뭐래?"

"뭐, 의견이 분분하지. 찬이 친구들은 찬이 편, 그 녀석 친구들은 그 녀석 편."

"하하하, 애들 싸움이 어른 싸움 된다더니."

"웃을 일이 아니래도."

"그래서 소송할 거야?"

"해야지!"

"야, 대화해서 합의 봐. 대체 얼마나 청구를 했기에 그래? 터무니없어? 여자애가 얼굴에 깊게 상처가 난 거야?"

"아니, 좀 긁힌 정도야. 보험회사에서 나와서 봤는데 별거 아니래. 근데도 나더러 고개 숙여 사죄 안 했다고 그러는 거야."

"네가 먼저 잘못했네. 가서 진심으로 미안하다고 하고 합의 봐. 그게 찬이를 위한 거야. 애들이 뭘 보고 배우겠냐."

"쳇."

"이제 그만 가. 난 좀 더 자야겠다."

"아이, 오빠. 난 오랜만에 오빠랑 얘기하니까 좋은데."

갑자기 예원이 애교를 피우며 코맹맹이 소리를 했다. 예원이 작전 변경을 하려는 모양이었다. 순진은 예원에게서 멀찌감치 떨어져 앉았다. 예원이 눈을 반짝이고 바싹 다가앉더니 손가락을 세워 순진의 팔뚝을 꾸욱 눌렀다.

"오빠아. 어우, 그새 근육 만든 거 좀 봐."

"어딜 만져."

순진은 예원에게 눈을 흘기며 그녀의 손을 탁 쳐냈다.

"어우우, 단단한데."

"야! 됐어. 너, 나 간지럼 태우면 죽는다."

예원이 손바닥을 세워 순진에게 다가가자 순진은 경계 태세를 갖추며 손바닥을 예원을 향해 세웠다.

"사실대로 말해봐. 여기서 일만 하는 거 아니고 연애도 하지?"

눈을 게슴츠레 뜨고 목소리까지 은근하게 만들며 묻는 예원을 향해 순진은 미간을 찌푸리고 대체 무슨 말이냐며 시치미를 뚝 뗐다.

"어어, 그런다 이거지."

순진의 반응에 예원은 순진에게 달려들었다. 사실대로 말하지 않는 순진에게 간지럼을 태워서라도 실토를 하도록 만들 작정이었다. 그러자 순진은 예원의 이마에 손바닥을 대고 밀어냈다. 어릴 때야 몸을 부대끼며 몸싸움을 했지만 사춘기 이후로는 예원이 간지럼 태우려 달려들면 순진은 도망가거나 예원의 손에 깍지를 끼고 제압하곤 했다.

순진은 팔의 길이가 길어 예원이 더 이상 가까이 다가오지 못하는 것에 안심을 하며 낄낄거렸다. 그 순간 예기치 않게 예원의 발가락이 옆구리를 파고들어 간지럼을 태웠다. 순진은 자지러지게 웃으며 예원의 발을 잡았다. 하지만 이미 예원이 태운 간지럼 때문에 힘이 쭉 빠진 순진은 예원의 발을 밀어낼 수 없게 됐다. 간신히 몸을 일으켜 도망가려던 순진은 중심을 잃으며 소파 뒤로 벌러덩 넘어가고 말았다.

"괜찮아?"

예원이 놀라 소파 뒤로 갔다. 널브러져 있는 순진의 티셔츠가 말려 올라가 배가 훤히 드러나 있었다. 예원의 눈이 휘둥그레졌다. 그 순간 우당탕거리며 계단을 내려오는 발소리가 들렸다. 순진은 재빨리 티셔츠를 내리고 일어나려고 했다. 예원이 계단 쪽을 돌아다보고는 무릎으로 순진의 배를 찍어 눌렀다.

"어라, 복근 만든 거야? 오오, 끝내주는데."

예원이 다시 간지럼을 태우기 시작했다.

"야, 야, 간지러워."

간지럼을 태우면 온몸에 힘이 쫙 빠져 웃느라 정신을 차리지 못하는 순진이었다. 그의 최대 약점을 예원이 너무나 잘 알고 있었다. 허우적거리며 순진이 예원의 얼굴과 머리를 밀쳐 내려 필사적이 됐다.

"어머, 누가 계셨네."

예원은 순진을 놓아주고 먼저 고개를 들어 계단 쪽을 바라보았다. 흐트러진 긴 머리를 가다듬으며 미간을 잔뜩 좁힌 여자를 호기심 어린 눈으로 바라보았다.

순진은 누워서 와락 얼굴을 구겼다. 주리가 내려오기 전에 예원을 보냈어야 했다. 이렇게 된 거 예원에게 주리를 소개시켜 주어야 할 모양이었다. 예원이 주리에게 이것저것 물으며 탐색할 게 뻔했다. 그럼 또 그게 부모님 귀에 들어가고, 귀찮아지는 건 시간 문제가 될 터였다.

순진은 할 수 없이 몸을 일으켰다. 계단 앞에 잠시 멈춰 서 있던 주리가 시선도 안 마주치고 주방으로 가는 것이 보였다. 그녀에게서 쌩한 바람이 이는 게 느껴졌다.

훗, 뭐야? 질투하는 거야?

순간 묘하게 기분이 좋아졌다.

"이제 넌 가라."

"아이, 오빠는. 섭섭하게."

호기심을 매단 눈동자가 주리를 아래위로 살피고 난리도 아니다.

"누구야. 어?"

"가라니까."

"소개도 안 시켜줘? 안녕하세요. 저는 오빠⋯⋯."

순진이 예원의 입을 손바닥으로 막아버려 그녀가 말하려던 사촌 여동생이란 말은 우우우 소리로 바뀌고 말았다. 억지로 끌어내지 않으면 주리의 마음을 확인할 수 있는 절호의 기회를 놓치게 될 것 같았다.

순진은 예원의 입을 막은 채 가지 않겠다고 버티는 그녀를 마당까지 끌고 나갔다. 작은 체구에서 어떻게 그런 힘이 나오는지 모를 정도로 예원은 완강하게 버텨댔다. 하지만 순진은 기어코 예원을 대문 밖으로 몰아내는 데 성공했다. 예원의 가방과 신발을 대문 밖으로 던진 순진은 황당하다는 표정을 짓는 예원을 그대로 둔 채 대문을 쾅 닫아버렸다.

"오빠!"

"나중에 통화하자."

"전화해서 이게 무슨 상황인지 제대로 말 안 하면 내 맘대로 이모한테 다 말할 거야."

예원의 경쾌한 구두 소리가 대문으로부터 멀어지는 것을 확인한 순진은 픽, 하고 웃음을 지었다. 아직은 별 사이가 아니라고 설명한들 예원은 자신이 보고 느낀 대로 부모님에게 전달할 것이다. 아니, 보고 느낀 것에 살까지 덧붙일 터였다. 그러니 오늘 안으로 부모님으로부터 추궁을 받게 될 것이다.

순진의 부모님은 아들이 검사라 하여 대단한 집안의 여자와 결혼해야 한다는 편견은 없었다. 그저 너무 늦은 나이에 손주를 안겨주는 것만은 피하라는 말씀을 하시는 정도였다. 순진이 검사로 일할 당시에는 너무 고된 업무에 치여 사는 것을 알았기에 결혼에 대한 스트레스를 주지도 않았다.

그런데 순진이 검사직을 그만두고 나온 순간부터 부모님은 돌변했다. 바로 로펌에라도 갈 줄 알았던 아들이 백수가 되고, 변호사 개업에도 아직은 뜻이 없다고 밝히자 그분들은 백수인 아들의 결혼 문제를 심각하게 고민하기 시작했다.

귀향을 하시고도 아직 아들 걱정이 태산일 부모님을 생각하면 얼른 변호사 개업도 하고 결혼도 해야 하는 게 순리겠지만 순진은 그렇게 등 떠밀려 결혼하고 싶은 마음은 추호도 없었다. 그는 아직도 운명의 여자가 제 앞에 나타날 거란 믿음을 버리지 않고 있었다. 그리고 얼마 전 그 운명의 여자를 만난 것도 같았다.

지하실 문을 열자마자 답답했던 것인지 순정이 마당을 뛰쳐나와 신나게 뛰어다녔다. 그런 순정을 잡아 목덜미를 껴안은 순진은 함박웃음을 머금었다. 순정에게 사료와 물을 챙겨주고 집 안으로 들어가는 그의 입가에는 여전히 미소가 새겨져 있었다.

주방에서 등을 돌리고 서 있는 주리를 발견한 순진의 입에서 자꾸만 피식피식 웃음소리가 나려했다. 주방에서 주리가 무엇을 한 흔적은 전혀 없었다. 아까부터 그 자리에 망부석이 된 채 서 있었던 게 틀림없었다. 순진은 입술 안쪽 살을 이로 질근질근 깨물며 주리에게 다가갔다.

"내가 맛있는 브런치 해줄까요?"

대꾸를 하지 않고 있지만 주리의 눈썹이 움찔거렸다. 큭큭, 하고 속으로 웃음을 터뜨린 순진이 주리에게 좀 더 다가가자 주리가 마치 불결한 무언가를 피하듯 몸을 사렸다. 또 쿡쿡 순진의 가슴으로 웃음이 터졌다.

"아, 맞다. 빵을 사와야 하는데. 같이 갈래요?"

주리가 눈에 힘을 주고 힐긋 눈을 맞춰왔다. 아주 투명인간 취급을 할 줄 알았는데 반응을 보이는 그녀가 귀여워 죽을 것 같았다.

"혼자 다녀오죠. 조금 있으면 쭈꾸미가 깰 겁니다. 부탁 좀 할게요."

다시 주리가 찌릿한 시선을 보내자 순진은 빙글빙글 웃으며 빵을 사러 밖으로 나갔다.

"하! 어이없어."

주리는 한참 동안 순진이 사라진 방향을 노려보았다. 아직도 화가 가라앉지 않아서인지 심장의 요동은 여전했다. 빙글빙글 웃기까지 하다니. 뻔뻔하기 그지없었다. 저런 사람을 멋지다 괜찮다 생각하고 가슴까지 설레었다는 게 끔찍했다.

여자의 태도도 맘에 들지 않았다. 무시하는데도 굳이 자기를 소개하려 들다니. 뭐, 소유권이라도 주장하겠다는 속셈인가.

"관심 없거든! 너 다 가져라."

여자의 면전에다 확 말해줄 걸 그랬다.

"나쁜 놈!"

아무리 생각해도 제일 나쁜 건 안순진이었다.

"이름부터가 틀려먹었어. 지 이름이 안순진이다 이거지."

그렇게 말하던 주리는 한숨을 내쉬며 눈을 질끈 감았다. 이런 말을 지껄이는 걸 보면 지금 자신이 다분히 감정적이란 사실을 깨달았기 때문이다.

아무래도 그에게 관심 이상의 감정을 가지고 있는 모양이었다. 그런 게 아니라면 안순진이 순진하든 안 순진하든, 애인이 있든 말든 그게 무슨 상관이란 말인가. 그걸 깨닫고 나니 좋은 감정으로 그를 본 것이 억울해 죽을 지경이었다.

"그래, 뭐. 앞으로도 쭉 원래대로 재수 없다고 생각하면 돼."

마치 안순진이 앞에 있기라도 한 것처럼 전방을 신랄하게 쏘아본 주리는 마음이 한결 나아지는 것 같았다. 상종 못할 인간 따위는 투명인간으로 치부해 버리면 된다고 마음먹었다.

강아지들이 깽깽거리는 소리가 들리는데도 주리는 쿵쿵 소리를 내며 2층으로 올라갔다. 강아지를 핑계로 눌러앉은 안순진이 미우니 강아지들도 귀찮았다. 짜증을 부리며 2층 계단을 올라가던 주리는 멈칫했다.

안순진이 밉다고 강아지를 외면하는 것은 옳지 않았다. 만약 강아지들이 생각을 할 수 있는 존재라면 어제까지 이름을 지어주고 어여쁘다 돌봐주던 사람이 하루아침에 눈빛을 바꾸고 외면한다면 얼마나 혼란스럽고 힘들겠는가.

생각을 고쳐먹은 주리는 다시 아래층으로 내려가 안순진이 머무는 방으로 갔다. 그곳에서 강아지들의 울음소리가 났기 때문이다. 방으로 들어선 주리는 미간을 좁혔다.

도배를 새로 한 것도 아니고 가구가 럭셔리한 것으로 바뀐 것도 아닌데 뭔지 모르게 다른 느낌이 들었다. 가구라고는 침대와 서랍장이 전부인 창고 같았던 방은 그사이 다른 방으로 바뀌어 있는 것 같았다. 심지어 주리가 저도 모르게 시선으로 방을 훑어볼 정도였다.

아!

주리가 그렇게 느낀 것은 향기 때문이었다. 사용하지 않았기에 쿰쿰한 냄새로 가득했던 방은 온통 안순진의 냄새로 가득했던 것이다. 매력적인 페로몬 향을 베이스로 한 청량한 향기. 그가 가까이 있을 때면 그녀의 코를 자극하던 냄새였다. 쉼터로 운영되던 집에는 수시로 많은 사람들이 들고 났는데 주리는 그때 알았다. 사람마다 고유의 향이 난다는 것을.

안순진에게서 나는 특유의 냄새는 확실히 그녀를 설레게 만드는 것이기에 충분했다. 조금 전까지 그를 투명인간 취급하겠다고 다짐했던 것도 잊은 그녀의 심장이 조심스럽게 비트를 높여가고 있었다.

깨갱, 깨갱.

낑낑거리던 강아지들이 배고픔을 참지 못하고 급기야 죽는 소리를 내자 주리는 제정신이 들었다.

"알았어. 조금만 기다려."

얼른 강아지들을 한꺼번에 안고 거실로 데리고 나온 주리는 우유병에 분유를 타 어제처럼 쭈, 꾸, 미에게 동시에 우유를 먹였다. 보채는 강아지들 때문에 진땀이 나긴 했지만 허겁지겁 배를 채우는 강아지들을 보자 주리는 흐뭇한 미소를 머금었다.

얼마 지나지 않아 덜커덩거리는 대문 열리는 소리가 나고 금방 현관문이 열렸다. 주리는 돌아보지 않아도 순진이란 걸 알았다. 주리는 그가 꼴 보기 싫어 일부러 현관을 등지고 앉아 강아지들에게 우유를 먹이고 있었다.

"수고가 많으십니다. 쭈꾸미 어머니."

가까이 다가온 순진에게서 달콤한 향기가 났다. 그를 투명인간 취급하기로 작정한 주리는 아무 반응도 보이지 않았다. 불쑥 얼굴 앞으로 순진이 무언가를 내밀었다.

주리가 보려 하지 않아도 그녀의 시야에 들어온 것은 죠스바였다. 자꾸 귀찮게 구는 순진 때문에 짜증이 났지만 무반응으로 일축해야 그가 눈치라도 볼 것 같아 주리는 가만히 있었다.

"죠스바 싫어해요? 엄청 맛있는데. 맛만 있는 게 아니고 재미도 있어요."

갑자기 코앞으로 얼굴을 들이민 순진이 까맣게 물든 혓바닥을 내밀자 주리는 흠칫 놀라 몸을 뒤로 뺐다.

"뭐 하는 거예요!"

"크크크, 말했다."

도무지 아무런 반응을 보이지 않고는 못 배기게 만드는 순진 때문에 주리는 인상을 잔뜩 찌푸리고 그를 노려보았다.

"그러게 왜 아까부터 대답이 없습니까?"

주리는 이를 깨물었다. 그리고는 다시 아까처럼 무표정한 얼굴로 강아지들에게로 시선을 옮겼다.

"일부러 그러는 거 다 압니다. 대체 뭣 때문에 삐쳤습니까?"

주리는 못 들은 척했다. 무엇 때문에 삐쳤냐니. 그런 짓을 하고도 저렇게 뻔뻔하게 아무 일도 없었던 것처럼 행동한다는 건 그의 인성이 정말로 막돼먹은 게 아니고 뭐란 말인가.

"하하하, 내가 투명인간입니까?"

주리는 표정 하나 바꾸지 않고 꿋꿋하게 다짐을 수행했다.

"맘대로 안 될 겁니다."

순진의 표정은 보이지 않았지만 목소리에서 그가 웃고 있는 게 느껴졌다.

맘대로 안 되긴! 흥칫뿡이다!

주리는 속으로 화를 삼키려니 짜증이 났지만 참았다. 순진이 휘파람을 불며 주방으로 걸어가자 주리는 그의 뒤통수를 노려보았다. 순간 그가 휙 돌아다보았다. 주리의 쌜쭉해진 눈이 그의 눈과 딱 부딪쳤다.

"하하하하."

순진이 큰 소리로 웃어젖히며 주방으로 걸어갔다. 재미있어 죽겠는지 콧노래까지 불렀다. 주리는 약이 올라 거칠게 숨을 쉬기 시작했다.

그들이 그렇게 실랑이를 벌이든 말든 갓난아이처럼 우유를 실컷 먹고 난 쭈, 꾸, 미는 바로 잠이 들었다. 우유병을 주방으로 가져간 주리는 개수대에 내려놓고 전기밥솥을 열었다.

"왜 밥이 없어요!"

그를 투명인간 취급하다가는 열 받아 죽을 것 같았던 주리는 노선을 바꿨다. 작정하고 타박하기로.

"늦잠 잤습니다. 그래서 아침밥 할 시간이 없었어요."

"애인이랑 노닥거릴 시간은 있었고요."

가자미눈을 한 주리가 순진을 노려보자 그가 픽, 하고 웃었다. 주리는 그가 무슨 변명을 할지 기대하며 두 팔을 앞으로 모아 팔짱을 꼈다.

"상담하러 온 겁니다."

"상담이요? 하!"

상담했다고 하면 뭐, 멋지다고 할 줄 아는 모양이다.

"그 표정은 뭡니까?"

순진이 정색을 하며 물었다.

"뭐가요?"

"무시하는 건 아닌 거 같고 무슨 오해가 있나 본데……"

오해 같은 소리 하고 있네.

주리는 입술을 비틀어 올리며 코웃음을 쳤다.

"인터뷰 때도 딱 그런 표정을 했었죠?"

순진이 가늘게 눈을 뜨고 주리를 쳐다보았다. 주리는 그에게서 시선을 떼어냈다.

"혹시…… 그때부터 나한테 관심 있었습니까?"

단도직입적인 그의 돌발 질문에 주리는 몹시 당황했다. 잠깐 입술을 깨물었던 주리는 어이없다는 뜻으로 콧방귀를 뀌었다.

"관심 있었군요."

빙긋 미소를 피워 문 순진에게 주리는 불쾌한 표정을 지어 보였다.

"애인 있는 남자한테 관심 없어요!"

"하하하하."

순진이 고개를 젖히며 호탕한 웃음소리를 내자 주리는 또 입술을 깨물었다.

"내가 애인 있는 남자가 아니면?"

웃음기를 지운 순진의 진지한 눈이 주리의 난감한 눈으로 깊이 파고들었다.

"왜 갑자기 반말이에요!"

"아니지! 그건 내 질문에 대한 대답이 아니잖아."

순진이 고개를 저으면서도 시선은 주리에게서 떨어지지 않았다.

"안순진 씨한테 애인이 있든 말든 나랑 상관없어요. 어제 말한 조건을 어긴 게 화가 났을 뿐이에요."

주리의 말에 순진이 빙긋 미소를 피워 물었다.

"오케이. 맛있는 브런치를 만들어주면 화도 풀린다는 거네."

"자꾸 반말할 거예요!"

말발로 그에게 이기려 드는 것이 애초부터의 실수였다. 아무리 구박을 한들 눈치를 준들 그는 빙글거리며 제 속을 뒤집어놓을 터였다.

"응. 그럴 건데."

당연하다는 듯 가볍게 대꾸하는 그를 주리는 입을 벌리고 쳐다볼 뿐이었다.

"억울하면 너도 반말해. 동갑끼리 이랬어요 저랬어요를 언제까지 해야 해? 한솥밥 먹는 처지에."

저 자식과 절대 한솥밥을 먹는 게 아니었다.

"그래, 그러든가."

사나운 눈으로 그를 응시하던 주리는 그렇게 대꾸하고 휙 소리가 나도록 몸을 돌려 2층으로 올라갔다.

"내가 좀 심했나?"

고개를 갸웃하던 순진은 어깨를 한 번 으쓱했다. 주리가 예원과의 관계를 오해하는 것은 질투를 하는 것임에 틀림없었다. 그런 주리가 귀여웠고 발끈하는 주리를 더 보고 싶어 놀리듯 반말을 한 거였다. 그렇다고 2층으로 올라갈 것까지는 없는데 말이다.

아쉬운 듯 주리가 사라진 계단을 바라보던 순진은 냉장고를 열어 과일과 야채를 꺼내 아침식사 준비를 하기 시작했다. 가스레인지 앞에서 한참 동안 요리를 하는 그의 얼굴에 땀이 맺혀 흐르기 시작했다.

"이만하면 마음 좀 풀리겠지?"

순진은 와인에 재웠다가 먹음직스럽게 구운 고기를 큼직하게 잘라 버터로 노릇하게 지진 바게트 빵 위에 얹고 와인과 과일, 야채를 넣고 만든 소스를 뿌린 다음 방금 전 마당에서 따온 싱그러운 새싹 잎을 곁들여 놓은 접시를 식탁 위로 가져다 놓았다. 데코레이션까지 마친 순진은 만족스런 미소를 지었다.

"준비 다 됐는데."

순진은 2층 계단 앞에 서서 큰 소리로 주리를 불렀다. 주리에게서 아무런 대답도 없었고 2층은 조용하기만 했다. 순진은 한쪽 입꼬리를 들어 올리고 웃었다. 역시 톡 쏘는 주리의 매력이 자신의 취향에 딱 맞았다. 보이지 않아도 저 위에 있는 여자가 어떤 표정을 지을지, 뭘 하고 있을지가 그려졌다.

"안 먹으면 누구 손핼까?"

곧 계단을 내려오는 소리가 들렸다. 차분함을 가장한 발걸음 소리에 순진은 눈썹을 으쓱했다. 이기지도 못할 거면서 이기려 드는 주리가 귀여워 미치겠다. 벽에 기대고 섰던 순진은 주리가 보이기도 전에 주방으로 갔다. 완급 조절을 해야지 너무 일방적으로 몰아붙이면 탈이 나기 마련이었다.

"어때?"

주리는 뾰족하다가도 음식 앞에서는 늘 솔직했었다. 맛있으면 맛있다. 근사하면 근사하다. 칭찬도 아끼지 않았다. 순진이 심혈을 기울여 만든 음식을 앞에 둔 주리의 표정이 심드렁했다.

"난 양식은 별로라. 그리고 이런 거 신물 나게 먹어봐서 별로야."

주리에게 한 방 제대로 얻어맞은 기분에 순진은 잠깐 이건 뭐지? 하는 생각을 하며 머쓱한 표정을 지었다. 고소하다는 주리의 미소가 입가에 지어지는 것을 본 순진은 씩 웃었다.

　"참 애쓴다."

　"뭐!"

　"계속 애써봐."

　잠깐 쎄한 눈초리로 순진을 노려보던 주리가 새침한 얼굴로 눈을 내리깐 채 식탁에 자리를 잡고 앉아 식사를 하기 시작했다. 순진은 주리 앞에 서서 식사를 하며 주리의 표정에서 잠시도 시선을 떼지 않았다. 시선을 내리깔고 시큰둥한 표정을 지으며 음식을 입에 넣은 주리의 표정은 금방이라도 우와! 라고 탄성을 자아낼 듯 변하고 있었다.

　아, 정말 미치게 귀엽네.

　어리지도 않은 여자가 왜 이렇게 귀여운지 모를 일이었다. 순진은 자꾸만 웃음이 나는 걸 참느라 애를 써야 했다. 하지만 저렇게 솔직한 표정을 지을 거면서 시큰둥한 반응을 보이느라 얼마나 주리가 연습했을까 생각하니 도저히 웃음을 참을 수가 없었다. 순진은 한 손으로 얼굴을 가리고 소리 나지 않도록 입매를 늘이며 웃어버렸다.

　아이, 정말! 그렇게 좋냐!

　눈을 내리깔았어도 순진이 웃고 있는 게 보였다. 거울을 보고 연습하고 또 연습했건만 이놈의 미각이 열심히 얼굴에 반응을 만들어놓고야 말았다.

주리는 잔뜩 이맛살을 구기고 그를 노려보았다. 웃는 것을 들키지 않으려는 거면 손바닥으로 얼굴 전체를 다 가릴 것이지 궁지에 몰린 닭이 고개만 처박고 숨은 것처럼 입은 왜 가리지도 않고 웃는 것인가!

"닭대가리!"

순진의 의도가 다분히 자신을 놀리려는 것으로 여겨진 주리는 더 이상 고상이고 나잇값이고 필요 없다, 에라 모르겠단 심정으로 유치한 공격을 하기 시작했다.

"푸하하하하."

내가 왜 닭대가리야! 만약 주리였다면 이런 반응이 나왔겠지만 순진은 주리의 머리 꼭대기에 앉아 재미있어 죽겠다며 박장대소를 했다.

"그렇게 재미있냐? 나 놀려먹으니까."

"그게 네 본모습인가 봐."

"뭐가?"

"어린애 같은 구석."

"내가?"

"음. 투정부리는 어린애 같아. 귀여워."

순진의 말에 주리는 멍해졌다. 나잇값도 못한다고 핀잔일까. 아니면 정말 귀엽다는 말일까. 그의 의도를 정확하게 판단하기도 전에 제멋대로 두근두근 심장박동이 다시 빠르게 뛰며 얼굴마저 화끈거렸다.

"넌 어떻고. 짓궂은 초딩 같잖아."

"서른넷 남자한테 초딩 같다, 라고 하는 건 욕일까? 칭찬일까?"

"칭찬이겠어!"

"욕이란 거군. 눈에는 눈, 이에는 이?"

"흥."

욕을 듣고도 순진의 입가의 미소는 전혀 줄어들지 않고 있었다. 저렇게 웃고 있으니 모든 걸 다 잊고 설레게 만든다. 주리는 그게 맘에 들지 않아 얼굴을 찌푸렸다.

"난 욕 안 했는데. 네가 귀엽고 예쁘다고 말한 거라고."

"지랄!"

"하하하하."

"어디서 수작이야. 나한테는 안 통해."

"하하하하, 하는 짓은 어린애고 욕은 할머니고 네 정체가 뭐냐."

욕을 먹고도 순진이 저리 웃는 걸 보면 변태 기질도 다분히 있어 보였다. 더 대꾸해 봐야 소득도 없을 것 같아 주리는 다시 눈을 내리깔고 써니 사이드 업으로 조리된 계란을 접시 가장자리로 밀어내고 고기를 잘라 입안으로 가져갔다.

원래 음식은 차든지 뜨겁든지 해야 맛이 있는 법이었다. 주리는 달걀 프라이는 뜨거울 때가 아니면 절대 먹지 않는다. 계란 비린내를 몹시 싫어했다.

실랑이를 벌이느라 음식이 식어 있기에 당연히 아까처럼 맛있을 리 없다고 생각했던 주리는 입안으로 퍼지는 향긋한 소스의 맛에 여지없이 행복한 표정을 지었다. 차라리 비위 상하는 저 달걀을 먹는 건데 그랬다. 그랬다면 잔뜩 얼굴을 구길 수 있었을 텐데.

"비위가 약한가 봐."

순진의 물음에 주리는 말 시키지 말라는 뜻으로 순진에게 서늘한 시선을 맞춘 채 입안의 음식을 오물거렸다.

"화가 났을 때는 맛있는 음식을 먹으면 기분이 좋아짐. 내가 만든 음식을 좋아함. 양식은 싫어하는 척하면서 맛있게 먹음. 계란은 덜 익힌 건 비위 상해 먹지 않음. 오케이. 다음부터 참고할게."

저 인간 뭐 하자는 건가. 그렇게 재수 없다고 눈치를 주고 욕도 하고 핀잔을 주는데도 여전히 작업을 거는 건가.

주리는 어깨를 으쓱했다. 순진에게 일관된 반응을 보였어야 했다는 후회를 했지만 때는 이미 늦은 것 같았다. 대책이 필요하다. 대책이.

11시 무렵 브런치를 먹고 난 이후, 주리는 2층으로 쌩한 바람을 일으키며 사라졌다. 설거지와 청소를 마치니 온몸에 땀이 흥건해졌다. 순진은 갈아입을 옷을 가지고 욕실에 들어가 샤워를 했다.

미지근한 물로 샤워를 했는데도 욕실 안의 공기가 후덥지근한 탓에 팬티를 입는 동안 도로 땀이 났다. 순진은 주리가 잔뜩 삐쳐 2층으로 올라간 것이 생각나 속옷만 입은 채 욕실 문을 열었다.

"흡!"

놀라 호흡을 삼키며 눈을 동그랗게 뜬 주리의 시선과 순진의 시선이 허공에서 부딪쳤다. 먼저 시선을 피한 것은 주리였다. 순진은 지난번과 같은 상황에서도 다른 반응을 보이는 주리를 보며 그녀가 그때와는 무언가가 달라졌다는 걸 알아챘다. 발갛게 달아오른 주리의 얼굴은 비단 더운 날씨 때문만은 아니리라.

"옷을 다 입고 나올 수는 없어요?"

"샤워하고 바로 옷 입으면 도로 땀이 나서."

순진은 여유롭게 바지를 입었다.

"내가 있는데 방으로 튀어 들어가야지 너무한 거 아니에요!"

주리는 순진에게 힐긋대며 투덜거렸다. 도대체 이놈의 심장은 고장이라도 난 모양이었다. 아무리 잡지에서 튀어나온 듯한 사내의 몸이라도 그렇지. 양쪽 골반 사이 장골 부근으로 이어지는 섹시한 라인을 보아버린 눈을 팔아버렸으면 좋겠다.

주리는 잡지 화보를 찍는 현장을 수도 없이 갔고, 그곳에서 남자 모델들의 멋진 몸을 보아왔지만 이렇게까지 마음을 설레게 하는 남자는 없었다. 일로 묶인 사람들과의 접촉은 일로 끝내는 게 그녀의 원칙이었고, 사적으로 만날 일도 없었던 터라 일을 마치면 곧 그녀의 머릿속에서 그들의 섹시한 몸은 지워졌었다.

하지만 순진의 몸은 그렇지가 않았다. 아무래도 사적인 공간에서 사적으로 부딪치기 때문일 것이다. 게다가 그가 멋지다고 생각한 순간부터는 자꾸만 그에게로 향하는 시선을 거둬들이는 게 힘들었다.

아침나절 그가 그런 일을 벌이지 않았다면 지금 어쩌면 황홀한 눈길로 그의 몸을 정신없이 더듬었을지도 모를 만큼 그는 멋진 몸의 소유자였다.

"이 정도의 노출쯤은 괜찮잖아. 벗고 있다고 노골적으로 보는 게 더 엉큼하다고 했던 걸로 기억하는데."

"여기가 수영장이에요! 때와 장소를 구분할 줄도 몰라요? 사람이 왜 그렇게 예의가 없어요?"

"훗, 대놓고 야한 옷을 입은 사람보다는 낫지. 네가 쌩하게 가버려서 2층에서 종일 안 내려올 줄 알았지. 욕실 안이 너무 더웠을 뿐이야. 안 보면 그만이지 뭘 그렇게 당황하고 그래. 내가 널 덮칠 의도라도 가지고 있다는 건가?"

"적반하장이네요. 누가 당황했다고 그래요? 불쾌하다고 말하는 거란 생각은 안 들어요?"

"당황하지 않고서야 아까 말 놓기로 하고 지금 왜 존댓말을 하지?"

주리는 휙 소리가 나게 몸을 돌려 그를 노려보았다. 눈꼬리가 올라가 섬뜩할 정도일 텐데도 순진은 빙긋 웃음을 머금은 채 그녀를 쳐다볼 뿐이었다.

"안순진씨랑 절대 친해지고 싶지 않아서 반말은 안 할 거거든요."

"그래, 그럼 넌 존댓말 하고 난 반말로 하지 뭐. 난 너랑 빨리 친해지고 싶거든."

그렇게 말한 순진이 성큼성큼 주리를 향해 걸어왔다. 잔뜩 긴장한 주리는 소파로 깊숙하게 몸을 묻었다. 본능적으로 그를 피하려는 의도였다. 그런데 하필 소파에 앉아 있었던 것이다. 주리는 눈까지 커다랗게 뜨고 침을 꿀꺽 삼켰다.

왜 그래? 하는 표정으로 주리를 힐긋 쳐다본 순진이 주리에게서 조금 떨어진 곳에 털썩 주저앉았다. 그리고는 선풍기 버튼을 발가락으로 눌렀다.

괜히 긴장했던 주리는 겸연쩍은 표정으로 허리를 곧추세우고 앉았다. 혼자만의 이상한 상상이 부끄러워 얼굴이 확 붉어지자 주리는 입술을 깨물었다.

다행히 순진이 선풍기를 틀어 바람이 불어오기 시작해 주리는 손으로 부채질을 하지 않아도 되어 안심이 됐다. 하지만 곧 상쾌한 비누 냄새가 바람에 실려오자 주리의 심장이 다시 세차게 뛰기 시작했다.

저도 모르게 무언가에 이끌리듯 주리의 시선이 그에게로 돌아갔다. 아직 채 마르지 않은 그의 머리카락에는 물방울이 맺혀 있었다. 자꾸만 그의 체향이 코끝을 자극하는 탓에 정신마저 혼미해지자 주리는 멍하니 그를 응시했다.

"앗!"

그가 세차게 도리질을 했고 그의 머리카락에 맺혀 있던 물방울들이 사방으로 튀었다. 주리의 얼굴에도 차가운 물방울이 뿌려졌다. 덕분에 정신이 들긴 했으나 주리는 스스로가 어이없어 미간을 찌푸렸다.

"푸후후후. 친해지기 싫다며. 지금 네 눈빛 위험했거든."

"내가 뭘요!"

"시치미 떼기야? 키스해 주세요, 그렇게 말하는 것 같던데?"

"내가 언제!"

주리는 자리에서 벌떡 일어났다. 2층에서 있을 걸 그랬다는 후회가 됐다. 잘못한 것도 없었고 엄연히 그녀의 집인데 왜 유폐당한 것처럼 2층에서 갇혀 있어야 하는가! 순전히 반발심에 사로잡혀 노트북을 들고 아래층으로 내려오는 게 아니었다.

"자꾸 말도 안 되는 소리 지껄일 거면 당장 집으로 돌아가요."

"싫어."

쫓아낼 테면 쫓아내 봐라?

발끈한 표정을 짓던 주리는 곧 회심의 미소를 피워 물었다. 조금 전 2층에 올라가자마자 아버지와 통화했던 게 떠올랐던 것이다.

"나 혼자 있는데 걱정도 안 되세요?"

[혼자? 순진이랑 같이 있는 거 아니냐?]

"그게 혼자 있는 것보다 더 위험하단 생각은 안 드세요?"

[순진 군은 믿을 만한 사람이라…….]

"아빠!"

[그래, 널 좀 더 배려를 했어야 했는데 미안하구나. 그럼 순진이더러 출퇴근하라고 하면 되잖니.]

"차도 없는데 강아지들은 어쩌고요."

[네가 밤새 돌보든가. 그게 싫으면 네 차를 빌려주면 되는 거 아니냐.]

어제 왜 그 생각을 못했는지 모를 일이었다. 아마도 그가 상담하는 것을 보지 않았다면 어떻게 해서든 순진을 쫓아낼 궁리를 했을 것이다. 하지만 멋지다고 생각한 순간부터 그와 함께 시간을 보내는 것이 즐겁게 여겨졌었다.

아무리 가면을 뒤집어쓴다고 해도 인성이 글러먹은 인간은 언젠가는 가면을 벗는 날이 온다. 다행히 하루 만에 저 자식이 가면을 썼다는 걸 알았으니 쫓아내는 게 맞았다. 하지만 저런 인성을 가진 인간은 순순히 제 발로 나가지 않을 것이기에 적당한 때를 노리기로 했었는데 지금이 그때였다.

"내 차 빌려주면 되죠."

의기양양한 표정을 한 주리를 순진이 눈을 크게 뜨고 쳐다보았다. 그의 표정은 의외의 반격을 당한 것을 놀라워하고 있었다.

"그럼 상담은 어떻게 하고?"

"어차피 아버지가 안 계실 때는 상담 못하고 돌아가는 게 당연한 거였으니까 내가 메모했다가 아버지께 전해 드리면 돼요."

"알았어. 이제부터 말 안 시킬게."

집에서 쫓겨나기 싫은지 순진이 순순히 대답했다. 그리고 선풍기 바람을 쏘이며 수건으로 젖은 머리카락을 말리기 시작했다.

"저녁밥까지 해놓으면 강아지들 데리고 집으로 가요."

무표정한 그를 보자 속이 시원해진 주리는 싱긋 웃었다. 그리고는 소파 테이블 앞에 자리를 잡고 앉았다 한 방 먹였다고 생각하니 기분이 좋아져 더 이상 그가 신경 쓰이지 않았다.

싱글거리며 노트북 뚜껑을 열고 전원 버튼을 누르던 주리의 표정이 대번에 굳어졌다. 엉덩이로 무언가 툭 닿는 것이 느껴졌기 때문이다. 주리는 이가 드러날 정도로 얼굴을 구기며 뒤를 돌아다 보았다.

순진이 어깨를 으쓱하며 손가락으로 바닥을 가리켰다. 순진이 라텍스 방석을 발가락으로 잡아 그녀의 엉덩이 아래로 집어넣는 시도를 하고 있었다.

"싫음 말고."

주리는 방석을 휙 잡아채 엉덩이로 깔고 앉았다. 앉자마자 바닥 이 좀 차갑다는 생각을 하긴 했었다. 거지 같은 자식이 왜 자꾸 마 음 산란해지게 이러는 건지. 이럴 때는 일에 집중하는 게 상책이 었다. 주리는 노트북으로 시선을 가져갔다.

인터넷 창을 열고 검색을 하는 동안에도 주리는 한동안 일에 집 중하지 못했다. 머리를 다 말린 순진이 갑자기 소파 테이블 옆으 로 벌러덩 눕더니 그녀에게 시선을 맞추고 쳐다보았기 때문이다.

주리는 아무리 노트북에 시선을 집중하려고 해도 시야로 들어 오는 그의 눈빛이 자꾸만 부담스러웠다. 한참 동안 눈꺼풀의 깜박 거림도 없이 그녀를 응시하던 그의 눈이 스르륵 감기는 것이 보였 다. 속절없이 그에게로 눈길이 옮겨지려는 것을 억지로 잡아당기 며 주리는 노트북으로 기어들어 갈 듯 허리를 숙여 버렸다.

시야에서 그의 모습이 사라지니 좀 괜찮아지는 것 같았다. 하지 만 이번에는 그의 고른 숨소리가 들려오기 시작했다. 주리는 자리 에서 벌떡 일어나 그가 누워 있는 반대 방향으로 빙 돌아 주방으 로 갔다. 냉동실에서 얼음이 든 케이스를 꺼낸 주리는 얼음물을 만들어 벌컥벌컥 들이켰다. 그러는 것도 모자라 얼음을 꽈득꽈득

소리가 나도록 씹어댔다.

아무래도 2층으로 올라가 일이나 해야 할 것 같았다. 도무지 순진에게 신경이 쓰여서 못 살겠다. 노트북을 가지러 소파 테이블로 향했다. 순진을 피해 빙 돌아가던 주리의 시선이 그에게로 저절로 옮겨졌다.

"흡."

그의 시선과 부딪친 순간 주리는 걸음을 멈추고 숨을 삼켰다. 그의 강렬한 눈빛에 순식간에 압도당했던 것이다. 한 팔로 머리를 괴고 누운 순진은 숨이 막힐 것처럼 멋있었다. 이상했다. 점점 그의 시선이 뜨겁게 느껴지는 것은 무엇 때문일까.

도저히 두근거리는 심장을 주체할 수 없었던 주리가 2층으로 뛰어올라 가려는 순간 순진의 손이 주리를 낚아챘다. 주리는 화들짝 놀라 뒤를 돌아다보았다. 어느새 몸을 일으킨 그가 조금 전보다 더 위험한 눈빛으로 그녀를 올려다보고 있었다.

6

"놔! 뭐 하는 짓이야."

주리는 상기된 얼굴로 순진의 손을 뿌리쳤다.

"예원이는 내 사촌동생이야."

순진이 주리를 올려다보며 빙긋 웃었다. 순진은 예원이 누군지 밝히면 주리가 좋아할 줄 알았다. 그런 순진을 내려다보는 주리의 미간이 좁아들었다.

"아까 아침에 왔던 여자, 내 이종사촌이라고."

순진의 웃음이 더욱 짙어졌다.

"그게 뭐."

주리는 몹시 당황했다. 그럼 그가 왜 처음부터 말을 해주지 않았던 것일까. 지금까지 자신은 무엇을 한 걸까. 기가 막히고 화가 나면서도 한편으로 안도감에 젖어든다. 주리는 그게 또 어이가 없다.

"놀리니까 재미있던!"

발끈한 표정을 지은 주리가 빽 소리를 질렀다.

"좋아서 그랬어."

"뭐가 좋은데?"

"네가 나한테 관심 있는 걸 확인하는 게."

"관심 없다고 했을 텐데."

주리가 입술을 깨물며 순진을 노려보았다.

"거봐. 넌 처음부터 무슨 답을 정해놓은 사람처럼 날 대했어. 날 언제까지고 무시할 작정한 사람처럼."

그의 말이 다 맞는 말이었기에 주리는 그에게서 시선을 거둬들였다. 그를 오해해서 미안하다는 말을 했어야 했다. 하지만 종일 마음을 졸였던 게 억울하고 화가 나 마음에도 없는 말을 하고 말았다.

"난 너한테 관심 많아."

"나랑 상관없어."

갑작스런 그의 고백에 당황한 주리가 몸을 획 돌렸다. 무언가 생각할 시간이 필요했다. 그런 주리의 손목을 잡은 순진이 그녀를 품 안으로 끌어당겼다.

"뭐 하는 짓……."

순진의 얼굴이 빠르게 다가오는 걸 느낄 시간조차 없었던 주리의 입술에 그의 입술이 포개지고 있었다. 너무 놀란 주리의 눈이 커다래졌고 입술도 벌어졌다. 그리고 무슨 일이 벌어졌는지 의식할 새도 없이 그의 입술이 포개진 동시에 그녀의 입안으로 순진의 혀가 불쑥 들어왔다.

말캉한 주리의 혀를 잡아챈 순진은 그의 입안으로 그녀의 혀를 끌고 와 강하게 빨아댔다. 오해를 하고 있는 상황에서도 제게 끌리고 있다는 것을 끊임없이 표현하던 주리가 이제 와서 발뺌을 하는 이유를 도무지 알 수가 없었다.

조금 전 뜨거운 눈길을 보내자마자 도망치려 한 이유는 뭐였던가. 상기된 예쁜 얼굴까지 보여주고는 아니라고 시치미를 떼다니.

주리가 도망치는 순간 먹잇감의 숨통을 단번에 끊어놓는 그의 맹수 본능을 일깨우고 말았다. 벌주듯 시작한 그의 키스는 점점 그의 심장을 뜨겁게 달궈놓았다.

마치 그녀는 입안에 꿀단지를 숨겨놓은 것처럼 달콤한 타액을 끊임없이 내어주고 있었다. 그러면서도 주리는 바르작거리며 끊임없이 도망치려 들었다. 순진은 타오르는 충동을 억제할 수 없어 거칠게 그녀를 끌어안고 깊숙이 허리를 숙여 버렸다.

주리는 그의 키스에 정신을 차릴 수 없었지만 그대로 가만히 있을 수는 없었다. 온 힘을 다해 그를 밀어내려 했지만 오히려 그게 그를 자극시키는 것이었나 보다. 그의 입안에 갇힌 혀뿌리가 뽑혀 나갈 것만 같았다. 뒤로 허리가 꺾이자 주리가 본능적으로 그의 목덜미에 팔을 두르고 매달렸다. 숨이 막히고 금방이라도 정신을 잃을 것만 같았다.

"하아아."

그에게 놓여난 혀가 얼얼했다. 막혔던 숨이 쉬어지고 있었지만 여전히 정신은 혼미했다. 어느 순간부터 눈을 감고 있었는지도 모르겠다. 거친 서로의 호흡이 가까운 곳에서 맞부딪치고 있어 주리는 쉽사리 눈을 뜰 수 없었다.

한동안 주리는 허리가 꺾인 상태로 그에게 매달려 있었다. 점점 의식이 되살아난 주리는 야릇한 기분에 사로잡혀 눈을 떴다. 거칠게 호흡하는 순진의 가슴이 밀착되어 있다는 것을 깨달았기 때문이다. 그녀의 가슴으로 그의 심장이 금방이라도 터질 것처럼 뛰고 있음이 고스란히 느껴졌다.

"제발."

깊이를 알 수 없을 정도로 깊고 뜨거운 눈동자가 그녀를 내려다보고 있었다. 눈을 동그랗게 뜬 주리는 다시 그의 입술이 다가오자 재빨리 얼굴을 옆으로 돌렸다. 그의 눈빛이 너무나 뜨거웠고 위험했고 숨이 막히게 강렬했던 것이다. 마치 그녀를 삼켜 버릴 것만 같았다.

순식간에 두려움에 사로잡힌 주리는 덜덜 떨기 시작했다. 종일 애를 태웠을 만큼 순진에게 관심 이상의 감정을 가졌다는 것을 자각하면서도 부정하고 싶었던 건 이런 순간을 맞닥뜨리게 될까 봐서였다. 역시 이런 감정을 두려워하고 있었던 거다.

"흐흐읍."

주리는 일순간 호흡을 멈췄다. 순진의 입술이 그녀의 입술을 막았기 때문이 아니었다. 그가 그녀의 귓불을 살며시 깨물며 뜨거운 숨결을 거침없이 불어넣었던 것이다.

순식간에 온몸으로 퍼지는 야릇한 감각에 주리는 몸을 부르르 떨었다. 두려움에 질려 떨었던 것과는 다른 떨림이란 걸 스스로도 알 수 있었다. 심장으로 번지는 무언가가 자꾸만 이성을 제어하는 것이 느껴졌다.

순진은 잔뜩 겁에 질린 주리의 눈동자를 보고도 진정이 안 될 만큼 그녀의 입술을 삼키고만 싶었다. 그녀가 고개를 돌려 그의 욕망을 피하는 순간 그는 그녀의 입술을 억지로 가지려 들지 않았다. 대신 그녀의 앙증맞은 귓불을 깨물며 억제할 수 없는 욕망을 그녀의 귓가로 불어넣었다.

주리가 몸을 떠는 동시에 축 늘어지는 게 느껴졌다. 재빨리 그녀의 허리를 받친 팔에 힘을 주어 그녀가 쓰러지지 않도록 지지해 주었다. 그녀의 반응이 몹시 귀엽고 예뻐 심장이 간질간질했다. 순진은 혀끝으로 살살 주리의 귀 구석구석을 핥았다.

여린 살이 내어주는 감촉이 너무나 달콤해 미칠 것만 같았다. 순진은 입술을 커다랗게 벌려 주리의 귀를 한입에 넣고 빨아들였다. 커스터드 풍의 부드럽고 촉촉한 살결이 그의 입안으로 쏙 빨려 들어와 금방이라도 훅 녹아 목구멍으로 넘어가는 게 아닐까 조심스럽기까지 했다.

"흐으읏."

주리는 그가 만들어주는 감각에 이미 제정신이 아니었다. 연신 입으로 자신이 신음 소리를 내뱉고 있다는 것을 느끼지 못할 정도였다. 온몸의 기운이 쏙 빠져 축 늘어져 있다는 것도 의식하지 못했다. 야릇하고 묘한 기운이 온몸을 타고 이리저리 밀려다니는 것에만 신경이 집중되어 버린 탓이었다.

그의 입술이 주리의 귀에서 떨어져 나와 그녀의 눈썹에 그녀의 눈에 그리고 그녀의 볼과 코에 차례로 촉촉한 키스마크를 찍었다. 그러는 사이 그의 손은 그녀의 턱을 부드럽게 감싸 옆으로 고개를 돌렸다. 도톰했던 주리의 입술이 금방이라도 터질 것처럼 부풀어 올라 있었다.

순진은 미간을 좁혔다. 조금 전 그가 그녀의 입술을 세차게 빨아 당긴 흔적이었다. 그는 그녀의 입술 선을 따라 혀끝으로 살살 핥았다. 여러 번 주리에게 그의 혀가 입술을 그려 넣자 마치 꽃송이가 톡 터지듯 주리의 앙 다물렸던 입술이 살짝 벌어졌다. 순진의 혀가 그 틈을 비집고 들어갔다.

생경한 느낌에 사로잡혔던 주리는 톡톡 두드리는 듯한 느낌이 들었다. 혼미했던 정신을 일깨우는 것도 같았고 허락을 구하는 것도 같았다. 주리는 온 힘을 다해 무거운 눈꺼풀을 들어 올렸다. 시야로 몹시 가까운 곳에 누군가가 있음이 느껴졌다. 곧 입술 사이로 파고든 말캉한 것이 제 이를 두드리고 있다는 것이 느껴졌다.

순진이다. 키스를 하고 있는 사내가 누구인지를 자각한 주리는 침을 꿀꺽 삼켰다. 정신을 차리지 못한 사이 무슨 일들이 벌어졌는지가 찰나의 순간 주리의 머리를 훑고 지나갔다. 몹시 부끄럽고 너무 어지러웠다. 얼마나 이러고 있었던 것일까.

톡톡, 톡톡, 분명 정신이 차려졌는데, 어서 순진을 밀어내야 하는데 계속 자신의 심장을 두드리는 듯한 느낌에 주리는 그럴 수가 없었다. 그가 이와 입술 사이 안쪽의 살결을 훑었다가 이를 두드리는 행동에 자꾸만 가슴속으로 설렘이 번졌다.

　그녀의 정신이 혼미한 틈을 타 살짝 벌어진 이 사이로 충분히 그는 처음처럼 딥키스를 할 수도 있었을 것이다. 그런데 그는 문을 열어달라, 허락해 달라 청하고 있었다. 주리는 계속 망설였다. 어떻게 해야 하는 걸까. 다시 두렵고 마음이 혼란스러워졌다.

　주리는 침대에 풀썩 주저앉았다. 어떻게 2층으로 올라와 있는 것인지 알 수가 없다. 아직도 얼얼함이 가시지 않은 입술을 손가락으로 더듬어보았다.

　늘 사랑하는 감정 앞에서는 얼어붙고 말더니 이번에도 예외가 아니었다. 누군가가 좋아지면 여지없이 엄습해 오는 막연한 두려움을 떨칠 수가 없다. 그를 본 순간부터 그걸 알았던 것이다. 이런 순간이 찾아올 거란 걸.

　"하아."

　한숨을 폭 내쉰 주리는 뒤로 누워 버렸다. 아무 생각도 하고 싶지 않았다. 키스까지 허용한 상대는 순진이 처음이었지만 이런 마음에 대처하는 방법은 굳이 떠올리지 않아도 되었다. 순진에게 열 번 찍어 안 넘어오는 사람도 있다는 것을 깨닫게 해주면 된다. 그게 달콤한 사랑이 다가올 때 주리가 대처하는 방법이었으니까.

　아무 생각도 하지 않으려 했지만 자꾸만 조금 전 그와 나누었던 키스의 순간이 떠올랐다. 바닥에 누워 있던 순진의 눈과 마주친 순간부터 그가 완전히 그녀를 놓아준 순간까지. 어떻게 그가 그녀를 안았는지, 어떻게 그의 입술이 다가와 그녀의 입술에 닿았는지, 그의 첫 키스가 얼마나 날카롭고 강렬했는지…….

심장이 그때처럼 쿵쿵거려 미칠 것만 같았다. 지금이라도 내려가 순진에게 따귀를 날리고 성추행범으로 신고하겠다고 할까. 아냐, 그렇게 했다가는 또 그에게 붙들려 키스를 당할지도 모른다. 그가 자신을 놓아주었을 때 잠깐 휘청거리기는 했지만 그대로 2층으로 올라온 것은 잘한 거였다. 나 혼자만 이렇게 미친 듯이 심장이 뛰는 거라면? 아냐, 안순진의 심장도 분명 터질 것 같았어.

도저히 이대로 있을 수 없었다. 순진과 한집에 있다가는 머리도 가슴도 터져 버릴 것 같았다. 주리는 화장 도구를 늘어놓고 스모키 화장을 했다. 황금색 베이스를 깔고 밤색 하이라이트로 눈매를 강조하니 한층 도도한 이미지가 부각됐다. 검붉은 빛깔의 립스틱으로 마무리한 주리는 거울 속 강한 인상의 여자가 맘에 들었다.

하지만 이 화장법은 클럽에나 가야 딱 어울릴 법했다. 시계가 오후 4시란다. 아직 해가 지려면 멀었고 클럽에 가기에도 너무 이른 시간이라고 했다. 지금 당장 집을 나가고 싶었지만 목적 없이 돌아다니는 것은 질색이었다. 상념에 사로잡힐 것이 뻔했다.

"송주리, 너 휴가 받았어도 할 일 없지? 내가 시간 때우기 아주 좋은 일거리를 주지."

휴가를 받아 홀가분하게 퇴근을 하려는 주리를 붙잡고 이정우 편집장은 어이없는 말을 해댔다. 집구석에서 잠만 자지 말고 요즘 핫하게 떠오르는 데이트 코스인 연남동을 취재하라는 거였다. 그

때는 어이없다며 콧방귀를 뀌었는데 이렇게 이 편을 고마워하게 될 줄이야.

주리는 과한 눈 화장을 조금 연하게 수정하고 하얀 티셔츠에 스키니 청바지를 입고 취재도구가 든 크로스백을 어깨에 비스듬히 멨다. 똥머리로 묶었던 헤어밴드를 풀어내 스프레이 에센스를 뿌려 대충 스타일링했다. 자연스런 웨이브가 살아난 풍성한 머리가 그런대로 괜찮았다.

아래층으로 내려간 주리는 소파 테이블 위에 있는 소형 노트북을 크로스백에 마저 챙겨 넣고 현관으로 향했다. 태연하게 행동해야지 했는데 주리의 시선이 집 안을 재빨리 훑었다. 순진이 보이지 않았다. 가슴으로 번지는 이 아쉬움은 대체 뭘까.

주리는 고개를 흔들며 가방에서 휴대폰을 꺼내 들었다. 오래 돌아다닐 것을 각오한 그녀는 폭신한 슬립온을 신으며 편집장에게 전화를 걸었다. 몇 번 신호가 울리는 사이 마당으로 나온 주리는 순진을 발견했다. 그는 긴 호스 줄의 엉킨 부분을 풀어내고 있었다.

인기척을 느낀 순진이 고개를 돌렸다. 두 사람의 시선이 부딪쳤다. 순간 주리는 명치끝이 타는 것 같이 아렸다. 하지만 순진은 마치 아무 일도 없었던 사람처럼 태연하게 그녀를 응시했다. 시선을 피한 주리는 기분이 몹시 나빠졌다. 어떻게 저렇게 아무렇지도 않은 표정으로 볼 수 있는가. 이놈의 이 편은 왜 전화를 안 받는 거야.

엉뚱한 곳으로 불만의 화살이 튕겨져 나갔다.

"어디 가는 거야?"

흥미로운 시선으로 그가 묻자 가슴으로 묘한 만족감이 퍼졌다. 그에게 관심을 받고 싶었던 걸까. 하지만 그가 저렇게 물으면 남이사! 이런 반응이 자연스러운 거였다.

그래 자연스럽게 행동하는 거야.

그를 무시하듯 시선을 피하며 계단을 밟아 마당으로 내려섰다. 그 사이 편집장이 전화를 받았다.

[왜?]

"가인석 씨 스케줄 좀 빼주세요."

[윤주영 씨와 작업 중인데. 왜?]

"데이트 좀 하게요."

[풉, 진짜 휴가 반납하고 일하려고? 됐어. 어차피 내일모레 나오면 그때부터 해도 돼. 인터넷으로 사전 조사나 좀 해보라고 한 거야. 푹 쉬어.]

바쁜지 편집장은 본인 할 말만 하고 전화를 끊었다. 뭐, 포토그래퍼가 없어도 사전 조사 차원에서 가는 것도 나쁘지 않았다. 이대로 집 안으로 들어가기 싫었던 주리가 대문의 문고리에 손을 얹은 순간이었다.

"앗! 차가워."

등으로 쏟아지는 차가운 느낌에 소스라치게 놀란 주리는 뒤돌아서며 뒷걸음질 쳤다. 하지만 대문에 가로막힌 주리는 물러날 곳이 없었다. 순진이 호스를 그녀 쪽으로 겨냥해 물줄기를 쏘아대고 있었다. 그의 표정에 장난기라고는 하나도 없었다. 그녀에게로 쏟아지는 물줄기의 차가움보다 그의 시선이 훨씬 차갑게 느껴졌다.

"대체 뭐 하는 거야! 그만두지 못해!"

주리는 손바닥을 모아 물줄기를 막아내려 했지만 어느새 커다란 포물선을 그린 물줄기가 머리에서부터 폭포처럼 쏟아져 내렸다.

"야! 안순진!"

피할 새도 없이 순식간에 쫄딱 젖은 주리는 순진에게로 달려들었다.

"푸하하하."

그러자 시원스럽게 웃어젖히며 순진이 도망갔다. 순진이 도망가면서도 정확하게 주리의 얼굴을 향해 물을 쏘아대서 주리는 그를 쉽사리 잡을 수가 없었다. 주리가 소리를 지르고 쫓아가고, 순진은 물을 쏘아대며 도망가고 마당은 아수라장으로 변했다. 그 소리에 놀란 순정이 겅중겅중 뛰며 컹컹 짖어댔지만 두 사람의 대치 상황을 계속 이어졌다.

순정이 마침내 지하실 문고리에 매어놓았던 매듭을 풀고 그들에게로 뛰어들었다. 사색이 된 주리가 소리를 지르며 순정을 피해 도망가자 순진은 호스를 던지고 순정의 목을 재빨리 끌어안았다. 그리고 질질 끌고 가다시피 해 순정을 지하실 안으로 들여보냈다.

"앗!"

순진이 지하실 문을 닫자마자 차가운 물줄기가 그의 등으로 쏟아졌다. 순진은 화들짝 놀라 비명 소리를 냈다. 뒤를 돌아다보니 주리가 조금 전 순진이 했던 대로 물을 쏘아대고 있었다.

호스를 잡고 물을 쏘아대는 주리의 표정이 환해져 있었다. 제대로 복수를 하고 있는 것이 무척이나 고소한 모양이었다. 물대포를 맞으며 수도 없이 손으로 얼굴을 문지르더니 화장이 잔뜩 번져 주리의 눈가는 팬더가 되어 있었지만 순진은 그런 주리가 너무 예쁘고 귀여워 깨물어주고 싶은 지경이었다.

"가만 안 둬!"

순진은 주리의 만족감을 배가시켜 주려 일부러 얼굴을 잔뜩 구기며 주리를 잡으러 뛰어갔다. 맘만 먹으면 쉽게 그녀를 잡을 수도 있었지만 그는 물줄기를 피하는 척 고개를 돌리기도 하고, 물대포에 정신이 없는 척 걸음을 멈추기도 하며 인상을 구겨주었다.

그럴수록 주리가 목청껏 까르르 웃어젖혔고 순진은 그게 신나 한동안 그녀를 웃게 만들어주었다.

사정을 두지 않고 순진에게 물대포를 쏘아대던 주리는 어느 순간 걸음을 멈췄다. 아까는 몰랐는데 그를 잡으려고 하다가 그의 티셔츠 자락을 잡아챘을 때 티셔츠가 찢어진 모양이었다.

벌어진 티셔츠 자락 사이로 드러난 그의 복근에 주리의 시선도 멎었다. 여러 개의 구역으로 탄탄하게 갈라져 있는 순진의 복근은 그녀의 입가에서 웃음이 사라지게 만들었다.

점점 물줄기가 바닥으로 곤두박질쳤다. 순진이 손바닥으로 얼굴에서 물기를 밀어내고 시선을 맞춰왔다. 그의 시선이 점점 아래로 내려왔다. 그의 눈길이 뜨겁다고 느껴진 순간 주리도 그의 시선을 따라 고개를 숙여 자신을 살폈다.

맙소사. 차라리 비키니 수영복을 입은 게 훨씬 덜 야해 보일지도 모르겠다. 얇고 하얀 티셔츠와 바지는 물에 젖어 주리의 몸매를 고스란히 드러내 보이고 있었다. 마치 순진 앞에 벌거벗은 채로 서 있는 것 같았다. 주리는 부끄러움에 얼른 양손을 가슴으로 모아 몸을 가렸다. 그리고는 후다닥 소리를 내며 집 안으로 뛰어들었다.

그런 주리를 순진의 시선이 끝까지 따라붙었다. 주리가 시야에서 사라지자 순진은 한숨을 내쉬었다. 주리가 깊게 파인 티셔츠를 입었던 날, 드러난 가슴골을 보긴 했지만 저렇게까지 섹시한 몸매를 가졌는지 몰랐다. 아까 밀착되었던 가슴이 몰캉한 자극을 주었을 때조차 그렇게 동그랗고 예쁜 가슴을 가졌는지 몰랐다.

온몸의 혈액이 아래로 쏠리는 게 느껴지자 순진은 미간을 찌푸렸다. 쉽사리 진정될 것 같지 않자 순진은 물줄기를 토해내는 호스를 집어 들어 스스로에게 뿌려댔다. 조금씩 진정되는 몸 상태를 느낀 순진은 피식 웃음이 났다.

순전히 질투 때문에 주리에게 물줄기를 쏘아대다니.

순진은 키스까지 하고 다른 놈이랑 데이트를 하러 가는 주리를 보자 견딜 수 없이 화가 났다. 상대가 가인석이란 걸 알고 나니 더 성질이 났다. 가인석은 인터뷰 때 주리와 함께 왔던 포토그래퍼가 틀림없었다.

순진이 그의 이름을 기억하는 건 동물적인 본능 때문이었다. 남성적인 매력으로 무장하고 있는 가인석이 경쟁 상대로 느껴지는 건 어쩌면 당연한 거였다.

당장 주리를 못 나가게 하는 방법은 그녀를 젖게 만드는 수밖에 없었다. 한바탕 주리와 물장난을 하는 동안 잊고 있던 질투심을 기억해 낸 순진은 미간을 찌푸리고 마당을 정리하기 시작했다.

"노트북!"

그사이 옷을 갈아입고 내려온 주리가 거실 창으로 상체를 내밀어 소리를 질렀다. 순진은 성큼성큼 걸어가 대문 옆에 널브러져 있는 가방을 거꾸로 들어 올렸다. 커다란 크로스백에서 물이 뚝뚝 떨어지고 있으나 지퍼가 단단히 채워져 있어 안쪽까지 물이 스며들지 않은 것 같았다.

순진은 거실 창을 통해 주리에게 가방과 휴대폰을 건넸다. 주리가 쌜쭉한 시선으로 순진을 노려보자 그는 인상을 구기며 찢어진 티셔츠 자락을 흔들어댔다. 그러자 주리가 살짝 얼굴을 붉히며 시선을 돌렸다.

"이게 노트북 가격만큼 하는 거거든. 그러니까 피장파장이야."

"쳇, 그게 무슨 디자이너 작품이기라도 해?"

순진은 티셔츠를 훌러덩 벗어 거실 안쪽으로 던졌다.

"확인해 봐. 속고만 살았나."

주리는 입술을 비틀며 얼른 그가 던진 티셔츠의 라벨을 살폈다. 그런 주리의 입이 쩍 벌어졌다. 요즘 핫하게 이름을 날리고 있는 패션디자이너 레너드 박의 작품이었다.

"백수 주제에 이런 옷이 가당키나 해."

"그 자식 내 친구야. 얼마 전 모델 한 번 서주고 공짜로 얻은 거고."

"공짜니까 뭐 상관없잖아."

"계산을 왜 그렇게 해? 시가로 따져야지. 서너 번 입었으니까 중고로 따져야겠군. 중고시장에 내놓아도 네 노트북 가격보다 더 비싸."

"흥."

주리는 콧방귀를 뀌며 평소 습관처럼 그를 위아래로 훑었다. 그러던 주리의 눈동자가 재빨리 둥글게 굴러가 하늘로 향했다. 떡 벌어진 어깨와 목 주변의 승모근, 여덟 개의 방으로 나뉜 복근까지 순진의 몸은 어느 것 하나 완벽하지 않은 건 없었다.

"국민들 세금으로 월급 받는 주제에 일은 안 하고 몸만 만들었어. 몸만."

볼멘소리를 지껄이면서도 그녀의 볼이 점점 상기되는 것을 본 순진은 거실 창문턱을 잡고 몸을 위로 띄웠다.

"송주리."

조금 전보다 턱없이 가까운 곳에서 자신의 이름을 부르는 순진의 목소리에 주리는 시선을 아래로 내렸다. 순진의 얼굴이 거실 창문턱을 가볍게 넘어와 있는 것을 보고 놀란 주리는 한 걸음 물러섰다.

"난 평소 이런 식으로 운동했어. 헬스클럽 갈 시간이 어디 있었겠어. 국민 세금으로 월급 받는 주제에."

그렇게 말한 순진은 거뜬하게 거실 창문턱을 철봉 삼아 가볍게 턱걸이를 하기 시작했다. 순진의 얼굴은 표정 하나 흐트러지지 않았다. 주리는 눈을 크게 뜨고 입을 벌린 채 서 그런 그를 내려다보았다.

"사과해."

"뭘?"

"내가 혈세 축냈다고 한 거."

"네가 먼저 해."

"뭘?"

한 번씩 그의 얼굴이 밑으로 내려갔다가 올 때마다 대화가 이어졌다.

"……."

"네게 키스한 거?"

주리가 대답이 없자 순진이 확인하듯 이죽이었다.

"……."

"난 네가 좋아. 송주리."

턱걸이를 하던 순진이 창문턱에 오래 매달려 주리를 올려다보았다. 얼마나 강인한 것인지 느껴질 정도로 그의 몸은 미동도 없이 매달려 있었다. 마치 바닥에 발이 닿아 있는 것 같은 편안한 표정이다.

"네가 좋다고. 그래서 키스했어."

그의 고백에 몽글몽글 가슴으로 피어오르는 감정 때문에 주리는 아무 대꾸도 하지 못한 채 입술을 깨물었다.

"깨물지 마. 그 입술 앞으로 내 거니까."

"이게 왜 네 거야! 내 입술이 왜 네 거야?"

주리가 화를 내자 순진이 씩 미소를 지었다. 아무리 화를 내도 그에게는 통할 것 같지 않았다. 그를 노려보던 주리는 사악한 미소를 지으며 그에게 다가갔다. 그리고는 창문턱에서 순진의 손가락을 하나씩 풀어냈다.

안간힘을 쓰는 주리를 여유로운 표정으로 지켜보던 순진은 얼른 몸을 더 높이 띄워 주리의 입술에 제 입술을 맞추고는 마당으로 뛰어내렸다. 거실 바닥에 주저앉은 것인지 주리가 보이지 않았지만 분명 입술을 손바닥으로 박박 문지르고 있을 터였다. 그의 입가에 빙긋 미소가 피어올랐다.

어우, 귀여워 죽겠네.

그날 저녁 식사 시간에 맞춰 주리는 차 키를 흔들며 아래층으로 내려왔다. 도무지 물리적인 거리를 염두에 두지 않을 수 없었다. 그동안 누군가와 연애 비슷한 것이 시작되었을 때도 그들이 쉽게 자신을 놓아준 것은 자주 얼굴을 볼 수 없었기 때문이다.

주리는 그녀를 따라다니던 남자들에게 연락이 와도 받지 않았다. 그들이 찾아와도 무심하게 굴며 본척만척 반응을 보이지 않았다. 그들은 찾아오는 횟수를 점점 줄여 나가다가 결국 멀어졌다. 순진에게도 처음부터 그랬어야 했다.

안순진과 한집서 지내는 건 그를 밀어내기 힘든 조건이 되는 셈이었다. 아버지까지 집에 없으니 말 다 했다. 시도 때도 없이 달려들어 키스를 해대면 어쩌나 벌써부터 걱정이 앞섰다. 물론 거기에 동조할 마음은 추호도 없었다. 아니, 추호도 없어야 한다. 하지만 다짐만 한다고 해결되는 문제가 아니었다.

솔직히 말하면 그의 키스가 좋았다. 게다가 그가 이런 식으로 기습적으로 키스를 해오면 어느 순간 열렬히 반응하고 있을는지도 모른다. 주리는 스스로를 통제할 수도 믿을 수도 없기 때문에 그와 함께 있는 시간을 최소화하기로 했다.

그럼에도 불구하고 주리는 식탁 위에 준비된 카레를 보았을 때 혹시나 매운 음식이 준비되어 있지 않을까 하는 기대감이 무너져 입술을 비죽였다. 기분이 상해 있을 자신을 순진이 배려해 주지 않을까 하는 일종의 기대감이 있었다.

순진의 요리를 별다른 감흥 없이 무표정한 얼굴로 대하기는 처음인 듯하다. 주리는 식탁에 자리를 잡고 앉아 숟가락으로 카레를 슥슥 비벼 입으로 가져갔다. 카레를 맛본 순간 주리는 놀라지 않을 수 없었다. 부드러운 치즈 맛이 물러간 자리에 혀를 자극하는 매운 맛이 밀려들었다.

주리는 그로부터 무언가 배려받은 기분이 느껴졌다. 이럴 때의 그가 정말 마음에 들었다. 나란히 앉은 순진의 옆모습을 쳐다보니 무표정하게 카레를 먹고 있었다. 종잡을 수 없고 예측할 수 없는 남자다. 어제 매운 음식을 해주었을 때와는 또 다른 방식으로 마음을 표현하는 그가 좋았다. 주리의 얼굴이 금세 환한 빛으로 물들어갔다.

"그건 왜?"

행복한 표정으로 카레를 먹으면서도 주리는 연신 손가락에 끼운 열쇠를 빙빙 돌렸다. 이율배반적인 마음이지만 주리도 어쩔 수 없었다. 그녀는 충분히 생각할 시간이 필요했다.

"설거지는 내가 할 테니까 다 먹으면 집에 가."

주리는 손가락으로 돌리고 있던 차 키를 순진 앞에 툭 던졌다.

순진의 미간이 좀 더 구겨졌다.

"내일까지 내 휴가니까 너도 휴가 받았다 생각하고 내일은 오지 마."

"싫은데."

"뭐야?"

"싫다고."

"여긴 내 집이야."

순진이 부당하다는 표정으로 주리를 바라보자 주리는 뾰족한 눈으로 그를 응시했다.

"내가 여기 있어도 좋다고 한 건 너야. 구두로 계약한 거 잊은 거야?"

"그런 적 없어."

"발뺌을 하겠다는 거군."

가벼운 웃음소리를 낸 순진이 휴대폰 음성파일을 열어 재생시켰다. 주리가 집에 있는 대신 삼시 세끼 설거지 청소를 맡으면 허락하겠다는 것이 녹음되어 있었다. 어이가 없어진 주리가 콧등에 잔뜩 주름을 만들었다.

"난 구두 계약을 맺을 땐 반드시 녹음을 하지."

"내가 동의하지 않았잖아. 그러니까 효력 없어."

"제3자가 녹음한 게 아니면 당사자 간의 녹음은 법적인 효력이 있어."

"유치한 발상이야. 그까짓 게 뭐라고 녹음씩이나 해."

"원래 사랑하면 유치해지는 거라며?"

"겨우 이틀이야. 겨우 이틀 함께 있었다고 사랑 타령하는 건 너무 가볍다는 생각 안 들어?"

순진의 물음이 좀 이상했다. 그에게 사랑하면 유치해진다는 말을 한 적도 없거니와 그가 제게 느끼는 감정이 사랑이라고 말하는 것이 우스웠다.

"사랑이란 게 1초 만에도 느낄 수 있는 감정이라며."

"뭐?"

순진에게 그런 말을 한 적도 없었다. 주리는 그를 의아한 눈길로 쏘아보았다.

"네가 그렇게 썼잖아. 한순간에도 상대에게 빠져들 수 있는 감정이 바로 사랑이다. 지난해 네가 썼던 칼럼. 기억 안 나?"

"그걸 어떻게……."

"네게 관심 있다고 했잖아."

그저 그가 말로만 가볍게 떠벌리는 소리라고 여겼다. 장난을 치다 보니 즐겁고 재미있어서 툭 건드려 보는 것으로. 그런데 그는 지난해 사랑이란 것에 대해 쓴 자신의 칼럼까지 읽어본 모양이었다. 그런 걸 보면 단순한 감정은 아니란 건가. 주리의 심장이 또다시 거친 반응을 일으켰다.

"하루는 8만 6천 4백 초, 이틀이면 17만 2천 8백 초. 전날 저녁부터 따지면 20만 배도 넘지. 사랑이란 감정을 느낄 순간은 충분하다고 보는데."

"난, 사랑 따위 관심 없어."

"거짓말."

"너 따위가 뭔데 뭘 안다고 거짓말이라고 하는 거야."

"내가 보기에 넌 욕구불만이야."

"뭐라고? 욕구불만! 내가 뭐 섹스라도 하고 싶다고 너한테 덤볐어! 어디다가 네 맘대로 날 가져다 붙여. 내가 보기엔 욕구불만인 사람은 너야."

"아, 실수. 내 말은 네가 애정 결핍 같다고."

"……."

주리는 눈을 크게 뜬 채 그를 노려보았다.

"아무 말 못하는 걸 보면 내가 정확하게 본 건가?"

주리는 그가 그렇게 묻는데도 정곡을 찔린 것처럼 목이 꽉 메어 아무런 대꾸를 할 수 없었다. 하지만 가만히 있으면 인정하는 꼴이 되어버린다. 아니라고 부정하고 싶었던 주리는 목을 주억거렸다.

"하도…… 어이…… 가 없어서 그러지."

겨우 그렇게 말한 주리는 목이 답답해 손바닥으로 감싸 지그시 눌렀다.

"내가 그 결핍 채워줄게."

"필요 없어. 나 애정 결핍 아니거든!"

"어쨌든 난 네가 좋고, 앞으로 네가 나한테 어떻게 하든 네가 좋을 거야. 그러니까 날 밀어내려고 애쓰지 마. 난 절대 너 안 놔."

언제부터 그가 저렇게 진지한 표정으로 말을 하고 있었던 걸까. 그의 눈길은 또 언제부터 뜨거워진 걸까. 전이가 되듯 심장에서 불길이 이는 것만 같았다. 당연한 반응처럼 주리의 볼이 상기됐다.

"난 아냐. 네가 좋든 말든 나랑은 상관없는 네 감정이야. 네 감정까지 내게 강요하지 마."

"강요 안 해. 날 좋아해 달라고 하는 게 아니잖아. 넌 그냥 그대로 있으면 돼. 아무것도 하지 마."

명령조의 말이 왜 이렇게 달콤한 유혹처럼 느껴지는 걸까. 주리는 저도 모르게 침을 꿀꺽 삼켰다. 그가 물컵을 주리 쪽으로 밀어준다. 여전히 그의 눈빛이 진지하다. 주리는 컵을 들어 올려 물을 벌컥벌컥 들이켰다. 그게 흔들리고 있음을 고스란히 보여주는 것이란 것도 알아채지 못할 만큼 주리는 몹시 이 상황이 당황스러웠다.

"약속하지. 네가 원하기 전에는 절대 먼저 키스도 안 할게."

"잠깐!"

주리는 휴대폰을 꺼내 음성 녹음을 했다.

"유치하다며."

"이건 어디까지나 보호 차원이야. 너처럼 불리할 때 써먹으려는 유치한 발상이 아니라고."

"좋아. 2016년 9월 3일 오후 20시 03분 을, 안순진은 갑, 송주리에게 이 시간 이후로 강제에 의한 성적 접촉을 하지 않을 것을 맹세한다."

"성적 접촉?"

주리가 인상을 잔뜩 찌푸리며 그가 말한 단어를 따라 했다. 키스를 굳이 성적 접촉으로 바꾸니 영 이상했다.

"보호 차원에서의 녹음이라며. 좀 더 법률적으로 접근하는 게 맞지. 이게 효력을 발휘할 때를 생각해 봐."

"효력을 발휘할 일이 없도록 해야지. 무슨 말이야!"

"난 이런 걸로 경찰서 드나들고 싶은 마음은 추호도 없으니까 안심해."

"이거 공증 받아야 하는 거 아냐?"

"구두계약도 법적 효력 있어."

"양치기 소년으로 돌변하는 건 아니겠지?"

주리가 미심쩍은 눈초리로 순진을 응시했다.

"내 나이가 몇인데 소년으로 돌변하겠어?"

"소년이 아니라 거짓말쟁이 양치기에 초점을 맞출 수는 없어?"

"난 원래 긍정적인 사람이라 좋게 해석했을 뿐이야."

"으으으!"

주리는 말상대를 해봐야 불리해질 게 뻔했기에 잔뜩 얼굴을 찌푸리고 다시 카레를 먹기 시작했다.

"나한테 말로 이겨먹을 생각은 아예 접으라고."

"밥맛없어."

주리가 그렇게 말하자 순진이 주리의 카레 접시를 집어 들었다. 싱글거리는 표정으로 말하는 순진이 재수 없어져 주리는 그렇게 말한 거였는데 접시를 빼앗기자 치사한 기분이 들어 입술을 비죽거렸다.

"맛없다며."

"자기가 만들었다고 치사하게 그러기야?"

"내가 너야? 뜨거운 카레 부어줄 테니 기다렸다가 먹어."

"그냥 먹어도 맛있어."

"맛없다며."

입매를 늘어뜨린 순진이 눈을 흘겨왔다.

"후후후."

주리는 오늘 처음으로 편안하게 웃었다. 어쩐지 방금 전 그와 대화를 나눈 뒤로 마음이 편해졌다. 그냥 가만히 있기만 하면 된다는 그의 말에 설득이라도 당한 것 같다. 아니, 그보다 그가 진지하게 하는 말에는 설득당하고 싶어지는 걸지도. 어찌 될까 동동거리지도 말고, 아무 생각도 하지 말고, 느껴지는 대로, 되어지는 대로 그렇게 가보고 싶다.

낑낑.

"깼나 보다."

강아지들의 울음소리에 주리는 자리에서 일어났다.

"먼저 먹어."

주리가 우유병에 우유를 타자 순진은 고개를 끄덕였다. 주리가 기꺼운 마음으로 편하게 행동하는 것이 느껴졌기에 순진은 그녀가 하는 대로 놓아두었다. 무엇이 주리의 마음을 움직인 것인지 알 수는 없지만 그녀의 이런 변화가 좋았다. 조만간 주리의 마음을 열 열쇠를 손에 쥘 날이 올 것 같은 예감이 그를 설레게 했다.

순진이 설거지까지 마치고 나니 9시가 조금 넘어 있었다. 저녁 식사를 마친 주리는 거실 소파에 앉아 노트북을 들여다보고 있었다. 확실히 주리에게서 변화가 감지됐다. 아까 편안한 표정으로 웃은 후로는 느긋하게 저녁 시간을 즐기는 것처럼 보였다.

"훗."

순진은 피식 웃었다. 어쩐지 편안해진 주리가 좋으면서도 한편으로는 그에게 너무 긴장감 없이 대하면 어쩌나 걱정됐다. 그는 누군가를 좋아하는 감정이란 게 이토록 갈피를 잡을 수 없는 감정인 줄 미처 몰랐다. 그래서 웃음이 난 것이다.

연애를 해볼 만큼 해보았다고 생각했는데 그런 것도 아닌 모양이었다. 주리는 그동안 만나왔던 여자들과는 많이 달랐다. 뭐랄까 주리는 가만히 있어도 손쉽게 얻을 수 있는 타입의 여자는 아니었다.

끊임없이 관찰을 해야 하고 공을 들여야 하는 타입이다. 그런 타입은 피곤하다 여겨왔는데 유독 주리만큼은 왜 이렇게 가슴을 설레게 하고 자신을 끌어당기는지 모르겠다. 주리가 원하기만 한다면 기꺼이 무릎을 꿇고 그녀의 발등에 키스라도 할 것이다.

"하아."

순진은 어깨를 으쓱했다. 그의 눈길이 저절로 주리의 입술에 닿았기 때문이었다. 아무래도 그런 약속은 하는 게 아니었나 보다. 후회가 밀려왔다. 순진은 고개를 가로저으며 냉동실에서 죠스바를 꺼냈다.

약속을 했으니 주리에게 키스도 맘대로 못 할 바에야 하드라도 빨아야겠다는 생각에서였다. 소파에 털썩 주저앉으며 그는 하드의 포장지를 벗겨냈다. 그 소리에 주리가 고개를 들어 그를 쳐다보았다.

"내 건?"

"하나밖에 없는데."

"하나밖에 없는데 치사하게 혼자 먹으려고?"

"같이 먹을 까? 너 한 입. 나 한 입?"

"웃겨. 우리가 뭐 그렇게 친한 사이라고 나눠 먹어? 더럽게. 이리 내."

주리가 거침없이 손을 내밀었다. 순진이 씩 웃으며 도리질을 하는 사이 주리가 그의 손에서 하드를 빼앗아 한 입 베어 물었다.

"내 돈 주고 내가 산 거야. 이리 내."

주리는 마치 초딩처럼 말하는 순진에게 대적하듯 혀를 길게 빼 하드에 침을 발랐다. 그 모습에 순진은 큭큭 웃으며 응큼한 표정으로 주리에게 다가갔다.

"징그럽게 그 표정은 뭐야."

열심히 하드를 깨물어 먹으며 주리가 소파에 깊숙이 몸을 묻었다. 아무래도 일어서야 그를 피해 도망갈 수 있을 것 같았다. 주리는 옆으로 스윽 몸을 이동시켰지만 그가 더 가까이 다가와 주리는 이러지도 저러지도 못한 채 비스듬히 소파에 누운 형상이 됐다.

"너, 나한테 구두 약속 한 거 잊은 건 아니지."

순진의 위험하게 번득이는 눈빛에 주리는 눈을 동그랗게 뜨고 경고를 했다.

"그럴 리가 있나."

"저리 가."

주리는 한 손으로 순진의 가슴을 손바닥으로 세차게 밀쳤다. 하지만 순진은 꿈쩍도 하지 않았다.

"약속 지켜. 안 그러면 네 혀를 꽉 깨물어줄 테야."

"그러시든가."

주리는 그를 노려보면서 하드를 잔뜩 와둑와둑 깨물어 입안에 넣고 씹어 먹었다.

"그거 내 거라고 했을 텐데."

"흥, 다 먹었거든."

주리는 마지막 한 입까지 입안에 넣고 스틱에 묻은 잔재까지 혀로 쓱 핥아 먹었다. 그리고는 고소해 죽겠다는 표정을 지었다.

"나도 먹는 방법이 있지."

순진의 손이 주리의 뒷목으로 순식간에 파고들었다. 설마 하고 있던 주리가 놀라 입을 벌리는 사이 그의 혀가 그녀의 입속으로 쏙 들어갔다. 그리고는 그녀의 혀를 휘감아 달콤한 하드를 먹듯 쭉 빨았다.

주리는 머리를 뒤로 빼며 그의 가슴에 양 손바닥을 붙여 그를 밀어내려 했지만 그는 요지부동이었다. 혀를 깨물어주겠다고 엄포를 놓았던 것도 주리가 잊어버릴 정도로 그의 말캉한 혀가 부드럽게 그녀의 입안을 유영해 다녔다.

그를 밀어내던 주리의 손길이 어느새 그의 셔츠를 움켜쥐고 끌어당겼다. 이성을 순식간에 밀어낸 뇌 속에 그의 키스가 만들어주는 감각으로 가득 차올랐던 것이다. 그녀의 혀를 부드럽게 핥았다가, 휘감았다가, 쭉 빨아들이기를 반복하는 그 때문에 주리의 온몸이 나른해져 갔다.

무슨 여자가 놀라면 입부터 벌리는 것인지. 그 덕분에 순진은 어렵지 않게 주리의 입속으로 혀를 넣을 수 있었다. 그녀의 입속은 달콤한 향과 맛으로 가득했고 얼음장처럼 차가웠다. 그게 또 얼마나 자극적인지 순진은 정신을 놓고 말았다. 발버둥 치던 주리가 잠잠해지자 그는 천천히 주리의 혀를 맛보기 시작했다.

점점 주리의 혀가 뜨겁게 달궈졌다. 이리저리 피해 다니던 그녀의 혀가 대담하게 그의 혀를 쫓아다니자 그는 점점 흥분됐다. 비스듬히 누워 있던 주리의 몸이 완전히 소파에 누운 상태가 되고 나서부터 순진은 더 이상 참을 수 없는 충동에 사로잡혔다.

순진의 손이 주리의 티셔츠 자락 속으로 들어가 성급하게 주리의 가슴을 움켜쥐었다. 키스에 몰입하고 있던 주리가 놀라 손바닥으로 그를 밀어내기 시작했다. 순진은 주리의 뒷목에 얹어져만 있던 손에 힘을 가해 그녀가 달아나지 못하게 제압했다.

순진은 주리에게 폭풍 같은 키스를 퍼붓는 동시에 주리의 브래지어 속으로 손을 밀어 넣었다. 말캉하게 잡혀오는 그녀의 부드러운 살결의 촉감과 한 손 가득 차고 넘치는 가슴의 크기 때문에 온몸이 쫄깃하게 압축되는 기분이 들었다.

그녀의 가슴을 터트려 버릴 것 같은 기세로 움켜쥐고 주무르던 순진은 그녀의 가슴이 너무 욕심났다. 혀로 맛보고 싶은 충동을 이기지 못한 순진은 주리의 티셔츠 자락과 브래지어를 한꺼번에 들치고 그녀의 가슴을 크게 한입 베어 물었다.

"하아웃."

주리는 그의 입술 속으로 삼켜진 살을 통해 전해지는 야릇한 느낌에 신음 소리를 낼 수밖에 없었다. 자꾸만 허리도 제멋대로 들썩였다. 몸이 사시나무 떨듯 했다. 이런 상황이 몹시 두려운 반면 그동안 알지 못했던 쾌락에 발을 디딘 게 너무나 흥분됐다. 생경한 쾌락이 황홀하다 느껴지는 스스로가 너무나 낯설었다.

주리의 정점을 그의 입술이 베어 물었다가 혀로 핥고 그러다 질끈 깨무는 느낌이 고스란히 주리에게 전달됐다. 그녀의 뇌는 입에게 신음 소리를 내라 명령했고, 허리에게는 뒤채라고 명령했으며, 다리에게는 그를 휘감으라 명령했다. 그녀의 몸은 뇌의 명령을 충실하게 따랐고 그런 스스로의 움직임에 주리는 몹시 당황했다.

"주리야, 널 갖고 싶어 미치겠어."

그녀의 가슴골에 얼굴을 묻은 채 내뱉는 잔뜩 쉬어버린 그의 목소리가 그의 참을 수 없는 욕망을 드러내고 있었다. 순간 두려움이 물밀듯 밀려왔다.

"제발."

그렇게 말하는 주리의 떨리는 음성에 순진이 고개를 들어 주리를 응시했다.

"여기서 멈춰달라는 거야?"

주리가 턱을 덜덜 떨며 고개를 끄덕였다. 순진은 주리의 요구가 너무 터무니없어 미간을 찌푸렸다.

"조금만 시간을 줘. 이건 너무 빨라."

다급하게 속삭이는 주리의 말에 순진은 몸을 일으키고 주리의 속옷과 티셔츠를 내려주었다. 옷 속으로 사라지는 붉게 충혈된 정점과 하얀 속살들을 순진의 눈길이 아쉽게 더듬었다. 그사이 뒤늦게 밀려오는 부끄러움에 주리는 눈을 감았다. 그런 주리의 얼굴에 가까이 다가간 순진이 마무리를 하듯 주리의 이마와 볼 입술에 가볍게 입술을 눌렀다.

"오래 기다리게 하지 마."

덜컹.

대문이 열리는 소리에 두 사람은 화들짝 놀랐다. 곧 순정이 짖
는 소리가 들려왔다. 순진은 일어나 마당을 살폈고 주리는 소파에
서 몸을 일으켰다.

"송 변호사님."

순진은 태연하게 마당을 가로질러 걸어오고 있는 송 변호사와
눈을 맞췄다. 주리는 어쩔 줄 몰라 하다가 얼른 바닥으로 내려가
현관을 등지고 앉아 잠들어 있는 쭈를 품에 안았다.

"수고가 많았지?"

송 변호사가 현관을 열고 들어서며 순진에게 인사를 건네자 순
진이 고개를 살짝 숙여 인사를 했다.

"주리 너는 아직도 삐친 게야?"

주리가 등을 돌린 채 알은 척도 않자 송 변호사는 미소를 머금
고 주리에게 다가갔다.

"어휴, 그사이 식구가 늘었구나."

주리가 강아지를 안고 있는 낯선 풍경에 송 변호사의 눈이 휘둥
그레졌다. 며칠 집을 비운 사이 대체 무슨 일이 있었기에 이렇게
주리가 변한 걸까.

"주리가 순정이 출산을 도왔어요."

"대단하구나. 평생 강아지 근처에는 얼씬도 하지 않을 줄 알았
는데."

"내가 얼마나 무서웠는지 아세요?"

주리가 준태에게 눈을 흘기고는 말을 이었다.

"내일 오신다더니…… 어떻게."

"네가 하도 볼멘소리를 해서 빨리 처리하고 왔지. 근데 너 대체 뭘 먹은 거냐?"

송 변호사가 주리의 입가가 까맣게 물들어 있는 것을 보고 그렇게 물었다. 그러던 그의 미간이 좁아들었다. 가만히 살펴보니 주리의 입술도 부르터 있었다. 주리가 재빨리 강아지를 들어 올려 뽀뽀하는 척하며 입술을 가렸다. 그게 이상해 송 변호사는 고개를 들어 순진을 보았다. 순진의 입술과 그 주변도 검게 물들어 있었다.

"저기, 하드 먹었습니다."

순진이 소파 테이블에 놓여 있던 하드 껍질과 소파 아래 떨어져 있는 막대기를 들어 올렸다. 송 변호사는 슬쩍 미소를 짓고는 모르는 척 방으로 들어갔다. 주리의 태도가 몹시 부자연스러웠다. 게다가 주리가 하나뿐인 하드를 순진과 사이좋게 나눠 먹었을 리 없었다.

"녀석, 이번엔 좀 결혼도 하면 좋겠는데."

순진을 못마땅하게 여기던 주리를 생각하면 제가 며칠 집을 비운 사이 두 사람에게 좋은 감정이 싹튼 것이 틀림없어 보이는 분위기였다. 기대감에 찬 송 변호사는 혼잣말을 중얼거리며 미소를 지었다.

아버지가 오신 건 다행이다. 하지만 왜 하필 그 순간에 들이닥치신 거냐고!

준태가 안방으로 들어가자마자 순진과 단둘이 거실에 있는 게 너무 어색해서 주리는 쏜살같이 2층으로 올라와 버렸다. 순진과의 키스로 심장이 터질 지경인데 그 순간 아버지가 들이닥치자 주리는 스릴감까지 맛보아야 했다. 게다가 준태가 무엇을 먹은 거냐고 물으며 의아한 눈으로 입술을 살폈을 때는 거의 숨이 멎는 줄 알았다.

침대에 바로 누운 주리는 여전히 떨리고 있는 왼쪽 가슴 아래를 지그시 누르며 크게 심호흡을 했다. 하지만 쉽사리 안정될 것 같지 않았다. 대체 어쩌자고 순진의 페이스에 말려든 것인가. 경고했던 대로 그의 혀가 입안으로 들어온 순간 아무 생각 하지 말고 깨물어 버렸어야 했다.

"후우우우."

순진과의 키스가 사정없이 머릿속으로 리플레이되자 주리는 숨을 길게 내쉬며 몸을 데구루루 구르기도 해보고, 고개도 절레절레 흔들어보았다. 하지만 아무 소용이 없었다. 마치 순진의 혀가 제 입안을 돌아다니기라도 하는 것처럼 온몸이 간질간질거렸다.

순진이 키스를 해왔을 때 왜 그를 밀어내지 못했던가. 도통 스스로의 행동에 타당한 이유를 댈 수 없었다. 본능에 이끌렸던 거라고 자위를 해보았지만 그것은 충분히 납득되는 이유가 아니었다. 지금까지 이런 수순들 즉, 누군가를 만나고 그 누군가가 좋아지다가 감정이 발전되어 사랑에 이르는 것을 경계해 왔던 자신이 아니던가.

사랑이란 순간의 감정이다. 설렘에 눈이 멀어 이성이 마비되는 병이다. 행복해지고 싶어 진실을 바로 보지 못하는 오류에 빠지게 만든다. 사람들은 한때 느꼈던 사랑 때문에 돌이킬 수 없는 상처를 안고 살아가기도 한다. 그러므로 사랑에 빠지는 것은 위험한 놀이를 하는 것과 다름없다.

이것이 주리가 내린 사랑의 정의였다. 쉼터에는 가정 폭력을 겪다가 겨우 몸만 빠져나오다시피 해 이혼을 준비하는 삼사십대의 여성들이 많았다. 그들은 주리에게 이구동성으로 말했다.

사랑은 올가미이며 착각이라고. 그들도 한때 사랑했고 행복을 꿈꾸며 가정을 이뤘다. 가정 폭력에 시달리면서도 남편을 사랑했기에 나아질 거란, 달라질 거란 희망을 버리지 않고 견뎠다. 하지만 그들에게 남은 건 상처를 극복할 힘조차 없는 무기력뿐이었다.

어린 시절부터 그들을 지켜본 주리는 사랑에 대해 부정적 감정을 가질 수밖에 없었다. 무책임한 감정에 휘둘리고 싶지 않았다. 온전히 혼자 행복할 수 있다고 믿었다. 설레는 감정에 빠져 스스로의 인생을 망치지 않겠다고 다짐하고 또 다짐했었다.

"송주리, 정신 차려! 순간의 감정에 휘말려 네 인생을 망치지 마!"

주리는 스스로에게 따끔한 말을 던졌다. 잠깐은 정신이 번쩍 나는 것 같았다. 하지만 곧 이불 속으로 기어들어 간 그녀는 몸을 새우처럼 말았다. 목도 따끔거리고 온몸이 두드려 맞은 듯 정신없이 아팠다.

7

　"주리야, 아침 준비 다 됐다."

　아래층에서 아버지가 부르는 소리에 주리는 몸을 일으키려다 도로 누워버렸다. 숨을 쉴 때마다 뜨거운 콧김이 나왔다. 머리도 아프고 몸도 으슬으슬 추웠다. 어젯밤부터 컨디션이 좋지 않더니 몸살이 나려고 그랬나 보다.

　일찍 잤어야 했는데…….

　다시금 몰려드는 상념에 머리가 깨질 것처럼 아팠다. 주리는 잔뜩 미간을 찌푸리며 이불을 목까지 끌어다 덮었다. 지금은 아무 생각도 하고 싶지 않았고 모든 게 귀찮을 뿐이었다.

　"주리야, 아침 먹자."

　준태가 문을 열고 들어와 그녀를 불렀다.

"자는 거니?"

미동도 없는 주리가 어쩐지 이상해 준태는 침대에 앉아 주리의 어깨를 조심스레 흔들었다.

"몸이 안 좋아요."

떨리는 음성으로 간신히 주리가 대답하자 준태는 얼른 딸의 이마를 짚어보았다.

"병원부터 가자."

준태가 이불을 젖히려 하자 주리가 이불을 꽉 붙잡았다.

"힘들어도 병원에 가야지."

"으음……. 추워."

주리가 앓는 소리를 내자 준태는 서둘러 이불장에서 도톰한 이불을 꺼내 주리에게 덮어주고 아래층으로 내려갔다. 해열제와 물을 챙기는 준태를 순진이 놀란 눈으로 바라보았다.

"주리가 몸살이 난 모양이야."

준태가 2층으로 향하는 것을 계단 입구에 서서 응시하는 순진의 표정이 걱정으로 가득했다. 맘 같아서는 준태를 따라 올라가 주리의 상태를 살피고 싶었지만 금단의 구역에 함부로 발을 디딜 수는 없어 애를 태웠다. 순진이 계단 입구에 서서 서성이길 한참만에 준태가 아래층으로 내려왔다.

"일단 해열제를 먹였으니 괜찮아질 게야."

준태가 식탁으로 향하자 순진은 마지못해 그의 옆에 자리를 잡고 앉았다. 하지만 주리가 걱정되어 자꾸만 그의 눈길이 2층 계단 쪽으로 돌아갔다.

"푹 땀내고 나면 열도 내릴 거야. 너무 걱정 말게. 녀석이 편도 가 약해서 감기에 걸리면 열부터 난다네."

순진은 고개를 끄덕였다. 아무래도 어제 그녀에게 물벼락을 퍼 부은 게 화근인 것 같았다. 순진은 도저히 밥이 넘어가지 않아 결 국 숟가락을 내려놓았다.

"괜찮대도. 식사하게."

준태가 순진에게 식사를 마저 할 것을 권했지만 순진은 그럴 수 가 없었다.

"어지간히도 걱정이 되는 모양이구만. 아버지인 나보다 자네가 더 주리를 좋아하는 거 같네."

"네?"

뭉클한 표정으로 순진을 응시하는 준태의 눈길에 순진은 이마 를 손끝으로 긁적였다.

"주리가 게살 죽을 아주 좋아하네."

준태의 말에 죽을상을 하고 있던 순진의 표정이 순식간에 살아 났다.

"선생님 저는 그럼 수산시장에 다녀오겠습니다."

"그러게."

순진이 서둘러 현관을 나서는 것을 바라보며 준태는 고개를 가 로저었다. 며칠 사이 순진이 단단히 주리에게 빠진 모양이었다.

수산시장에서 꽃게를 사온 순진이 거실로 들어섰을 때, 준태는 상담을 하고 있었다. 할머니 한 분은 계속 말을 이었고 할머니의 딸인 듯한 여자는 순진을 신경 쓰는 눈치였다. 순진은 가볍게 목례를 하고 주방으로 향했다.

"잠깐 실례하겠습니다."

준태가 손님들에게 양해를 구하고 순진에게 다가갔다.

"방해가 되는 거면 조금 있다가 할까요?"

상담을 방해할 정도로 큰 소음은 아니었으나 아무래도 상담에 방해가 되는 것이리라. 순진은 개수대 물을 잠그고 닦고 있던 게를 양푼에 담아 냉장고에 넣었다.

"그게 아니고. 손님들이 오시는 바람에 아직 주리를 병원에 데리고 가지 못했네. 자네가 좀 수고를 해주면 좋겠는데."

"제가요?"

"부탁 좀 하겠네."

준태에게서 차 키를 건네받은 순진은 망설임 없이 바로 2층으로 향했다. 주리가 걱정스러워 쭈뼛거리며 예의를 차릴 생각도 할 수 없었다. 순식간에 주리의 방 앞에 선 순진은 조심스럽게 노크했다. 여러 번 노크를 했는데도 아무런 인기척도 들리지 않자 순진은 문을 열고 주리의 방으로 들어갔다.

훅 끼치는 향기에 순간 순진의 눈이 조금 크기를 키웠다 제자리를 찾았다. 주리의 체향이 물씬 풍겨왔기 때문이었다. 지체할 시간이 없다는 조급한 마음에 순진은 방을 둘러볼 생각도 못한 채 주리에게 시선을 가져갔다.

두툼한 이불을 뒤집어쓴 주리가 머리만 내밀고 잠들어 있었다. 해열제를 먹고 잠시 열이 내린 것인지 땀으로 축축하게 젖은 헝클어진 머리가 주리의 창백한 얼굴을 가린 채였다. 아픈 여자가 저토록 섹시한 매력을 드러내도 되는 걸까.

"주리야."

순진이 조심스럽게 주리의 어깨를 흔들었다.

"하아……."

자신의 이름을 부르는 소리에 살짝 눈을 뜬 주리는 미간을 찌푸리며 한숨을 내쉬었다. 어지간히 아픈 모양이란 생각을 했다. 그렇지 않고서야 순진의 얼굴이 보일 턱이 없었다.

"주리야, 일어나. 병원 가자."

게슴츠레 눈을 뜬 주리가 아직 잠에서 깨어난 것 같지 않아 순진은 주리의 어깨를 조금 전보다 세게 흔들었다. 그러자 주리가 눈에 힘을 주고 그를 응시했다.

"일어날 수 있겠어?"

걱정을 잔뜩 매단 순진의 눈동자와 마주친 주리는 제 어깨에 얹어진 순진의 손을 밀어내고는 간신히 몸을 일으켰다. 주리에게 덮여 있던 이불이 스르륵 미끄러져 내리며 주리의 체향을 머금은 축축한 공기가 순진에게로 밀려들었다.

"카디건이라도 걸치고 나와. 밖에서 기다릴게."

순진은 얼른 몸을 돌려 주리의 방을 나갔다. 이런 상황에서도 주리에게 매혹되는 것이 당황스럽기만 했다. 조금 기다리자 주리가 비척거리며 밖으로 나왔다. 순진이 주리를 부축하려고 다가서자 주리는 손바닥을 내밀며 그의 도움을 거부했다. 순진은 아픈 사람을 상대로 실랑이를 벌이고 싶지 않아 한발 물러섰다. 하지만 몇 발자국 걷던 주리가 휘청거리자 그는 거리낌 없이 그녀에게 팔을 둘러 단단히 붙잡았다.

"하아……."

아무리 기운이 없어도 충분히 그를 밀어낼 힘은 있었다. 하지만 주리는 단단한 그의 품에 안기자 아무 생각도 나지 않았다. 어지럽고 아프니까 의지 할 수도 있는 거려니. 그렇게 자위하며 그가 이끄는 대로 한 발 한 발 걸음을 옮겼다.

"아래층에 손님이 계시니까 여기서 좀 앉아 있어. 신발 가지고 올게."

주리를 베란다 쪽으로 데려다 놓은 순진은 얼른 아래층으로 내려가 주리의 신발을 챙겨 마당의 바깥 계단을 통해 2층으로 올라갔다. 베란다 문에 기대앉아 있는 주리는 기운이 하나도 없어 보였다. 그게 왜 이렇게 가슴 아프고 안쓰러운 것인지. 주리 대신 아플 수만 있다면 순진은 기꺼이 그렇게 하고 싶었다.

결국 병원으로 가는 사이 다시 열이 오르기 시작한 주리는 병원서 링거 하나를 맞고서야 집으로 올 수 있었다. 그냥 약 처방만 받고 집으로 가겠다던 주리를 붙잡아 앉히고 기어이 링거까지 맞게 한 것은 순진이었다.

링거 덕분에 조금 정신을 차린 듯한 주리가 좀 더 자겠다며 혼자서 2층으로 올라가자 준태는 냉장고에서 게를 꺼내고 있는 순진에게 다가갔다.

"고맙네. 자네 재주도 좋네. 주리 고집을 다 꺾고 말일세."

"내일부터 출근할 텐데 빨리 나으려면 링거를 맞는 게 최고죠."

별거 아니라는 듯한 순진의 말에 준태는 빙긋 미소를 피워 물었다. 주리가 제대로 된 짝을 만난 것 같다는 생각이 들어서였다.

"홍은동 센터에 일이 생겼다고 성희한테 연락이 와서 난 거기 가봐야 하는데."

"걱정 마시고 다녀오세요."

미더운 순진의 말에 준태는 미소를 지었다.

"그럼 부탁 좀 하겠네."

똑똑.

선명한 노크 소리에 주리는 침대에서 벌떡 일어났다. 아까는 정신이 없어 그가 왜 그녀의 방에 있는 것인지 따져 묻지도 못했었다. 순진 덕분에 병원에 다녀온 후로 한결 몸 상태가 좋아지긴 했지만 도움을 받은 거랑 그가 맘껏 그녀의 방을 드나드는 건 별개의 문제였다. 조치를 취해야겠다는 생각에 주리는 침대 아래로 발을 내렸다.

똑똑.

또다시 노크 소리가 이어졌다. 조금 전보다 한층 소리가 높아져 있었다. 마치 얼른 마음의 문을 열어달라는 재촉을 받는 듯한 착각을 불러일으켰다. 착각이란 걸 알면서도 주리는 몹시 가슴이 벅차왔다.

열어도 되는 걸까?

어찌해야 좋을지 아직 결정을 하지 못한 주리는 멍하니 그의 인기척이 들리는 쪽을 응시하고만 있었다. 갑자기 닫혀 있는 방 안의 공기가 너무 답답해 숨이 막혔다. 무언가 타당한 이유가 있어야지만 그녀는 움직일 수 있는 사람이었다.

"들어간다."

들어가도 되느냐고 허락을 구하는 말이 아니었다. 주리는 제 귀로 들려오는 그의 말을 잘못 들었나 의심했다. 하지만 곧 문이 벌컥 열리고 바로 순진이 들어왔다. 주리는 자못 놀란 눈으로 그를 응시했다. 그의 행동 때문에 놀란 것이 아니었다. 어쩌면 그가 이렇게 해주길 기대한 건 아닐까란 생각에 놀라는 중이었다.

"대답을 기다렸어야지."

마음에도 없는 타박이 날아갔다. 주리의 미간도 잔뜩 찌푸려져 있었다.

"예의를 차리는 건 두 번이면 족해."

"한국인의 정서 몰라? 뭐든 삼세번인 거?"

"널 기다리다가는 죽이 다 식을걸."

병원에 데려다주고 죽까지 끓여온 그를 심하게 대하고 예의를 차리지 않는 건 본인이란 생각에 주리는 입술을 깨물었다.

"제대로 앉아봐."

쟁반을 받쳐 든 순진이 다가오자 주리는 침대 헤드에 등을 기대고 앉았다. 순진은 베드 트레이를 주리의 무릎위에 얹었다. 그리고는 침대에 앉았다. 주리는 그런 순진을 물끄러미 바라보았다.

"뭐? 할 일 다 했으면 나가라는 거야?"

주리가 고개를 끄덕이기도 전에 순진은 어림도 없다는 듯 숟가락을 들어 죽 위에 간장을 살짝 뿌리고 살살 이겼다.

게살 죽?

아까 순진이 문을 열고 들어왔을 때부터 맡아지는 죽 냄새에 반신반의했었다. 어린 시절을 떠올리면 늘 함께 떠오르는 냄새 속에는 엄마 냄새와 이 게살 죽 냄새가 뒤엉켜 있었다. 아플 때면 엄마가 끓여주곤 했던 게살 죽 냄새는 잊을 수가 없는 엄마 냄새였다. 괜스레 코끝이 찡해졌다.

"식기 전에 얼른 먹어."

주리는 간신히 눈물을 참으며 순진이 건네는 숟가락을 쥐었다. 간장으로 잘 비벼진 죽을 조금 떠 입으로 가져갔다. 게살 향이 물씬 풍기는 것이나 입안에서 느껴지는 게살 죽의 맛이 엄마의 것과 너무 똑같았다. 주리는 숟가락을 입에서 떼지 못한 채 잠시 눈을 감았다.

"네가 죽 다 먹기 전에는 절대 안 나가. 종일 나랑 함께 있고 싶은 게 아니면 푹푹 먹어. 그래야 약도 먹지."

주리는 고개를 끄덕이며 감았던 눈을 떴다. 목이 꽉 막혀왔지만, 그와 함께 있고 싶지 않은 게 아니었지만 열심히 죽을 먹기 시작했다. 그의 배려를 그저 담백하게 받아들이고 싶었다.

"왜? 더 먹지 않고."

엄마가 느껴지는 맛이랄까. 괜히 코끝도 찡해지는 맛이랄까. 이런저런 맛이 뒤죽박죽 뒤섞여 끝내 죽 그릇을 싹 비워내지 못한 주리는 숟가락을 중간에 내려놓자 순진이 걱정스런 표정을 지으며 주리를 쳐다보았다.

"안 넘어가."

"나랑 종일 같이 있고 싶은 거구나."

순진이 히죽 웃으며 주리를 쳐다보았다.

"착각은 자유란 말 알지?"

"내가 긍정적인 사람이란 거 아파서 잊은 거야?"

"뭐든 네가 유리한 쪽으로 해석하는 건 긍정적이라고 볼 수 없어. 그건 이기적인 거야."

주리가 뾰족한 시선으로 그를 응시했다. 영 기운 없던 주리의 표정이 살아난 것 같아 안심이 되었기에 순진은 주리에게 미소를 돌려주었다.

"누워야겠어."

"약부터 먹고."

순진이 덥석 주리의 손을 잡자 주리가 뭐 하는 짓이냐며 그를 노려보았다. 그가 죽 그릇에 가려져 있던 약 봉지를 집어 올려 주리의 손바닥에 약을 쏟아주었다. 불필요한 배려로 여겨질 수도 있으련만 주리는 또 그게 고맙다. 그래서 그에게 마음을 열고 싶어진다. 그래도 되는 걸까?

"한잠 푹 자."

"너 때문에 내가 아파."

자꾸만 그에게 다가서게 만드는 이런 배려들이 자신을 흔들어대는 것만 같아 주리는 혼란스럽기만 했다.

"어? 어. 어제 물장난하는 게 아니었어."

"그게 아니라……."

주리가 말을 끊고 그를 응시하자 순진은 의아한 시선으로 주리의 입술을 바라보았다. 달싹이는 주리의 입술은 아까보다 붉은 기운이 돌고 있었다. 도톰한 입술을 보고 있으려니 달려들어 입을 맞추고픈 충동이 일었다. 미친 척하고 달려들어 볼까?

"내 의지와는 상관없이 네 의지에 휘둘리는 게 싫어."

순진은 그렇게 말하는 주리의 눈을 가만히 응시했다. 맘에 들지 않아 싫다는 사람의 눈빛이 아니었다. 주리의 눈은 잔뜩 겁에 질려 있는 것처럼 보였다. 이럴 때 뒤로 물러난다면 결과는 불 보듯 뻔하다. 순식간에 어색한 사이가 되는 것이다.

"아픈 건 물장난을 해서 그런 거야. 그저 흔한 감기라고."

대체 무엇 때문에 주리가 겁내는 것인지 도통 순진으로서는 이해하기 힘들었다. 누군가를 만나고, 그 누군가에게 끌리는 감정을 가지게 되고, 서로에게 조금씩 다가가는 것이 이렇게 아픈 사람도 있는 거구나, 하는 생각이 들뿐이다. 순진은 지금 당장 주리에게 묻고 싶지만 아픈 사람을 상대로 그러는 거는 아니다 싶었다.

"시간을 줄게."

주리의 흔들리는 눈동자를 한참 응시하던 순진은 주리에게 자신의 감정을 들여다볼 시간을 주기로 했다.

"난 그 누구하고도 불장난 같은 거 하고 싶지 않아."

주리의 말에 순진은 헛웃음이 났다. 순진은 주리와 불장난을 할 생각은 없었다. 사랑이 왜 불장난이란 말인가. 대체 얼마나 대단한 사랑을 했기에, 이별의 상처가 또 얼마나 깊기에 저런 말을 하는가. 순식간에 가슴에 불길이 확 이는 것 같았다. 실체도 없는 무언가에 대한 적개심과 질투심으로 순진은 화가 치밀었지만 순진은 이를 꽉 깨물고 주리를 응시했다.

"누워."

"뭐?"

"쓸데없는 생각 같은 거 할 거면 누워서 잠이나 자."

차갑고 단호한 순진의 표정에 주리는 살짝 몸서리를 쳤다.

"나도 너랑 불장난 같은 거 할 생각 전혀 없어. 우리가 매일 밤마다 이불에 지도 그리고 그럴 나이는 아니잖아?"

심각한 표정으로 아무렇지도 않게 내뱉는 순진의 말에 주리는 픔, 하고 웃음이 터지고 말았다. 그런데도 순진의 표정은 여전히 굳어 있었다. 주리의 무릎에서 트레이를 치운 그가 주리를 내려다보았다. 얼른 눕지 않으면 강제로 눕게 만들 것 같은 그의 표정에 주리는 엉덩이를 미끄러뜨려 침대에 누웠다.

"푹 자. 아무 생각하지 말고."

주리에게 이불을 덮어준 순진은 공기 하나 들어갈 틈도 없이 옆을 꼭꼭 눌러 여며주었다. 마치 아이를 재울 때 엄마처럼 행동하는 순진의 다정한 손길에 주리는 또 울컥 터지는 감정에 눈을 꼭 감았다.

"시간을 준다고 했지?"

순진의 고른 숨소리가 멀어지지 않자 주리는 가만히 감았던 눈을 떠 순진을 응시했다.

"그럼 집으로 돌아가 줘."

"……."

아무 말 없이 한참 주리를 응시하던 순진의 얼굴이 점점 주리에게 다가오자 주리는 본능적으로 그의 가슴에 손을 대고 밀어냈다. 하지만 그의 입술은 거침없이 주리의 이마에 도장을 찍듯 꾹 눌렀다. 순진의 입술은 곧 멀어졌지만 주리의 이마는 온통 간질간질한 느낌으로 뒤덮여 있었다.

"잘 자."

그렇게 말한 순진이 트레이를 들고 주리의 방을 나갔다. 주리는 이마를 손바닥으로 쓱쓱 비벼보았다. 도통 간질간질한 감각들이 없어질 기미가 보이지 않았다. 대체 그는 어쩔 셈인 건가?

"굿모닝!"

다음날, 휴가를 마치고 잡지사 사무실에 출근한 주리는 안도했다. 순진에 대한 생각을 멈출 수 있게 하는 일이 기다리고 있었기에 그 어느 때보다 활기차게 일에 임할 수 있을 거란 의욕이 솟았다.

"휴가 기간 동안 연애를 한 건 아닐 테고, 대체 뭘 먹고 왔기에 기운이 넘치실까?"

"그러게 뭔가 조금 달라 보이네. 혈색도 좋아진 것 같고."

감기 몸살 앓다가 겨우 죽 몇 그릇 먹은 게 다인데 아무것도 모르는 편집장과 잡지사 동료들은 농담을 건넸다. 싱거운 농담에 피식 웃으며 자리에 앉던 주리가 고개를 갸웃했다. 너무 말끔하게 정리가 된 책상이 매우 낯설었다.

"자기 없는 동안 내가 정리했어. 책상 꼬라지를 그렇게 해놓고 일이 손에 잡혀?"

가인석이 얼른 주리 곁으로 가 엉덩이를 쭉 내밀었다. 190센티미터나 되는 장신의, 그것도 모델 뺨치게 트렌디하게 생긴 인석은 외모와 달리 매우 여성적인 성격의 소유자였다. 그가 이런 성격의 소유자란 것은 잡지사 식구들밖에 몰랐다. 일단 잡지사 밖을 나가면 그는 무표정을 유지하고 단답형의 대답만 할 뿐 그 누구와 말을 섞으려 하지 않는다.

"고마워, 인석 씨."

주리는 그의 엉덩이를 어린아이 칭찬해 주듯 가볍게 톡톡 두드려 주었다. 만족한 표정을 지으며 인석이 수줍은 미소를 지었다. 그런 두 사람에게 눈길을 주는 잡지사 식구는 없었다. 잡지사 내에서 흔히 볼 수 있는 익숙한 풍경이었다.

"근데, 자기 휴가 기간에 나한테 데이트 신청했다면서."

"연남동 취재 같이 가고 싶어서."

"어유, 저 이 편 심술쟁이. 나 그때 일 다 마치고 들어와 있었는데."

"다 들려! 코딱지만 한 사무실에서 대놓고 상사를 까?"

"어유, 쓸데없이 귀는 밝아가지고는."

인석이 편집장에게 눈을 흘겼다.

"송주리, 연남동 조사는 다 해왔어?"

편집장은 더 이상 노닥거리는 건 안 된다는 듯 경고성 멘트를 날렸다.

"매번 이렇게 같은 소재의 기사 식상하지 않아요? 잡지에 소개하지 않아도 블로그 같은 곳에서도 충분히 접할 수 있는 거잖아요."

2, 30대 여성을 타깃으로 한 잡지가 아무리 트랜드를 선도하는 역할을 한다지만 세월이 흘러도 싫증나게 실리는 것이 바로 요즘 핫하게 떠오르는 데이트 코스를 소개하는 거였다. 패션, 뷰티, 연애로 젊은 여성들의 주된 관심사가 집중되어 있기에 그것을 만족시켜 주어야 하는 대중지의 특성 때문이란 걸 알지만 식상해도 너무 식상했다.

"식상한 게 아니라 제대로 쓸 자신이 없는 거겠지."

이 편집장이 다가와 주리를 내려다보며 한 소리 했다. 그의 말이 아주 틀린 말은 아니었다. 다른 분야야 자료조사를 하거나 직접 발로 뛰어 체험을 하거나 인터뷰를 통해 충분히 해결할 수 있었다. 기사를 쓰기 위해 인터뷰를 할 경우 인터뷰에 응하는 사람들은 꽤 호의적이라 취재하려는 분야에 대해 굉장히 세세한 부분까지 짚어가며 알려주곤 했으니까.

하지만 연애와 관련된 것은 주리가 직접 체험을 해볼 수 없는 소재였다. 로맨스 소설을 읽거나 연애를 소재로 한 드라마나 영화를 접하거나 친구들의 연애담을 듣거나 해서 대충 얼버무려 쓰곤 했는데, 이정우 편집장은 주리가 쓴 연애 소재 칼럼을 한 번에 오케이한 적 없었다.

'직접 연애를 해보라니까. 수박 겉을 핥는다고 네가 수박 맛을 제대로 표현할 순 없는 거잖아. 네가 충분히 느끼고 알아야 독자들이 공감하며 무릎을 탁 칠 수 있는 칼럼이 완성되는 거라고!'

이정우 편집장은 주리가 연애와 관련된 칼럼을 쓸 때마다 이런 말을 뱉으며 타박하곤 했다.

"뭐, 칼럼 쓰려고 어떤 놈팡이랑 연애를 하라는 건 너무해."

주리의 옆에 서 있던 인석이 앞으로 팔을 모아 팔짱을 끼고 입술을 비죽거리며 주리를 대신해 항의하자 이 편은 고개를 저었다.

"연애를 하면 도움이 된다는 거였지 반드시 연애를 하라는 건 아니지. 식상한 소재지만 아, 여기서 데이트 꼭 해봐야겠다고 독자들에게 충동을 불러일으키는 칼럼을 쓰는 게 에디터의 능력 아니겠어?"

"네에, 네."

뭐든 체득했을 때와 그렇지 않을 때 나오는 글이 엄연히 다르다는 것쯤은 알고 있기에 주리는 이 편의 말에 수긍하지 않을 수 없었다. 누군가와 멋진 장소에서 제대로 된 데이트를 해본 적이 없으니 무엇을 해야 좋은지 통 감이 잡히지 않는 게 사실이었다.

"나 없다고 계속 농땡이 피우지 말고 일들 해."

"재수 뿡이다."

이 편집장이 사무실을 나가자 인석이 문을 향해 가운뎃손가락을 들어 올려 욕을 했다.

"자기야, 우리 그럼 연남동 언제 나가?"

미간을 잔뜩 찌푸리고 있던 인석이 주리를 생글거리는 표정으로 바라보며 물었다.

"어쩌지. 아직 방향을 잡지 못해서 오늘은 무리야."

"내일부터 나 휴간데. 그럼 자기 나 없는 동안 딴 놈이랑 같이 취재 나가면 안 돼."

마누라 단속하듯 인석이 주리에게 당부를 했다. 주리가 워낙 편하게 인석을 대했고 취재를 나가 있는 동안 인석의 부자연스런 행동에 딴죽을 걸지 않았기에 인석은 주리와 함께 취재를 가는 것을 즐겨했다.

"알았어."

주리의 대답에 인석은 매력적인 미소를 흘리며 제자리로 돌아갔다. 노트북으로 시선을 돌린 주리는 일단 사전 조사 차원에서 연남동에 관련된 블로그나 포스트를 검색하기 시작했다.

주리는 종일 노트북을 끌어안고 일에 매달렸다. 아니, 도통 일에 집중할 수 없었기에 더 열심인 척했다. 자꾸만 머릿속을 어지럽히며 순진이 떠올랐다. 휴가 내내 그에게 끌렸던 감정들과 그와 나누었던 키스가 끊임없이 일을 방해했다. 그럴 때마다 주리가 생각을 환기시키기 위해 했던 건 고개를 가로젓는 것뿐이었다.

"어지간히 해. 원래 휴가 다녀온 첫날은 일에 집중하기 힘들잖아. 다른 기사부터 기획을 하든가."

옆자리에 앉아 있던 수경이 주리에게 이렇게 말할 정도로 주리는 종일 고개를 가로저어댔다.

"한 번만 더 보고."

쓴웃음을 머금은 주리는 마우스를 움직여 종일 즐겨찾기에 저장해 두었던 블로그를 클릭했다. 딸깍, 경쾌한 소리와 함께 메타세콰이어 나무가 줄지어 들어선 길이 화면을 가득 채웠다.

경의선 기찻길을 따라 조성된 경의선 숲길과 주변의 트랜디하게 리모델링된 건물들의 풍경으로 빠져들던 주리의 의식이 자연스럽게 상상의 나래를 펼쳤다. 그 길 한가운데 주리와 순진은 어깨가 닿을 듯 말 듯한 거리를 유지한 채 나란히 보폭을 맞춰 걷고 있었다.

"미쳤어."

낮게 스스로를 질타하던 주리는 피식 웃었다. 어쩌면 좋은 사람과 함께라면 굳이 무엇을 해야만 즐거운 건 아닌 것 같았다. 나란히 걷는 것만으로도 마음은 충분히 설렐 것이란 걸, 아니, 상상하는 것만으로도 즐거운 일이라는 깨달음이 주리의 가슴으로 번졌던 것이다.

즐거움을 느끼는 것에 행복을 꿈꾸는 것에 왜 죄책감을 가져야 하는가. 그게 왜 꼭 상처를 가져다줄 거라고만 여겼을까. 꼭 찍어 먹어봐야 그 맛을 아는 게 아니라는 생각과 타인의 삶을 통해 난 저렇게 살지 않을 거야, 라는 다짐을 해왔기에 사랑이란 감정에 부정적일 수밖에 없었던 건 아닐까.

묘한 자각이 밀려들자 주리는 혼란스럽던 것의 정체를 확실히 깨달았다. 그를 좋아하고 싶었던 거다. 아니, 그가 좋았던 거다. 그걸 인정하고 싶지 않아 그를 밀어내야만 한다는 생각에 사로잡혀 스스로를 통제하고 있었던 거다. 그럴수록 강해지는 끌림이 두렵고 힘들었던 거다.

"하아."

스스로가 너무 바보 같아 주리는 헛웃음이 났다.

직접 경험하지 않고 단정 지어 결론부터 내리는 오류를 더 이상 범하지 말자. 마음 가는 대로 느껴보자. 그게 만약 상처가 된다고 해도 가보자. 내 눈이, 내 마음이 선택한 사람을 믿어보자.

그런 결심이 서자 주리의 심장이 세차게 울리기 시작했다. 누군가를 좋아하고 있는 감정이 이렇게 자신을 행복하게 만들지 몰랐다. 잠시 눈을 감고 행복감에 젖어 있던 주리는 미간을 찌푸렸다.

'오늘 퇴근하고 오면 네가 이 집에 없었으면 좋겠어!'

아침나절 배웅 나온 순진에게 싸늘하게 쏘아붙였던 것이 떠올랐다.

순진은 집으로 돌아갔을까? 그럼 어떡하지?

잠시 눈을 찡그리고 생각에 잠겼던 주리의 머릿속에 좋은 생각이 떠올랐다.

"수경 씨, 자기네 집 개가 산후 우울증 앓았다고 했지?"

"응. 근데 그건 왜? 자기, 개라면 질색이라고 하지 않았어?"

개를 가족처럼 여기는 수경을 도통 이해할 수 없다는 듯 그녀가 개 이야기를 꺼내면 눈살부터 찌푸리던 주리였기에 수경이 의아한 눈으로 주리를 쳐다보았다.

"그때 어떻게 했어? 그냥 내버려 두면 어미 개가 새끼를 품기도 해?"

"수의사가 그냥 두어도 된다고는 했는데 그렇게 하면 시간이 많이 걸리기도 하고 아주 제 새끼를 거부하고 안 키울 수도 있다잖아."

수경이 그때의 일을 떠올리는지 안타까운 표정으로 주리에게 열변을 토해내기 시작했다.

"우리 뽀뽀도 안됐고 강아지들은 또 무슨 죄야. 엄마가 유난 떤다고 뭐라 했지만 할 수 있는 건 다 해봐야지. 일단 잘 먹이고, 병원 가서 호르몬 주사도 맞춰보고, 산책도 자주 시키고, 많이 예뻐라 해줘 보고."

"그래서 어떻게 했는데?"

자꾸 이야기가 길어지자 주리는 요점만 요구하며 수경의 대답을 기다렸다.

"해본 방법 중에서 아로마 향 치료법이 제일 효과적이더라. 빠르면 며칠 만에도 우울증이 치료돼서 제 새끼를 돌본대. 뭐, 우리 뽀뽀는 너무 늦게 치료를 시작해서 몇 주나 걸렸지만."

"그래? 동물병원에 가면 되는 거야?"

"아유, 그런 치료법 쓰는 동물병원 없어. 아직 우리나라에서는 보급된 치료법이 아니거든."

"그럼 어딜 가면 되는 거야?"

"여기 전화하고 가봐."

수경이 휴대폰에 저장된 전화번호를 주리에게 전송시켜 준 후, 걱정스런 표정을 지어 보였다.

"근데, 자기 이제 개 안 무서워? 마사지도 해주어야 하는데."

"마사지?"

"응. 거기 가면 개 마사지하는 법도 가르쳐 주거든. 향기만 맡을 때보다 훨씬 더 효과적이래."

주리는 수경의 말에 눈을 크게 뜨고 침을 꿀꺽 삼켰다.

"일단 가보고 결정하지 뭐."

"그러던가. 근데, 자기네 집에 개 키워? 언제부터? 종은 뭔데?

말티즈? 웰시코기? 치와와?"

개에 관한 이야기를 쏟아내는 수경의 입을 쳐다보며 주리는 딴 생각으로 빠져들었다.

"후우우."

책상 앞에 앉아 판례집을 보고 있던 순진이 긴 한숨을 토해내자 안방에서 서류를 정리하던 준태가 자리에서 일어나 거실로 나왔다. 아까부터 심심찮게 순진의 한숨 소리가 들렸었다. 한숨을 쉴 때마다 순진의 시선이 2층 계단 쪽을 향하는 것을 보면 그가 한숨을 쉬는 게 주리와 관련이 있어 보였다.

"왜 뭐가 잘 안 돼?"

준태가 순진의 표정을 살피며 툭 말을 던졌다.

준태는 어제 홍은동 쉼터의 일을 처리하느라 늦은 밤이 되어서 야 집으로 돌아왔다. 2층의 불은 꺼져 있었다. 그가 계단을 향해서서 걱정 어린 시선을 보내자 순진은 주리가 죽도 약도 꼬박꼬박 챙겨 먹었고 상태가 호전되었으니 걱정하지 않으셔도 된다는 말을 했다. 준태는 순진이 주리에게 정성을 쏟는 것이 느껴져 흐뭇했었다.

그런데 오늘 아침 주리가 찬바람을 일으키며 출근하자 괜스레 한숨이 나왔었다.

"네? 아, 아니요."

"아니긴. 그럼 왜 그렇게 땅이 꺼져라 한숨은 쉬고 그러나."

"제가요?"

준태가 고개를 끄덕이자 순진이 이마를 긁적였다.

"어제 주리와 무슨 일이 있었던 거야?"

준태의 물음에 순진은 잠시 미간을 좁혔다가 고개를 저었다.

"아니긴. 주리가 아침에 자네한테 오늘 집으로 돌아가라고 하던데."

"들으셨어요?"

순진은 출근하는 주리를 마당까지 배웅하러 나갔었다. 아프게 하지 않겠다고 했으니 그 말에 책임지라던 주리에게 어깨를 으쓱해 보이자 주리는 오늘 집으로 돌아가라고 소리를 질렀다. 그땐 하도 어이가 없어 히죽 웃어버렸는데 종일 생각할수록 가슴이 답답했다.

"그렇게 소리를 지르니 원."

준태가 아침의 일을 떠올리며 혀를 찼다.

"그래서 오늘 집으로 돌아갈 텐가?"

준태는 순진의 마음을 떠보았다.

"선생님도 제가 여기 있는 게 불편하십니까?"

"아닐세."

"선생님께서 괜찮다고 하시면 여기서 지내고 싶습니다."

"껄껄껄. 우리 주리가 큰일 났구먼."

돌아가는 상황이 제법 흥미로워 준태는 환하게 웃었다. 순진의 이런 태도가 주리로 하여금 거친 거부감을 갖게 하는 것이리라. 지금까지 주리에게 관심을 보이던 녀석들은 하나같이 주리의 철벽 방어에 나가떨어지기 일쑤였다. 제법 집까지 쫓아와 주리와의 교제를 허락해 달라는 놈들도 있었으나 주리의 저항에 오래 버티지 못했다.

"자네, 주리가 그렇게 못되게 구는데도 괜찮나? 여기서 지내게 되면 녀석이 더 못되게 굴 텐데."

"선생님……. 그게 말이죠……."

준태의 물음에 순진이 대답을 잇지 못한 채 피식거리는 웃음을 참지 못하고 있었다.

"자네도 참 취향이 별나네."

순진이 왜 그런 표정을 짓는지 익히 알 수 있었다. 누군가를 좋아한다는 건 순전히 특별한 이유가 있어서가 아니란 것을 아는 까닭이었다.

"주리가 제대로 임자를 만난 것 같네. 아, 이제야 한시름 놓겠구만."

준태의 말은 천군만마를 얻는 것과 진배없었다. 순진은 아까까지만 해도 무거웠던 마음이 가벼워지는 것 같았다.

"주리가 아마 당분간은 자네를 투명인간 취급할 걸세."

"하하, 그렇겠죠. 그래도 뭐, 상관없습니다."

"아직 있는 거야?"

준태의 예상대로 퇴근하고 온 주리는 순진이 거실을 차지하고 앉아 느긋하게 저녁 시간을 보내고 있는 것에 불편한 기색을 드러냈다.

"홍은동 센터 운영하는데 자금이 좀 모자라서 순진이한테 작은

방을 세줬다."

낮에 순진과 작당 모의를 마친 준태는 주리에게 순진이 집에 있는 이유를 설명했다. 순진이 말하는 것보다 자신이 나서서 말하는 것이 주리를 꼼짝 못하게 할 거라 생각했다.

"어제 홍은동 쉼터 갔더니 그사이 기부금이 또 줄었다는구나. 성희에게 홍은동 쉼터를 맡긴 지 채 한 달도 안 되었는데 정리를 할 수는 없는 거잖니."

"아버지 말씀은 어쩔 수 없으니 받아들이라는 거죠?"

준태는 주리가 마지못해 받아들일 수밖에 없을 거라 예상은 했지만 어쩐지 정작 주리가 저리 나오자 본의 아니게 딸을 섭섭하게 한 건 아닌지 뒤늦은 걱정이 밀려왔다.

"주리야, 그게 말이다……."

"됐어요. 이 집 주인은 아버지니까 아버지 맘대로 하셔도 할 수 없죠."

그렇게 말한 주리는 그대로 2층으로 올라가며 피식 웃었다. 어쩔 수 없어 세를 주었다고 통보하는 아버지 덕분에 생각보다 일이 수월하게 풀리고 있었다. 순진이 집으로 돌아갔으면 어쩌나, 만약 그가 집에 있다면 어떻게 표정 관리를 해야 하나, 별별 걱정을 했던 주리다.

계단을 오르며 생각해 보니 겨우 방 하나 세준다고 모자란 자금이 충당될 리 없었다. 세를 주려면 2층을 독채로 주는 게 맞았다. 2층에는 부엌까지 갖추고 있어 내부 계단만 막으면 되었으니까. 아무래도 아버지와 순진 사이에 모종의 음모가 있을 터였다.

계단 끝에 이르러 2층 거실 불을 밝힌 주리는 눈을 가늘게 뜨고 제 방문을 향해 걸어갔다. 문 앞에는 노란 종이가 붙어 있었다. 작게 쓰인 글자를 모두 읽고 난 주리의 얼굴에 미소가 물들었다.

—Out of sight, Out of mind.

문 앞에 붙어 있는 포스트잇에는 이렇게 쓰여 있었다. 그 문구 한마디로 순진의 의지가 그대로 전해졌다. 눈에서 멀어져 결국 마음에서 멀어지고 싶지 않다는 거였다. 그런 그의 마음이 왜 이렇게 감동적인 것인지. 마치 종일 마음을 졸이고 후회하고 있었다는 걸 순진이 알고 있는 것만 같다. 주리는 한동안 포스트잇에서 시선을 떼지 못하고 그대로 서 있었다.

"주리가 몹시 기분이 상한 거 같지?"

순진에 대한 주리의 마음이 열렸다는 것을 알 리 없는 아래층 두 남자는 서로 걱정스런 눈을 맞췄다.

"저 때문에 아버님까지 곤란해지셔서 어떡합니까."

낮에 주리에 대한 감정을 털어놓은 이후로 순진은 준태를 아버님으로 부르고 있었다.

"내가 자네를 사위로 맞아들일 생각에 그걸 잊고 있었네."

순진이 의아한 시선으로 준태를 바라보자 준태는 잠시 생각에 잠겼다가 말을 이었다.

"이곳은 얼마 전까지 쉼터로 운영되었었네."

"네, 그건 성준에게 들어서 알고 있습니다."

"주리가 도통 표현을 하지 않아서 몰랐었네. 보통의 가정과 다른 형태의 집을 녀석이 워낙 어린 시절부터 겪었으니 자연스럽게 받아들였다고 생각했는데 그게 아니더군."

준태의 말에 순진은 미간을 좁히며 귀를 기울였다. 며칠 전 비가 오는 날을 좋아하지 않는다며 주리가 했던 말이 떠올랐다.

"자기도 평범한 가정 속에서 자란 거였으면 좋겠다고. 힘들면 힘들다고, 아프면 아프다고 맘껏 투정을 부리는 또래 아이들처럼 그렇게 해보고 싶었다고."

그렇게 말한 준태는 긴 한숨을 내쉬었다.

"애비가 되어가지고 남들을 돌보느라 정작 그 녀석한테는 많이 소홀했다는 걸 뒤늦게 깨달았지. 그래 놓고 또 주리를 섭섭하게⋯⋯."

준태가 가슴이 먹먹해져 말꼬리를 흐렸다.

"선생님한테 섭섭해서가 아니라 제가 여기 있는 게 못마땅해서 그러는 겁니다."

쉼터란 곳이 워낙 상처로 가득한 사람들을 위한 공간이었으니 주리가 감정적으로 많이 힘들었겠다, 는 생각이 들었다. 때론 지나치게 어른스럽다가도 아이 같은 모습을 보이던 주리의 행동들이 조금은 이해가 되었다. 그렇다고 상심한 표정을 짓는 준태에게 주리가 힘들었겠군요, 라는 말을 할 수는 없었다.

"아닐세. 나 때문이래도."

"아닙니다. 저 때문에 그러는 거예요."

"뭐가요?"

주리가 계단을 내려오며 묻자 두 사람은 황급히 입을 다물고 주리를 향해 오리발을 내밀 듯 어색한 미소를 지어 보였다.

"세를 낼 돈은 있는 거야?"

순진에게 마음을 열었다고 바로 모든 것들이 바뀔 수는 없었다. 주리는 마음과는 달리 무뚝뚝한 어조로 순진에게 그렇게 물었다.

"지금처럼 몸으로 때울 생각이야."

"다행이네."

버럭 소리를 지를 줄 알았던 주리가 고개를 끄덕이자 순진과 준태는 어리둥절한 시선을 교환했다.

"삼시 세끼, 설거지, 청소할 생각하니까 좀 귀찮았거든."

주리는 어깨를 으쓱하고는 순진에게 불쑥 무언가를 내밀었다.

"그게 뭐냐?"

"아로마 향 목걸이요. 향기를 맡고 있으면 긴장과 스트레스를 풀어준대요."

두 사람의 의아한 시선이 주리에게로 향하자 주리는 잠시 얼굴을 찌푸렸다가 피식 웃었다.

"순정이 산후우울증에 효과가 있대."

"순정이를 위해 알아본 거야?"

순진이 환하게 웃으며 기뻐하자 주리는 가슴이 두근거렸다. 마주 보고 환하게 웃어주고 싶었다. 하지만 그마저도 어색한 기분이 들어 순진의 시선을 피해 입을 열었다.

"순정이를 위해서겠어? 네가 순정이를 핑계 삼아 눌러앉을까 봐 그런 거지. 사온 보람도 없네."

마음과는 다른 퉁명스런 말이 튀어나온다. 눈치를 보듯 주리의 시선이 저절로 순진에게로 돌아갔다. 기분 나쁜 표정을 지을 줄 알았던 순진의 입꼬리 한쪽이 픽 하고 올라가는 게 보였다. 뭔가 눈치챈 듯한 그의 표정에 주리는 난감하고 부끄러웠다.

아이, 씨! 괜히 아로마 목걸이는 사 왔네.

다음날, 순진은 출근하는 주리를 배웅하기 위해 마당에 나가 기다렸다. 주리가 사 온 아로마 목걸이 덕분인지 순정이 새끼들의 낑낑거리는 소리에 귀를 쫑긋 세우며 반응을 보였다. 순진의 시선이 2층을 향했다. 그런 그의 눈꼬리와 입매가 잔뜩 휘어졌다.

어제 퇴근하고 들어온 주리가 아직 집에 있냐며 퉁명스런 말을 던져 잠깐 속을 뻔했다. 하지만 그때, 주리의 표정이 어쩐지 이상했다. 주리가 무언가 맘에 들지 않고 싫을 때 짓는 표정이 아니었다.

만약 자신이 이 집에 머무는 게 싫었고 정말 자신을 밀어낼 의지가 분명한 거였다면 주리는 어제저녁 순정을 위한 목걸이를 내밀지도 않았을 것이고, 시험 삼아 환한 미소를 지어 보였을 때 주리의 얼굴이 그렇게 붉어질 리 없었다. 얼굴을 잔뜩 찌푸리긴 했지만 그 속에 담긴 주리의 마음이 읽혔다. 그건 분명 난감함이다. 주리가 곧 제게 마음을 열거란 기대감을 가져도 된다는 증거다.

아, 송주리! 너 왜 이렇게 귀여운 거냐!

이럴 경우, 절대 앞서가면 안 되는 거였다. 먼저 알은 척했다가는 주리가 화를 내고 발뺌을 할 수도 있었다. 주리가 서서히 제게 다가와 주길 기다리는 게 맞았다. 이게 밀당의 기술이란 거다.

"한번 순정이한테 새끼들을 데려다줘 봐."

순진은 주리의 목소리가 나는 쪽으로 고개를 돌렸다. 주리가 외부 계단을 통해 아래층으로 내려오고 있었다. 순진은 픽 웃음이 났다. 아침밥을 챙겨주었을 때 주리의 시선이 제게로 향하는 걸 느끼며 짐짓 모르는 척했었다. 그러다 장난기가 발동해 주리와 눈을 맞추자 주리의 동공은 지진이 난 듯 어찌할 바를 몰라 했다. 그러더니만 저를 피해 외부 계단으로 도망치려는 심산인 모양이었다.

"목걸이가 효과가 있는 모양이야. 순정이가 새끼들 울음소리에 반응을 보이는 것 같아. 이러다가는 오늘 바로 순정이가 새끼들을 돌볼 수도 있겠어. 나 집으로 돌아갈까?"

주리가 어떤 표정을 지을지 궁금했다. 잠깐 계단을 내려오는 발걸음을 멈칫한 주리가 무언가 할 말이 있는 듯 입술을 달싹였다. 햇빛을 받아 반짝거리는 입술이 너무나 매력적이라 눈을 뗄 수가 없었다.

"무슨 남자가 이랬다저랬다 그래?"

"네가 영 나를 불편해하니까 그렇지."

"……."

"너, 아침밥도 깨작거렸잖아. 그리고 지금도 내가 불편하다고 시위하는 사람처럼 외부 계단으로 내려오고 있고."

순진은 무표정한 얼굴로 주리를 보려니 죽을 맛이다. 금방이라도 웃음이 터질 것 같았다. 그런 순진의 입가가 씰룩이기 시작했다. 순진은 재빨리 난감해하는 주리를 더욱 압박하는 말을 던졌다.

"그렇게 내가 여기 있는 게 못마땅하면 말해. 순정이랑 강아지는 부모님께 보내면 되니까."

"못마땅하지만 어쩌겠어!"

"내가 네가 할 일을 대신해 주어서 편하니까 못마땅해도 감수하겠다?"

주리의 얼굴에 더욱 짙은 낭패감이 스치는 것을 확인한 순진은 한쪽 눈을 찡그리며 한 번 더 주리의 마음을 떠보았다.

"그래."

"정말 그 이유만 있는 거야?"

계단을 반쯤 내려온 주리가 빠른 속도로 계단을 내려왔다. 이 순간을 모면하려는 속셈이 보였다. 순진은 계단 입구를 막아서며 주리를 올려다보았다. 밀당의 기술이고 뭐고 조급해지는 마음은 어쩔 수가 없었다. 어서 제 여자로 만들고 싶다는 욕구만 충만했다.

"그럼…… 뭐 또 다른 이유…… 라도 있어야 해?"

순진이 씨익 입가에 머금었던 미소를 지우고 타는 듯한 눈길로 주리의 입술을 더듬자 주리가 고개를 돌리며 시선을 회피했다. 잡아먹을 듯한 시선이 돌아오지 않는 건 분명 지금 주리에게 키스를 해도 무방하단 의미로 순진은 받아들였다.

"송주리."

순진은 주리의 이름을 부르며 천천히 한 계단 한 계단 올라섰다. 주리의 얼굴과 거의 높이가 맞을 때까지. 두 사람 사이에 숨막히는 긴장감이 감돌기 시작했다. 주리가 눈을 크게 뜨고 순진을 응시했다. 하지만 그녀는 손을 올려 그를 밀어내진 않았다.

"나랑 연애하자."

주리가 목을 늘이며 꿀꺽 침을 삼키는 순간 순진은 주리의 입술에 제 입술을 포갰다. 햇빛에 녹아 흐르던 말캉한 입술이 그의 입 속으로 쏙 빨려 들어왔다. 달콤하고 향긋한 향기가 나는 주리의 입술은 파르르 떨리고 있지만 그의 입술과 혀가 맘껏 탐할 수 있도록 길을 열어주었다. 순진은 한 계단 더 올라서서 주리의 허리를 꽉 감싸 안고 그동안 자신의 애를 태우던 주리를 벌주듯 폭풍과도 같은 키스를 퍼부어댔다.

"하아아."

주리의 입술을 놓아주자 막혀 있던 긴 숨이 그녀의 입에서 터져 나왔다. 주리의 코끝에 순진의 코가 닿을 듯 말 듯한 거리를 유지하고 있었다. 순진은 그녀의 숨결조차도 너무 향기로워 다 먹어치워 버리고 싶었다. 주리의 향에 잔뜩 취한 순진은 이성이 마비되어 버릴 것만 같았다.

순진은 간신히 지금 여기는 사방이 뻥 뚫린 마당의 계단이고 주리가 곧 출근해야 한다는 것을 상기하고 있었지만 그녀를 놓아주고 싶지 않았다. 그런 탓에 한동안 주리에게 타는 듯한 시선만 꽂아둔 채 숨을 골라야 했다.

"가야 해."

붉게 물든 얼굴을 한 주리가 시선 둘 곳을 몰라 하며 눈동자를 이리저리 굴렸다. 그게 또 왜 이렇게 귀엽고 예쁜 것인지 순진은 짓궂은 미소를 피워 물었다.

"대답하면."

"뭘?"

"쓰읍."

시치미를 떼는 주리를 향해 순진이 입으로 경고음을 내자 주리가 피식 웃었다.

"겨우 하루 만에 이렇게 항복할 거면서 왜 그렇게 사람 속을 태워."

"항복한 거 알면서 짓궂게 묻는 너는 어떻고!"

"항복한 거 맞아?"

"응."

마음을 인정하는 것이 아직 부끄러운 듯 주리가 들릴 듯 말 듯 한 소리로 겨우 대답하자 순진은 주머니에서 휴대폰을 꺼내 음성 녹음을 시작했다.

"나 보고 이렇게 말해. 나, 송주리는 너, 안순진과 연애할래."

"큭큭, 뭐, 증거가 필요하단 거야?"

"그래. 또 네가 쌩까고 날 밀어낼까 봐 그런다."

"쌩 안 까. 그러니까 그런 거 필요 없어."

주리가 그녀의 입가로 들이민 순진의 휴대폰을 밀어냈다.

"믿어도 돼?"

"속고만 살았어?"

주리가 가볍게 눈을 흘기자 순진은 그제야 함박웃음을 머금었다.

"오늘 언제 퇴근해?"

"왜?"

"왜긴. 본격적으로 연애 시작해야지."

"후후, 우리가 지금까지 한 건 연애 아니야?"

"아니지. 지금까지는 썸 탄 거지."

순진이 눈썹을 찡긋거리며 말하자 주리는 환하게 미소를 지어 보였다.

"늦었어. 이제 그만 가봐야 해."

"아우, 보내주기 싫다."

순진이 이맛살을 찡그리며 투정을 부리자 주리가 몸서리를 쳤다.

"어우, 적응 안 돼."

"곧 적응하게 될 거야. 안순진표 연애에."

"글쎄? 그건 차차 하기로 하고 나 좀 놓아주지."

그제야 아쉬운 표정으로 순진이 주리를 놓아주었다. 다정하게 손을 맞잡고 마당으로 내려온 두 사람은 주리의 차가 있는 곳까지 그대로 함께 걸어갔다.

"전화할게."

"내 전화번호는 알아?"

"보여줄까?"

순진이 주머니에서 휴대폰을 꺼내 1번을 꾹 누른 후 주리에게 휴대폰 창을 보여주었다. 주리가 어이없어하는 표정으로 순진과 휴대폰을 번갈아 보았다.

「내꺼」

순진의 휴대폰에 저장된 주리의 이름은 내꺼였다.

"네 입술 내 꺼 맞잖아. 곧 네 모든 게 내 꺼가 될 거고."

주리는 그의 말에 고개를 저으며 차에 시동을 켰다.

"운전 조심하고 출근하면 전화부터 해. 그리고 휴대폰 번호 저장 꼭 해놓고. 이따가 검사한다."

"됐어."

주리가 눈을 흘기고 차를 출발시키자 순진은 그녀의 차가 보이지 않을 때까지 활짝 웃으며 주리를 배웅했다.

8

「뭐 해?」

순진의 문자에 주리는 가슴이 두근거렸다. 사랑한다는 고백을 받는데도 이렇게 두근거리지 않을 것 같았다. 단순한 물음 하나에도 문자를 보낸 상대의 표정과 마음이 느껴진다.

「뭐 하긴.」

그렇게 답장을 보내고 주리는 빙긋 웃었다. 사람이란 게 한순간 변하는 건 아니었다. 뭐든 귀염성 있고 애교 있게 반응해 주고 싶은 마음과는 달리 퉁명스런 표현 말고는 어떻게 해야 하는지 모르는 걸 어쩌랴.

「네가 보고 싶긴 하다.」

주리는 바로 이렇게 문자를 찍어 순진에게 전송했다. 어떻게 해야 할지 모를 때는 솔직하게 표현하는 게 방법일 수도 있겠다 싶었다. 하지만 그렇게 보내고 나니 온몸이 알레르기 반응을 일으키듯 간질거려 죽을 지경이었다.

"자기, 뭐 좋은 일 있어? 어제는 죽을상을 하고 있더니만 글이 잘 풀리나 봐."

"응?"

수경의 말에 주리가 의아한 눈길로 되묻자 수경이 의자에 앉은 채 바퀴를 굴려 주리 곁으로 다가왔다.

"종일 배실배실 웃고 있잖아."

"내가?"

"그래."

부우우웅.

책상 위에 놓여 있던 주리의 휴대폰이 울리며 메시지가 떴다. 주인님으로부터 온 메시지에 주리와 수경의 시선이 동시에 닿았다.

「나도.」

"어머, 자기 연애하는구나."

수경은 눈을 동그랗게 뜨고 휴대폰 화면을 꺼버리는 주리를 쳐다보았다. 주리의 얼굴에 당황한 기색이 역력했다.

"아니야."

설마 주인님이란 걸 본 건 아니겠지?

휴대폰에 순진을 주인님이라고 저장 한 주리는 그렇게 한 걸 후회하며 눈살을 찌푸렸다. 장난삼아 해본 건데 이렇게 누군가에게 딱 들킬 줄은 몰랐다.

"아니긴. 나는 연애 안 해봤냐? 그런 눈치도 없을까 봐."

"후후, 그렇게 표가 나?"

"하루 만에 자기 혈색이 얼마나 달라졌는지 알아?"

발그레한 주리의 얼굴이 조금 더 붉어지는 걸 보며 수경이 씁쓸한 미소를 지었다.

"대체 어떤 사람이기에 자기의 철벽 방어를 뚫은 거야. 인석 씨가 많이 서운하겠다."

"엥? 그건 또 무슨 말이야."

"몰랐어? 인석 씨가 자기 좋아하잖아."

"인석 씨는 그냥 친한 동료지."

수경의 난데없는 말에 주리는 미간을 찌푸렸다.

"차암. 이렇다니까. 인석 씨가 여성스럽다고 남자를 좋아하는 건 아니란 건 알지?"

주리는 다 아는 걸 왜 묻냐며 좀 더 미간을 찌푸린 채 수경을 응시했다.

"몇 년 동안 자기 옆에 찰싹 붙어 있는데도 그걸 몰라? 자기야 워낙 철저한 독신주의자라 인석 씨가 말하지 않은 것뿐이고."

주리가 독신주의라는 사실은 사무실 식구치고 모르는 이가 없었다. 매력으로 중무장하고 있으면서도 남자들의 온갖 대시에 주리는 시큰둥한 반응을 보이기 일쑤였다. 엄청 잘나가는 모델이 몇 달 동안 끈질기게 구애를 한 적도 있었다. 하지만 주리의 일관된 반응에 모두 두 손 두 발 들고 말았다.

"에이, 그건 아니다."

주리는 어이없다는 표정을 지은 채 고개만 가로저었다.

"원래 관심 없으면 아무것도 모르는 거니까 신경 쓰지 마. 어쨌든 혼자 가슴앓이하는 사람도 있으니까 너무 티 내지는 말고."

수경이 어깨를 으쓱하고 제자리로 돌아갔다. 수경이 신경 쓰지 말라고 했지만 주리는 마음이 편치 않았다. 곰곰이 생각을 더듬던 주리는 고개를 저었다. 수경이 오해를 하는 거였다. 인석과는 대화가 잘 통해 특별히 친한 동료일 뿐이다. 그 이상도 그 이하도 아니었다. 적어도 그녀에겐.

"저기…… 혹시 인석 씨가 무슨 말 한 적 있어?"

"아니."

"그럼 자기가 오해한 거야. 우린 그런 사이 아니야."

"글쎄? 그건 두고 보면 알겠지?"

끝까지 오해를 하겠다는 사람한테 더 무슨 말을 할까 싶어 주리는 의자의 방향을 틀어 노트북으로 시선을 돌렸다. 수경이 악의를 가지고 그런 말을 하는 것은 아니란 걸 알면서도 괜히 기분이 언짢았다. 나중에 인석이 오면 얼마나 까르르 웃겠는가. 인석의 웃는 얼굴이 떠오르자 주리는 기분이 풀리는 것 같았다.

주리는 수경과의 대화 이후 기분이 영 찜찜해져 취재를 핑계로 퇴근 시간보다 몇 시간 일찍 사무실을 나왔다. 수경은 원래 뒷담화를 싫어하는 성격이라 직설적으로 대놓고 말하곤 했다.

수경의 그런 거침없는 성격을 좋아하던 주리지만 오늘 수경이

던진 폭탄은 어쩐지 무시할 수도 진지하게 받아들일 수도 없었다. 당사자에게 확인하기 전까지는 아무래도 이런 기분은 어쩌지 못할 것 같았다.

순진과 만나기로 한 홍대역 3번 출구가 보이는 길가 주차장에 차를 세운 주리는 차에서 내렸다. 요즘은 가을이 되어도 드높고 새파란 하늘을 보는 게 쉬운 일이 아닌데 오늘 날씨는 정말 데이트하기 딱 좋다. 햇살이 뜨거운 대신 바람이 시원하게 불어오고 있었다.

해사한 미소를 머금은 주리는 손으로 머리를 한번 쓸어 올렸다. 지나가던 남자들의 시선이 주리에게 모아지고 있었으나 주리는 전혀 눈치를 채지 못했다. 관심 없는 것에는 무심한 탓이다. 지금 주리의 신경은 온통 순진이 도착하면 어디부터 갈까, 로 쏠리고 있었다.

Rrrrrr.

순진의 전화라 여긴 주리는 서둘러 가방에서 휴대폰을 꺼냈다. 통화 버튼을 누르려던 주리의 표정이 딱딱하게 굳어졌다. 잠시 망설이던 주리는 통화 버튼을 옆으로 밀어 전화를 받았다.

"무슨 일이에요?"

일반적인 모녀의 통화라면 이런 투의 말로 통화를 시작하지 않겠지? 말을 내뱉고 보니 아직도 엄마에게 바라는 게 많은 자식 모드다.

[후우, 넌 어쩜…….]

한동안 수화기 너머로 침묵이 이어졌다. 못마땅한 기색을 드러내는 엄마에게 주리는 가능한 한 담담한 마음을 유지하려 애썼다. 수개월이 넘도록 전화를 하지 않던 수미는 한 번 전화를 했다가 주리가 받지 않으면 끈질기게 전화를 해댔다. 밤낮없이 본인이 내키는 대로. 주리는 그런 수미의 전화가 반가울 리 없었다.

[휴가 받아서 라스베이거스로 와.]

엄마는 늘 이런 식이다. 부탁 같은 건 애초부터 할 생각도 못하는지 항상 모든 일의 초점은 엄마에게만 맞춰져 있었다.

"거긴 왜요?"

주리는 건조한 어조로 물었다. 될 수 있는 한 엄마에게 어떤 감정도 가져서는 안 된다. 그저 자신을 낳아준 생물학적 엄마니까. 기대가 없으면 상처도 없는 법이다.

[오기 싫다는 말이 더 빠르지 않니?]

비아냥거리는 목소리에 주리는 길게 한숨을 내쉬었다. 아무리 건조해지려 해도 심장을 아릿하고 축축하게 만드는 엄마가 너무 싫었다. 왜 자신에게 살가운 엄마일 수는 없는 것인지. 미안해하는 엄마일 수는 없는 것인지. 담담해지자 마음먹은 것과는 달리 자꾸만 원망이 가슴을 꽉 채운다.

"휴가는 이미 갔다 왔어요. 휴가가 남았더라도 가고 싶지도 않고요."

조금 더 살가운 엄마를 기대한 모양이다. 오는 말이 곱지 않으니 가는 말도 곱지 않은 거는 어쩔 수가 없다.

[그래. 너한테 뭘 기대할 수 있겠니. 맘대로 하렴.]

툭, 전화가 끊겼다.

대체 맘대로 하는 사람은 누군데……. 맘대로 하라니…….

주리가 맘껏 원망을 쏟아내고 싶어도 수미와의 대화는 늘 이렇게 끝을 맺었다. 참으려고 해도 자꾸만 입술이 제 맘대로 씰룩댔다. 서른넷이나 나이를 먹었어도 여전히 엄마 앞에서는 9살 아이로 멈춰 버린 것만 같다. 다리에 힘이 하나도 없었다. 주리는 계단을 간신히 올라 공원 입구의 벤치에 풀썩 주저앉았다.

수미가 집을 나가고 그들이 마주 보고 이야기를 나눈 건 손가락에 꼽을 정도다. 9살 때 한 번, 사춘기 무렵 한 번, 주리가 미국에 있는 수미를 만나러 갔다. 두 번의 만남 모두 주리가 기대한 모녀 상봉은 아니었다. 그리움은 곧 원망으로 바뀌었고 주리는 그 후, 먼저 수미를 찾는 법이 없었다.

딩동.

「무슨 생각을 그렇게 해? 설레는 표정으로 기다리고 있어야지.」

멍하니 벤치에 앉아 있던 주리는 순진의 문자에 괜스레 코끝이 찡해졌다. 주리는 얼른 홍대역 3번 출구를 향해 시선을 가져갔다. 주리가 도착했을 때보다 출구 쪽에는 사람들이 제법 많았다.

대충 훑어도 거기 서 있는 사람들보다 머리 하나쯤은 큰 키의 그를 발견하는 건 어렵지 않을 텐데 순진이 보이지 않았다. 주리는 순진에게 전화를 걸며 벤치에서 일어났다. 몇 번 신호가 울리지 않아 바로 순진과의 통화가 연결됐다.

"뒤에 있어."

주리가 여보세요라고 말을 하기도 전에 가까운 곳에서 순진의 목소리가 들렸다. 주리는 뒤를 돌아다보았다. 순진이 환하게 웃으며 주리를 내려다보고 있었다. 그 웃음에 조금 전 아팠던 마음이 순식간에 사르르 녹아 없어지는 것 같았다. 주리도 활짝 미소로 화답했다.

"주인님을 기다리느라 진이 빠졌던 거야?"

장난기 가득한 순진의 표정에 주리는 피식 웃었다. 아마도 휴대폰에 순진을 주인님이라고 저장했던 건 순진이 저런 표정을 지을 거란 것을 예상했기 때문일 것이다.

"봤어?"

"내내 궁금했는데. 어떻게 그렇게 저장할 생각을 했을까."

"내가 네 거니까. 그럼 넌 내 주인님인 거지."

"그럼 그 호칭은 논리적 사고에 기반을 두고 있는 거군."

"설마 내가 램프의 요정, 지니처럼 너를 주인님으로 모실 거라고 착각한 거야?"

"그걸 보고 잠깐 기대했던 건 사실이야."

"치이. 넌 여자가 떠받들어주는 게 좋다는 거야?"

"노! 네버!"

"잠깐 기대했다면서."

"주리가? 설마? 그랬을 뿐이야."

"그런 거 기대하는 거면 상대를 잘못 골랐어. 그래도 나랑 연애할 거야?"

"물론이지. 내 의지를 또 보여줘?"

순진이 이글거리는 눈동자를 주리에게 맞춰왔다. 주리가 화들짝 놀라며 먼저 앞서 걷기 시작했다. 허둥거리는 주리를 쫓아온 순진이 빙긋 미소를 지었다.

"때와 장소를 가려."

"너 생각보다 응큼하구나."

주머니에 손을 넣고 걸어가던 순진이 어깨로 주리를 슬쩍 밀치며 핀잔을 주었다.

"뭐라고?"

"내가 뭘 어쨌다고 때와 장소를 가리라는 거야?"

"너 지금 여기서…… 응! 응! 하려고 했잖아."

"응! 응! 이 뭔데?"

주리가 대답 대신 잔뜩 눈을 흘기자 순진이 고개를 젖히며 웃어 댔다. 순진의 하얀 치아가 햇빛을 받아 눈부시게 빛났다. 여전히 주리를 놀리는 것에 재미를 붙이고 있는 그를 바라보는 주리의 시선이 이전처럼 뾰족하지 않았다.

"근데, 무슨 생각을 그렇게 심각하게 했어? 내가 저기서부터 너한테 눈 맞추고 걸어왔는데."

잠깐 잊고 있던 엄마와의 통화를 떠올린 주리의 표정이 금세 어두워졌다.

"왜? 말해주기 싫어?"

"말해주기 싫은 게 아니고 너랑 첫 데이트인데 우울한 이야기하기 싫어."

주리는 언제든 적당한 때에 순진에게 엄마에 대한 이야기를 할수 있을 거라 여겼다. 오늘은 그런 이야기를 하기엔 너무 날씨가좋았고 그와 함께 있는 기분이 설레고 좋았다. 오늘만큼은 순진과 행복하고만 싶었다.

"긍정적으로 생각해도 돼?"

"이번만큼은 이기적이라고 안 할게."

"오케이. 그럼 우리 공식적인 첫 데이트를 시작해 볼까?"

"응."

주리가 환하게 웃으며 고개를 끄덕이자 순진이 팔을 내밀었다. 주리는 그의 팔에 팔짱을 끼고 나란히 섰다. 상상이 현실로, 두근거리는 데이트의 서막이 올랐다.

"경의선 숲길은 이쪽인데."

순진이 홍대역 지하철 입구로 방향을 틀어 주리를 데려갔다. 주리는 의아한 표정으로 순진을 올려다보았다.

"그 구두 신고 여길 걸어 다닐 생각은 아니지?"

순진이 하이힐, 주리의 구두를 손가락으로 가리켰다.

"괜찮아."

"괜찮지 않아. 사전 조사는 한 거야?"

취재하러 연남동에 와 있다는 말을 듣고 나오며 순진은 전철 안에서 열심히 검색을 했다. 경의선 숲길의 길이도 제법 길었고 연남동 골목길까지 누비자면 제법 걸어야 하는데 주리는 힐을 신고 있었다.

"우리 커플 신발 사 신자."

"후후, 커플된 기념으로?"

"응."

"신발 사주면 그거 신고 도망간다고 애인들끼리는 신발 선물

안 하는데."

"속설이야. 지금이 어떤 시대인데 그런 걸 믿어."

"백수가 무슨 돈이 있어서?"

"그거야 너랑 연애하고 싶어서 댔던 핑계지. 나 돈 많아."

"으이유! 속았어!"

"왜? 억울해?"

"억울하지."

"그럼 돈 없는 척 계속할까?"

"됐거든."

"하하하, 백수 애인은 싫은 거구나."

"피이."

주리는 순진과 실없는 농담을 주고받는 게 즐겁기만 했다. 투덕거리며 걷다 보니 두 사람은 홍대역 주변, 상점들이 즐비한 곳까지 와 있었다. 사람들로 붐비는 거리가 오늘따라 유쾌하게 느껴지는 건 아마도 순진과 함께이기 때문이겠지. 그런 생각에 주리의 입가에 더욱 환한 미소가 지어졌다.

"여기 자주 와봤어?"

"대학 다닐 때, 몇 번?"

"여자친구랑?"

"아니거든. 공연 보러 왔거든."

"과거의 일을 따지고 들지도, 궁금해하지도 않을 건데 뭘 그렇게 정색해. 내가 그렇게 쪼잔해 보여?"

"여자랑 안 왔다니까. 쓸데없는 소리 그만하고 신발이나 골라봐."

　순진이 제법 매너를 지키려는 모양이었다. 순진이 과거에 어떤 여자를 만났건 어떤 사랑을 했건 그건 중요하지 않았다. 그런 걸 솔직하고 싶다고 혹은 자신이 인기남이었다고 자랑하듯 털어놓는 남자, 별로 매력 없다. 그런 남자, 가벼운 사람 같다.

　"저거."

　주리는 찬찬히 신발들을 살피다 진한 청색 슬립온을 골랐다. 스카이블루 긴팔 셔츠에 흰색 반바지를 입고 있는 순진에게 잘 어울려 보였다.

　"풉!"

　주리가 웃음을 터뜨리자 순진이 한쪽 눈을 찡그리며 주리를 내려다보았다.

　"왜 웃어?"

　"생각해 보니까 네가 유치해서."

　"뭐가?"

　"아침에 내가 이렇게 입고 나간 거 생각하면서 같은 색으로 맞춰 입고 온 거잖아. 게다가 똑같은 신발까지."

　주리가 순진을 시선으로 훑고 자신도 한 번 훑어보고 다시 웃었다.

　"원래 사랑하면 유치해지는 거야. 이런 거 해보고 싶었어."

　"안 해본 사람처럼 왜 그러실까."

　"연애는 안 해봤다고 말할 수 없지만 이런 건 처음이야. 이렇게 유치해지고 싶었던 적 없었어."

순진의 말에 주리의 심장이 콩닥콩닥 춤을 추었다. 별 의미 없는 말일 수도 있는데 그가 마음을 표현하는 것으로 들렸다.

"난…… 유치한 사람이 좋더라."

"언제부터?"

순진이 심각한 표정으로 묻자 주리가 피식 웃었다. 그가 장난을 칠 때마다 발끈해서 노려보고 이죽거렸으니 유치한 사람이 좋다는 말에 동의를 할 수 없는 것이리라.

"오늘부터."

한동안 주리와 순진은 서로에게 시선을 맞추고 큭큭거리며 웃었다. 두 사람은 커플 냄새를 물씬 풍기며 연남동으로 향했다.

"웬 배낭을 메고 왔나 했더니 카메라를 가지고 온 거야?"

공원 입구에 다다르자 순진이 배낭에서 카메라를 꺼내 어깨에 멨다.

"취재 나온 거라며."

"정식 취재는 아니야. 느낌만 보러 온 거지."

순진이 사진을 찍는대도 잡지에 실을 만한 사진은 아니겠지만 그와 함께 본 풍경과 시간은 고스란히 담을 수 있겠다는 생각이 들어 주리는 순진을 향해 활짝 미소를 지었다.

그 순간을 놓치지 않고 순진이 셔터를 눌렀다. 앵글 안으로 주리가 환하게 웃는 모습이 가득 들어찼다. 너무나 예뻐 가슴을 설레게 하기 충분한 웃음이라 사진 속에 그녀의 미소를 가두고 싶어질 정도다. 순진은 연속으로 셔터를 눌렀다.

"이렇게 예쁘게 웃을 줄 알면서 왜 그동안 인색하게 굴었어?"

순진이 카메라 액정을 넘겨 연속 촬영된 사진을 확인하며 주리에게 눈을 흘겼다. 미소를 짓다가 그만하라며 손을 내젓기도 하고 뒷걸음질 치기도 했던 주리가 고스란히 사진으로 담겨 있었다. 순간이 영원으로 기록되는 사진의 묘미에 순진은 푹 빠진 듯 주리의 사진을 보고 또 보았다.

"때론…… 행복하게 웃는 것조차 죄스러운 기분이 드는 것에 대해 어떻게 생각해?"

집이 쉼터로 운영되어지던 때, 주리는 기쁜 일이 있어도 맘껏 기뻐하지 못했었다. 불행한 사람들로 가득한 공간에서 소리 내어 웃는 것은 마치 초상집에서 킬킬거리며 웃는 것과 같은 거였다. 순진의 의아한 표정을 보니 괜한 말을 꺼냈다 싶다.

"어! 철길이네!"

발걸음을 옮기려 몸을 돌리니 짤막하게 놓여 있는 철로가 보였다. 주리는 냉큼 그리로 달려가 철로를 수평대 삼아 양팔을 벌려 균형을 잡고 조심조심 걸어보았다.

행복하게 웃는 것이 죄스럽다는 말은 어떤 의미일까. 무언가 해줄 말이 많아 보이는 표정으로 잠시 자신을 올려다보던 주리가 철로 위를 걸어 다니며 장난을 치자 순진은 어깨를 으쓱하고 주리에게 다가가 그녀의 손을 잡아주었다. 주리에 대해 알고 싶은 게 너무나 많았지만 그녀가 편하게 말할 수 있을 때까지 기다려 주는 게 그녀가 원하는 것이리라.

한참 동안 철길 위에서 웃고 장난을 치던 두 사람은 경의선 숲길을 산책하듯 천천히 걸었다. 싱그러운 녹음으로 뒤덮인 경의선 숲길은 제법 길게 이어져 있었다. 상상했던 것처럼 주리는 순진과 나란히 보폭을 맞춰 걷는 것만으로도 즐거웠다.

가끔 주리가 걸음을 멈추고 아기자기하게 꾸며진 개울과 개울 주변의 싱그러운 풀들을 바라보면 순진도 걸음을 멈추고 주리와 같은 풍경을 눈에 담거나 카메라로 사진을 찍었다. 그런 순진을 옆에서 물끄러미 바라보기만 해도 절로 지어지는 미소가 주리의 입가에서 떠나지 않았다.

주변을 둘러보니 공원을 산책하는 수많은 사람들의 표정이 참 평화롭다. 삶이나 상처에 찌들지 않은 여유로운 얼굴을 한 그들이 처음으로 아무런 비판 없이 주리의 눈에 들어왔다. 그 속에 섞여 있는 자신도 충분히 그럴 자격이 있다고 말해주는 것 같다. 새삼스런 깨달음에 주리는 멍한 표정을 지었다.

"또 무슨 생각을 그렇게 해?"

순진이 살며시 손을 잡아왔다. 주리는 눈을 깜박이며 그에게 잡힌 손으로 시선을 가져갔다. 자연스럽게 그의 손에 쏙 감싸인 작은 손에서도 행복이 전해진다. 그런 느낌이 너무 감사해 눈물이 날 것 같았다.

궁금한 것이 많은 표정이었지만 순진은 대답을 강요하지 않았다. 순진이 발걸음을 옮기자 주리는 맞잡은 그의 손을 놓치지 않으려 손가락 사이에 깍지를 끼워 꼭 마주 잡았다. 주리를 내려다보는 순진의 미소가 메타세콰이어 나무의 색깔보다 더 싱그럽고 발에 닿는 흙길의 향기보다 더 풋풋하게 느껴진다.

주리는 순진의 손에 이끌려 연남동 골목길로 들어섰다. 아까부터 분명 오래되고 허름한 동네 골목길을 걷고 있는데도 마치 이곳이 지금까지 자신이 잡지에 소개해 왔던 핫 플레이스보다 훨씬 더 낭만적으로 느껴진다.

"어디 가는 거야?"

뭐, 이대로 호젓하게 골목길을 누비고 다녀도 나쁠 건 없었다. 하지만 순진이 갈림길에서는 목적지가 있는 듯 두리번거리며 고개를 갸웃거리기도 해 주리는 그렇게 물었다.

"어? 가보면 알아."

순진은 주리에게 근사하고 특별한 저녁을 먹여주고 싶어 언젠가 아버지를 따라가 본 적이 있던 예약제 개인 레스토랑을 찾아가고 있었다. 차로 이동할 때와는 달리 걸어서 찾아가려니 쉽지가 않았다. 게다가 주리를 놀라게 해주고 싶어 휴대폰 지도 앱의 도움을 받을 수도 없었다. 분명 이 길이 맞는데…….

"아! 저기다."

골목 모퉁이를 돌아 두리번거리던 순진은 담쟁이덩굴로 덮인 대문을 발견하고 손가락으로 가리켰다. 대문에는 연두색 철제로 된 돌출 간판이 붙어 있었다.

"6월의 숲!"

목적지를 발견한 순진의 보폭이 빨라졌다. 외부 계단이 있는 2층 집은 마치 주리의 집을 연상케 했다. 어쩐지 주리의 집이 낯이 익었던 건 이곳과 비슷한 구조였던 거구나.

"우와! 호젓한 골목길 안쪽에 이런 곳이 있었네."

주리가 눈을 반짝이며 대문 안쪽을 살폈다. 이런 곳이 있을 줄 몰랐다는 표정이다.

"가격대가 좀 저렴하면 SNS에 벌써 퍼졌겠지만 여기는 쉐프가 독특한 철학을 가지고 운영하고 있어서 대중적이진 않아. 뭐, 잘 알려지지 않은 덕분에 아까 예약을 할 수 있기도 했지. 테이블이 달랑 두 개거든."

"아아, 그렇구나."

주리는 서울 시내에 핫하게 뜨는 대중적인 곳은 대부분 안 가본 곳 없이 돌아다녔으나 쉐프가 운영하는 개인 레스토랑은 처음이었다.

"어머, 그런데 이 집 구조가 우리 집이랑 비슷하다."

호기심 어린 시선으로 마당 안으로 들어서던 주리는 순진을 돌아보며 눈을 커다랗게 떴다. 그러고는 다시 탐색에 들어갔다. 대문 기둥이 담쟁이덩굴로 뒤덮인 것, 마당이 있고 집의 구조가 비슷하긴 하나 분위기는 전혀 달랐다.

이곳은 대문을 없앤 대신 마당 안쪽이 쉽게 눈에 들어오지 못하도록 모란꽃나무 세 그루가 풍성한 잎을 자랑하며 자리를 잡고 있었는데 키가 아주 크지 않아 답답해 보이지는 않았다. 모란꽃나무 뒤로 메인 테이블과 서브 테이블이 놓여 있었다. 그 주변으로는 아기자기한 소품들이 예쁘게 장식되어 있어 마치 프랑스식 가정 파티를 연상케 했다.

하얀 테이블보가 깔린 메인테이블 위에는 은제 촛대가 놓여 있었고 테이블 위로 늘어진 나뭇가지에도 랜턴 형태의 캔들 홀더까지 매달려 있었다. 아직 촛불이 밝혀져 있지는 않았지만 촛불을 밝히면 꽤 로맨틱한 분위기를 자아낼 것 같았다.

"식사를 하기엔 저기 서브 테이블은 너무 작아 보이는데?"

메인 테이블에 비해 서브 테이블은 손님을 위한 것이라기보다 장식용으로 놓인 것 같은 느낌이 들었다.

"거실에도 테이블이 하나 더 있어."

"아, 그래?"

"홍 쉐프님."

순진은 주리의 손을 잡고 집안으로 들어갔다. 홍 쉐프가 좌석은 예약을 할 수 없고 오는 순서대로 맘에 드는 곳에 앉으면 된다고 해서 순진은 주리가 안을 둘러보고 선택하게 하고 싶었다.

"오랜만입니다."

개수대에서 식재료를 다듬고 있던 홍 쉐프가 행주로 손을 닦으며 조용한 미소를 지어 보였다. 커다란 체구와 잘 정돈된 수염을 가진 그의 인상은 다시 보아도 이태리 성악가를 연상시켰다. 지난 겨울 한 번 보았을 뿐인데도 홍 쉐프는 순진을 기억하고 있었다. 순진의 부친이 워낙 이곳을 좋아해 모친과 자주 식사를 하는 탓이었다.

"아버님은 이사 잘하셨나요? 얼마 전에 오셨을 때, 곧 여수로 이사를 하신다고 하셨는데 통 안 오시는 걸 보면 이사를 하신 것 같군요."

"네. 몇 달 됐습니다."

"그랬군요."

홍 쉐프는 아쉬운 듯한 표정을 짓다가 주리에게로 시선을 가져갔다.

"이쪽은 커리어라는 잡지사 에디터, 송주립니다."

"아아, 안녕하세요."

잠시 눈인사만 건넸던 홍 쉐프가 긴장한 표정으로 예의를 갖춰 인사를 했다.

"안녕하세요. 후후, 취재하러 나온 건 아니니 긴장은 내려놓으세요."

쉐프의 얼굴에서 살짝 긴장한 표정을 엿본 주리는 명함을 건네면서 가볍게 대화를 시도했다. 그런 주리의 모습을 보고 순진이 피식 웃었다. 저렇게 사람을 대할 줄 아는 사람이 어떻게 제게 인터뷰를 왔을 때는 뾰족하게만 굴었는지 모를 일이었다.

"쉐프님, 다른 손님들이 아직 오지 않았으니 자리 선택은 저희가 해도 되는 거죠?"

실내의 자리가 비어 있는 것은 집 안으로 들어오며 확인했으나 순진은 혹시라도 변동사항이 있는지 체크했다.

"오늘은 쿠킹 클래스가 있어 워낙 손님을 받지 않는 날인데 안 선생님 자제분이라 제가 특별히 예약을 받은 겁니다. 그러니 맘에 드는 자리에 앉으세요. 이리저리 옮겨 다니셔도 상관없습니다. 오랜 지인에게는 특별한 대우를 해드려야죠."

"아아, 그런 거군요. 정말 감사합니다."

취재를 나온 것이 아니라는 주리의 말에 홍 쉐프는 아일랜드 식탁에 자리를 잡고 서서 요리를 하기 시작했다. 순진과 홍 쉐프가 이야기를 나누는 동안 주리는 실내 둘러보았다.

일반 가정집의 부엌과 거실을 하나로 터 넓은 주방으로 꾸며진 오픈 키친 형태였다. 중앙에 놓여 있는 아일랜드 테이블이 큰 것을 보면 홍 쉐프의 말대로 이곳에서 요리 수업도 진행되는 모양이었다. 마당이 보이는 창가 쪽에는 티 테이블이 있고 아일랜드 테이블 끝에 다리가 긴 의자가 놓여 있는 것으로 보아 아마도 그곳이 손님용 자리인 듯했다.

"어디에 테이블 세팅을 해드릴까요?"

홍 쉐프의 물음에 순진은 주리를 쳐다보며 직접 결정하라고 고개를 끄덕였다. 주방의 형태와 실내 인테리어도 주리에게 무척 호기심을 자극시켰지만 오늘은 온전히 순진과의 시간을 만끽하고 싶었다. 그리고 아까 나뭇가지에 걸려 있는 캔들 홀더에 자꾸 마음이 갔다.

"야외 테이블이 좋겠어요."

홍 쉐프는 주리의 선택에 흔쾌히 테이블 세팅용 바구니를 들고 마당으로 나갔다.

"여기 취재하면 좋은 기삿감을 얻을 수도 있을 텐데? 쉐프가 요리하는 것도 직접 볼 수 있고 쉐프랑 대화도 나눌 수 있어."

"오늘은 취재 나온 거 아니라니까. 다음에 또 오면 돼."

주리는 다시 한 번 실내를 휘둘러보고 마당으로 나갔다. 그사이 어두워진 마당에는 촛불이 밝혀져 은은한 빛이 번지고 있었다. 생각했던 것보다 훨씬 아늑하고 로맨틱한 분위기라 주리는 눈을 반짝였다.

"식기가 독특하네요."

주리는 순진이 뒤에서 의자를 끌어주자 미소를 머금고 자리에 앉았다. 홍 쉐프는 테이블 위에 플레이트를 올리고 그 위에 냅킨을 얹은 후, 꽃 장식을 덧입혔다. 쉐프의 손이 상대적으로 커 귀엽고 작은 꽃송이가 더욱 앙증맞게 느껴졌다.

"그거, 쉐프님 솜씨야."

순진이 주리의 앞에 자리를 잡고 앉으며 홍 쉐프를 대신해 알려주었다. 홍 쉐프는 미소를 머금은 채 두 사람의 대화에 최대한 끼어들지 않으려 했다. 아마도 주리가 야외 테이블을 선택한 이유를 잘 알고 있는 것 같았다.

"도자기도 구우셔?"

"손재주가 있으시니까."

"요리를 잘하신다고 도자기를 이런 솜씨로 구울 수 있는 건 아니지. 딱 봐도 아마추어 솜씨가 아닌데?"

"하하, 송 기자님이 눈썰미가 좋으시군요. 맞습니다. 요리 좋아한다고 도자기 굽는 것도 좋아하라는 법은 없습니다. 대학 때, 전공이 도예과였어요. 친환경 음식을 만들어 공장에서 찍은 그릇에 대접하는 건 제 요리철학에는 맞지 않아서 친환경 소재로 직접 구웠습니다."

세팅을 마친 홍 쉐프는 적당한 타이밍에 두 사람의 대화에 잠시 끼어들어 주리가 궁금해하는 것을 풀어주고는 집 안으로 들어갔다.

"거봐. 딱 봐도 전문가의 솜씨가 느껴지잖아. 회색빛이 도는 이런 자기는 유럽풍이라 공수해 온 건가 했다고."

"모양과 질감이 투박해서 이 정도는 나도 구울 수 있겠다 싶었는데. 아닌가?"

"하여간! 잘난 척은 아주 몸에 배었다니까."

"잘난 척이 아니라 실제로 잘났다니까."

"못 말려, 정말."

순진이 눈웃음을 지어 보이자 주리는 그에게 흘기던 시선을 거둬들이며 웃었다.

"여기 참 근사하다. 식구들하고 자주 왔었나 봐."

주리가 로맨틱한 분위기에 젖어들어 마당 구석구석을 바라보다가 순진에게 툭 던지듯 물었다.

"자주는 아니고 한 번. 주로 부모님이 자주 오셨지. 검사로 지낼 때는 일에 치여서 가족 모임에 소홀할 수밖에 없었거든. 그래도 시간 날 때마다 틈틈이 가족 모임에 참석하려고 애를 쓰긴 했어."

"가족 모임……."

주리는 그렇게 중얼거리며 고개를 끄덕였다. 아무리 기억을 헤집어보아도 제게는 그런 모임은 생소하기만 했으니까. 그러고 보니 이렇게 근사한 곳에서 외식 한 번을 한 적도 없다. 이런 곳에 오는 것조차도 쉼터 식구들에게 미안한 일이 되곤 했으니까.

"아버지가 워낙 식도락가야. 새로운 요리를 찾아내시거나 맛있는 걸 드시고 오시면 꼭 데리고 다니셨어."

"그래……."

주리가 또 고개를 끄덕이며 어두운 표정이 되자 순진은 잠깐 한쪽 눈을 찌푸렸다. 마치 자신의 이야기가 주리를 우울하게 만드는 것 같은 기분이 들었기 때문이다.

"혹시 아보카도 괜찮으십니까?"

홍 쉐프의 목소리가 집 안에서 울려 퍼져 나왔다. 울림통이 큰 성악가 톤의 목소리에 주리는 눈을 크게 뜨고 신기한 표정이 됐다.

"아보카도 괜찮아?"

"응."

주리가 고개를 끄덕이자 순진이 집 안으로 성큼성큼 걸어 들어 갔다. 잠시 후, 순진이 커다란 사각 샐러드 접시와 유리 포트를 들고 나왔다. 먹기 좋은 크기로 커팅된 아보카도와 파란 풋사과 사이로 견과류와 블루베리가 적당하게 섞여 있는 과일 샐러드 위에 하얀 솜뭉치 같이 몽글몽글한 것들이 샐러드 접시에 수북하게 쌓여 있었다.

"먹어봐. 방금 만든 리코타 치즈래."

순진이 유리 포트에 담겨 있던 모히토를 잔에 따라 주리 앞에 놓아주었다.

"우와 따뜻하고 부드러워."

주리의 입안으로 들어간 리코타 치즈는 금방 고소한 치즈 특유의 향만 입안에 남긴 채 흔적도 없이 녹아버렸다. 과일과 함께 먹으니 풍미는 배가됐다.

"이거만 먹어도 배부르겠어. 쉐프님이 솜씨도 좋으시지만 손도 무척 크시네."

"조금 있으면 그런 말 못 할걸."

"왜?"

"직접 느껴봐. 미리 알려주면 재미없거든. 참고로, 나도 처음 왔을 때 너랑 똑같은 말 했어."

"피이, 혼자만 재미있겠다는 거야?"

큭큭거리며 웃는 순진에게 주리가 눈을 흘겼다.

"우리 아버지도 나한테 그러셨어. 의아해도 절대 알려주지 않으시지. 직접 체험하고 느껴라. 뭐, 그게 자식을 키우는 모토라나 뭐라나."

"아버지가 참 멋지신 분 같아."

주리는 리코타 치즈 맛에 반해 치즈만 집어 먹다 느끼해진 맛을 잡아주는 모히또를 마시며 놀라운 눈빛을 했다.

"그 모히또도 홍 쉐프님이 직접 만든 거야. 저기 마당 뒤로 돌아가면 홍 쉐프님의 정원 텃밭이 있는데 거기에 각종 허브가 심어져 있어. 가볼래?"

"그래?"

잠시 눈을 반짝이던 주리는 살며시 고개를 저었다. 오늘은 취재가 목적이 아니라 그와 시간을 보내는 것에 초점을 맞추기로 했으니까.

"아버지처럼 의사가 되고 싶지 않았어?"

"풉!"

"왜? 내 질문이 뭐 우스운가?"

주리가 인상을 구기며 고개를 갸웃하자 순진이 주리에게 눈을 맞추며 모히또를 마셨다. 그의 묘한 눈빛과 목으로 음료가 넘어갈 때마다 크게 움직이는 목울대에 주리는 침을 꿀꺽 삼켰다. 어느새 그녀의 심장도 커다랗게 진동을 시작했다.

"인터뷰 때도 이랬으면 좋았잖아. 그때는 왜 그렇게 긴장하고 날을 세웠던 거야?"

주리는 조금 전 보았던 순진의 섹시한 모습에 긴장됐던 마음을 추스르지 못한 채 살짝 볼을 붉히며 눈을 깜박이기만 했다.

"이제 좀 솔직히 말해주시지."

"뭘 솔직히 말해? 내가 뭐 어쨌게. 네가 너무 잘난 척해서 재수 없었다고 했잖아."

지난번에도 순진은 같은 물음을 했었다. 그때 얼버무리듯 그렇게 말해주었는데 아직도 또 다른 이유가 있는 거라고 생각하고 있는 모양이었다.

"그날, 너는 처음부터 긴장하고 있었어. 그걸 풀어주려고 내가 먼저 가벼운 말들을 할 수밖에 없게 했어. 오늘 홍 쉐프님 대하는 거 보니까 확실히 알겠던데. 그날 넌, 오늘과는 많이 달랐어."

순진의 집요한 눈초리를 보니 오늘은 쉽게 포기하지 않을 것 같았다.

"후우우, 그래. 솔직하게 말해줄게."

주리는 길게 숨을 내쉬고는 순진에게 그날 자신이 왜 그렇게 날을 세울 수밖에 없었는지에 대해 솔직하게 털어놓기 시작했다.

"널 처음 봤을 때, 네가 생각보다 참 멋지더라. 난, 멋진 것을 보면 늘 자제심을 발휘해 왔어. 내 것이 될 수 없는 거라고 여겼거든. 간절하게 무언가를 탐내는 순간 얻게 되는 좌절감은 내게 극복하기 힘든 상처였어. 그래서 갖고 싶은 것들이 생기면 나도 모르게 날을 세우고 긴장을 하곤 했어. 그날 난…… 널 갖고 싶어질까 봐…… 두려웠어."

"탐나면 쟁취해야지 왜 지레 포기부터 해? 좌절을 하면 다시 일어서면 되는 거고. 인생에 기회가 한 번밖에 없는 것도 아니잖아."

"내가 처음 간절히 원한 것이 절대 내가 가질 수 없는 것이란 걸 알았기 때문이랄까."

주리는 씁쓸한 표정을 지었다.

"무엇을 원했던 건데?"

순진이 주리를 응시하며 조심스럽게 물었다.

"평범한 가족."

주리의 눈시울이 조금씩 붉어지기 시작했다. 오래도록 가슴에만 묻어두었던 평범한 가족에 대한 간절한 바람을 내뱉고 나니 가슴이 너무나 아렸다.

"7살 때, 갑자기 엄마가 사라졌어. 할머니나 아버지는 어떤 설명도 해주지 않으셨어. 며칠 동안 집 안을 샅샅이 뒤지고 또 뒤졌지. 엄마가 숨바꼭질을 한다고 여겼거든. 너무 꽁꽁 숨어 있어서 찾을 수 없는 거라고. 하지만 며칠 동안 망설이기만 하다가 성준이랑 같이 지하실을 들어갔다 온 후, 그때 알았어. 엄마가 집에 없다는 걸."

주리는 먹먹해진 목소리로 거기까지 말하고는 목구멍으로 차오르는 울음을 삼키려 목을 주억거렸다. 멍하니 주리의 이야기를 듣고 있던 순진이 주리에게 다가가 그녀의 머리를 끌어당겨 안았다. 한동안 그에게 이마를 기대고 있던 주리가 고개를 들었다.

"괜찮아. 너무 오랫동안 마음속에만 담아두었던 이야기라 너한테 털어놓고 나니 속이 시원해."

순진은 주리 옆으로 의자를 끌어와 앉으며 주리의 손을 꽉 잡아주었다.

"다 털어놔. 내가 다 들어줄게."

"엄마가 너무 보고 싶었어. 그렇게 그리워만 하다 9살 무렵에 엄마를 만나러 갔는데……. 그렇게 그리워하던 엄마가…… 얼마나 낯설던지."

"엄마도 네게 아무런 설명해 주지 않으셨던 거야?"

"응."

"물어보지 그랬어?"

"물어볼 수 없었어. 어렸지만 어렴풋이 내가 엄마를 그리워한 만큼 엄마가 날 그리워하지 않았다는 걸 느꼈거든."

"……."

의아한 순진의 표정에 주리는 쓴웃음을 머금고 말을 이었다.

"2년 만에 만났는데 엄마는 날 안아주지도 않았고 눈을 맞추는 걸 불편해했어. 그러면서도 품에는 늘 아주 귀엽고 조그만 강아지를 안고 있었지."

질투심에 사로잡혀 강아지를 공격했다가 물려 개 트라우마를 갖게 된 이야기를 하자 순진이 안타까운 표정을 했다. 무얼 어떻게 위로를 해줄 수 있을까 끊임없이 생각하는 눈동자가 올곧이 자신을 향하고 있다는 사실에 주리는 가슴이 따뜻해졌다.

주리는 천천히 자신이 자라는 동안 집이 쉼터가 되어가던 과정과 그걸 자연스럽게 받아들이기에는 힘들었던 스스로의 경험들을 순진에게 털어놓았다.

"쉼터였던 집에는 늘 사람들로 넘쳐 났지만 난 늘 외로웠던 거 같아. 아버지는 늘 그들에게 집중하셨고 바쁘셨어. 물론 나를 방치하지는 않으셨어. 내게 이해를 구하고 힘든 점은 없는지 살피셨지. 나도 아버지의 일을 지지하고 도왔어. 아니, 도와야 하는 게 옳은 일이니까 마지못해서 아버지를 지지해 드리고 도왔어."

순진이 그렇게 말하는 주리의 말에 충분히 이해한다는 뜻으로 고개를 끄덕여 주었다. 그 어느 때보다 따뜻하게 마주해 오는 그의 온기 넘치는 눈빛에 위로를 받은 주리의 눈에서 눈물이 주르륵 흘러내렸다.

"나, 참 위선적이지?"

"아냐. 누구나 그럴 수 있어. 네가 나빠서 그런 게 아냐. 넌 상처를 받았던 거고…… 그걸 적절하게 치유받지 못했던 거야."

주리가 양 볼에 눈물을 흘리며 희미한 미소를 지어 보이자 순진은 손바닥으로 주리의 양 볼을 감싸 쥐고 그녀의 입술에 제 입술을 가져갔다. 다정하고 부드러운 입맞춤을 하는 사이에도 주리의 눈물은 멈출 줄을 몰랐다. 따뜻한 순진의 위로에 봇물 터지듯 주리의 가슴에 채워져 있던 서러움을 그렇게 토해냈던 것이다.

부드러운 입맞춤 이후 순진은 주리의 볼에 남아 있는 눈물을 살며시 빨아들여 눈물 자국을 지워주었다. 그리고는 눈에도 입을 맞쳐 남아 있는 눈물마저도 삼켰다. 마치 주리의 아픈 상처를 자신도 나눠 가지려는 듯이. 주리의 속눈썹이 파르르 떨려 그의 입술을 간질이자 순진은 미소를 머금고 그녀에게서 입술을 떼어내 눈을 맞췄다.

미소를 띤 그의 눈을 보니 주리는 마음이 더욱 편안해졌다. 아픈 상처를 이렇게 편하게 드러낼 수 있는 사람은 순진이 처음이지 싶었다. 아무런 비판 없이 위로를 해주는 그의 눈길에서 사랑이 온전히 느껴졌다.

"울음 끝이 짧구나."

"대성통곡이라도 해야 해?"

"상처가 깊은 거 같은데 겨우 그거 울고 말아?"

"그럼 여기서 두 다리 쭉 뻗고 아이처럼 울어야겠어? 남의 영업장에서?"

"이제야 조금 널 더 이해할 수 있을 거 같다. 왜 그렇게 나한테 뾰족하게 굴었는지도 십분 이해되고…… 이제부터 나한테 맘껏 투정부리고 응석도 부려. 내가 다 받아줄게."

"정말이야? 뭐든 다 받아줄 거야? 나중에 딴말 하기 없기다."

"딴말 안 해. 그리고…… 이젠 좀 덜 착하게 살아도 돼. 날 희생하면서까지 남을 위해 살 필요는 없어. 우선 내가 행복해야 남도 행복하게 만들 수 있는 거니까."

어쩌면 순진이 상담할 때 멋져 보였던 건 스스로 행복하기에 만들어진 여유로운 마음을 나눠 주는 게 느껴졌기 때문인지 모르겠다.

"맞아. 네 말대로 내가 행복해져야 타인에게 진심으로 대할 수 있는 거지."

그동안 깨닫지 못했던 것들을 그의 말을 통해 공감하는 지금 이 순간이 너무나 평화롭게 느껴졌다. 고집스럽게 자신을 가로막고 있던 피해 의식과 편견에서 해방된 기분이랄까. 주리는 활짝 미소를 머금고 샐러드를 먹기 시작했다.

"우리 때문에 홍 쉐프님이 음식을 못 가져오시는 건 아닐까?"

순진과 나란히 앉아 샐러드 접시를 다 비우는 동안에도 음식은 제공되지 않았다. 발갛게 충혈된 눈을 곱게 접으며 주리가 수줍은 미소를 지었다.

조금 전 그와 키스를 나누는 걸 혹시라도 홍 쉐프가 보았으면 어쩌나 하는 걱정이 새삼스레 들었다. 다행인 것은 제 뒤에 모란 꽃나무가 무성한 잎을 뿜내고 있어 골목에 지나다니는 행인의 눈에는 띄지 않았을 거란 거다.

"너니까 특별히 알려줄게. 홍 쉐프님은 슬로우 푸드를 추구하시지. 손님이 오면 그때부터 빵을 굽고 소스도 하나하나 직접 만드시거든."

순진이 미소를 지으며 고개를 저었다.

"후후, 별것도 아니네. 어쩐지 이곳이 프랑스식 가정 파티를 연상케 하더라니. 원래 숨넘어갈 정도로 느리게 서너 시간씩 식사를 하잖아. 프랑스인들이."

"하하, 맞아. 나도 첨엔 숨넘어가는 줄 알았어. 접시가 비워지면 바로바로 음식이 나오는 것에 익숙해서 이건 대체 뭐지? 이랬다니까. 부모님은 기다리는 동안 쉐프님이랑 요리에 대해 이야기를 나누시느라 별로 상관없어 하셔서 나 혼자 속으로 막 투덜거렸어."

"큭큭."

주리는 순진의 가족 모임을 상상하며 그가 어떤 표정을 짓고 있었을지 알 것 같아 웃음이 터졌다.

"순진 씨!"

집 안에서 홍 쉐프가 순진을 불렀다. 아마도 그제야 다른 음식이 다 된 모양이었다. 뒷담화를 하다 들킨 사람들처럼 두 사람은 서로 눈을 맞추고 잠깐 긴장한 표정을 짓다가 피식 웃어버렸다.

그 후, 순진이 집 안으로 들어갔다가 나올 때마다 테이블에는 제철 식재료를 이용한 음식들이 놓였다가 빈 접시가 되어갔다. 9월 제철을 맞은 해산물 요리가 주를 이뤘다.

홍 쉐프의 지인이 보내준 올해 첫 수확한 석화에서부터 새우를 갈아 감자분과 반죽해서 만든 크림 뇨끼, 피렌체풍 등심 스테이크까지 거의 3시간에 걸쳐 식사를 했다. 이탈리안 요리를 프랑스에서 먹은 듯한 기분이 들었다.

"디저트로 갓 구운 빵이랑 잼을 주시겠다는데?"

"더는 배불러서 못 먹겠어. 커피 생각이 간절하지만 그것도 사양할래."

"그래. 잠깐만 기다려."

비워진 음식 접시를 집 안으로 가지고 들어갔던 순진이 종이봉투를 들고 나왔다.

"그건 뭐야?"

"쉐프님이 싸주셨어."

순진이 봉투를 벌려 주리에게 보여주었다. 노릇하게 구운 호밀 빵과 수제 잼이 담긴 앙증맞은 크기의 병이 보였다. 그리고 그 옆으로 허브 잎이 담긴 비닐 봉투가 놓여 있었다.

"이건……"

"네가 모히또 다시 먹고 싶어질 것 같다고 했잖아. 홍 쉐프님께 말씀드렸더니 정원 텃밭에 있는 애플 민트와 레몬 민트를 싸주셨어. 쉐프님만의 레시피도 전달받았으니까 내가 집에서 만들어줄게."

"우와! 정말?"

"그렇게 좋아?"

"좋지! 모히또 정말 맛있었어. 아무래도 중독될 거 같아."

"그렇게 좋으면 내가 매일이라도 만들어주지."

순진이 자리에서 일어나는 주리의 손을 잡고 대문을 나서려고 하자 주리가 눈을 동그랗게 떴다.

"계산까지 다 한 거야? 많이 나왔지. 내가 내려고 했는데."

"잊은 거야? 내가 백수라도 돈은 많다고 했던 거?"

"아, 맞다. 그럼 인사라도 드리고 가야겠다."

"그래, 편하게 인사하고 와. 나는 여기서 기다릴게."

주리는 집 안으로 들어가 홍 쉐프에게 감사 인사를 드렸다.

"뭘요. 잡지사 기자님이라고 특별 대우를 한 건 아니에요. 오해는 마세요."

"네. 사심 없으시다는 건 음식 맛으로도 충분히 알 수 있었어요. 음식 맛을 방해하지 않는 선에서 제공된 소스가 어찌나 담백한지 홍 쉐프님의 요리 철학이 뭔지도 금방 알겠던데요."

"음식 맛이 괜찮았습니까?"

홍 쉐프는 그제야 주리에게 음식 맛이 괜찮은지 물어왔다.

"네. 아주 훌륭했어요. 조만간 인터뷰에 응해주시겠어요?"

"얼마든지요."

홍 쉐프가 흔쾌히 인터뷰 제의를 수락해 주자 주리는 감사 인사를 하고 그의 배웅을 받으며 밖으로 나왔다. 순진의 등 뒤로 캔들 홀더가 바람에 약하게 흔들거리고 있어 그가 무척이나 로맨틱해 보였다. 불빛에 어른거리는 그의 그림자 위로 주리의 그림자가 조용히 겹쳐졌다.

9

연남동 데이트를 마치고 집으로 돌아오는 길에 순진이 운전대를 잡았다. 골목에서도 이야기를 나누며 잠깐씩 순진의 뜨거운 시선이 입술에 닿을 때면 흠칫 놀라 긴장했던 주리다. 순진이 언제고 담벼락에 저를 밀치고 뜨거운 키스를 퍼부을 것만 같았다.

차에 오르고 나서도 운전하는 중간중간 순진의 타오르는 눈빛에 긴장감을 내려놓을 수 없었던 주리는 차가 집 근처 가로등이 없는 으슥한 곳에 멈춰 서자 호흡마저 삼키고 눈을 크게 뜬 채 침을 꿀꺽 삼켰다.

한 손으로 운전을 하며 다른 한 손으로는 주리의 손을 꽉 잡고 있던 순진은 더 이상 참을 수 없다는 듯 안전벨트를 풀어내고 주리 쪽으로 몸을 틀어 그녀의 입술로 돌진했다. 아무도 없는 둘만의 공간에 있게 되자 순진은 거침없이 주리의 입술을 소유해 갔다.

주리의 윗입술과 아랫입술을 번갈아 물었다가 놓아주길 반복하던 순진에게서 조심스러움은 찾아볼 수 없었다. 주리의 마음을 확인하는 과정이 이어지는 동안 참아왔던 남성적인 본능이 고개를 들고 포효하기 시작했던 것이다. 거칠게 주리의 입술 사이로 그의 혀가 파고들었다.

주리와의 첫 키스 이후, 밤마다, 아니, 시도 때도 없이 주리의 입안 여린 살결의 촉감을 느끼고 싶다는 욕망에 휩싸이곤 했던 그였으니까.

"하아, 주리야."

폭주하던 키스를 멈추고 야릇한 신음 소리처럼 그녀의 이름을 부르자 주리가 감았던 눈을 뜬다. 순진은 자신이 얼마나 그녀를 원하는지, 얼마나 이렇게 그녀를 탐하고 싶었는지에 대해 말하고 싶었지만 살짝 벌어진 그녀의 입술이 너무나 유혹적이라 다시 눈을 감고 그녀의 입술을 담뿍 빨아들였다.

순진의 눈빛에 담긴 열망은 고스란히 주리에게로 전달됐다. 그에게 온전히 마음을 열었기 때문인 걸까? 그의 눈이 말하는 소리가 너무나 잘 들렸다. 주리는 그의 양 볼을 움켜쥐고 그의 키스를 적극적으로 받아들이기 시작했다.

순진의 혀 때문에 입안에서 불이 난 것 같았다. 첫 키스의 맛이 차가운 얼음을 입에 문 것 같았다면 이번 키스는 핫 초콜릿을 머금은 기분이다. 매번 맛을 달리하는 키스에 주리는 심장이 간질거려 미칠 지경이었다.

단단히 주리의 혀를 휘감은 순진의 혀가 빨아들이는 압력은 더욱 거세져 갔다. 순간 주리의 온몸에서 힘이 쭉 빠지며 알 수 없는 감각이 몸으로 퍼져 갔다. 너무나 행복했다. 그와 나누는 키스가 너무나 황홀하다.

그런 감정은 주리의 혀로 고스란히 녹아들고 있었다. 그녀의 혀는 그의 혀를 적극적으로 따라다니며 엉키게도 했다 풀기를 반복하며 구애의 춤을 추는 듯했다.

주리는 인공호흡이 필요할 만큼 숨을 헐떡이면서도 그의 입술을 놓아주고 싶지 않았다. 그의 입술을 치아로 잘근거려도 보고 혀끝으로 핥아보기도 했다. 그리고 그의 윗입술을 제 양 입술로 살짝 물었다 놓아주기를 반복하다가 다시 그의 아랫입술도 똑같이 물었다 놓아주었다.

입술에 모인 신경이 모두 곤두선 것인지 그의 부드러운 살결의 느낌을 하나도 빠짐없이 가슴으로 전달해 주며 희열이 섞인 신음 소리를 절로 뱉게 만들었다. 그 소리가 제 귀에 생생하게 전달되는데도 주리는 부끄러움도 잊은 채 순진에게 폭 빠져들었다.

"하아아."

숨이 턱까지 차오른 끝에 겨우 그에게서 떨어진 주리가 그의 턱에 자신의 이마를 누르고 긴 숨을 토해냈다. 아무 생각도 나지 않았다. 그저 행복하다는 느낌만 가득할 뿐.

"하아아."

순진도 길게 호흡을 뱉어 숨을 가다듬으며 주리의 머릿결을 천천히 쓸어내렸다. 제 숨을 되찾은 순진은 입술을 잔뜩 늘이며 미소를 머금었다. 냉정하기만 하던 주리가 제게 이렇게 뜨거운 키스를 돌려줄 거라고는 상상도 하지 못한 일이었다.

"사랑해."

순진은 주리가 여전히 자신의 턱에 이마를 붙이고 있는데도 도저히 고백하지 않고는 참을 수 없어 그녀를 그대로 놓아둔 채 속삭였다.

"……."

주리가 천천히 고개를 들어 그를 응시했다. 아직도 꿈결 속을 헤매는 주리의 멍한 눈동자는 살짝 부어오른 그의 입술에 머물렀다. 그리고는 그의 입술을 손가락으로 살살 더듬거렸다.

"하아, 주리야. 너를 어쩌니."

아무래도 주리가 사랑한다는 말을 듣지 못한 것 같았다. 순진은 그런 주리가 너무 예뻐 어쩔 줄 모를 지경이라 고개를 흔들며 미소 짓다가 앙증맞은 귓불을 슬쩍 깨물어 버렸다.

주리는 움찔거리며 자라목을 했다. 키스를 할 때보다 더 간질간질한 무언가가 심장 언저리를 간질이는 통에 견딜 수가 없었다. 지난번 그에게 애무받았던 것을 몸은 용케도 기억해 내고 있는 듯했다. 주리는 저도 모르게 바싹 긴장한 채로 몸을 뻣뻣하게 굳혔다.

"사랑해."

그가 속삭인 말이 주리의 귓가에 똑똑히 들려왔다.

"나도 널 좋아해."

주리가 기어들어 가는 목소리로 말하자 순진은 그녀의 턱을 손끝으로 감싸 들어 올려 시선을 맞췄다. 순진의 시선에서 사랑이 담뿍 느껴지자 주리는 코끝이 찡해졌다. 그리고 그동안 그를 애태웠던 것이 미안해졌다.

"내가 그렇게 힘들게 했는데도 날 사랑한다고?"

주리는 쉰 목소리로 물으며 그를 응시했다.

"내 눈이 널 미워하는 거 같아? 속 썩였다고 원망하는 거 같아?"

주리가 고개를 가로저었다. 그의 뜨거운 시선에는 사랑만이 가득했다.

"왜 나야?"

자신이 왜 좋냐는 물음을 하는 주리의 눈동자가 너울거리며 춤을 추고 있었다. 순진은 주리의 입술을 손가락으로 가만히 쓸며 대답하기 시작했다.

"이유가 없어. 그냥 너라서 좋아. 네가 뭘 해도 예쁘고 귀여웠어."

그의 말처럼 누군가를 좋아하는 것에 이유는 없다. 그냥 좋은 것이다. 마치 마음에 자석이 있어 끌리는 누군가를 만나면 절로 시선이 가고 마음이 열리는 것이리라. 그래서 그에게 시선이 가고 마음이 열리려고 했던 거였다. 주리는 미안하단 말이나 고맙다는 말 대신 그의 입술에 제 입을 살짝 맞췄다.

입술을 살짝 댔다가 멀어지는 주리의 얼굴을 감싸 쥔 순진이 이번에는 부드럽게 주리의 입술을 머금었다. 그의 부드러운 살결의 느낌이 혀끝으로 전해지자 아까처럼 온몸을 휘감는 전율에 주리는 살짝 몸을 떨었다.

순진은 주리의 작고 여린 혀를 빨아들였다. 더 이상 수동적이지 않은 주리의 혀가 너무나 자극적이고 귀엽게 그의 혀를 건들이자 순진은 부드러움 따위는 잊고 말았다. 그녀의 혀를 입안에 가두고 달콤하고 끈적거리는 타액마저 모조리 자신의 입안으로 빨아들였다.

서로 한데 뒤엉킨 두 사람의 혀는 누구의 것인지 분간할 수조차 없이 서로의 입안을 오갔다. 진해진 키스만큼 두 사람의 호흡은 점점 가빠졌고 차 안에는 야릇하고 뜨거운 기운이 가득 들어찼다.

가만히 한곳에 머물러 있던 서로의 손길이 누가 먼저랄 것 없이 서로의 몸을 더듬고 있었지만 그들은 의식하지 못할 정도로 달아올라 갔다. 그렇게 숨이 막히도록 키스를 나눈 두 사람의 입술과 부둥켜안았던 몸이 떨어졌을 즈음에는 머리도 옷차림새도 엉망으로 변해 있었다.

"후우, 이러다가 밤새겠다. 들어가자."

순진이 겨우 욕망을 갈무리하며 그렇게 말하자 주리는 가만히 고개를 끄덕이며 옷매무새를 정리했다. 여전히 식지 않은 눈동자가 그런 주리를 응시한 채 시선을 물릴 줄을 몰랐다. 주리는 그의 눈길이 좋으면서도 조금은 두렵기도 했다.

누군가에게 호감을 느끼고 좋아하게 되어 이렇게 키스를 나누고 스킨십을 하는 것은 자연스러운 수순이었다. 순진이 제게서 뜨거운 눈길을 거두지 않는 것은 그 이상의 것을 원하기 때문이란 것도 알았다.

"주리야, 넌 너무 생각이 많아."

순진이 마치 주리의 머릿속을 들어갔다 나온 듯 말을 건네자 주리는 피식 웃었다. 마음 가는 대로 가보기로 해놓고 또 이성적인 논리를 떠올리고 있는 스스로를 어쩔 수가 없다.

"사랑해."

그런 너라도 사랑한다는 말처럼 들린다. 주리는 미소를 머금고 그를 따라 차에서 내렸다.

"내일부터는 내가 출퇴근시켜 줄게."

"자전거로?"

"푸하하하."

순진이 크게 웃음을 터뜨리자 주리도 그를 따라 웃었다.

"취재 다니려면 차가 있어야 해."

"아아, 그렇지. 연남동 취재 나갈 때, 포토그래퍼랑 같이 가?"

머쓱해져 머리를 쓸어 넘기며 주리에게 무심코 그렇게 묻던 순진은 불현듯 떠오른 가인석의 서늘한 눈초리에 살짝 몸서리를 쳤다. 주리가 의아한 눈으로 쳐다보며 고개를 끄떡이자 순진은 미간을 잔뜩 좁혔다.

"그 포토그래퍼 혹시 나 인터뷰 때 왔던 그놈이야?"

"그놈?"

주리는 한쪽 눈을 찡그리며 순진을 올려다보았다. 가인석에게 그놈이란 거친 표현을 서슴지 않는 순진이 조금 전까지 달콤하기만 하던 그가 맞는 것인지 구분이 되지 않았다. 순진의 목소리와 표정은 낯설 정도로 딱딱하게 굳어 있었다. 그러고 보니 저 표정은 순진을 인터뷰하던 날 보았던 적이 있다.

"잡지사에 포토그래퍼가 그놈 하나야?"

"그런 건 아니지만······."

"그런 게 아니면 그놈이랑 같이 작업하지 마."

"잠깐, 자꾸 그놈, 그놈 하지 마. 그리고 내 일은 내가 알아서 해."

"꽤 친한 사인가 보다."

비아냥거리는 목소리가 주리의 신경을 긁었다. 가인석과는 직장동료일 뿐이다. 순진이 저렇게 날을 세울 이유는 없었다.

"벌써 8년 넘게 호흡을 맞췄으니까. 친하다고 할 수 있겠지. 하지만 그건 동료로서야. 자꾸 왜 그래?"

"뭐가?"

"네 목소리, 네 표정. 날이 잔뜩 서 있잖아."

"그놈 얼굴을 떠올리니까 신경이 쓰여서 그런다."

"지금······ 질투하는 거야?"

잠깐 웃음을 터뜨렸던 주리는 아까 낮에 들었던 수경의 말이 떠올라 입가에서 웃음기를 지웠다.

"그래. 그 자식 가까이하지 마."

모양 빠지게 질투하는 건 아니라고 발뺌할 줄 알았던 순진이 순순히 인정을 하자 주리는 미간을 찌푸리고 그를 올려다보았다.

"유치하게 왜 그래?"

서로의 마음을 확인하고 데이트까지 잘 마치고 와서는 순진이 왜 저러는지 주리는 솔직히 이해를 할 수가 없었다. 그녀의 마음속에는 순진밖에 없는데 말이다.

"유치하대도 할 수 없어. 그 자식 눈초리가 자꾸 맘에 걸려."

순진이 무언가 탐색을 하듯 주리의 눈을 뚫어지게 쳐다보았다. 주리는 곧 순진의 시선을 피했다. 자꾸만 수경의 말이 머릿속을 맴돌았기 때문이었다.

"뭐야? 왜 내 눈을 피해?"

"뭐가."

"혹시 뭐 찜찜한 거라도 있어?"

순진의 목소리가 조금 더 날카롭게 주리의 귓전으로 파고들었다.

"그런 거 아냐!"

"그런 거 아니면 왜 내 눈을 피해."

"자! 자! 됐어?"

주리가 소리를 지르며 눈을 부릅뜬 채 순진을 똑바로 응시했다. 순진이 숨을 거칠게 내쉬며 주리를 마주 응시했다. 순진의 눈에서 불덩어리가 뿜어져 나오는 것 같았다.

분노와 질투가 뒤섞여 뜨거워진 눈동자를 마주 바라보는 주리의 눈동자도 화가 나 있긴 마찬가지였다. 아, 정말 사랑하게 되면 눈도 멀고 이성적인 사고도 멈춰 버리는 것이라더니 지금 순진이 딱 그랬다.

한동안 그렇게 서로를 노려보던 두 사람은 서로를 외면한 채 걷기 시작했다.

"치사해서 정말!"

사무실 안으로 들어서며 주리는 어이없는 웃음을 지었다. 어젯밤 그렇게 다투고 나서 순진은 완전 딴사람이 되어버렸다. 아침 인사를 건네는 것도 건성건성이었고 주리에게 전혀 시선을 주지도 않았다. 하루아침에 마음이 싸늘하게 식은 사람처럼 순진이 그렇게 나오자 주리는 오기가 나 똑같이 행동하고 출근하는 길이었다.

"출퇴근시켜 준다고 해놓고."

주리는 설마 하는 마음에 마당을 지나치며 몇 번이나 뒤를 돌아보았는지 모른다. 그런 덕분에 거실 창 앞에 서서 쎄한 표정으로 커피를 마시는 순진의 눈과 마주쳤다. 남자가 질투를 하면 서릿발이 날리기도 하는 모양이다. 서슬 퍼런 눈초리에 소름이 돋을 지경이었다.

"풉!"

순진의 무서운 눈초리를 떠올리니 괜스레 웃음이 터졌다. 경우야 다르지만 왜 그동안 제가 순진에게 쎄한 표정을 지을 때 그가 그렇게 재미있어하고 웃었는지 알 것 같았다.

"참 귀엽네."

"뭐가?"

혼자만의 생각에 빠져 있느라 주리는 인석이 가까이 와 있는 줄도 몰랐다.

"어머, 벌써 출근한 거야?"

예정대로라면 내일이나 되어야 인석이 출근하는 거였다.

"자기랑 연남동 데이트하려고 일찍 왔지. 어제 사전 답사 갔다며."

"어? 어."

사무실에서는 나이가 많은 사람을 제외하고는 서로를 자기란 호칭을 사용하고 있었다. 인석은 주리보다 두 살 많았고 처음 주리가 잡지사에 출근했을 때부터 자기라 부르며 친절하게 대해주었다.

처음엔 그런 호칭이 적응되지 않았고 인석의 친절이 부담스러워 주리는 한동안 그를 피했다. 하지만 인석이 주리만 특별히 배려하는 게 아니란 것은 곧 알 수 있었다. 워낙 친절함이 몸에 밴 사람이랄까. 그는 누구에게나 공평하게 친절했던 것이다.

하지만 어제 수경으로부터 들은 이야기가 있어선지 평소와 하나도 다를 바 없는 인석의 부드러운 시선과 친근함을 담은 말을 자연스럽게 흘려들을 수가 없었다. 솔직히 불편했다.

"왜 그래?"

경계하는 눈빛을 읽은 것인지 인석이 의아한 눈길로 바라보자 주리는 어색한 미소를 지었다.

"뭐가? 참! 이것 좀 봐줘."

주리는 순진에게서 빌려온 카메라를 가방에서 꺼내 인석에게 내밀었다. 그러던 주리는 피식 미소를 지었다. 아침에 순진에게 카메라를 어떻게 빌릴까? 먼저 말을 걸어야 하는 게 맘에 들지 않아 궁리를 하며 아래층으로 내려왔을 때, 순진의 카메라가 계단 중간에 덩그러니 놓여 있었다.

치이, 밴댕이 소갈딱지 안순진!

주리의 표정을 의아한 눈길로 살피던 인석은 주리가 내민 디지털카메라의 액정 화면을 켜고 사진을 들여다보았다. 사진을 넘기던 인석의 미간이 조금씩 좁아들었다.

"왜? 사진이 별로야?"

"누가 찍은 거야?"

"누구긴. 내 남친이지."

"남친? 푸하하하."

주리는 인석의 반응에 주리는 미간을 찌푸렸다.

"왜 웃어?"

"자기, 아침부터 농담이 심하다. 자기가 무슨 남친이 있다고."

인석이 눈꼬리에서 눈물까지 찍어냈다.

"농담 아냐. 거기 그 레스토랑에서 어제 데이트한 거 맞거든."

"그래, 그래. 데이트하는 기분으로 취재를 해야 하는 거지. 근데, 이 사진 누가 찍었는지 느낌 있네. 풀 샷은 식상한데 부분 샷들은 뭐랄까…… 설렌다고 할까? 어쨌든 기사에 이런 느낌으로 사진을 싣는 게 좋긴 하겠어. 연남동 언제 나갈까?"

"어제 샅샅이 취재를 해서 난 다시 나갈 필요 없을 것 같아."

주리는 노트북의 전원을 켜고 칼럼 쓸 준비를 하느라 인석의 표정이 굳어지는 것을 보지 못했다. 흘깃 인석의 표정을 살피던 수경은 들키지 않을 정도로 고개를 흔들었다.

"오홀! 송주리! 너 연애하냐?"

이 편집장의 눈에서 감탄의 빛이 새어 나왔다.

"괜찮아요?"

연애와 관련된 칼럼 초안을 가져가면 이 편집장은 눈살부터 찌푸리고 다시! 혹은 리얼리티가 부족하잖아! 라는 말과 함께 못마땅한 표정을 짓곤 했다. 의외의 반응을 보이는 이 편을 보니 주리는 정말 자신이 연애를 하고 있다는 게 실감됐다.

"이거 초고 맞아? 이대로 실어도 될 것 같은데. 급하게 쓴 티가 팍팍 나는 이 오탈자만 교정하면 되겠어. 하! 급하게 쓴 게 맞는데 왜 이렇게 좋지? 그런데…… 이거 좀 짧다."

"제가 생각해 봤는데요, 연남동뿐만 아니라 부암동이랑 서촌, 성북동을 묶어서 골목길 연애라는 타이틀로 기사를 쓰면 어떨까요?"

"제법인데. 괜찮겠어. 판타지라도 가지라고 했더니 그게 효과를 보는 것 같군."

"판타지라뇨?"

편집장의 말에 주리는 인상을 찌푸렸다.

"너, 독신주의라면서. 정말 연애라도 한다고?"

나, 연애해요! 자랑이라도 하고 싶지만 편집장에게 시시콜콜 자신의 연애사를 늘어놓는 것도 우습다. 주리는 답답해져서 더욱 인상을 찌푸린 채 제자리로 돌아왔다.

"아무래도, 자기 남친 사무실에 한 번 데리고 와야겠다."

수경이 혼잣말을 하듯 중얼거렸다.

"응?"

"아무도 자기 연애하는 거 안 믿는 거 같지 않아?"

연애하는 거 티 내지 말라던 수경이 왜 이런 말을 하는 걸까.

"잠깐 나가서 이야기 좀 해."

주리는 수경을 복도로 데리고 갔다. 오늘따라 사무실 안을 지키고 있는 듣는 귀가 여럿이다. 혹시라도 인석에게 폐가 될까 염려하지 않을 수 없는 노릇이었다.

"대체 그런 말을 하는 저의가 뭐야?"

"뭘?"

"인석 씨가 나를 좋아한다고 말한 것도 아니라면서."

"내 말이 맞아."

"연애하는 거 티 내지 말래놓고 남친을 사무실로 데리고 오라는 건 또 뭐고."

"생각해 보니까 인석 씨가 덜 상처를 받는 길은 빨리 단념하게 하는 거 같아서. 자기한테 그렇게까지 할 책임은 없지만 그래도 한솥밥 먹은 지 오래된 동료로서 그 정도는 할 수 있는 거지."

"자기들 왜 그래?"

혼자서 연남동 사진을 찍으러 나갔던 인석이 어느새 두 사람 가까이로 다가오고 있었다. 주리는 입술을 깨물었다. 차라리 이렇게 된 거 해결을 보자.

"인석 씨 나한테 개인적인 감정 가지고 있어?"

"후후, 많지."

인석이 특유의 부드러운 미소를 지으며 대답했다. 주리는 그게 농담인지 진담인지 알 수 없어 미간을 찌푸렸다.

"남자가 여자에게 관심이 있는 건 당연한 거 아냐? 자기도 수경 씨도 여자잖아. 난 이 세상에 치마를 입는 성을 가진 여자들한테 다 관심 있어."

그렇게 말한 인석은 당연한 걸 왜 묻는지 모르겠다는 표정으로 두 사람을 물끄러미 쳐다보다 어깨를 으쓱하고 사무실로 들어갔다. 주리는 거보라며 수경에게 눈을 부라렸다. 주리는 담백한 인석의 태도에 수경이 억측한 거란 확신을 가졌다. 하지만 끝내 수경은 피식 웃기만 할 뿐 사과하지 않았다.

"오늘 뭐 해?"

아침 식사를 하는 내내 순진의 눈치를 살피던 주리가 물었다.

"공부. 상담."

순진은 그렇게 말해놓고 생각해 보니 스스로가 유치해서 견딜 수가 없었다. 하지만 가인석을 떠올리면 속에서 천불이 일었다. 그놈의 눈초리는 아무리 생각해도 주리에게 사적인 감정이 있어 보였다. 단 한 번 보았을 뿐이지만 강한 인상을 남길 만큼 그 자식의 눈빛은 주리를 보호하는 듯했다.

"그건 왜 물어?"

어제는 화가 난 것처럼 쌩하기만 했던 주리가 오늘은 내내 눈치를 살피고 걱정스런 눈을 하고 있자 순진은 더 화를 낼 수도 없었다.

왜 그 자식 때문에 주리와 이래야만 하는 건가. 주리가 아니라고 했으니 믿는 게 맞는다. 아마도 그놈은 모르긴 해도 주리한테 단 한 번도 마음을 보여주지 못했을 것이다. 그랬다면 주리 곁에서 아직도 맴돌고 있지 못할 테니까 말이다.

"풉!"

아, 정말 유치해 죽겠네. 순진은 가인석이 고백을 하고 주리에게 철퇴를 맞는 장면을 떠올리자 저도 모르게 웃음이 터지고 말았다. 순진은 주리가 누구를 좋아하는지에만 집중하기로 했다. 괜한 질투심으로 더 이상 주리를 힘들게 하는 건 정말 남자답지 못한 거였다.

"왜 웃어?"

"그냥 네가 예뻐서 웃었다."

한순간 헤헤거리며 주리를 쳐다보는 것이 우스워 순진은 무표정을 유지했다.

"후후, 농담하는 거 보니까 조금 풀렸나 보네."

"농담 아니야. 그건 그렇고 내가 오늘 뭐 하는지는 왜 물어?"

"네 오해를 풀어주려고."

"오해?"

"오늘 인석 씨랑 부암동 취재 나갈 거야."

주리의 말에 순진은 미간을 좁혔다. 그놈이랑 취재를 나가는 게 오해를 풀어주는 거라니. 그렇다고 버럭 소리를 지를 수도 없고. 순진은 끄응 소리가 절로 났지만 이를 꽉 깨물었다.

"인석 씨랑 취재하고 카페에서 정리하고 있을 테니까 거기로 와. 인석 씨 직접 만나보면 네가 어떤 오해를 한 건지 알 수 있을 거야."

"만날 이유 없어. 네 일은 네가 알아서 한다며."

주리를 믿기로 했으니 굳이 인석을 만날 이유는 없었다. 하지만 맘먹은 대로 되는 일이 있고 그렇지 않은 일이 있다. 주리에 관한 한 맘먹은 대로 통제할 수가 없다.

"카페로 와."

"괜찮다니까."

"괜찮다는 얼굴이 왜 그 모양이야. 너 지금도 나한테 화난 거 참으려고 이 악물고 참고 있잖아."

아, 씨! 모양 다 빠졌네. 순진은 스스로가 어이없어 마른세수를 했다.

"내가 화가 나는 건 그놈 때문이지 너 때문이 아니야."

"그러니까 인석 씨 만나보라고."

순진의 휴대폰에 카페 주소를 전송하는 주리의 표정이 확신에 차 있었다. 순진은 못 이기는 척하며 주리가 말해준 약속 장소에 가보기로 했다.

"몇 시까지 가면 돼?"

"5시쯤? 근데, 너…… 그렇게 인상 쓰고 있으니까 엄청 섹시해 보이는 거 알아?"

그렇게 말하며 살짝 미소를 짓는 주리가 너무 사랑스럽고 예뻐 미치겠다. 순진은 스윽 마당으로 시선을 돌렸다가 주리의 입술을 훔치듯 재빨리 키스를 했다. 이젠 하루만 주리와 키스를 못 하면 입안에 가시가 돋을 것 같다.

"어머, 야!"

크게 소리 지르지도 못하는 주리의 표정은 당황한 기색이 역력했지만 짧지만 진한 순간의 키스에 주리의 얼굴은 상기되어 있었다. 순진은 조금 전 자신이 벌인 아슬아슬한 상황을 시치미 떼며 뒷짐을 지고 거실 창 쪽으로 걸어가 마당을 살폈다. 마당에서는 송 변호사가 잔디를 손질하고 있었다.

"가자. 출근시켜 줄게."

순진은 주리의 손에서 차 키를 빼앗아 유유히 현관 밖으로 나갔다. 그런 순진에게 잠시 눈을 흘기던 주리는 미소를 지으며 신발을 신었다.

"아버님, 주리 출근시키고 오겠습니다."

순진이 아버지를 향해 그렇게 말하고 대문을 나서자 마당으로 나온 주리는 아버지에게 눈도 마주치지 못하고는 쪼르르 대문 밖으로 도망쳤다. 그런 주리를 바라보는 준태는 피식 웃고 말았다.

두 사람이 연애한다는 것은 이미 순진에게 들어 알고 있었다. 감기와 사랑은 숨길 수가 없는 건데 주리는 아직 그걸 모르는 모양이었다. 준태는 허리를 쭉 펴고 일어나 기지개를 켰다. 조금씩 붉게 물들고 있는 열매들이 그의 시야에 들어왔다. 주리의 사랑도 곧 저렇게 무르익어 갈 거란 생각을 하는 준태의 얼굴이 환해졌다.

부암동은 숨은 진주를 찾는 기분을 만끽할 수 있는 동네였다. 산비탈을 따라 들어선 오래된 주택 사이로 70년대풍의 상점, 갤러리와 특색 있는 카페가 어우러져 있는 모습이 전혀 이질감을 느낄수 없다. 구불구불한 골목길을 누비고 다니다 보면 소소한 풍경이 눈길을 사로잡아 저절로 발걸음을 멈추게 만드는 그런 곳이었다.

오후 4시가 되었을 무렵 주리와 인석은 부암동 골목길 취재를 마치고 갤러리 카페로 갔다. 카페는 특이한 구조로 되어 있었다. 비탈진 길에 지어진 건물은 아래쪽 골목에서 보면 3층 건물이지만 계단 꼭대기로 올라가면 이어져 있는 위쪽 골목에서 보면 단층 건물로 보였다.

카페 한쪽의 작은 전시실에서 사진을 감상하고 나온 두 사람은 카페 한쪽 벽면에 붙박이로 되어 있는 의자에 나란히 자리를 잡고 앉았다. 인석의 카메라를 노트북에 연결한 후 부암동 골목길에서 찍은 사진들을 함께 살펴보기 위해서였다.

"모히또 하나, 아이스 아메리카노 하나 주세요."

주리가 노트북으로 카메라를 연결하는 사이 인석이 차를 주문했다. 이런 게 바로 익숙한 사이에서 누릴 수 있는 편안함인 걸까. 주리는 문득 제게 묻지도 않고 차를 주문하는 것을 물끄러미 바라보며 살짝 미간을 좁혔다. 여느 때와 다르지 않았을 일에 어쩐지 신경이 쓰인다.

"인석 씨는 여기 자주 와봤어?"

주리는 사전 조사를 통해 나름 데이트 코스를 짜 취재를 왔지만 막상 부암동에 도착해 이동하다 보니 코스가 꼬이기 시작했다. 한참 따라다니기만 하던 인석이 언젠가부터 방향을 제시했고 편안하게 취재를 마칠 수 있었다.

"사진 찍는 사람들이나 그림 그리는 사람들한테는 익숙한 동네야."

"그렇겠어. 원래 문인이나 예술가들이 느릿느릿 살아가던 동네라더니 발걸음을 멈추게 하는 곳마다 어쩐지 여유로움으로 가득하달까? 개인적으로는 연남동보다 이곳의 데이트 코스가 훨씬 마음에 드네."

"이 사진에는 스케치를 덧입힌 효과를 주는 게 낫겠지?"

가벼운 미소를 머금은 인석이 주리에게 시선을 맞추고 묻자 주리는 사진으로 눈길을 주고는 고개를 끄덕였다. 부암동의 풍경을 제대로 나타내 주는 느낌을 줄 수 있을 것 같았다.

"사진에는 그렇게 효과를 주고 그 옆으로 부암동 데이트 코스 지도 일러스트를 붙이면 좋겠어."

노트북에 띄워진 사진을 응시하던 주리가 그렇게 말하며 인석에게 시선을 옮겼다. 그러던 주리는 제게 닿아 있는 인석의 시선에 당황했다. 그리고는 무의식적으로 그에게서 조금 떨어져 앉았다. 인석의 시선은 분명 지금까지와는 다른 느낌이었다. 괜스레 숨이 턱 막히는 기분이 들 정도였다.

인석과 부암동 골목길을 누비고 다닐 때만 해도 그는 평소와 전혀 다르지 않았다. 한적한 골목길을 누비고 다니는 동안에도 그의 시선은 담백했고 편안했다.

"자기야. 나, 자기한테 할 말 있어."

인석의 부드러운 음성이 주리의 귓가에 맴돌았다. 주리는 미간을 찌푸리고 전방을 주시했다.

카페의 통창은 모두 열어젖혀져 있었다. 선선한 가을바람이 불어왔고 파란 하늘에 뭉게구름이 떠 있는데다 가을 정취가 눈길을 사로잡는 정말 분위기는 그만이다.

만약 지금 제 곁에 인석이 아닌 순진이 있는 것이라면 더없이 황홀할 풍경이었겠지만 묘하게도 눈에 먹구름이 낀 듯 스산한 기분마저 들었다. 주리는 조금 더 인석에게서 떨어져 앉으며 방어 자세를 취하듯 앞으로 팔을 모아 팔짱을 꼈다.

"그러지 마. 난, 그저 자기 곁에 오래 있고 싶을 뿐이야."

"무슨 말이야?"

주리는 인석에게 경고의 눈빛을 보냈다.

"오랫동안 자기 곁에서 일하는 게 좋았어."

"알아. 우린 좋은 동료잖아."

주리는 최대한 담담하게 그에게 동료 이상의 감정이 없다는 것을 말하고 그가 더 이상 어리석은 짓을 하지 않기를 바랐다.

"자기를 동료 이상으로 좋아해."

인석의 말에 주리는 자리에서 일어나 테이블을 정리했다. 그가 넘지 말았어야 할 선을 넘었으니 단호하게 대처할 수밖에 없다. 그가 아무리 8년이나 호흡을 맞춘 직장동료라도 말이다.

"자기야……. 그러지 말고 자리에 앉아서 나랑 이야기 좀 해."

"……"

"8년이나 자기를 지켜만 봤어. 기회가 오길 기다렸어."

주리는 여전히 아무런 대꾸도 하지 않았다. 인석에게 시선을 주지도 않았다. 인석은 그 자체로 주리에게 투명인간이었다. 이런 순간일수록 미안해, 난 널 받아줄 수 없어. 동료로서만 잘 지내자. 뭐, 이런 식의 우유부단함을 보여선 안 된다. 칼같이 끊어내는 것이 옳다.

아마도 인석이 지금까지 제게 마음을 보이지 않았던 것은 자신이 그에게 이렇게 할 거란 걸 너무나도 잘 알았기 때문이리라. 배려랍시고 지금까지와는 다른 대처를 할 수는 없다.

"주리야."

조금 전부터 계단 아래쪽에서 두 사람을 지켜보던 순진은 천천히 계단을 올라서며 주리를 불렀다. 주리가 움직임을 멈추고 어쩔 줄 몰라 하는 표정을 지었다. 순식간에 긴장한 주리의 모습에 순진은 환한 미소를 지어 보였다. 왜 주리가 긴장하고 있는지를 너무나 잘 알기에 이성적으로 행동해야 했다.

"오랜만입니다. 가인석 씨."

그들에게 다가간 순진은 여유로운 표정을 지으며 인석을 향해 손을 내밀어 악수를 청했다. 갑작스런 순진의 등장에 잠시 미간을 좁히고 있던 인석이 자리에서 일어나 순진의 손을 맞잡았다. 연적임을 본능적으로 느끼는 듯 인석의 인상이 서늘한 빛을 띠어갔다.

자신의 손을 맞잡은 인석의 손아귀에 힘이 들어가 있는 것을 느끼면서도 순진은 가볍게 그와 마주 잡은 손을 흔들었다. 유치하게 힘겨루기를 해봐야 뭐 하겠는가. 어차피 이 자식은 주리의 마음 한 조각도 못 얻을 것이다.

"안순진입니다."

순진이 제 이름을 밝히자 미간을 좁히고 있던 인석의 입이 조금씩 벌어졌다.

"취재 정리 다 마친 거야?"

주리가 멍하니 서 있기만 하자 순진은 다정한 말로 주리의 정신을 일깨웠다.

"어? 어."

"아직 다 끝난 거 아니면 기다릴게. 아직 퇴근 시간도 안 됐는데 내가 약속 시간보다 일찍 왔네."

순진은 주리에게 뜨거운 시선을 맞췄다가 여유로운 몸짓으로 팔목을 들어 올려 시계를 보았다. 약속한 시간을 훌쩍 넘긴 시간이었다.

"아니야. 다 끝났어. 나머지는 사무실에서 처리하면 돼."

주리가 노트북을 정리해 가방에 넣고는 순진에게 다가갔다. 순진이 주리의 허리에 팔을 두르고 가볍게 끌어당겼다. 그리고는 두 사람 사이에 끼어들 틈이 없다는 것을 인석에게 보여주듯 가볍게 주리의 정수리에 입을 맞췄다.

주리가 고개를 들어 순진에게 눈을 맞추며 미소를 지었다. 그녀의 미소가 조금은 어색했지만 순진은 인석 앞에서 분명한 태도를 보이고 있는 주리가 마음에 들었다.

"먼저 가보겠습니다."

얼어붙은 듯 서 있는 인석을 향해 느긋하게 인사를 건넨 순진은 주리의 가방을 어깨에 메고 주리를 데리고 계단을 내려가기 시작했다.

순진은 어디서 이렇게 이성적으로 대처할 힘이 나온 것인지 알 수 없었다. 아까 계단을 오를 때만 해도 주리에게 고백하는 인석에게 당장에라도 달려들어 주먹을 휘두르고만 싶었다. 하지만 주리의 단호한 태도에 감동받고 말았다. 주리가 사랑하는 건 오직 자신뿐이다.

주리가 충분히 인석을 응징해 주고 있다는 생각이 들었고 실은 인석이 불쌍하단 생각이 들기도 했다. 서슬 퍼런 주리를 견뎌낼 수 있는 남자는 자신뿐이리라.

순진은 느긋함을 가장한 채 카페를 나왔다. 내리막길로 이어지는 골목길을 걸어가는 순진의 발걸음이 점점 빨라졌다. 두리번거리던 그의 시야에 골목 모퉁이 저쪽으로 담쟁이덩굴로 뒤덮인, 사람들 눈을 피할 장소가 들어왔다.

순진은 주리의 손을 잡고 성큼성큼 그곳으로 걸어갔다. 거의 끌려오다시피 한 주리를 담쟁이덩굴 사이로 밀친 순진은 주리의 입술로 달려들었다.

묘하게도 가인석과 함께 있는 주리를 보는 순간부터 이렇게 주리에게 키스하고 싶어 미칠 지경이었다. 이 여자는 내 여자라는 걸 거침없이 보여주고 싶은 충동이 일었고 그런 충동을 억제하느라 얼마나 힘이 들었는지 모른다.

집요하고 거친 순진의 키스가 멈출 줄 모르고 이어졌다. 거침없이 주리의 입안을 유영하던 순진의 혀가 주리의 혀를 휘감아 제 입으로 가져간 뒤로는 그녀의 혀를 놓아주지 않았다.

숨이 막힌 주리가 순진의 어깨를 잡고 세차게 밀치기도 했지만 그럴수록 그녀의 머리를 잡은 순진의 손에 더욱 힘이 가해졌다.

혀가 얼얼해져 누구의 혀인지 구분이 안 될 지경이 되서야 겨우 순진이 그녀의 혀를 놓아주었다.

주리는 그의 널찍한 가슴에 볼을 대고 숨을 골랐다. 그의 심장 진동을 따라 체향이 그녀의 코끝을 자극해 왔다. 시트러스와 우디 향이 약하게 섞인 은은한 그의 체향에 머리가 어지럽다. 그녀의 볼로 느껴지는 그의 가슴 근육의 단단한 느낌도 강한 자극을 주고 있기는 매한가지다. 이대로 있다가는 심장이 터져 버릴지도 모르는 일이었다.

"숨 막혀 죽는 줄 알았어."

주리가 고개를 들어 순진에게 눈을 흘겼다.

"나도 죽을 뻔했다고."

한쪽 입꼬리를 끌어 올리며 미소를 지은 순진이 주리의 정수리에 더운 입김을 쏟아냈다. 뜨거운 샤워를 하는 듯 온몸이 달궈진 주리는 눈을 감았다. 조금 전부터 아랫배 쪽에서 단단한 무언가가 느껴졌던 것이다.

어느새 몸이 밀착되었던 것인지 알 수가 없지만 밀착된 그의 단단한 몸이 자꾸만 주리를 벽으로 밀어댔다. 사내의 거친 욕망을 느끼며 주리는 몹시 당황스러웠다. 하지만 그런 순진이 싫지 않다.

"왜 조금 전에 화내지 않았어?"

폭풍 같은 키스가 마치 그가 화를 참느라 그런 것 같기도 해 주리는 그의 품에 이마를 기댄 채 물었다.

"화낼 이유가 있어야지. 네 말이 맞았어."

주리가 순진의 품에서 이마를 떼어내고 고개를 들어 올려 그를 응시했다. 아까처럼 여유로운 표정을 한 그가 전혀 화가 나지 않았다는 걸 보여준다.

"원래 미인은 용기 있는 자의 몫이야. 잘난 남자가 미인을 탐하는 거야 동서고금을 막론한 진리인 것이고, 용기 있는 남자가 미인을 사로잡는 법이잖아. 넌 내 거야."

"후후후후."

자신감 넘치는 순진이 멋져도 너무 멋지다.

"너, 아까 정말 멋지더라. 난 네가 질투에 눈이 멀어 어린애처럼 인석 씨한테 주먹질이라도 하는 건 아닌지 좀 걱정됐어. 그런데 너…… 정말 듬직했어. 내 남자가 이런 남자야! 하고 자랑하고 싶어질 만큼 너, 참 멋져."

주리의 칭찬에 순진은 마냥 기쁜 표정을 지을 수 없었다. 정말 성질대로 인석에게 달려가 주먹을 날렸다면 제대로 주리한테 점수 깎일 뻔했다.

아, 정말! 멋진 남자 되기 참 어렵다!

부암동 카페에서의 일 이후, 며칠 지나지 않아 가인석은 잡지사를 그만두었다. 그동안 미뤄왔던 스튜디오 개업을 위해서였다. 편집장과는 오래전부터 그 문제에 대해 상의를 해왔던 것인지 그가 사표를 내고 일주일이 되지 않아 후임 포토그래퍼가 출근했다.

어찌 됐든 사무실에서 가인석과 부딪히지 않아도 된다는 사실에 주리는 안도했다. 누군가의 감정에 대해 책임을 져야 하는 것은 아니었지만 껄끄러운 것은 어쩔 수 없는 일이었다.

"송주리."

편집장의 부름에 주리는 노트북에서 눈을 떼고 고개를 돌렸다. 편집장이 손짓을 하는 걸 보면 어제 기획 회의 시간에 주리가 내논 아이템의 진행 상황이 궁금한 모양이었다. 안 그래도 보고하려고 했던 주리는 편집장에게 갔다.

"썸 타는 커플들이 급속도로 가까워지게 만드는 방법에 대해 연구해 봤어?"

이 편집장이 기대에 찬 눈빛을 보냈다. 주리는 요즘 연애에 관련된 칼럼을 제법 맛깔스럽게 쓰고 있었다. 지난 호에 실린 달달한 골목길 데이트도 SNS상에 퍼지며 주리가 지정한 핫 스팟마다 데이트족들이 몰리고 있었다.

"스킨십을 해보는 게 최고죠."

"그걸 누가 몰라?"

대단한 아이디어라도 낼 줄 알았던 주리가 식상한 것을 꺼내놓자 이 편은 이마에 주름을 잔뜩 만들며 눈을 부라렸다.

"썸 타고 있는 사람들이 어떻게 스킨십을 해? 서로 눈치 보기 바쁠 텐데. 이놈이 날 좋아하나? 이 여자가 나한테 관심 있나? 이런 상황에서 스킨십을 시도할 수 있겠어?"

"그러니까 스킨십을 할 수 있는 상황을 만들어주는 거죠."

"어떻게?"

"이를테면 라틴 댄스나 커플 요가, 커플 스파 같은 것을 함께 해보는 거죠. 썸 타고 있는 사람 중 하나가 상대방한테 라틴 댄스,

커플 요가를 배우자거나 커플 스파에 가자고 제의를 해보는 거죠."

"상대방이 노우! 하면?"

"그럼 그건 100% 썸 타는 게 아니죠. 상대방에게 조금이라도 호감을 느끼거나 관심이 있으면 상대방의 그런 제안에 솔깃한 반응을 보이게 되는 거라고요."

"썸 타는 커플들한테 팁으로 활용하라고 제시를 하는 건데 그랬다가 썸 깨졌다고 독자들이 난리치면 어쩔래?"

"요즘 세대는 기성세대와는 달라서 좋고 싫은 것에 대한 구분이 확실해요. 기성세대의 눈으로 보면 저게 무슨 썸이야! 둘이 좋아 사귀는 거구만! 하겠지만, 요즘 세대들은 썸이라 규정지어요. 만약 제의를 했는데 상대방이 노우! 한다고 해서 그들은 절대 실망하거나 뻘쭘해하지도 않아요. 오케이! 하죠."

"그래?"

"그러니까 제 칼럼은 썸 타는 게 확실한 커플들을 위한 팁인 셈이에요. 썸 타는 건지 아닌지를 구분하는 팁이 아니라."

"그럼 이번에도 리얼하게 써봐. 시간은 충분히 줄 테니까."

주리는 고개를 끄덕이며 자신에 찬 표정을 지어 보였다. 이제 이런 칼럼은 식은 죽 먹기나 다름없었다. 순진과 직접 체험해 보고 느껴지는 대로 자연스럽게 칼럼을 쓰기만 하면 될 테니까.

10

"라틴 댄스, 커플 요가, 커플 스파. 어떤 거부터 해볼까?"

"뭐? 그냥 데이트하는 거 아니었어?"

나가자는 주리의 말에 그녀를 따라나서던 순진이 의아한 눈길로 그녀를 보았다.

"이번에 써야 할 칼럼 때문에 그래."

"아아, 커플 스파부터…… 하기엔 좀 그렇고 커플 요가?"

가을은 깊어만 가고 있는데 순진은 도통 진전이 보이지 않는 주리와의 스킨십에 애를 먹고 있었다. 주리의 제안에 순진은 이게 웬 떡이냐 싶었다.

당연 커플 스파지! 이렇게 말하려고 했지만 너무 속 보이는 짓이라 순진은 은근 주리의 눈치를 살피며 커플 스파를 입에 올려보앉다. 아니나 다를까 주리가 뜨악한 표정으로 돌아본다. 순진은 얼른 노선을 바꿔 커플 요가를 선택했다. 스파가 아니면 댄스든 요가든 상관없잖은가.

"내가 몸치라 댄스는 안 내키니까 아무래도 커플 요가가 체험하기엔 좋겠지?"

순진이 시큰둥한 대답을 했는데도 주리가 빙긋 웃으며 커플 요가를 하잔다. 순진은 얼굴을 잔뜩 찌푸리고 말았다.

"다 해보는 거 아냐?"

"늦어도 일주일 안에 마감해야 해. 그걸 어떻게 다 해봐?"

"제대로 글 쓰려면 직접 체험은 필수 같다며! 오늘 요가 배우고 내일은 댄스, 그리고 오늘 밤엔 스파. 이렇게 하면 주말 동안 다 해볼 수 있지."

"뭐야?"

주리가 눈을 게슴츠레 뜨고 순진을 응시했다. 그의 흑심이 다분히 드러나는 말에 주리는 속으로 큭큭 웃음이 났다. 한편으로는 어찌해야 좋을 지 알 수가 없었다.

마음을 열고 그와 연애를 시작했다. 그와 함께 시간을 나누고 마음을 나누는 게 몹시 즐겁고 행복했다. 그와의 키스도 황홀하고 좋았다. 하지만 순진이 그 이상의 스킨십을 하면 저도 모르게 바싹 긴장을 하고 그를 밀어내기 바빴다.

순진이 치한 같다든가, 그의 애무와 스킨십이 형편없다든가, 자신이 아무것도 느낄 수 없는 불감증이라서 순진을 거부하는 건 아니었다. 처음 경험하는 거라 너무 두렵고 무서웠다.

아마도 제가 그런 상황이란 것을 순진도 아는 모양이었다. 정신을 놓을 정도로 깊은 애무를 하다가도 뻣뻣하게 몸을 굳히면 순진은 억지로 진도를 나가려 하기보다는 기다려 주는 쪽을 택했다. 그게 고맙고 좋으면서 동시에 미안했다.

"알았어. 네가 원하는 대로 하자."

순진이 바지 주머니에 손을 넣으며 시무룩한 표정을 지었다.

"아, 정말! 알았어. 네 말대로 할게."

주리는 코를 찡그리며 순진에게 토라지듯 돌아서서 말할 수밖에 없었다. 아니, 저렇게 다부지게 생긴 얼굴로 어떻게 저런 표정을 만들어낼 수 있는지, 떡 벌어진 어깨로 어떻게 저렇게 처량맞은 포즈를 취할 수 있는지 모르겠다. 맘 약해지게시리.

"어디로 갈까?"

대번 밝은 표정을 한 순진이 주리의 어깨에 손을 얹었다.

"픕!"

주리는 웃을 수밖에 없었다. 늘 이런 식이다. 뭐든 그가 자신을 배려해 주는 것 같지만 결국 순진의 페이스에 저절로 말려들고 만다. 그런데 참 아이러니하게도 행복하다. 이런 토닥거림조차도.

"서로에 대한 애정도도 높일 수 있고, 유연성을 기르는 운동도 되고 요즘 커플들이 참 현명한 거죠. 하하하하."

주리와 순진은 오전에 커플 요가를 배우기 위해 피트니스 센터에 등록한 후, 오후 2시 초보자반 강습 시간에 맞춰 옷까지 갖춰 입고 왔다. 하지만 다른 커플들은 찜질방에서 입는 옷과 비슷한 운동복을 착용하고 있었다. 이미 강의가 시작된 터라 뻘쭘해진 주리는 최대한 구석진 곳에 자리를 잡고 앉자 순진이 주리를 뒤따라와 나란히 앉았다.

"그러게 첫날부터 이런 복장은 필요 없다니까."

주리가 얼굴을 찡그리며 순진을 타박했다. 피트니스 센터 등록을 마치고 순진이 요가복을 사야 한다고 주장해서 어쩔 수 없이 사 입고 오는 길이었다.

"초보자 코스에 저렇게 제대로 옷을 갖춰 입고 오신 분은 드문데. 배우려는 자세가 아주 좋으시네요. 거기 두 분, 앞으로 나오셔서 시범을 보여주시면 좋겠네요."

강사의 시선이 주리와 순진에게 닿자 모든 커플들의 시선이 그들에게로 모아졌다. 주리가 눈을 동그랗게 뜨고 고개를 흔드는 사이 순진이 벌떡 자리에서 일어나 주리에게 손을 내밀었다.

대체 무슨 짓이야! 주리가 얼굴을 붉히며 그의 손을 외면하자 순진이 가만히 앉아서 속삭였다. 몸이 뻣뻣하기로 유명한 주리였다. 그건 순진도 아는 사실이다. 분명 앞에 나가면 우스꽝스러워지는 건 시간문제였다.

"안 일어나면 안아서 간다."

주리가 튕기듯 자리에서 일어나자 순진은 빙긋 웃으며 주리의 손을 잡고 강사가 가리키는 거울 바로 앞으로 갔다.

"자! 박수!"

강사가 박수를 독려하자 강습생들의 박수 소리가 이어졌다. 주리는 어디에 눈을 둬야 할지 몰라 시선을 이리저리 굴렸다. 그러는 사이 강습실 안에 있는 커플들의 묘한 분위기가 눈에 들어왔다.

순진에게 시선을 빼앗긴 여친들의 시선을 제 쪽으로 돌리려는 남친들의 처절한 사투랄까? 괜스레 어깨가 으쓱 올라간 주리는 자신의 몸이 뻣뻣하다는 사실도 잊은 채 방긋 미소를 지었다.

반면 순진은 주리를 놀리느라 강사의 제안을 받아들였던 건데 늑대들의 힐긋대는 시선들이 주리에게 닿자 그들을 향해 눈을 부라렸다. 하지만 주리를 보는 눈이 한두 개도 아니어서 일일이 부라려 줄 수도 없었다.

게다가 주리의 표정도 맘에 들지 않았다. 마치 남자들의 시선을 즐기듯 방긋방긋 미소를 짓고 있지 않느냔 말이다. 장난기 있는 웃음을 머금었던 순진의 입매가 잔뜩 굳어졌다.

"자, 두 분은 매트 위로 올라가 서로 마주 보고 앉아주세요."

순진과 주리는 강사가 시키는 대로 서로 마주 보고 앉았다. 방긋 웃고 있던 주리는 순진의 굳어진 얼굴에 의아해져 눈으로 왜? 하고 물었다. 순진이 눈마저 부릅뜨고 그걸 몰라 물어? 한다. 주리는 어깨를 으쓱했다. 그러자 순진이 이를 꽉 깨문다. 덕분에 그의 관자놀이 주변의 힘줄이 툭 불거졌다.

"우와."

작은 탄성 소리에 주리가 고개를 옆으로 돌리니 앞쪽에 앉아 있던 여자가 순진의 옆얼굴에 불거진 힘줄을 쳐다보며 입을 벌리고 있었다. 여자 앞의 남친은 이미 화가 날 대로 나 여친을 노려보고 있다.

민폐도 이런 민폐가 없다. 아무래도 커플 요가를 배우러 온 커플들 중 몇 커플은 오늘 헤어지지 않을까 싶었다. 아니면 적어도 신랄하게 싸우든가.

"작작 좀 해."

주리가 몸을 앞으로 기울여 속삭이자 순진도 몸을 기울여 왔다.

"한 번만 더 웃으면 가만 안 둔다."

뭐래? 두 사람은 서로 그런 표정을 지을 뿐이었다. 두 사람이 그러거나 말거나, 강습실 안의 분위기가 쎄하거나 말거나 강사는 커플 요가에 대해 설명하기 시작했다.

"커플 요가는 서로 의지하면서 하는 운동이라 난이도가 높은 자세가 많지만 여기 계신 분들은 처음이니까 그렇게 난이도 높은 동작은 무리겠죠? 오늘은 간단한 스트레칭 위주의 자세들을 배워 보겠습니다."

그렇게 말한 강사가 순진과 주리를 향해 걸어왔다.

"남자분은 무릎을 꿇고 상체를 숙여 몸이 바닥에 최대한 밀착되도록 자세를 취하세요. 네, 잘하셨습니다."

순진이 자세를 취하자 강사는 칭찬을 했다. 그리고 남자 강습생들도 똑같은 포즈를 취하게 했다.

"여자분은 남자친구의 등에 등을 맞대고 누워 몸을 최대한 이완시켜 주세요."

주리가 순진의 등에 누워 강사가 시키는 포즈를 취하자 강습생들도 그녀를 따라 같은 포즈를 취했다. 주리는 느긋하게 허리를 스트레칭하며 이 정도의 자세라면 얼마든지 시범 조교가 되어도 좋다는 생각이 들었다.

"이번에 서로 바꿔서 해보세요."

강사의 말에 따라 서로 자세를 바꿔 스트레칭을 마치자 강사는 다른 동작을 설명했다. 순진과 주리는 서로 마주 보고 앉아서 허리를 반대쪽으로 돌려 손이 교차되도록 잡았다.

서로 눈을 맞추고 서로의 근육을 이완시켜 주는 동작을 하다 보니 뭔가 교감을 나누는 것 같은 기분이 들었다. 게다가 슬리브리스 티셔츠를 입은 순진의 팔근육이 너무 멋져 보였다. 운동을 핑계 삼아 맘껏 순진의 몸을 탐하는 주리의 얼굴이 발그레해졌다.

"점점 난이도를 높여볼까요?"

강사의 말에 주리는 미간을 좁혔다. 설마 나 웃음거리가 되는 거야? 걱정스런 주리의 표정에 순진이 장난기 있는 웃음을 머금었다.

"자, 서로 마주 보고 앉은 상태에서 어깨동무를 해주세요. 그리고 서로의 발바닥을 마주대고 다리를 쫙 펴서 위로 올리세요."

유연성이 좋은 순진은 주리의 발바닥이 마주 닿자마자 천천히 다리를 올리기 시작했다. 순진이 다리를 올릴수록 주리의 눈이 점점 더 커다래졌다. 주리가 제발 그만하라고 그의 어깨에 올린 손을 까닥거려 신호를 보냈지만 순진은 점점 다리를 올려 다리가 쫙 펴지게 만들었다. 주리는 눈을 꽉 감은 채 인상을 잔뜩 구겼다. 덕분에 웃음거리가 되는 것은 면했지만 주리의 예쁜 얼굴은 완전 못생김주의보를 내렸다.

"오오! 역시 시범 조교로 나오길 잘하셨네요. 두 분 참 잘하시네요. 하지만 나머지 분들은 무리하지 마세요. 유연성이 부족하니까 다리를 구부리고 하셔도 됩니다."

으윽! 미리 말씀해 주셔야죠! 주리는 잡아먹을 듯한 인상으로 순진과 강사를 흘깃 노려보았다. 주리가 버티다 뒤로 넘어갈 즈음 순진은 서서히 주리의 다리를 내려주었다. 주리가 씩씩거리자 순진은 빙긋 웃으며 주리의 다리를 꼭꼭 주물러 주었다.

병 주고 약 줘! 주리는 순진에게 슬쩍 눈을 흘기고 다른 커플들은 어떨지 둘러보기 위해 강습실 중앙으로 시선을 돌렸다. 아무래도 초반의 분위기와 달라진 커플은 요가를 통해 서로 교감을 나눈 것 같고 아직도 불편한 심기를 드러내는 커플은 통 요가에 집중하지 못하는 듯했다.

그래도 아까처럼 토닥거리는 커플들이 걱정스럽지는 않았다. 토닥거려도 커플은 행복한 법이니까. 주리의 얼굴에 다시 미소가 피어올랐다.

"오늘 오신 커플들은 참⋯⋯."

강습실을 오가며 자세 교정을 도와주던 강사가 빙그레 웃더니 다시 순진과 주리에게로 다가왔다.

"두 분은 아직 마사지 시간도 아닌데 벌써 마사지를 해주시면 어떡해요. 월권이에요!"

장난스럽게 웃어 보인 강사가 두 사람에게 다른 동작을 설명해 주었다. 양반다리를 한 상태에서 서로의 어깨에 팔을 올리게 한 강사는 순진에게는 왼쪽, 주리에게는 오른쪽 다리를 뒤로 빼게 했다.

허리에 힘을 주고 상체를 들어 올리지 않으면 자꾸 상체가 내려가 저절로 서로의 입술이 닿게 생겼다. 주리는 침을 꿀꺽 삼키고 최대한 버티려고 안간힘을 썼다.

"모두들 이 동작을 따라 하세요. 그리고 내가 그만! 할 때까지 그러고 계세요."

주리는 상체에 힘을 주고 버티느라 고개도 돌릴 수 없었다. 점점 고개가 부들부들 떨렸다. 순진이 고개를 틀어 커플들을 슬쩍 보더니 진한 미소를 머금고 천천히 상체를 내렸다. 점점 그의 입술이 다가와 주리의 입술에 닿자 순진은 촉 소리가 나도록 여러 번 입을 맞췄다.

안간힘을 쓰고 버티던 주리는 결국 포기하고 무너졌다. 상체가 제 맘대로 앞으로 쏠리며 순진의 입술을 향해 돌진하자 주리는 눈을 질끈 감았다. 순진은 여유롭게 허리의 힘만으로 상체를 들어 올리고 두 팔로 주리의 어깨를 지지해 주고는 맘껏 키스를 해댔다.

아찔한 기분이 든 주리는 순진과 키스를 하며 얼른 뒤로 뺐던 다리를 앞으로 가져와 자세를 잡고 양반다리를 하고 앉았다. 그리고는 순진을 떼어냈다. 그러자 바로 강사의 타박이 날아왔다.

"어! 누가 그만두라고 했어요! 이거 벌이에요."

주리가 고개를 돌리자 커플들은 모두 하나같이 입을 맞추고 있었다. 왜 강사가 그만할 때까지 그런 자세를 유지하라고 했는지 이해가 됐다. 유리로 된 문 앞을 지나다니는 사람들의 눈이 휘둥그레지고 있었지만 키스를 멈추는 커플은 하나도 없었다.

강사가 빙긋 웃으며 주리 커플에게 윙크를 했다. 아마도 두 사람 때문에 강습실 안의 분위기가 쎄했던 걸 강사도 알고 있는 눈치였다. 강사의 벌 덕분에 커플들의 분위기가 좋아졌고 매트 요가에 이어 플라잉 요가, 마지막으로 힐링 마사지를 끝으로 한 시간 반의 요가 강습을 순조롭게 끝낼 수 있었다.

주리는 요가를 마치고 커플들에게 정식 인터뷰 요청을 했다. 서로의 손을 단단히 잡은 커플들은 주리의 질문에 솔직하게 답을 해주었다. 확실히 서로의 마음을 확인하는 데는 스킨십만 한 것도 없지 싶을 정도로 커플들은 썸을 타는 사람들에게 커플 요가를 강추했다.

"주리야."

그윽한 시선을 한 순진이 주리를 부르자 주리는 눈을 깜박이며 거품 속으로 기어들어 갔다. 아무리 취재라지만 순진과 커플 스파에 온 것은 과연 잘한 일일까. 거품이 보글보글 뿜어져 나오는 스파 욕조에 몸을 담근 것까지는 괜찮았는데 막상 그와 눈을 마주하려니 괜스레 떨렸다.

"긴장 풀어."

순진이 피식 웃으며 잔뜩 긴장한 얼굴로 멀찍이 떨어져 앉은 주리 곁으로 다가왔다. 둘 다 건전하게 수영복에 반바지까지 갖춰입었는데 대체 무슨 짓을 할 수 있단 말인가.

"무슨 야한 생각을 하는 거야!"

순진은 주리의 긴장을 풀어주기 위해 손으로 거품을 잔뜩 떠서 주리의 얼굴에 쓰윽 발랐다.

"와악."

주리가 소리를 지르며 까르르 웃었다. 순진의 장난에 금방 긴장이 풀린 주리는 얼굴에서 거품을 닦아내며 그에게도 거품을 묻혔다. 한동안 두 사람은 물장난에 빠진 어린아이들처럼 서로 물을 튀기고 소리를 내어 웃기도 하며 즐거운 시간을 보냈다.

"주리야."

장난기를 거둔 순진이 그녀를 부르자 주리는 눈을 동그랗게 뜨고 그를 응시했다. 물기를 머금은 머리카락이 그의 이마로 흘러내려 와 있고 얼굴은 촉촉하게 젖어 있었다.

숨 막히게 섹시한 남자, 사랑하는 남자, 그리고 이 남자가 얼마나 자신을 원하는지 눈빛만으로도 알 것만 같았다. 주리의 눈동자가 갈 곳을 잃고 이리저리로 흔들렸다. 자꾸만 심장이 떨려 죽을 것만 같았다. 주리는 그에게서 멀찍이 떨어졌다.

"자꾸 날 자극하지 마."

순진은 자꾸만 자신을 피해 도망치는 주리의 발을 물속에서 잡아채 그의 쪽으로 끌어당겼다. 덕분에 주리는 순식간에 순진의 사정거리 안으로 들어왔다. 중심을 잃고 버둥거리는 주리의 등에 팔을 두른 순진이 으르렁거리듯 주리에게 경고했다.

"아무 짓도 안 해. 내가 치한이야? 네가 원하지도 않는데 억지로 뭘 어쩌려고 할 것 같아."

단단히 화가 난 순진의 표정에 주리는 눈만 동그랗게 뜨고 침만 꿀꺽꿀꺽 삼켰다.

"풉!"

순진은 아무리 화를 내려고 해도 스킨십을 시도할 때마다 어린 애처럼 구는 주리에게 도무지 당할 재간이 없었다. 속은 타들어가거나 말거나 이렇게 말간 눈동자로 제발! 이라고 말하고 있는 여자한테 뭘 어쩌겠는가. 웃어야지.

여자들의 언어는 참 요상했다. 제발! 이라고 하면 대체 어쩌라는 건지. 눈빛은 어떤 말로도 표현할 수 없는 많은 감정들을 전해 준다. 분명 사랑하는 감정을 담은 뜨거운 눈빛으로 응시해 오면서 스킨십에 있어서는 명확한 선을 긋는 주리가 도통 이해가 되지 않았다.

"아무 짓도 안 할 테니, 얌전히 옆에 있어."

주리가 긴장한 표정을 풀지 않으면서도 얌전히 고개를 끄덕이자 순진은 더 애가 탔다.

"여긴 퇴폐업소가 아니잖아. 커플들이 와서 마사지 받고 스파도 즐기고 그러는 곳이야. 내가 아무리 널 갖고 싶어 해도 지킬 건 지켜. 걱정 마."

청산유수처럼 이성적인 말들이 순진의 입에서 흘러나오고 있었다. 그렇게 말하는 순진의 손이 왜 제 허벅지를 더듬고 있는지 모를 일이었다. 주리는 슬쩍 순진의 손을 조금 아래로 밀쳐 냈다.

"긴장 좀 풀어. 마사지해 주는 거야."

순진이 주리의 다리를 제 무릎 위에 얹고는 살며시 감싸 쥐었다가 놓아주기를 반복했다. 주리는 무릎을 기점으로 종아리 쪽으로 그의 손이 이동되면 느긋하게 그의 마사지를 즐기다가도 그의 손이 무릎 위쪽 허벅지로 옮겨지면 몸을 굳히며 얼굴을 붉혔다.

하지만 순진은 그가 말한 대로 마사지를 해주려는 모양이었다. 아슬아슬하게 주리가 허용하는 곳까지 손이 올라왔다가 아래로 내려가길 반복 했다. 점점 주리는 그의 마사지에 몸의 긴장을 풀어갔다.

"시원하지?"

"응."

주리가 느긋하게 욕조에 등을 기대자 순진은 속이 타들어가기 시작했다. 입이 원수다. 어쩌자고 주리에게 그런 지킬 수 없는 약속을 했던 것인지 할 수만 있다면 자기가 뱉은 말들을 주워 담고만 싶었다.

아무 짓도 안 할 테니까 얌전히 있으랬다고 정말 이러기냐!

주리의 보드라운 살결이 손에 닿는 것과 동시에 순진은 전혀 순진하지 않은 몸으로 변해 버렸다. 사랑에 빠진 사내라면 자신의 여자에 대해 욕망을 품는 건 당연한 이치다. 사랑하는 여자를 안고 싶고 당장에라도 자신의 소유로 만들고자 하는 욕망을 주리가 너무 몰라주자 기분이 몹시 상한다.

"후우우우."

주리는 욕조에 몸을 기댄 채 순진의 땅이 꺼지는 한숨 소리를 들으며 속으로 웃음을 삼켰다. 욕망에 사로잡힌 눈동자를 하고 제가 내뱉은 약속을 지키기 위해 안간힘을 쓰는 이 남자가 너무 귀엽게 느껴졌다.

이런 순간 너무 진지하게 그의 눈빛을 받아들였다가는 그가 위험한 수위를 넘고 말 거란 걸 잘 알았다. 괜스레 그를 놀려주고 싶다는 생각에 주리는 느긋하게 마사지를 즐기는 자세를 취할 뿐이었다.

"흐으읍."

장난이 지나쳤나 보다. 스파를 나온 이후, 순진은 더 이상 그의 욕망을 참으려 들지 않았다. 주차장에 주차된 차에 오르자마자 조수석 의자를 뒤로 젖힌 후 뜨겁게 입술을 맞춰왔다. 주리는 아직 덜 마른 그의 머리카락 사이로 손가락을 집어넣고 그를 끌어당겼다.

솔직히 스파에서 욕망을 억누른 것은 순진뿐만이 아니었다. 주리는 마사지를 받는 척하며 느긋하게 욕조에 기대어 있었지만 부드럽게 혹은 자극적으로 그의 손가락이 살 속을 파고들 때마다 온몸이 저릿저릿했다.

주리는 무언가 알 수 없는 오묘한 감각들에 사로잡혀 그를 안고 싶다는 생각마저 들었다. 스스로의 변화에 놀랍기도 했고 충동적인 욕망에 사로잡히는 것은 아닌지 스스로에게 묻고 또 물었다.

그를 안고 싶은 마음이 드는 건, 그에게 안기고 싶은 마음이 드는 건 너무나 자연스런 감정이었다. 사랑하는 이와 함께 나눌 수 있는 건 마음만이 아니었다.

"주리야."

이전과는 달라진 주리의 반응을 감지한 순진은 미친 듯이 퍼붓던 키스를 멈추고 주리를 응시했다. 뜨거운 시선으로 주리의 얼굴을 더듬던 순진의 긴 손가락이 주리의 얼굴을 쓰다듬어 내렸다. 마침내 그의 뜨거운 시선과 손가락을 감당하기 어려워진 주리가 파르르 눈썹을 떨며 그의 손을 잡았다.

"하아."

순진이 미간을 좁히며 한숨을 내쉬었다. 주리가 제 손을 잡은 것은 거부하는 거라 여겼다. 오늘도 이대로 주리를 놓아주어야 하는가 잠시 생각하던 순진은 주리의 손을 제 입으로 가져와 손가락 하나하나에 정성껏 입을 맞췄다. 오늘은 도저히 주리를 놓아줄 수 없음을, 자신의 애타는 심정을 표현하듯 그렇게 그녀의 손가락에 뜨거운 욕망을 풀어놓았다.

"흐으음."

조수석에 누워 있는 주리가 눈을 감고 신음 소리를 내뱉었다. 그를 거부하려고 그의 손을 잡았던 것은 아니었다. 하지만 애를 태우는 듯한 그의 자극에 몹시 흥분하고 말았다. 두려움조차 느낄 수 없을 만큼 강렬하게 그의 마음이 읽혀졌다.

"널 원해. 널 갖고 싶어."

주리의 손가락을 샅샅이 핥은 순진이 그녀의 귓불을 살짝 깨물며 달콤하게 속삭였다. 그리고는 천천히 주리의 목덜미에 뜨겁게 달아오른 입술을 맞췄다. 부드럽게 그의 입술이 목덜미의 여린 살결을 빨아들이자 주리의 입에서는 탄성이 새어 나왔다.

주리의 몸을 조금씩 장악해 나가던 순진은 지금까지 무엇이 문제였는지를 어렴풋이 깨달았다. 처음 연애를 시작하는 여자에게 자신이 너무나 뜨겁게 마음을 표현했다는 것을. 욕망에 잠식당한 채 급작스럽게 그녀를 안으려 했다는 것을.

어쩌면 주리는 이렇게 부드럽게 다뤘어야 했는지도 모른다. 스스로 마음을 열었듯 몸도 열릴 수 있게 도왔어야 했는지도 모른다. 연애를 시작할 때처럼 스킨십도 밀어붙인다고 해결되는 문제가 아니었나 보다.

"흐웃."

달콤한 순진의 입술이 점점 목덜미를 벗어나 주리의 가슴골까지 장악해 가자 주리는 몸을 달싹이며 묘한 신음 소리를 내기 시작했다. 정말 이대로 있다가는 그가 선사하는 쾌락에 정신줄을 놓고 말 것만 같았다.

주리는 얼른 그의 얼굴을 손으로 감싸 쥐어 끌어 올렸다. 그리고 다급하게 그의 입술을 머금었다. 키스만으로 그를 만족시켜 줄 수 없다는 걸 알면서도 주리는 아직은 그와 함께 나눌 육체적인 사랑에 겁을 내고 있었다.

"하아, 주리야. 기다릴게. 네가 날 안고 싶어질 때까지."

끝나지 않을 것 같은 달콤하고 농밀한 키스가 끝나고 숨을 고르며 순진은 그녀가 듣고 싶은 말을 해주었다. 그의 품에서 밭은 호흡을 하며 주리는 어쩐지 그와 다른 언어로 사랑을 나누고픈 충동이 이는 것을 느꼈다.

상대를 배려해 줄 줄 아는 남자. 제 욕망보다는 사랑하는 여자의 마음이 우선인 남자에게 절로 마음이 열리는 건 어쩌면 당연한 이치가 아닐까. 곧 용기 내어 순진에게 이런 마음을 전하는 날이 올 거란 기대감에 심장의 동요는 쉽사리 가라앉지 않았다.

Rrrrr.

으윽! 아버지다.

순진은 휴대폰 액정 화면을 노려보다 할 수 없이 통화 버튼을 누르고 전화를 받았다.

[이 녀석아, 대체 언제 데려올 거냐!]

용건부터 속 시원하게 전달하는 아버지의 음성에서 조급함이 느껴졌다.

"아버지, 우물가에서 숭늉 찾는다는 속담 아시죠? 아직 백수인 주제에 어떻게 결혼하자고 합니까. 일단 제 문제부터 해결하고 인사시켜 드릴게요."

예원이 다녀간 후로 일주일에 한 번씩은 아버지나 어머니로부터 번갈아가며 주리에 관해 묻는 전화가 왔다. 서로 호감을 가지고 만나고 있는 사이라고 말하자 부모님은 노골적으로 주리를 데리고 오라는 압력을 넣고 있었다. 아직 프러포즈도 제대로 하지 않았는데 부모님께 인사부터 하자는 것은 순서가 아니었다.

[그러게 얼른 개업부터 하라고 했지.]

"하하하, 아버지. 요즘 제 일에 너무 간섭이 지나치십니다. 아버지답지 않으세요."

부모 자식 지간에도 확실한 선을 긋던 분들이 맞나 싶을 정도다. 아무래도 예원이 찬이를 데리고 여수로 내려가 있다더니 찬이 녀석을 보고 손주 욕심이 나신 것이 틀림없었다.

[나도 찬이 같은 손주 놈 좀 안아보고 싶다. 그게 그리 큰 욕심이냐?]

"욕심은 아니죠."

부모로서 그 정도의 바람은 욕심이랄 수는 없는 자연스러운 바람이리라. 단지 아직은 때가 아닐 뿐이다.

"조금만 시간을 주세요."

[쯧쯧, 아무래도 우리가 서울 올라가 봐야겠다.]

"아버지. 제 일은 제가 알아서 합니다."

순진은 어릴 때도 받아보지 못한 간섭을 받으려니 여간 난감한 것이 아니었다.

[지금까지야 네가 다 알아서 해왔으니 널 믿고 맡겼다. 하지만 결혼 문제만큼은 너와 우리가 이견이 있는 것 같으니 아무래도 그것에 관해 충분한 이야기가 필요한 것 같구나. 안 그러냐?]

"좋습니다. 그럼 조만간 내려가겠습니다."

[주리도 함께 오는 거지?]

"글쎄요."

[너 혼자 오는 거면 올 필요 없다. 그럴 거면 우리가 올라가마.]

재촉을 하던 아버지는 기어이 서울로 오겠다는 말을 남기고 전화를 끊었다. 순진은 헛웃음이 나왔다. 아버지의 말이 경고 내지는 협박의 의미란 걸 알기 때문이었다.

순진이 상담을 시작하고부터 준태가 운영하는 무료 법률 상담소에는 다양한 분야의 상담이 쏟아져 들어오고 있었다. 그만큼 변호사로서의 그의 능력은 탁월했다. 그런 순진을 대견하게 바라보던 준태는 마음 한구석으로 자신의 욕심으로 그를 너무 오래 붙잡아두고 있는 것은 아닌가 하는 걱정이 앞섰다.

"순진아, 이제 너도 개업을 해야 할 텐데."

조금 전 상담을 마치고 판례를 찾아보는 순진을 향해 준태는 넌지시 그의 의향을 물었다.

"아버님도 제가 허송세월한다고 보세요?"

순진이 부드러운 미소를 지으며 되묻자 준태가 고개를 가로저었다.

"하하, 제가 오래 놀기는 했나 봅니다. 아버님도 그런 걱정을 하시는 걸 보면."

"무슨, 자네가 놀다니. 여기 오고부터는 상담에, 판례 연구에 바쁘게 보냈다는 걸 내가 아는데. 난, 그저 내 욕심으로 자네를 너무 오래 붙잡고 있는 건 아닌지 걱정스러운 것뿐이야."

"제가 좋아서 한 겁니다. 무조건 아버님을 위해 희생한 건 아니니 그런 걱정은 내려놓으세요. 조만간 출판 관계자들을 만나볼까 합니다. 주리가 소개해 준대요."

"으응? 출판 관계자?"

"법의 정의를 실현하는 방법에 대해 여러 가지 생각을 해봤습니다. 이곳에서 상담을 하다 보니 확실히 일반 사람들에게 법은 너무나 멀더군요. 각종 어려운 용어로 가득한 법을 일반 사람들이 이해하기란 쉽지 않아요. 그래서 법을 공부한 법무사나 변호사들의 도움 없이는 기초적인 법적 대응을 할 엄두조차 못 내는 게 현실이죠."

순진의 말에 준태는 고개를 끄덕였다. 아무리 평생 동안 무료 법률 상담을 했지만 자신의 힘이 닿지 못하는 사람들은 넘쳐 났고 한계도 느껴졌다.

"그래서 전에 이야기했던 걸 진행해 보려고?"

"네. 지금까지 꾸준하게 인터넷 무료 상담을 진행해 왔던 자료들을 정리해 볼까 해요."

"자네, 인터넷 무료 상담도 했었나?"

준태는 전혀 알지 못했던 거라 순진의 말에 눈을 크게 뜨고 그를 응시했다.

"이곳에서의 상담은 찾아오는 분들로 국한되어 있어서 일반 사람들이 주로 어려워하는 부분들을 찾기가 쉽지 않더라고요. 그래서 시간 날 때마다 인터넷 상담을 진행했습니다. 그 사례들을 모아서 책으로 내볼 생각이에요."

"오호, 사례자들에게 동의는 구했고?"

"무료 상담을 해주는 대신 사례를 책으로 내도되겠냐고 동의를 구했더니 흔쾌히 받아들이더라고요."

"책이 나오면 법조계에 종사하는 사람들의 반응이 꽤나 싸늘하겠구만."

"법원에 가면 안내를 받아 쉽게 처리할 수 있는 법적 절차들도 돈을 내고 처리해야 하는 시스템에 너무 길들여져 있는 것도 문젭니다. 서민들은 단돈 십만 원도 아쉬운 법인데 그걸 조금이나마 덜어주는 대안이 되었으면 좋겠어요."

"하하, 역시 자네가 나보다 한 수 위네. 나는 찾아오는 사람들만 상담해 주는 것만도 내가 할 수 있는 최선이라고 생각했었네."

준태의 칭찬에 순진은 머리를 긁적이며 겸손한 자세를 취했다.

이전 같으면 저는 뭐든지 잘합니다, 라는 표정을 지으며 어깨를 으쓱했을 순진이었다. 그동안 그의 태도에는 많은 변화가 생겼다. 함께할수록 점점 괜찮은 사람이 있는데 순진이 딱 그런 케이스였다.

"저, 아버님."

머리를 긁적이던 순진이 망설이는 듯한 표정으로 준태를 바라보았다.

"왜 그러나?"

"개업에 대해서도 죽 생각해 봤는데 의료분쟁에 관한 전문 변호사로 활동할까 합니다. 변호사 개업을 하면 무료 법률 상담은 지금처럼 할 수는 없을 것 같습니다."

"흐음, 개업을 하게 되면 아무래도 지금처럼 나를 도울 수는 없겠지. 그거야 할 수 없는 일이네만 자네가 선택한 분야는 자리를 잡기 쉽지는 않을 걸세."

준태는 그동안 한 번도 의료분쟁과 관련해 찾아온 사람들을 제대로 상담해 본 적이 없었다. 적당한 변호사를 찾지 못해 늘 안타까운 마음만 가졌었다.

하지만 지난번 순진의 상담기록 일지를 살펴보다 의료분쟁 관련 상담을 한 것을 본 후로 순진에게 그것을 전문분야로 해볼 생각이 있는지 묻고 싶었지만 부담스러울 것 같아 미뤄왔었다.

의료분쟁에 관한 소송은 돈도 되지 않을 뿐더러, 질기고 오랜 법적 공방을 버티기 너무 힘든 과정이란 걸 너무나 잘 알기 때문이었다. 그걸 순진이 자청하자 준태는 조금 걱정스러웠다.

"기득권을 가진 자들이 득세를 하고 있는 현실 속에서 자리를 잡는 데는 시간이 걸릴 겁니다. 하지만 꾸준히 의료 지식을 쌓아 가며 소송을 진행하다 보면 노하우가 쌓일 거라 확신합니다."

"힘들긴 하겠지만 자네는 뭐든 하겠다고 마음먹으면 다 잘할 수 있을 걸세."

천하무적 같았던 주리의 마음도 얻어낸 순진이다. 게다가 머리 도 좋고 의료 지식 또한 해박하니 어쩌면 그는 머지않아 우리나라 최고의 의료분쟁 로펌도 만들어내고도 남을 인물이지 싶었다.

"아버님께서 이렇게 믿어주시니 감사합니다. 개업을 하게 되어 도 시간 나는 대로 열심히 아버님 일은 돕겠습니다."

순진이 넙죽 일어나 절이라도 할 기세였다.

"하하하, 혹시 자네 우리 주리와의 결혼을 허락해 달라는 것 같 네."

"역시 아버님이십니다."

순진이 환하게 웃으며 준태를 바라보았다. 준태는 그런 순진을 응시하며 껄껄 웃었다.

"나는 얼마든지 환영이네만 우리 주리에게는 허락을 받았나?"

"주리에게는 변호사 개업한 후에 프러포즈하려고요. 백수를 애 인으로 받아준 것도 모자라 남편으로 받아들여 달라고 하기엔 너 무 염치없다 싶어서요."

그렇게 말하며 순진이 책상 위에 어지럽게 놓여 있는 책들과 서 류들을 정리하기 시작했다. 조금 있으면 주리가 퇴근하는 시간이 었다.

"오늘도 주리 데리러 가게?"

주리가 외부 취재를 나가는 날이 아니면 순진은 한결같이 주리를 데리러 회사에 가고 있었다. 저렇게 정성을 쏟는 순진을 보자니 딸이 사랑받는 것 같아 마음이 푸근했다. 어서 순진과 한 가족이 되었으면 하는 바람을 가져보는 준태였다.

"보고 싶었어."

차에 오르자마자 주리는 순진에게 자연스럽게 그녀의 마음을 표현했다. 조금씩 변하고 있는 주리를 보며 순진은 진한 미소를 그녀에게 보냈다. 행복한 미소를 교환한 후 그들은 다정한 입맞춤도 나눴다.

"어디로 가는 거야?"

집 근처에 다다랐을 무렵 차의 방향이 다른 쪽으로 선회하자 주리는 의아한 눈으로 물었다.

"성준이한테 전화가 왔었어. 드디어 휴가를 받았다나? 저녁이나 같이 먹자네."

"후후, 휴가를 받았으면 냉큼 미뤄두었던 신혼여행이나 갈 것이지."

"그러게 말이야."

"어디서 만나기로 했는데?"

"은영 씨가 네가 보내준 잡지에서 본 부암동 골목길 데이트하고 싶다고 했대. 거기서 치킨 먹자는데."

"분위기 좋은 데도 많은데 치킨이라니. 은영 씨는 정말."

주리는 은영의 사차원적인 사고방식에 혀를 내둘렀다. 한참 신혼부부라 깨가 쏟아질 텐데 분위기 있는 곳을 굳이 따질 게 아니라는 건가. 그렇게 생각하니 조금은 그들이 이해가 되기도 했다. 자신도 순진과 함께라면 그곳이 치킨집이든 허름한 동네 골목길이든 행복하기만 할 테니까.

차창 밖으로 어둠이 내려앉은 골목길을 바라보던 주리는 순진이 부암동의 유명한 치킨 집 근처 주차장에 차를 세우자 그 틈을 타 그의 볼에 살짝 입술을 맞췄다.

"뭐야, 대리비를 줄 거면 확실히 줘야지."

주리의 가벼운 입맞춤이 맘에 들지 않은 순진은 입매를 늘이며 주리의 어깨를 잡아 그의 쪽으로 돌리고 그녀의 입술에 그의 입술을 가져갔다. 주리가 기다렸다는 듯 살며시 눈을 감자 순진의 미소가 더욱 짙어졌다.

"이제는 아주 대놓고 좋아하는 거야?"

주리를 놀리듯 순진은 장난스런 말을 내뱉고는 바로 주리의 입술을 삼켰다. 확실히 주리는 변해 있었다. 순진이 이런 말을 해도 전혀 발끈해하지도 않았다. 오히려 눈을 깜박이며 유혹하는 눈짓을 주곤 해 순진을 도발했다.

진득한 키스가 오가고 서로의 몸을 밀착시키고 짙은 애무가 이어졌다. 주리는 이제 더 이상 몸을 굳히는 법도 없었다. 그리고 언젠가부터 그의 셔츠 속으로 손을 넣어 그의 속살을 더듬거리기까지 했다. 그럴 때면 순진은 이성을 잃고 주리의 블라우스 속에 넣은 손아귀에 정신없이 힘을 주곤 해 주리가 비명을 지르게 만들곤 했다.

"으윽. 아파."

오늘도 여지없이 주리의 가슴을 쥐었던 순진의 손에 힘이 들어가 버렸다. 가볍게 주리가 눈을 흘기며 그의 손을 밀쳐 내자 순진은 피식 웃었다. 점점 주리에게 빠져들어 이성을 잃곤 하는 자신이 곤혹스러울 때가 한두 번이 아니었다.

"나도 무지하게 아프거든."

순진은 주리의 손을 가만히 잡아 허리 아래쪽에 가져다 댔다. 화들짝 놀란 주리가 얼른 손을 뒤로 감추자 순진은 씨익 웃었다.

"내가 언제까지 참을 수 있을지 모르겠다. 이 녀석이 곧 너를 잡아먹으려 들지도 몰라."

주리는 순진의 도발에 눈을 크게 뜨고 뺨을 붉혔다. 심장이 두근거리다 못해 폭발할 것처럼 뛰고 있었다. 짙은 애무를 할 때면 그의 몸 상태가 이렇게 되어버린다는 것을 알면서도 막상 제 손에 그의 것이 닿자 기절할 것처럼 놀라고 말았다. 역시나 알고 있는 것과 경험하는 것에는 큰 차이가 있었다.

"하하, 그만 내리자."

발끈하지는 않지만 저렇게 놀란 토끼 눈을 하는 주리는 여전히 귀엽다. 그런 까닭에 자꾸만 주리를 놀리는 것을 멈출 수가 없는 순진이었다.

"언니. 오랜만이에요."

치킨집 앞에는 기다리는 손님들로 이미 줄이 길게 이어져 있었고 그 줄 안에 은영과 성준도 한몫하고 있었다. 네 사람은 가볍게 인사를 나눈 후 각자 말을 아꼈다.

"평일인데도 손님이 많네."

주중인데도 제법 많은 손님 때문에 주리는 살짝 미간을 좁혔다.

"후후, 언니! 주중이라도 축구 하는 날에는 손님이 많다고 하셨어야죠."

"오늘 축구 중계 있는 날이었구나. 어쩐지 주중에는 이렇게 줄을 스는 일은 드물댔는데."

"우리 여기 치킨은 다음에 먹고 죠기 아래 산모퉁이 가서 파스타나 먹읍시다."

순진의 제안에 은영이 주리에게 잠깐 시선을 맞췄다가 입을 열었다.

"사주시면 맛있게 먹는 건 잘할 수 있는데."

"하하, 주리야 어쩌지?"

허락을 받듯 순진이 주리를 쳐다보았다.

"뭘 어째. 날강도 같은 부부한테 못 이기는 척 져 주어야지."

"어머, 언니! 날강도라니요."

은영이 주리에게 눈을 흘기고는 주리의 팔에 팔짱을 끼고 치킨집 앞에 섰던 줄을 이탈했다. 주리와 은영이 앞장서서 걷기 시작하자 피식 웃음을 터뜨린 순진과 성준이 그들을 따라갔다.

"너 대체 어떻게 한 거냐?"

주리와 은영에게서 두어 발자국쯤 떨어져 걷던 성준이 순진을 툭 치며 말을 건넸다.

"뭘?"

"시치미 뗄 생각하지 말고 얼른 말해봐."

가끔 순진과 전화 통화를 할 때면 좋은 일이라도 있는 듯 목소리마저 설렘이 담겨 있더니만 순진은 주리와 연애를 하고 있었던 모양이다. 오늘 저녁 약속을 할 때까지 성준은 까맣게 모르고 있던 사실이었다.

"성준아, 다 들린다. 순진이 괴롭히지 마라. 밥 먹으면서 천천히 말해줄게."

앞서 걷던 주리가 뒤돌아서더니 눈을 흘겼다.

"뭐냐? 너희들 한통속이라는 거냐?"

"으이구. 오빠! 두 사람이 한집에서 지낸 지 벌써 몇 달짼데 눈이 맞았어도 벌써 맞았지 그걸 몰라서 물어?"

은영의 맞장구에 성준은 어이없는 웃음을 피워 물었다.

"하여간 정말 눈치 없는 건 여전하다니까."

주리의 말에 은영이 고개를 신랄하게 끄덕였다.

"언니, 내 말이요. 저 오빠랑 연애할 때까지 속 터져 죽는 줄 알았다니까요. 오죽하면 내가 먼저 대시를 했겠어요."

"하하하, 아마 성준이는 은영 씨 아니었으면 평생 결혼 못했을 걸."

"어어, 이거 뭐야! 분위기가 왜 이래."

성준이 볼멘소리를 하며 순진을 바라보자 순진은 큭큭 웃기만 할 뿐 성준을 동조해 주지 않았다.

"뭐냐? 너도 같은 생각이라는 거냐?"

"열 받지 마라. 여기 같은 과 한 사람 또 있으니까."

순진이 빙긋 웃으며 주리를 바라보자 주리는 발끈하는 표정을 지어 보였다.

"어머, 언니도 눈치 제로 성준 오빠랑 같은 과였어요?"

은영이 눈을 동그랗게 뜨고 주리를 응시했고 성준은 그게 고소해서 피식피식 웃었다.

"무슨! 난 그 정도는 아니야. 은영 씨."

"하하하, 개구리 올챙이 적 생각 못한다더라."

"안순진!"

"하하하하."

순진이 찌릿찌릿해 죽겠다는 듯 몸서리를 치자 주리가 인상을 구기며 주먹을 쥐고 순진에게 달려들었다.

"어유, 고맙게."

제게로 달려든 주리를 와락 순진이 껴안자 당황한 주리는 얼른 그를 밀어내려 했지만 순진은 키득거리며 더욱 세차게 주리를 끌어안아 버렸다.

"어어, 이것들이."

성준이 혀를 끌끌 차며 은영의 어깨를 끌어안았다. 가만히 있다가는 부러운 눈길로 그들을 바라보는 은영의 심기를 건드릴 것 같았기 때문이었다. 사랑을 하면 없던 눈치도 생기는 법이었다.

"아아, 그렇게 된 거구나."

파스타집에 앉아 맛있는 저녁을 먹으며 네 사람은 도란도란 이야기꽃을 피우고 있었다.

"그럼 두 사람이 첫눈에 반한 거네요. 성준 오빠, 두 사람 결혼하면 양복 한 벌 얻어 입어야겠다."

"하하, 그렇게 되는 건가?"

은영의 말에 순진이 어깨를 으쓱하자 은영은 당연한 거라는 듯 고개를 끄덕였다.

"두 사람을 소개시켜 줬으니까 그만한 사례는 받아도 되는 거죠."

"후후후, 은영 씨도 참. 우리 둘 사귀라고 소개시켜 준 것도 아닌데?"

"어쨌든 두 사람이 사귀는데 지대한 공을 세운 건 우리 성준 오빠잖아요."

"그럼 양복 대신 다른 걸 해주면 어떨까요?"

빙긋 웃고 있던 순진의 제안에 은영이 고개를 갸웃했다. 은영의 솔깃해하는 눈치에 순진은 바로 말을 이었다.

"어머니께서 시간 되면 너희 부부 아무 때나 놀러 오라고 하셨거든. 마침 펜션도 비수기라 주중에는 방이 비니까 부담 갖지 말고 오라고 하셨어. 어차피 휴가도 받았겠다 신혼여행 겸 해서 다녀오는 건 어때?"

"부모님께서 펜션 운영하세요?"

은영은 기쁜 표정을 짓는 반면 성준은 조금 부담스러운 표정이었다.

"어른들이 아무리 그렇게 말씀하셨어도 폐가 되지 않겠냐?"

"무슨 그런 섭섭한 소리를 하냐? 네가 주리를 만나게 해준 사실을 아시면 업고 다니실걸."

순진의 말에 주리는 눈을 크게 떴다. 순진의 부모님께서 자신을 알고 있는 것에 대해서는 들은 바가 없었기 때문이었다.

"실은…… 예원이를 통해서 너에 대한 이야기를 들으신 후로 부모님께서 널 보고 싶어하셔."

"어머, 그럼 언니 우리 같이 여행 가요."

주리의 손을 잡고 은영이 졸라댔다. 갑작스런 일이라 주리는 아무 대답도 못하고 눈만 깜박였다.

"네? 같이 가요."

은영의 성화에 주리는 난감한 표정으로 순진과 성준을 번갈아 보았지만 그들은 알아서 하라는 듯 미소를 지을 뿐이었다. 잠시 생각을 하던 주리는 천천히 고개를 끄덕였다. 자연스럽게 순진의 부모님을 만나뵐 수 있는 기회라는 생각이 들었다.

Rrrrr.

순진이 휴대폰을 두고 주리를 데리러 간 터라 준태는 책상 위에서 울리고 있는 휴대폰을 아까부터 쳐다만 보고 있었다. 지역번호가 전라남도였다. 10분 간격으로 울리는 걸로 보아 혹시 순진의 본가에서 급한 일이 있어 전화를 한 건가 싶어 준태는 잠시 망설이다가 실례를 무릅쓰고 전화를 받았다.

"여보세요, 안순진 군 휴대폰입니다. 저는 송준태 변호사고요."

[아유, 송 변호사님 안녕하세요. 저는 순진 오빠의 사촌 여동생 정예원이에요.]

"아아, 네. 안녕하세요."

[오빠는요?]

"순진 군이 휴대폰을 두고 산책을 나갔습니다."

[송 변호사님, 말씀 낮추세요. 네? ……알았어요.]

예원이 통화 중간 옆에 있는 사람과 이야기를 하는지 어조가 다른 말이 휴대폰에서 흘러나왔다.

[변호사님, 죄송해요. 저, 실례가 되지 않으시면 이모부께서 통화하고 싶다세요.]

"네, 괜찮습니다."

[그럼, 바꿔 드릴게요.]

잠시 헛기침 소리가 이어졌다.

[안녕하십니까! 사돈!]

격의 없는 인사에 준태는 잠시 침을 꿀꺽 삼키고 인사하기 시작했다.

"안녕하십니까, 저는 송준태올시다."

[하하하, 당황하신 모양입니다. 저는 순진이 애비, 안준상이올시다.]

"순진 군이 곧 돌아올 겁니다. 뭐, 전하실 말씀이라도 있으십니까?"

[하하하, 그런 거 없습니다. 전에부터 송 변호사님과 통화하고 싶다고 순진이한테 꼭 전하라고 했는데 아직도 전달받지 못하신 게로군요.]

"네."

준태는 고개를 끄덕였다. 아무래도 저쪽 집에서는 순진과 주리가 연애하고 있다는 것을 알고 있는 눈치고 시간이 지나도 진전이 없는 것에 답답한 모양이었다. 그건 준태도 마찬가지였다.

[사돈! 아이들만 믿고 있다가는 우리가 언제 손주 놈들을 안아 보겠습니까? 주리를 보고 싶다고 그렇게 우리가 사정을 해도 아직은 안 된다고만 하지 뭡니까. 아무리 생각해도 순진이가 개업도 못한 백수라서 주리가 망설이는 건 아닌지 걱정이 됩니다. 사돈께서는 아이들 가까이 계시니 뭐 좀 알고 계신 게 있는지 궁금해서 여쭙니다.]

"저도 두 사람이 좋은 소식을 안겨주기를 학수고대하고 있습니다. 그러려면 두 사람이 뜻을 맞춰 결혼부터 해야겠지요. 주리도 순진이에게 좋은 감정을 가지고 있으니 아이들에게 맡기고 지켜봐 주는 게 순리 같습니다."

[예, 예. 오늘 제가 너무 좋아서 결례를 범했지요? 너무 반가운 마음에 그랬답니다. 이해해 주십시오. 그럼 조만간 꼭 뵙는 겁니다.]

"예, 저도 그러길 희망합니다. 들어가십시오."

순진의 부친과 통화를 마친 준태는 혼이 쏙 빠지는 것 같았다. 순진이 유쾌하고 스스럼없는 친화력을 갖춘 것은 아버지의 영향인 듯했다. 깍듯하게 예의를 갖추면서도 할 말 다 하는 성격도 포함해서 말이다.

준태는 사돈 될 양반이 참 맘에 들었다. 주리가 저런 분을 시아버지로 모시게 된다면 많은 사랑을 받게 될 터였다. 알면 알수록 순진은 탐나는 사윗감이 아닐 수 없었다.

11

　주리와 순진이 탄 차가 서울 톨게이트를 막 벗어나고 있었다.
은영과 성준은 주중에 여수로 신혼여행을 떠난 상태였고, 출근을
해야 했던 주리 때문에 그들은 주말을 이용해 순진의 집으로 향하
는 중이었다.

　서울을 막 벗어났을 뿐인데 마치 순진의 집 근처로 온 것처럼
긴장이 된 주리는 차창 밖으로 펼쳐지는 늦가을의 정취를 느낄 수
가 없었다.

　"뭘 그렇게 벌써부터 긴장하고 그래. 여행 간다는 기분으로 가
자니까."

　부드러운 순진의 음성에 주리는 그제야 엷은 미소를 지으며 그
를 돌아다보았다.

"나도 그렇게 생각하려고 하는데 맘대로 되지 않네."

"원래 마음이란 녀석은 통제할 수 있는 건 아니니까. 그럼 우리 이렇게 된 거 계획을 틀어서 진짜 여행 가는 건 어때?"

"부모님께서 기다리시잖아."

"어차피 기다리신 건데 좀 인사가는 게 늦어지면 어때."

"그건 아니다."

"괜찮아. 난 부모님께 가는 것보다 너랑 여행 가고 싶은 마음이 굴뚝이야."

"피이, 사심 채우기로 작정한 거야?"

어느새 긴장감을 내려놓은 주리가 순진에게 가볍게 눈을 흘기며 웃었다.

"언제까지 내가 목석처럼 널 기다려 줄 거라고 생각하는 건 아니지?"

"점점! 하여간 틈을 보이면 안 된다니까."

"남자란 원래 그런 거야. 남자가 연애를 하면 통제 불능 상태가 되는 건 당연한 거야. 내가 많이 참아주고 있다는 걸 알잖아. 지금도 갓길에 차 세우고 너랑 키스하고 싶어 미치겠다고."

"위험하게!"

"하하, 스릴 있잖아. 너도 내가 그러길 바라는 거 아냐?"

"아니! 운전이나 하셔."

주리가 순진을 노려보자 운전하느라 전방만 주시한 채 순진이 입매를 늘였다.

"욕망을 억누른 남자의 광란의 질주, 그게 더 위험하지."

차의 속도가 급하게 빨라지며 굉음 소리가 나자 주리가 눈을 크게 떴다.

"야아! 장난이 심하잖아."

"하하하하. 살짝 속도를 높인 거야. 안심해."

잠깐 빨라졌던 차의 속도는 정상 속도를 유지했다.

"긴장 다 풀렸지?"

"후후, 하여간 못 말려."

순진과 이야기를 나누다 보면 어느새 그와의 대화에 집중하게 되고 다른 생각은 할 수가 없다.

"주리야, 뭐든 네가 경험한 것만 네 것이 될 수 있는 거야. 남들이 경험한 것을 네 일로 받아들이는 건 더 이상 안 했으면 좋겠어. 아마 우리 부모님 만나뵙고 나면 네가 괜한 긴장을 했다는 걸 알게 될 거야."

순진의 진지한 말에 주리는 미소를 지으며 고개를 끄덕였다. 그의 말이 다 맞는 말이었다. 지금까지 자신이 사랑에 부정적일 수밖에 없는 환경에서 살았기에 늘 부정적으로만 여겼던 사랑이 순진과의 연애를 통해 행복한 감정이란 걸 입증되었다. 뭐든 가보지 않은 것, 경험하지 않은 것에 대해 부정적인 감정으로 미리 걱정부터하고 겁을 먹을 이유는 없었다.

주리는 가만히 순진의 옆얼굴을 응시했다. 처음 그를 만나던 날이 떠올랐다. 그날을 생각하면 이런 순간을 맞이하게 될 거란 상상조차 할 수가 없다. 생각할수록 지금 이 순간이 너무나 꿈만 같다. 정말 이렇게 행복해도 되는지 스스로에게 묻고 또 묻게 될 정도다.

"그만 봐. 한쪽 얼굴 다 닳아서 없어지겠네."

"좋으면서 앙탈은."

"푸하하하, 주리가 많이 변했어요. 뭐 이런 시리즈 칼럼을 쓰면 어때? 연애에 까칠하던 여자가 연애하고 바보가 되는 이야기."

"뭐야?"

"연애하는 여자들 바보 같아서 싫다며. 사랑에 빠져서 헤어 나오지 못하고 상처받으면서도 사랑에 목매는 여자들 이해 안 된다면서."

"맞아. 그랬어. 하지만 그땐 사랑이 어떤 건지 모를 때 했던 생각이고."

"지금은?"

"연애하면 왜 바보가 될 수밖에 없는지 알 것 같아. 부끄러움도 잊고 염치도 없어지고 이성도 잃게 되는 게 사랑인 거지."

그렇게 사랑을 부정하고 독신주의라고 주장하던 주리는 순진과 연애를 시작하며 구렁이 담 넘어가듯 뻔뻔하게 주변 사람들에게 안면 몰수를 할 수밖에 없었다. 그만큼 순진과 연애가 좋았다는 거다. 바보가 되어도 좋았고 염치가 없어져도 좋았고 길거리에서 키스를 나눌 만큼 순진과의 연애가 좋았다.

"손!"

주리는 조수석 의자에 몸을 깊숙하게 묻으며 순진에게 손을 달라 요구했다.

"싫은데."

"앙탈은 그만 부리라고 했지. 나한테 접근 금지 명령 받고 싶어?"

"네, 네."

순진은 전방을 주시한 채 냉큼 왼손으로 운전대를 잡고 오른손을 주리에게 내밀었다.

"맘대로 하세요야? 크큭."

"네. 니 맘대로 하세요."

순진의 손을 점유한 주리가 손가락으로 그의 손바닥을 가만가만 쓸어내리며 만지작거리자 순진이 주먹을 꽉 쥐었다.

"쓰읍! 반항하는 거야?"

"하하하하, 그거 내 버전인데."

가끔 주리를 꼼짝 못하게 옭아매고는 순진이 했던 말을 주리가 흉내 내고 있었다.

"오늘은 내가 갑이야. 얼른 손 펴지 못해!"

옴짝달싹 못하게 옭아매고 했던 말을 주리가 다시 고스란히 말하자 순진은 크큭거리며 웃었다.

"간지러워."

"좋다는 거지?"

"나, 운전 중이야. 자꾸 날 자극하면 위험해."

"치이, 알았어. 그냥 잡고만 있을게."

주리의 말에 순진은 주먹을 쥐었던 손에 힘을 풀었다.

"뭐라고?"

주리가 그의 손바닥에 글자를 써 넣는다. '사랑해'라고. 순진은 입술을 잔뜩 늘이면서 물었다. 지금까지 좋아한다는 말만 하던 주리의 수줍은 고백에 순진의 심장은 터질 것 같았다.

'사랑해.'

주리는 그가 좋아서 자꾸 묻는다는 걸 알기에 그의 같은 물음에 계속 사랑한다고 그의 손에 고백해 주었다.

"나도 널 사랑해 주리야."

주리는 그의 손에 깍지를 끼워 넣고 편안하게 조수석 등받이를 젖혔다. 그리고 옆으로 살짝 돌아누워 그를 응시했다. 그의 표정이 행복하다는 말을 하고 있었다.

주리는 그의 손을 끌어 올려 제 입술에 가져다 댔다. 그리고 그의 손등에 입술을 맞췄다. 그가 행복한 표정을 짓는 것이 자신을 이렇게 행복하게 만들 줄이야.

사랑이란 주는 만큼 돌아오는 거란 말의 의미를 어렴풋이 느끼며 주리는 스르륵 눈을 감았다. 실은 어젯밤 괜한 설렘으로 잠을 이룰 수가 없었다. 그의 부모님을 만나뵐 것에 대한 걱정도 있었지만 그와 이렇게 여행을 하게 되는 것에 대한 설렘이 더 컸었다. 잠이 든 주리의 입꼬리는 계속 위를 향해 있었다.

입술을 간질이는 느낌에 주리는 입매를 늘였다. 마치 모닝키스를 받는 것 같은 기분이었다. 잠에 취해 있으면서도 순진이 만들어주는 감각적인 느낌들이 고스란히 입술로 퍼져 나갔다. 주리는 저도 모르게 순진의 목에 팔을 감고 그를 끌어당겼다.

"잘 잤어? 잠꾸러기 공주님."

키스를 마치고 순진이 그렇게 말하자 주리는 눈을 감은 채 입꼬리를 위로 끌어당겼다.

"매너 없게 내가 졸음운전하면 어쩌려고 그렇게 잠만 자."

"후후, 바꿔서 생각해 봐. 널 그만큼 믿는다는 거잖아."

주리가 기지개를 켜며 웃자 순진은 주리의 콧잔등을 손가락으로 튕겼다.

"꿈보다 해몽이 좋군."

"여기 어디야?"

그윽한 그의 시선을 마주하고 있다 보면 종일 키스를 하느라 차 안을 벗어날 수 없을지도 모를 일이었다. 주리는 얼른 주위를 둘러보았다. 유리창에 빗방울들이 살포시 내려앉아 흘러내리고 있었고 안개가 자욱해 가까이 주차된 차들만 보일 뿐이었다.

"날씨가 맑은 날에만 와봤는데 괜찮을지 모르겠다. 일단 내려서 걷자."

다행히 안개비가 부슬부슬 내릴 뿐 바람은 불지 않아 걷는 데 무리는 없어 보였다. 서둘러 트렁크에서 우산을 꺼내 펼쳐 든 순진은 조수석으로 가 문을 열어주었다.

"크큭."

주리가 차에서 내리며 웃자 순진이 궁금해하며 표정을 지었다.

"나 말이야. 이런 거 별로였거든. 손이 없어, 발이 없어? 남자가 차 문 열어줄 때까지 차 안에서 가만히 앉아 있는 여자들 심리를 이해할 수 없었는데 이거 생각보다 설레네."

"그래? 그럼 앞으로 내가 평생 이렇게 해줄게."

은근슬쩍 프러포즈를 받은 것 같은 기분에 주리는 눈을 게슴츠레 뜨고 그에게 눈을 맞췄다.

"내 말은 네가 원하면 뭐든 해줄 수 있다는 거야."

순진이 딴청을 피우듯 고개를 다른 곳으로 돌렸다. 그럼 그렇지 순진이 제 기대를 저버리고 프러포즈를 이렇게 싱겁게 해올 리 없다. 프러포즈? 그런 단어를 떠올리자 심장이 쿵쿵 뛰었다.

눈을 맞추기만 해도, 그가 관심을 보이는 걸 느낄 때도, 처음 그와 키스를 할 때도, 그리고 진한 스킨십을 나눌 때도 심장은 같은 속도로 뛰었었다. 자연스럽게 이젠 평생 그와 함께할 시간을 꿈꾸는 모양이었다.

주리는 우산 속으로 들이치는 안개비에 심장이 더욱 촉촉해지는 것 같았다. 그와 함께 하나의 우산 속에서 걷는 기분이 좋았다. 여전히 주변은 짙은 안개로 자욱했지만 그와 함께였기에 두렵지 않았다.

"생각보다 바람이 부네."

순진이 목에 감았던 스카프를 풀어 주리에게 꽁꽁 감싸 여며주었다.

"너는? 너도 춥잖아."

"나는 남자야. 네 앞에서는 언제나 나무처럼 기댈 수 있는 든든한 남자. 아직도 그걸 몰라?"

"후후."

주리는 기분 좋은 웃음소리를 내며 그의 팔에 팔짱을 꼈다.

"여기가 어디냐면?"

"안 궁금해졌어. 너랑 함께라면 어디든 다 좋아. 네가 어련히 알아서 날 데리고 왔겠어."

"너무 믿는 도끼에 발등 찍히면 어쩌려고?"

"예전에는 그게 그렇게 바보 같아 보였는데……."

"그랬는데?"

"최선을 다해 믿고 사랑했으면 그걸로 된 거다 싶어. 내가 선택했고 내가 사랑했고 믿었던 사람의 배신이라면 용서를 할 수 있을 것도 같아. 그러니 바보는 아니지. 용감하고 아름다운 사람이야."

"정말 그렇게 생각해?"

"응. 정말! 쉼터에 왔던 수많은 여자들을 나는 정말 한심하게만 바라봤던 것 같아. 그랬으니까 사랑을 그렇게 부정적으로만 생각했던 거겠지. 내가 너무 오만했어. 널 만나 나 사람 된 거 같아. 온기를 가진 사람 말이야."

"나더러 잘난 척 대마왕이라더니만."

"나도 실은 너랑 같은 과였던 거지. 경험해 보지도 않고 뭐든 결과를 다 아는 것처럼 그렇게 믿고 살았어. 오만하게 그들을 매도하고 평가하고. 그러면서 나는 절대 그들처럼 저런 오류에 빠지지 말아야지! 다짐하고."

"비 오는 날 너무 센티해지는 거 아냐?"

"센티해져서 그런 게 아니라 너랑 함께 있는 게 너무 행복하다는 말을 하고 싶은 거지."

"나랑 연애하길 잘한 거지?"

"응. 너랑 연애한 건 정말 잘한 일이야."

주리가 고개를 강하게 끄덕이자 순진은 주리의 머리를 그의 쪽으로 끌어당겨 안고는 입술을 맞췄다.

"대한다원?"

다원 입구에 다다르기 전부터 양쪽으로 길게 늘어서 있는 삼나무 사이를 나란히 걷는 기분이 꽤 근사했다. 입장권을 끊고 다원 안으로 들어가니 여러 개의 갈림길이 보였다. 조금씩 비가 잦아들고 안개도 걷히기 시작해 시야가 확보가 되니 숲 속 정원에 들어온 기분이 들었다.

"나, 이제부터는 비 오는 날이 좋아질 거 같아."

"우울해진다더니."

"비가 오면 너랑 함께 쓴 우산이 제일 먼저 생각날 거고 그리고 내 목에 따뜻하게 네가 감싸준 머플러가 생각날 거야. 그리고 너와 함께 걷던 이 숲을 떠올리겠지."

주리는 더 이상 비 오는 날이 우울하게만 기억되지 않을 거란 확신을 했다. 아프고 힘들었던 기억을 덮어주는 멋진 기억들로 인해 아픔은 지워지고 상처는 희미해지는 거란 사실을 깨닫게 되었다.

"앞으로 더 많은 좋은 기억들로 채워줄게."

"믿을게."

주리는 엷은 미소를 지어 보이고는 천천히 걸음을 옮겼다. 바람도 잦아들어 점점 푸근한 느낌이 전해져 왔다. 아마도 마주 잡은 순진의 손에서 전해지는 따뜻한 온기에 마음도 덥혀지는 것 같았다.

"여긴 누구랑 와봤어?"

"어릴 때 부모님이랑 이모네 가족들과 자주 왔었어."

"예원 씨도?"

예원을 처음 만나던 날을 떠올린 주리는 큭큭 웃음을 터뜨렸다.

"너도 그날 생각하는구나. 예원이 덕분에 네 속마음 들켰었지? 질투에 눈이 멀어서 바보처럼."

"그래. 뭐."

쌜쭉해진 표정을 지으며 주리가 눈을 흘기자 순진이 어깨를 으쓱했다.

"그날, 너 참 예뻤어. 어찌나 질투에 눈이 멀어 아닌 척하며 날 쏘아보는데 심장이 다 녹는 것 같았다니까."

"알아. 그날 첫 키스했잖아. 나도 네 키스에 심장이 다 녹아버렸어."

"주리야."

짧다면 짧고, 길다면 긴 시간 동안 두 사람만이 공유할 수 있는 은밀한 기억 속으로 빠져들며 두 사람은 서로를 뜨거운 눈길로 응시했다. 그리고 천천히 우산 속에서 둘은 서로의 입술을 공유했다.

첫 키스를 하던 날처럼 순진은 주리 쪽으로 허리를 굽혔고 주리는 자연스럽게 그의 목덜미를 끌어당겨 몸의 중심을 잡았다. 순진의 손은 우산 대신 주리의 허리를 강하게 감싸 쥐고 농밀한 키스를 했고 주리는 그런 순진의 키스에 화답하듯 그녀의 입안을 유영하는 그의 혀를 깊이깊이 빨아 당겼다.

"후읍."

주리가 다급하게 호흡을 하자 순진은 입매를 끌어당겨 만족스런 미소를 머금었다.

"이제 서툰 키스는 더 이상 맛볼 수 없겠어."

그렇게 말한 순진은 천천히 굽혔던 허리를 폈다. 그의 얼굴로 장난스런 표정이 스치는 것을 본 주리가 눈을 깜박였다.

"서툰 키스도 있어?"

주리의 물음에 순진은 얼른 우산을 주워 들고 주변을 살피는 시늉을 했다. 어쩐지 제 첫 키스가 엄청 매력 없었다는 것 같기도 하고 아쉽다는 것 같기도 한 그의 표정이 어떤 의미인지 궁금했다.

"왜 대답 안 해?"

"나중에 네가 처음 키스했을 때 어떻게 했는지 고스란히 내가 재현해 줄 테니까 느껴봐."

"뭐야!"

"또, 또. 이상한 생각한다. 내 말은 네가 서투른 키스를 할 때도 이렇게 농밀한 키스를 할 때도 설레서 죽을 것 같다는 말이지."

그의 대답이 마음에 든 주리는 만족스런 표정을 지어 보였다. 차 밭을 오르는 내내 두 사람은 이전처럼 티격태격했지만 서로를 사랑하는 마음이 바탕에 깔려 있다는 걸 알기에 함박웃음을 머금을 수 있었다. 그렇게 장난을 치며 걷다 보니 그들은 어느새 전망대에 다다랐다.

겨울을 재촉하는 비가 와선지 아니면 다원의 마감 시간이 다 된 탓인지 전망대에는 그들뿐이었다.

"우와!"

전망대에 오르는 사이 서서히 걷히기 시작한 안개는 그들에게 말로 형용할 수 없는 전경을 내어주었다. 천상의 정원에 발을 디디고 서 있는 기분이었다.

발밑에 펼쳐져 있는 차 밭은 푸른 물결을 이루며 넘실거리는 파도를 연상케 했고 조금 멀리 보이는 산자락 아래에는 안개가 피어오르고 있어 몽환적인 분위기를 자아냈다.

인공적으로 꾸며진 것이 이렇게 아름답게 여겨지긴 처음이었다. 아마도 그와 나란히 서서 함께 바라보는 풍경이기에 더없이 빛나고 아름답게 보이는 것이 아닐까?

"다음에 또 오자."

멍한 눈으로 한참 동안 산자락에서 시선을 떼지 못했던 주리가 순진의 허리에 제 팔을 감으며 말했다. 다음에도 이렇게 비가 오는 날이었으면 좋겠다는 생각을 하며.

"다음엔 셋이서 오면 더 좋겠다."

인기척조차 하나도 없어 평화롭고 고요하기만 한데도 굳이 순진은 주리의 귀에 목소리마저 잔뜩 낮춰 속삭였다.

"하여간 분위기 깨는 데 선수야."

장난처럼 프러포즈를 하는 순진을 향해 주리는 눈을 가볍게 흘겼다.

"농담도 진화를 하는 모양이야. 연애하자더니 이젠 계속 결혼하자고 쿡쿡 옆구리를 찌를 작정이야!"

순진과 주리를 태운 차가 여수로 진입할 즈음 땅거미가 지고 어스름한 가로등 불빛이 번지고 있었다. 겨울 초입에 들어선 계절이라 어둠이 점점 속도를 내며 짙게 깔리기 시작했다.

　"우와!"

　여수 돌산 대교 옆을 지날 무렵 다리 위를 밝힌 형형색색의 조명이 그 빛깔을 달리하며 장관을 연출하자 주리는 탄성을 질렀다. 노래로만 듣던 여수 밤바다에 정말 와 있긴 한 것 같은 흥분을 감추지 못했다.

　"저기 돌산공원에 가서 케이블카 타면 야경이 정말 끝내주지."

　순진이 가이드처럼 설명을 덧붙이자 주리는 밤하늘을 수놓으며 무리 지어 올라가고 있는 케이블카를 황홀한 시선으로 훑었다. 사진으로 보는 것과는 비교가 되지 않았다. 뭐든 실제로 경험하지 않으면 제대로 느낄 수 없는 법인가 보다.

　"이따가 드라이브 나오자."

　순진의 제안에 주리가 눈을 반짝이며 고개를 끄덕였다. 대교 옆을 지나고 어디서나 볼 수 있는 거리 풍경이 이어지자 주리는 흥분했던 마음을 가라앉혔다. 조금씩 순진의 집이 가까워지고 있다는 걸 상기했던 것이다.

　외길로 통과할 수밖에 없는 마래 터널은 어둠에 잠겨 있는 곳으로 그들의 차를 토해냈다. 사방이 깜깜했다. 멀리 가로등이 드문드문 불을 밝히고 있었고 차가 멈춰 선 곳 바로 앞도 펜션 간판 불빛만 어스름하게 새어 나올 뿐이었다.

　"가로등이 왜 다 꺼져 있어?"

"여긴 인적이 드물어. 관광을 목적으로 온 사람을 제외하고는 주민들도 거의 없어."

"아아, 관광철이 지나서 그런 거구나. 근데 왜 여기에 차를 세웠는데?"

"곧 집에 가면 너랑 이렇게 키스하기 힘들어지잖아."

그렇게 말한 순진이 기습적으로 주리의 입술에 그의 입술을 겹쳐 왔다. 이젠 시도 때도 없이 그가 키스를 해온다. 마치 사람이 숨을 쉬기 위해 공기를 들이마시듯 그들의 시간 속에 키스와 스킨십은 자연스럽게 스며들어 있었다.

"아야."

가끔 순진이 이로 여린 살결을 질근질근 깨물 때면 훨씬 자극적인 기분이 들곤 해서 주리는 그런 그의 키스를 좋아했다. 하지만 때로는 힘 조절을 잘못해 이렇게 아픔을 안겨주기도 한다.

"후후, 미안."

순진이 주리의 여린 살결을 혀로 부드럽게 핥아주는 찰나였다.

"아! 아! 6267. 차량번호 6267. 안전한 곳으로 차량을 이동하십시오. 이곳은 밤에 위험합니다."

차 후미로 밝은 불빛이 밝혀지는 것도 모자라 확성기를 통해 들려오는 경고 메세지에 주리는 눈을 동그랗게 뜨고 얼굴을 확 붉혔다.

"헐. 우리 애정 행각 들켰다."

"어우."

순진이 주리를 제 품 안에 끌어당기고 큭큭 소리를 내어 웃는 사이 경고 방송을 끝낸 순찰차는 유유히 자리를 떠났다.

"갔어."

그렇게 말한 순진은 주리의 입술을 다시 한 번 삼키기 시작했다. 얇은 입술 사이로 쏙 빨려 들어온 주리의 도톰한 입술을 머금은 순진은 그녀의 입술 사이를 혀로 가르고 들어가 치아 하나하나를 세듯 부드럽게 쓸었다.

키스를 받는 주리가 뜨거운 숨결과 달콤한 타액을 아낌없이 내어주자 순진은 강하게 그녀의 혀를 빨아들이며 짜릿함을 만끽해 나갔다. 주리의 허리를 감싸 안았던 그의 손은 그녀의 등으로 그리고 다시 그녀의 머리로 그러다가 얼굴로 이동했다.

천천히 주리의 얼굴을 감싸 쥐고 있던 그의 손은 점점 아래로 내려가 그녀의 블라우스 자락을 들쳤다. 곧 그의 손아귀로 말캉한 살이 만져졌다.

"하아아."

거칠게 숨을 몰아쉬며 순진은 어찌할 바를 몰라 했다. 손에서 느껴지던 말캉한 느낌은 순식간에 그의 모든 말초신경을 자극했고 너무나 참을 수 없이 그녀를 원하게 만들었다.

"정말 미칠 것 같아."

뜨거운 숨결을 주리의 목덜미로 토해내는 순진은 죽을 것 같은 욕망에 사로잡히고 말았다. 바로 집이 코앞에 있다는 것도 잊을 만큼 부풀어 오른 욕망을 제어하지 못한 그가 주리의 목덜미에 붉은 자국을 남겼다.

"흐으읍."

그가 선사하는 감각이 온몸을 휘감는 느낌에 주리는 신음을 뱉으며 몸을 떨었다. 점점 깊어지는 그의 스킨십을 자연스럽게 받아들이는 스스로의 반응이 더 이상 낯설지가 않았다. 그만큼 순진을 원하고 있었다.

그의 손에서 이지러지듯 뭉개지던 살결이 자유롭다고 느껴지는 순간 스커트 자락 속으로 불쑥 들어온 순진의 손에 주리는 눈을 동그랗게 뜨고 숨을 삼켰다. 델 것처럼 뜨거운 손이 허벅지 안쪽의 살을 파고들자 주리는 망설이듯 몸을 비틀다가 살짝 다리를 벌렸다.

"주리야."

순진이 주리의 귓불을 깨무는 동시에 그의 손가락이 속옷으로 기어들어 왔다. 그 순간 또다시 그들의 뜨거운 시간을 방해하는 휴대폰 벨 소리가 요란하게 울렸다.

"하아, 하아."

주리는 마치 이 야릇한 행각을 들킨 사람처럼 화들짝 놀라서는 순진의 손을 밀어냈다. 미간을 잔뜩 좁힌 순진은 재킷 주머니에서 휴대폰을 꺼냈다.

"Rrrrrr."

조금 전보다 더 요란해진 벨 소리가 차 안의 뜨거운 공기를 순식간에 저만치 밀어냈다. 숨결도 채 고르지 않은 순진이 받으려고 하자 주리가 고개를 저으며 그를 만류했다. 한참을 울리던 벨 소리가 멈추자 두 사람은 큭큭거리며 웃기 시작했다.

"펜션이 어디야?"

겨우 웃음을 멈춘 주리가 머리와 옷매무새를 정리하며 물었다.

"저기."

"응?"

"바로 아래 간판 보이지?"

"뭐!"

주리가 눈을 동그랗게 뜨고 몸을 바짝 앞으로 기울여 그가 턱 끝으로 가리키는 곳을 바라보았다. 바로 5m도 안 되는 곳에 위치한 펜션과 카페가 보였다.

"아일랜드?"

"응. 아일랜드 펜션."

"미쳤어!"

"뭐가?"

"부모님이 바로 코앞에 있는데 여기에 차를 세우고⋯⋯."

주리가 몹시 당황한 표정을 지었다.

"그럼 어떡해. 널 갖고 싶어 미치겠는데."

순진이 다시 제게로 가까이 다가오자 주리는 손바닥으로 그의 얼굴을 밀어냈다.

"정말 못 말려."

그에게 눈을 흘긴 주리는 차 안의 미등을 켰다. 그리고 카페 쪽을 연신 살피며 가방에서 손거울과 립스틱을 꺼냈다. 부풀어 오른 입술에 립스틱을 발라 겨우 키스 흔적을 지운 주리는 그의 입술도 유심히 살폈다.

"어떡해!"

"왜?"

아까 그의 입술을 제 이로 살짝 물었다 놓아주었다고 여겼는데 그의 입술에 가로로 선명한 잇자국이 만들어져 있었다.

무슨 남자 입술이 이렇게 여려!

주리가 난감한 눈으로 그의 입술을 바라보자 순진은 주리의 입술에 촉 소리가 나도록 입을 맞췄다 뗐다.

"그러다가 부모님이라도 나오시면 어쩌려고 그래."

주리가 눈을 깜빡이며 카페 쪽을 두리번거렸다.

"괜찮아. 뭐가 어때서. 우리가 무슨 범죄를 저지른 것도 아닌데 뭘."

순진이 차에 시동을 건지 1초 만에 차가 미끄러지듯 펜션 주차장으로 들어갔다. 주리는 심호흡을 하고 순진이 조수석 문을 열어주자 눈을 긴장시키며 차에서 내렸다.

저녁 8시를 훌쩍 넘긴 시간이었다. 카페에는 덩그러니 불빛만 켜져 있고 손님은 없는 것 같았다. 올드팝이 조금은 크게 들려왔다. 그리고 건물 너머 반대편 쪽에 사람들의 목소리가 들리는 것도 같았다.

"가자."

트렁크에서 주리가 준비한 과일 바구니를 꺼낸 순진이 주변을 두리번거리고 있는 주리에게 손을 내밀었다.

"건물 안으로 가는 거 아니야?"

순진이 건물 반대편으로 이어지는 계단으로 주리를 이끌었다.

"아마도 펜션 마당에서 한창 바비큐 파티 중일 거야."

계단을 밟아 조심스럽게 내려가자 너른 마당이 펼쳐져 있었다. 주리와 순진의 등장에 여기저기로 흩어져 있던 사람들의 시선이 동시에 두 사람에게로 쏠렸다.

"아들!"

계단 가까이 서 있던 순진의 어머니, 차도영이 맨 먼저 두 사람을 발견하고 반가운 표정으로 두 팔을 벌리고 다가왔다. 오랜만에 본 아들을 가볍게 포옹한 후, 도영은 이내 주리를 향해 인사를 건넸다.

"어서 와요. 주리 씨를 드디어 보네요."

"안녕하세요."

"어찌나 저 녀석이 주리 씨 이야기를 하던지. 난 주리 씨가 전혀 낯설지가 않네요."

도영이 눈을 곱게 접어 웃었다. 그 모습에 주리는 입가에 미소를 피워 물었다. 순진의 어머니도 주리에게 전혀 낯설지 않은 모습을 하고 있었다. 곱게 눈가를 접어 만들어내는 눈웃음과 있는 듯 없는 듯 얇은 선의 양 입술은 순진을 보는 듯했다. 놀랄 정도로 모자가 닮아 있었다.

"저도 어머니가 전혀 낯설지 않아요."

"흐음."

어느새 사람들이 주리를 에워싸고 있었다. 그중 가장 눈길을 끄는 사람은 단연 건장한 체격의 연세 지긋한 남자였다. 당연한 거겠지만 순진은 날카로운 콧날이나 다부진 턱선과 건장한 체격은 아버지로부터 물려받은 것 같았다.

아마도 순진이 나이가 들면 딱 저런 모습일 것 같았다. 중후하면서도 인품이 느껴지는 멋스러운 느낌에 주리는 감동을 받은 듯 잠시 순진의 아버지에게 눈을 떼지 못했다.

"주리야, 반갑다. 난 네가 보고 싶어서 눈에 진물이 날 뻔했다."

반가움에 대한 과장된 표현을 서슴지 않는 순진의 아버지, 진웅의 말에 주리는 살짝 미소를 지으며 얌전히 고개 숙여 인사를 했다.

"참! 이모부는 주리 언니가 얼마나 당황스럽겠어요. 언니, 우리 전에 만났었죠? 예원이에요. 반가워요."

주리에게 가족들의 왁자지껄한 인사가 이어지는 사이 순진은 은영과 성준이 있는 곳으로 갔다.

"어머, 주리 언니 곁에 있어줘야죠. 언니가 엄청난 환대에 얼마나 당황스럽겠어요."

"하하, 우리 은영이가 주리를 아직 모르네."

"맞아. 성준이 너는 알지?"

"응."

두 사람이 서로 맞장구를 치자 은영은 미간을 좁히고 순진의 가족들에게 둘러싸인 주리를 살폈다. 잠시 혼이 나간 듯 주춤거리고 서 있던 주리는 이내 그들의 분위기에 익숙해진 듯 여유로운 미소를 지으며 순진의 가족들과 어울리기 시작했다. 마치 주리는 원래부터 가족이었던 것 같았다.

"식사는?"

"아직 전이에요."

"순진이 너, 이 시간까지 우리 아가를 왜 굶기고 그러냐."

진웅이 눈을 부라리며 순진에게 으르렁거리자 도영이 미간을 좁히고 손사래를 쳤다.

"아유, 이 양반이 주리 씨가 얼마나 불편하겠어요. 좀 숨 좀 돌리고 밥도 좀 편안하게 먹게 저리 좀 가요."

"괜찮아요, 어머니."

"다행이네요. 이 양반이 마음만 급해서는 주리 씨 사정은 묻지도 않고 무조건 순진이한테 주리 씨를 데리고 오라는 통에 내가 걱정이 태산이었다니까."

주리의 붙임성 있는 태도가 맘에 들어 고개를 끄덕이던 도영은 주리를 정갈하게 한 상 차려진 야외 테이블로 데리고 갔다. 그리고 손짓으로 순진을 불렀다.

"뭘 좋아하는지 몰라서 이것저것 놓긴 했는데 편하게 식사해요."

"뭐든 가리는 거 없이 잘 먹으니 걱정 마세요. 잘 먹겠습니다."

예의를 갖춰 말하는 주리에게 힐긋 시선을 보낸 순진이 입매를 늘이며 식사를 시작하자 주리도 젓가락을 들고 식사를 했다. 두 사람이 식사를 하는 사이 다른 식구들과 은영 내외는 그들이 식사하는 것을 쳐다보았다.

"그렇게 빤히 쳐다보면 주리가 어떻게 편하게 식사를 합니까."

보다 못한 순진이 그들에게 눈을 흘기고 의자를 휙 돌려놓고 주리에게서 사람들의 시선을 가려주었다.

"저 녀석이. 너무 예뻐서 본다."

묵직한 목소리로 농담을 건네는 진웅 때문에 주리는 픽 하고 웃음을 터뜨렸다. 장난스런 순진의 성격도 아버지에게서 물려받은 모양이었다.

"괜찮아. 그냥 먹어."

주리가 눈을 접어 웃자 순진은 미간을 찌푸렸다.

"정말 괜찮아?"

"응. 그렇대도. 나, 실은 이런 분위기 정말 좋아해. 텔레비전에서나 나오는 가족들 모습이잖아."

처음 접하는 이상적인 가족의 모습에 주리는 환한 미소를 머금었다. 부담스러우리만큼 환대를 해주는 가족들의 행동에는 관심과 사랑이 담뿍 배어 있었다. 자신이 어떤 사람인지가 중요한 것이 아니라 아들이 사랑하는 여자이기에 무조건적인 지지와 애정을 보내고 있는 순진의 부모님과 그의 가족들 속에 묻혀 있는 지금 이 순간이 행복하지 않을 수 있겠는가.

"가식적이라는 생각은 안 들어?"

순진이 나지막이 속삭이듯 말하자 주리는 고개를 저으며 웃었다. 순진이 시야를 가려준 덕분에 편안하게 식사를 하던 주리는 은근슬쩍 다가와 서 있는 진웅을 올려다보지 않을 수 없었다. 주리는 살짝 도영이 어디에 있는가를 살폈다. 아니나 다를까 도영의 모습은 보이지 않았다.

"그거, 내가 만든 건데 맛은 어때?"

양꼬치 사이사이에 색색의 채소들이 박혀 있는 구이는 정말 맛이 있었다. 양고기 특유의 잡 냄새를 하나도 느낄 수 없어 전문가의 솜씨가 느껴지는 음식이었다.

"어머, 아버님께서 요리하시는 걸 즐기신다더니 정말인가 봐요. 맛있어요."

주리의 칭찬에 진웅은 어깨를 으쓱해 보였다. 그 모습은 마치 순진이 폼을 잡을 때와 같은 것이었기에 주리는 피식 웃을 수밖에 없었다.

"뭐지? 그 웃음은?"

진웅이 미간을 찌푸리고 묻자 주리는 당황해서 어쩔 줄 몰라 혀를 쏙 내밀어 혀끝을 물었다.

"어유, 우리 아가가 귀여운 매력도 있구나."

"아버지. 제 여잡니다."

"껄껄, 여기 그거 모르는 사람도 있냐?"

"어쩐지 우리 아가가 도영이 젊었을 적과 비슷한 것 같기도 하고."

"아버지."

난감한 표정으로 눈을 깜박이는 주리에게 장난스런 미소를 보내던 진웅은 때마침 나타난 도영이 팔을 잡아끌자 못 이기는 척 도영에게 끌려갔다.

"후우우. 내가 이럴까 봐 널 데리고 집에 오는 게 꺼려졌어."

"왜, 아버님이 분위기 메이커 같으신데 뭐. 너 그거 알아? 아버님이랑 비슷한 거?"

"내가? 아니거든."

"왜 그런 말 있잖아. 싫어, 싫어, 하면서 부모를 닮는 거."

"하하하, 그런가?"

"응. 근데, 난 네가 좋으니까 아버님도 좋아. 후후, 어쩐지 어머님이랑 아버님 지금의 모습이 우리의 먼 미래를 보여주는 것 같은 기분이 들어."

주리는 소곤거리며 지금 자신이 느끼는 느낌을 있는 그대로 순진에게 전했다. 그런 주리를 바라보는 순진은 뿌듯한 기분에 사로잡혔다. 모나지 않게 자신의 가족 속으로 섞여드는 주리가 좋았다.

식사를 마치고 나자 주리와 순진은 도영과 진웅을 따라 카페 안으로 자리를 옮겨 앉았다.

"어머니, 순진이가 아버님을 많이 닮은 거 같아요."

"순진이가 많이 짓궂죠?"

익히 알고 있다는 듯 도영이 미소를 지어 보였다. 그리고는 주방에서 옥신각신하며 차와 디저트를 준비하는 부자에게 슬쩍 미소가 섞인 눈빛을 흘겼다.

"말씀 편하게 하세요. 그래야 저도 어머니를 더 편하게 대할 수 있을 것 같아요."

"호호, 그럴까? 난 네가 참 맘에 든다. 붙임성 있고 곰처럼 뚱하지 않은 거 같아서."

"후후, 어머니, 저도 곰처럼 뚱할 때도 있어요. 둔한 구석도 있고요."

잠깐 보고도 후한 점수를 주는 도영에게 주리는 편안하게 말했다. 곁을 내어주는 너른 품이 편안했던 것이다.

"그건 곰처럼 만드는 상대가 있기 때문이지. 사람은 사람 하기 나름이란다. 상대방을 어떻게 대하느냐에 따라 됨됨이가 된 사람들은 바로 알아볼 수 있는 거야. 네 눈빛이 참 따뜻하고 착해 보여."

"후후, 좋게 봐주시니 감사해요. 저도 어머니가 좋아요."

도영의 말에 수긍이 갔다. 상대방에게 얼마나 진심 어린 애정을 가지고 보는가에 따라 상대방이 변하기도 한다. 물론 도영의 말처럼 됨됨이가 된 사람들은 말이다.

"아가야, 내가 뜨거운 레몬티를 만들었는데 괜찮지?"

"네. 그럼요."

"거봐라. 여자는 모름지기 따뜻한 차를 마셔야 하는 거야. 차가운 음료를 벌컥벌컥 마시는 건 몸에 좋지 않아요."

진웅의 말에 순진은 미간을 좁히고 주리를 응시했다.

"모히또 만들어주려고 했더니만."

"난 레몬으로 만든 건 다 좋아. 모히또는 다음에 마실게."

"하하하, 아가가 뭘 좀 아는구나. 이 녀석! 지금은 우리가 갑이다. 넌 을이고."

"아버지."

순진이 말도 안 된다는 타박을 하듯 아버지를 부르고는 주리 곁에 털썩 앉았다. 그리고 바로 주리의 손을 꽉 잡았다. 주리가 살짝 얼굴을 붉히며 손을 빼내려고 애를 썼다.

"괜찮다. 우리는 애정 표현 아주 좋아한다. 그렇죠? 여보."

진웅이 도영의 옆에 자리를 잡고 앉아 어깨에 팔을 두르자 도영은 고개를 저었다.

"참, 시아버지 되실 양반이 채신머리없이 자꾸 이럴 거예요?"

도영은 말은 그렇게 해도 전혀 악의를 담지 않은 말투로 말했다.

"채신머리없긴. 우리가 이래야 두 사람이 좀 더 일찍 거 뭐냐, 흐음!"

"순진아, 네 아버지 좀 네가 말려라. 자꾸 우물가에서 숭늉만 찾으니 어쩌면 좋냐."

"저도 그건 어쩔 도리가 없습니다. 여기 이 자리에서 진정한 갑은 주리니까요."

주리는 어색한 미소를 지었다. 어른들의 말을 알아듣는 눈치가 빤한 나이인 게 난감할 뿐이었다.

"그래, 언제쯤 결혼할 생각이야?"

진웅의 말에 주리는 순진을 돌아다보았다.

"넌 언제쯤 프러포즈를 할 생각이고?"

진웅이 화살을 순진에게 돌리자 순진이 주리를 응시했다.

"나랑 결혼하자."

"야! 이눔아, 아무리 내가 우물가에서 숭늉을 찾기로서니 평생 함께할 귀한 사람 대접을 그리하는 건 아니지!"

"쯧쯧, 혼나도 싸다. 주리야, 절대 이런 식의 프러포즈는 무효니까 못 들은 걸로 해라. 나쁜 놈."

순진의 부모님이 순진에게 격한 화를 내자 주리는 어떻게 처신

해야 좋을지 몸 둘 바를 몰라 했다.

"적어도 이런 반지는 준비했어야지."

진웅이 주머니에서 반지 케이스를 꺼내 열더니 테이블 위에 올려두었다.

"그리고 적어도 꽃도 있어야 하고."

도영이 뒤쪽 테이블 의자 밑에서 탐스러운 꽃다발을 꺼내 테이블 위에 올려놓았다.

"또! 분위기도 근사한 곳이어야지!"

어느새 들어온 것인지 성준과 은영, 예원의 가족이 한 목소리를 냈다. 그리고 곧 카페 안의 불이 꺼졌다. 테이블마다 은은한 촛불이 놓여 있던 이유가 이런 거였나 보다. 주리는 앉은 자리에서 얼어붙었다.

설마 청혼 이벤트?

주리가 얼떨떨한 표정으로 눈을 깜박이는 사이 순진이 자리에서 일어나 재빨리 주리 앞에 한쪽 무릎을 세워 앉았다.

"주리야, 사랑한다. 나랑 결혼해 줄래?"

그렇게 청혼을 하는 순진의 손에는 테이블 위에 놓여 있던 반지가 들려 있었다. 주리의 눈에서 왈칵 눈물이 터졌다. 전혀 예상하지 못했던 청혼이었다. 하염없이 눈물을 흘리던 주리는 고개를 끄덕였다. 그런 주리의 손에 반지를 끼워주고 일어난 순진이 그녀의 입술에 가볍게 입을 맞췄다.

"와!"

한동안 조용하던 카페 안이 다시 왁자지껄한 사람들의 웃음소리와 박수 소리로 가득했다. 사람들의 축하를 받는 주리는 아직도 얼떨떨한 표정으로 앉아 반지를 내려다보았다.

"아가, 반지 모양이 맘에 들지 않을지도 모르겠다. 그건 우리 집안 대대로 며느리에게 물려주는 의미 있는 반지란다."

도영의 말에 주리는 고개를 저었다.

"아주 예뻐요."

올드한 디자인의 반지였지만 의미가 있는 거라 주리는 기꺼운 마음이 들었다.

"언니, 축하해요."

"축하한다."

은영과 성준이 축하 인사를 건네자 주리의 얼굴이 새삼스레 붉어졌다. 독신주의를 부르짖던 스스로가 부끄러웠다. 그리고 이렇게 행복한 표정을 맘껏 지어도 되는 것인지도 모르겠다.

"맘껏 행복해도 돼. 오늘은 너를 위한 날이니까."

순진이 귀에 대고 속삭이는 소리에 주리는 고개를 끄덕이며 그 어느 때보다 행복한 미소를 입가에 머금었다.

에필로그

"고마워."

퇴근하고 온 주리는 앞치마를 두르고 가스레인지 앞에서 요리를 하고 있는 순진을 뒤에서 안으며 감사 인사를 했다. 가족이 되었다고 당연하게 받아들이는 것은 없어야 한다고 신혼여행에서 서로 약속했듯 두 사람은 작은 것 하나에도 끊임없이 마음을 표현하는 중이었다.

"오늘 종일 힘들었지?"

순진은 가스레인지에 불을 끄고 돌아서서 주리의 이마에 입술을 맞췄다.

"응. 네 생각 나서 죽을 뻔했지."

주리가 눈 하나 깜빡하지 않고 그렇게 말하고는 순진의 볼을 두 손으로 감싸 아래로 잡아당겼다. 그리고는 그의 입술에 키스를 했다.

"제법인데. 점점 표현이 진화하네."

"네가 좋아하잖아. 이런 닭살 같은 표현."

주리가 팔을 쓸어내리며 말하자 순진은 피식 웃었다. 무뚝뚝하고 표현에 인색한 주리에게 순진은 신혼여행 마지막 날 닭살 같은 말과 행동으로 매일 사랑을 표현해 달라고 요구했었다. 그걸 주리가 잊지 않고 일 년이 넘도록 매일 실천해 주었다. 그러니 그의 눈에 씌운 콩깍지가 벗겨질 틈이 없었다. 오늘도 어김없이 저녁밥 대신 주리를 맛있게 먹어치워야 할 것 같았다.

"오늘은 저녁부터 먹자. 나 배고파 죽을 것 같단 말이야."

순진이 무얼 할지 알고 있는 주리는 재빨리 식탁에 자리를 잡고 앉았다. 그런 주리에게 슬쩍 눈을 흘긴 순진이 대충 접시에 밥을 퍼놓고 낙지볶음을 얹어 식탁으로 가져왔다.

"어어, 사랑이 식었어. 이렇게 대충대충 하기야? 데코레이션에 성의가 없잖아."

"너야말로 사랑이 식었지. 못 이기는 척 받아주더니."

시큰둥하게 순진이 대답하자 주리는 픽 웃음을 흘렸다.

"실은…… 낮에 산부인과 다녀왔어. 너…… 곧 아빠 된대."

주리의 말에 순진은 멍해진 듯 가만히 서 있었다.

"임신 초기라 조심해야 한대. 자기도 내 나이가 몇 살인지 알지?"

"주리야!"

순진이 주리 앞에 무릎을 굽히고 앉아 그녀의 손을 감싸 쥐었다. 스트레스가 되지 않도록 주리에게 아이에 대해 언급하는 것을 극도로 조심하고 있던 그였다. 아이를 기다리고 있는 그의 부모님에게도 주리에게 아이 이야기를 꺼내지 말아달라고 부탁했을 정도다.

"고마워. 내가 스트레스받을까 봐 아이 이야기 안 꺼낸 거 알아. 나 정말 간절히 기도했어. 평범한 행복을 내게 온전히 달라고 하늘에 땅에, 그리고 이 세상에 존재하는 모든 신에게. 욕심쟁이 같지만 너와 평범한 부부가 된 것처럼 평범한 부모가 될 수 있게 해달라고 빌고 또 빌었어."

주리가 울먹이며 말하자 순진은 먹먹한 표정으로 고개를 끄덕였다.

"나, 앞으로 세상에 감사하며 열심히 살 거야. 남들과 내 것을 나누는 것에 피해 의식 같은 거 안 갖고 나누며 살 거야. 그리고 내 행복을 가꾸고 지켜 나갈 거야. 우리 아이에게 평범한 가정을 누리고 살 수 있도록 노력할 거야. 엄마가 될 생각에 벌써부터 품이 넓어진 기분이야."

주리의 말에 순진은 그녀의 손에 입술을 맞췄다. 표현도 못하고 속병을 앓았을 주리가 안쓰러웠다. 그녀의 말처럼 세상의 모든 것에 감사하고 싶어졌다.

"병원에 왜 혼자 갔어. 나랑 같이 가지."

"혹시 임신이 아니면 네가 실망할까 봐."

"사랑해."

"후후, 뜬금없이 고백은."

"네가 사랑한다고 말하는데 나도 고백해야지."

"내가 사랑한다고 말했나?"

"했지. 눈으로 입술로 손으로 그리고 말로도."

"후후, 너도 그랬어."

"밥 먹자. 근데 속 괜찮겠어?"

"응. 아까부터 네가 만들어준 낙지 볶음밥이 먹고 싶다고 이 녀석이 얼마나 성화를 부리는지 몰라."

"뭐든 말해. 먹고 싶은 거 다 만들어줄 테니까."

"내가 아이 낳아도 계속해 줄 거지?"

"그럼! 당연하지!"

서로 눈을 맞추고 웃는 두 사람에게서 꿀이 뚝뚝 떨어졌다.

"아아. 너무 아파."

주리는 평창동 집에서 수중 분만 중이었다. 갈라진 입술에 침을 연신 바르며 주리는 고통을 참아내느라 애를 썼다. 그런 주리를 품에 안고 있는 순진도 애가 바싹 타들어갔다.

"내 숨소리에 맞춰서 숨 쉬어."

산모가 나이가 많은 데도 불구하고 다행히 아이가 제대로 자리를 잡은 상태였고 주리의 자궁 상태도 양호해 그녀가 원하던 수중 분만을 할 수 있었다. 그래도 만약을 대비해 앰뷸런스를 대기시켜 놓았다.

아이를 낳느라 고통스런 산고를 치르던 주리는 마지막 비명과 함께 힘껏 배에 힘을 주었다. 순진도 그녀와 함께 산고를 치르느라 이미 땀범벅이었다. 탄생의 순간을 맞이하는 순진의 눈은 경이로움으로 가득했다.

사랑하는 사람의 고통을 지켜보는 것만큼 애가 타는 일이 또 있을까. 고통의 순간을 지나 맞이하는 주리와 자신의 아기였다. 순진은 눈물을 흘리며 연신 땀으로 흥건한 주리의 정수리에 입을 맞췄다. 그리고 다정한 손길로 주리의 몸을 어루만졌다.

"아유, 예쁜 공주님이네요."

잠시 정신을 놓았던 주리는 나이가 지긋한 여의사의 말에 희미하게 눈을 떴다. 곧 아기가 탯줄을 매단 채로 주리의 가슴 위로 얹어졌다. 꼬물거리는 아기의 움직임이 가슴으로 느껴지자 주리는 본능적으로 아이를 품에 끌어안았다.

"아가야."

감격에 겨워 눈물이 절로 났다. 푸근한 가슴을 내어주는 남편에게 온전히 기댄 채로 품에 아이를 안고 있는 것 자체가 뭉클한 감동을 주기에 충분했다. 마치 세 사람이 보이지 않는 끈으로 묶여 하나가 된 것만 같았다.

"우리 아가야. 예뻐."

"주리야, 사랑해."

순진도 감격에 겨워하긴 주리와 매한가지였다. 한 손으로는 주리의 머리카락을 쓰다듬으며 나머지 한 손으로 주리의 손을 받쳐 그녀의 품으로 아기를 끌어당겨 안았다.

벅찬 감동을 추스를 새도 없이 간호사의 지시에 따라 순진은 아이의 탯줄을 자른 후 주리의 후출산을 도왔다. 태반을 밀어낸 주리는 의사에게 간단한 처치를 받은 후, 순진의 도움을 받아 옷을 갈아입고 아이 옆에 누웠다.

순정의 출산을 도왔던 때가 떠올랐다. 의사가 아직 젖이 돌지 않은 주리의 젖꼭지를 아이의 입에 가져다 대어주자 신기하게 아이가 혀를 밀착시켜 젖을 빨아댔다.

"흐흡."

찌르르하게 번지는 묘한 느낌에 주리가 놀라 숨을 들이키자 의사가 빙그레 웃었다.

"신기하죠? 아이가 젖을 빨면 그렇게 젖이 돌면서 찌릿찌릿해져요. 나중에는 아이가 가슴을 쳐다보기만 해도 찌릿찌릿해진다니까요."

옆에서 아기와 주리를 지켜보던 순진은 이런 모든 상황이 신기하기만 했다.

"만져 봐."

어쩔 줄 몰라 하는 순진의 손을 끌어당긴 주리가 아기의 볼에 순진의 손가락을 대주었다. 몰랑몰랑한 아기의 살이 손끝에 닿자 순진은 입을 크게 벌렸다. 어찌나 보드랍고 앙증맞은지. 게다가 눈 코 입이 어떻게 저렇게 작은 얼굴에 다 들어 있는지 모를 일이었다. 순진은 조심스레 아기의 볼을 쓰다듬었다. 가만히 보고만 있어도 사랑스러웠다.

"예쁘지?"

"음."

순진의 눈에서 사랑의 빛이 흘러넘치자 주리는 자신의 눈빛에도 저런 느낌이 담겼을 거라 여겨졌다. 자신을 낳은 순간 엄마는 어떤 느낌이었을까. 아마도 자신과 다르지 않았을 거란 기분도 들었다.

10시간이 넘는 산고를 치르는 동안 만감이 교차했다. 죽을 것처럼 아픈 순간을 견디며 아이를 낳는다는 것은 보통의 사랑으로는 견뎌낼 수 없는 고통이었다. 세상에 자신이 태어나도록 하게 해준 것만으로도 감사해야 하는지도 모른다. 아이를 품에 안고 나니 마치 저절로 철이 든 것처럼 품이 넉넉해지는 것만 같았다. 세상에 용서하지 못할 것도 이해하지 못할 것도 없을 것처럼 말이다.

"아가, 고생했다."

도영이 미역국을 가지고 방으로 들어왔다. 순진이 주리를 일으켜 앉히자 도영은 베드 트레이를 주리 앞에 놓아주었다.

"이렇게나 많이 먹어요?"

순진이 놀란 눈을 하자 도영이 혀를 찼다.

"애기 낳고 나면 얼마나 배가 허전한지 네가 어찌 알겠니. 주리야, 식욕이 없어도 국물 한 방울도 남기지 말고 다 먹어야 한다. 엄마는 그런 거야."

"네. 어머니."

주리가 미역국을 먹기 시작하자 그제야 아기를 안아 든 도영이 함박웃음을 머금었다.

"어이구, 녀석 세상 구경하고 싶어서 용을 많이 썼나 보네."

고깔을 쓴 듯 뾰족한 머리를 두고 하는 말인 것 같았다. 순진은 걱정스러운 표정으로 아기의 머리를 쓰다듬었다.

"왜? 네 딸 머리가 이렇게 외계인 같을까 봐 걱정돼?"

"네."

"후후, 걱정 마 며칠 있으면 동그래질 거니까. 너도 그랬어."

"아아, 그런 거예요?"

"아까는 예쁘다더니."

주리가 눈을 흘기자 순진이 멋쩍은 웃음을 지었다.

"아버지랑 장인어른께 가봐."

"들어오셔서 아기 보여 드려야죠. 아버님 눈에서 진물 나면 어떡해요."

주리의 말에 도영이 고개를 끄덕였다.

"후후, 네가 농담을 다 하는 걸 보니 아직 기운이 남아 있나 보구나. 순진아, 잠깐 들어오시라고 해라."

순진이 방문을 열자마자 거실 소파에 앉아 있던 진웅과 준태가 동시에 일어섰다.

"주리는?"

"미역국 먹어요. 잠깐 들어오셔도 될 것 같아요."

"그래? 사돈 얼른 가봅시다."

먼저 주리가 괜찮은지 물은 두 할아버지는 도영이 안고 있는 앙증맞은 손녀딸에게서 시선을 떼지 못했다. 어설픈 솜씨로 번갈아 손녀딸을 안아본 후에는 손녀딸에게 샘솟는 애정 어린 눈길을 퍼부어댔다.

"또렷한 이목구비는 우리 순진이랑 쏙 **빼닮**았죠? 사돈."

"무슨 그런 섭한 말씀을 하십니까. 작고 앙증맞은 얼굴이 주리가 태어났을 때랑 아주 판박입니다."

"아아앙."

할아버지들의 실랑이가 조금 길어지자 아기가 갑자기 울기 시작했다.

"할아버지들은 좀 나가주시래요. 요 녀석 성가신 모양입니다. 효녀예요, 효녀. 엄마랑 편하게 주무시고 싶다네요."

도영의 말에 머쓱한 표정을 지은 두 할아버지가 먼저 자리에서 일어나 주리에게 인사를 건네고 아쉬운 눈길로 아기를 돌아보고 방을 나갔다.

"오늘 하루만 아기 데리고 자렴. 내일부터는 아기 볼 사람 많을 거 같구나."

"아기는 저희가 충분히 보살필 수 있어요."

"어디 내일도 그런 말을 할 수 있는지 두고 보마."

비웃는 듯한 도영의 말에 순진과 주리는 영문을 알지 못해 서로를 마주 보고 어깨를 으쓱했다. 밤새도록 울어대는 아기 때문에 하얗게 밤을 지새우면서도 순진은 버텨냈다.

주리도 평범한 행복을 바랐을 때 아이를 키우는 것이 이렇게 힘든 일인 줄 까맣게 몰랐다. 하지만 힘든 육아전쟁을 치르는 동안에도 그들을 웃게 만드는 행복한 순간이 존재했다. 그리고 그런 행복한 순간 덕분에 힘든 순간을 견뎌낼 수 있는 거란 걸 주리와 순진은 조금씩 배워 나갔다.

행복은 그렇게 저절로 만들어지는 게 아니라 서로가 노력을 통해 만들어가는 거란 걸 믿어 의심치 않는 그들이었다.

"으아아앙!"

"소율이 운다."

주리는 오늘도 밤을 잊고 울어대는 딸에게 달려가는 대신 순진을 깨웠다.

"으아아앙!"

"어어, 우리에 대한 애정이 식은 거야?"

꼼짝 않고 누워 있던 순진은 애정이 식은 거냐는 주리의 말에 벌떡 몸을 일으켰다.

"그럴 리가. 나는 주리를 사랑한다. 울보 소율이도 사랑한다."

그렇게 중얼거리며 순진은 침대 아래로 발을 내렸다.

"나도 사랑해."

주리가 중얼거리는 소리가 귓전을 파고들자 순진은 입가에 미소를 지으며 울고 있는 소율에게 달려갔다.

5년 후.

평창동 마당에는 소율과 민율이 마당에 물을 받아놓은 고무풀장에서 해맑은 웃음소리를 내며 놀고 있었다. 민율은 은영과 성준의 아들이다.

작년에 잡지사를 그만둔 주리는 프리랜서 칼럼리스트로 활동하고 있었다. 육아와 일을 병행한다는 것이 말처럼 쉽지 않아 내린 결정이었다. 그동안은 순진이 알기 쉬운 법률용어와 재판 사례를 담은 책을 내느라 본격적으로 변호사로서의 활동을 하지 않아 육

아를 도와주어 수월하기도 했다.

잠시 칼럼 쓰는 것을 멈춘 주리는 자리에서 일어나 거실 창가 쪽으로 걸어갔다. 서로에게 물을 뿌리고 놀고 있는 동갑내기 아이들을 보고 있노라니 절로 마음에 평화가 밀려왔다.

행복이란 건 정말 특별한 것을 경험해야만 느낄 수 있는 게 아니란 생각이 들었다. 소소한 일상 속에서 평화로운 분위기가 느껴질 때마다 가슴 가득 번지는 행복감이 진짜 행복이 아닐까. 이런 행복을 알게 해준 순진에게 감사 인사라도 해야 하나? 그를 만나지 않았다면 아마 주리는 고집스럽게 독신주의를 외치며 하루하루 살아내기 바빴을지도 모른다.

Rrrrrrr.

통화 버튼을 누르는 주리의 얼굴에 미소가 번졌다.

"안 그래도 네 생각 하고 있었는데."

[나는 늘 네 생각해. 가끔 내 생각하는 너랑 다르게.]

"후후후, 그래서 손해 보는 거 같아?"

[원래 많이 사랑하는 쪽이 손해 보고 사는 거야. 소율이랑 민율이는 잘 놀아? 성가시게 안 하고?]

"성가신 게 뭐야. 물놀이에 푹 빠져서 아까 점심도 겨우 먹었어. 지금쯤 손이랑 발이 쭈글쭈글해졌을 거야."

[성준이가 저녁 하지 말고 기다리래.]

"애 봐줬다고 한턱 쏜대? 애들 데리고 나가서 먹는 거 별론데."

[어쨌든 난 전했다.]

"알았어. 일찍 들어올 거지?"

[얼른 일 끝내고 갈게. 사랑해.]

"후후, 지치지도 않아? 그 사랑은?"

[사랑해.]

"옆에 아버지 안 계시는구나? 집요하게 구는 거 보면."

[사랑해.]

"나도 사랑해."

기어이 사랑한다는 말을 들을 후에야 순진이 전화를 끊었다. 그와 나누는 이런 전화 통화도 행복하다. 시간이 흘러도 순진은 늘 변함없을 것 같았다. 여수에 계시는 아버님과 어머님이 그렇듯이 행복하게 나이 들어갈 것임을 믿어 의심치 않았다.

외전 _끝내 고백할 수밖에 없는 마음, 사랑

―세상에 사랑은 여러 가지 형태로 존재한다. 남자와 여자가 나누는 뜨겁고 애틋한 사랑이 있는가 하면 우리처럼 조용하게 서로를 바라봐 주고 서로의 삶을 지지해 주고 끌어주는 사랑도 있다.

한때는 바라보는 것만으로도 뜨겁게 가슴이 벅차던 순간도 있었고 외면당하는 것만 같은 서러움에 몸살을 앓았던 때도 있었다. 하지만 그런 순간들이 지나간 지금은 그저 같은 하늘 아래 같은 공기를 마시며 같은 일을 하며 살아가는 것만으로도 감사하고 행복하다.

내 마음의 빛깔이 어떤 것인지 알면서도 받아줄 수 없었던 그의 눈에 오랫동안 담겨 있던 안타까움이 조금씩 편안해지고 있었다. 아마도 내 눈에 담긴 마음의 농도가 옅어지고 있음을 그도 느낀 모양이다.

진즉 마음을 내려놓고 진정한 인생의 동반자가 되지 못했던 것이 후회스럽다. 서로를 편안하게 의지하는 것만으로도 사랑이 아닌 것은 아닌데……

일기를 읽던 성희의 눈에서 눈물 한 방울이 툭 떨어졌다. 아직도 버리지 못한 미련 탓인지 일기에는 그렇게 마음을 다 정리한 것처럼 써놓고도 눈물이 나는 걸 어쩌지 못하고 있었다. 미련한 사랑이란 걸 알면서도 놓지 못하는 사랑을 어쩌란 말인가.

"후우우."

쉼터 마당으로 나와 하늘을 올려다보며 성희는 긴 한숨을 토했지만 가위에 눌린 것 같이 답답했다.

"땅이 꺼지겠네."

그리운 이의 목소리에 성희는 잠시 잘못 들었나 멈칫했다가 고개를 돌렸다. 준태가 손에 무언가를 들고 흔들고 서 있었다.

"어머! 선생님."

우울했던 기분이 저만치 달아나고 환한 음성이 마당을 가득 채웠다. 참 속도 없는 년이다. 속으로 스스로를 욕하면서도 성희는 한달음에 준태에게 다가섰다.

"내가 너무 늦게 온 거 아니지?"

망설이듯 묻는 준태를 향해 성희는 고개를 저었다. 잠시 눈을 마주치고 서 있던 준태가 마른침을 삼키며 시선을 피했다.

"흑임자 빙수를 보니까 네 생각이 나서 사왔어."

준태의 말에 성희는 움찔했다. 기대감을 가져도 되는지 그러면 안 되는지부터 따지게 되는 건 어쩔 수가 없었다. 따져 본들 뭐 하겠냐만은 속도 없이 배시시 웃을 게 뻔한데. 그런 생각이 스치는 것과 동시에 성희의 입가에 배시시 웃음이 피어올랐다.

"제가 흑임자 빙수 좋아하는 것도 아세요?"

"알지. 쇠고기와 고등어는 아무리 맛있게 요리해도 먹을 수가 없고, 물에 젖은 닭고기는 좋아하지 않고, 칼칼한 청양고추가 들어간 청국장찌개는 국물만 짜 먹는 것도 알지."

"선생님⋯⋯."

준태의 말이 맞았다. 쇠고기와 고등어는 소화가 되지 않아 먹을 수가 없었고 닭백숙은 특유의 비린 냄새가 코를 찔러 먹을 수 없었다. 그리고 칼칼한 찌개는 건더기는 밀어내고 국물만 쪽 짜 먹는다. 오랜 시간 함께한 시간이 많아도 관심이 없으면 알 수 없는 것들이었다.

성희는 고개를 저었다. 또 기대감을 가졌다가 헛물을 켜게 되면 이번엔 회복하는 데 시간이 걸릴 것 같았다. 나이는 늙어가는데 도통 여린 마음은 늙을 줄도 모른다.

"내가 너무 늦게 온 거 아니지?"

아까도 묻더니 준태가 또 묻는다. 어떤 의미로 묻는 걸까.

"네 마음과 내 마음은 같아. 언젠가부터 너와 같은 마음을 가졌다. 하지만 널 욕심내는 내가 도둑놈 같아서 참았는데 이제는 한계에 다다랐다. 더 늦기 전에 한 번은 네게 고백을 해보고 싶었다. 나도 아직은 사내인 모양이다."

하늘을 올려다보며 고백하는 준태를 올려다보던 성희는 주먹을 말아 쥐고 세게 준태의 가슴을 쳤다. 왜 이제야 고백하느냐고! 한 번, 같은 마음이면서 왜 자신을 애달프게 만들었냐며 또 한 번. 그리고는 그의 품으로 파고들었다. 그런 성희를 품에 안은 준태가 그녀의 머리를 조용히 쓰다듬었다. 오늘따라 유난히 많은 별들이 그들을 축복하듯 밤하늘을 수놓았다.

— THE END —